怪盗

THIEVES' GAMBIT

KAYVION LEWIS

ギャンビット

1 若き"天才泥棒"たち

ケイヴィオン・ルイス

廣瀬麻微 訳

KADOKAWA

怪盗ギャンビット1

若き〝天才泥棒〟たち

Published by arrangement through Rights People, London,
through Japan UNI Agency, Inc.,Tokyo

目次

わたしのいちばんのファン、キーセンへ

第1章　ジグソー作戦

〝クエスト家の一員たる者、この世のだれをも信用してはならない――クエスト家の者を除いて〟

つまり、クエスト家のだれか、とくに母親から、合図があるまでは戸棚のなかに身をひそめていろと言われれば、そのことばを信じ、だまって従わなくてはいけない。もしも飼い犬を同じ姿勢でケージに入れたら、動物愛護団体から虐待だと訴えられるほど窮屈《きゅうくつ》だとしても。少なくとも、これから盗み出すものにはそれだけの価値があるのだから。

ふつうの人だったら、いまごろ足がしびれて動けなくなっていただろう。ママの考えだした柔軟性を鍛えるためのきびしいトレーニングは、無駄じゃなかったらしい。

わたし、ロザリン・クエストはかれこれ三時間、ケニアのとある大きな屋敷の離れにある、せま苦しい戸棚のなかで体をまるめ、秘密のアカウントでログインしたインスタグラムのフィードを、スマホで流し見していた。ここ数か月は、ネットフリックスで韓国ドラマを観るよりも、あちこちの大学生の寮生活をのぞき見してばかりいる。

けれど、夜中の十二時ちょうどに、バッテリーの残りが二十パーセントになり、画面をスクロールするのをやめなくてはいけなくなった。ママには、くだらないことでバッテリーを消費しないよう注意されていた――もうすぐ来るはずのママからのメッセージを見逃したら、取り返しのつかないことになる。だからわたしは、手袋をはめた指で画面を叩《たた》き、じりじりしながら連絡を待った。

そのとき、スマホに通知が来た。

――ギャンビットへの招待状：ロザリン・クエストさま

ママからのメッセージ、ではなく――メールが一件？ 申しこんでいたサマーキャンプのどれかから、ようやく返事が来たのだろうか。体操競技のほう？ それとも、倍率の高いチアリーディングのほう？ じつは数日前、高校生向けにあちこちの大学が主催しているサマープログラムへメールで申しこみをしていた。そのときわたしは、家で孤独に押しつぶされそうになっていて、同年代の子たちと大学のにぎやかなキャンパスで何週間か過ごしたら、どんなに楽しいだろうと思ったのだ。これまで、どこからも返信はなかった。応募用の成績証明書を大あわてで偽造したことがばれてしまったのではないかと、心配しはじめていたところだった。ロックを解除してメールを確認しようとしたところで、また新しい通知が届いた。

こんどこそ、ママからだ。

――出番よ

メールを見るのは、あとにしよう。

戸棚の扉の下に指を滑りこませ、音が鳴らないよう蝶番《ちょうつがい》を浮かせて、扉をあけた。単純な方法だけど、自分の名前が書けるようになるより前から知っている技だ。

すばやく外をのぞく。

廊下にはだれもいなかった。この棟はたいてい無人だと、ママが言っていた。ママはいま、ほかのメイドたちといっしょに、別の棟にある私設ギャラリーで、ほぼ一日じゅう花瓶を磨いている。たしかに、こっちは警備員がほとんど見あたらない。

わたしは、使われた形跡のない四柱式ベッド、すかすかの本棚、何ものっていないサイドテーブルが置かれた部屋の前を、つぎつぎと忍び足で通り過ぎた。ふつうはここまで静かだと落ち着かないかもしれないけれど、わたしは空っぽの家には慣れっこだ。じっと目をつぶれば、カリブ海のアンドロス島にある自宅へ帰った気分になれただろう。

頭に入れておいた見取り図に従って、一階の居間を通り抜けようとした。そこで、華やかな鏡台を覆う写真立てが目に留まった。これまでの部屋にこんなものは置いていなかった。こんなに……個人的なものは。

いちばん奥の写真立てを手にとった。赤煉瓦《れんが》造りの建物の階段で、大学生たちが笑顔でポーズをとっている。その下の隅に、ていねいな黒い字でこう書かれていた。〝一年生〟

記憶。交友関係。写真は盗めても、こういったものを盗むことはできない。ほしければ、自分の力で手に入れるしかない。家から離れたところで。ママから離れた場所で。

ふとかすかな物音がして、わたしはその場に凍りついた。

警備員がいないのはここまでか。

写真をもどして、ソファの後ろに隠れる。しゃがんだまま、〝武器〟をほどいた。

クエスト家は銃を好まない。人目を忍んで行動する泥棒とは、相性が悪いからだ。ママはナイフを持ち歩いている。ママによれば、おばあちゃんは昔、いろいろな注射器を集めていたらしい。中に速効性のある鎮静剤を入れて、いつでも打てるようにしていたという。レストランのシェフがスパイスを振りかけるみたいに、さりげなくターゲットに刺すのだ。

でもわたしは、だれかの肉体に刃――または針――をめりこませる度胸が自分にないことを知っていた。代わりに選んだのが、このブレスレットだ。先端にサクランボ大の重たい金属がついた一本のチェーンで、かんたんに手首に巻くことができる。中指に磁石のついた指輪をはめているので、先端の金属はそこにぴったり収まるようになっている。ナイフよりもずっと楽に検問所を通れるし、そこまでの威力はないにしても、わたしにとってはナイフと同じくらい使える武器だ。

かすかな足音がどんどん近づいていた。

相手の首に向かってチェーンを投げようと大きく振りかぶった瞬間、見たこともないほどかわいらしい猫が、ソファの背にぴょこんと顔をのせた。砂色のシャム猫で、灰に突っこんだ前足で一生懸命こすったかのように、顔の真ん中が黒くなっている。わたしは、思わず吹き出してしまった。猫は鮮やかな青の瞳でまばたきをすると、カーペットへ飛びおり、喉を鳴らしながら、わたしの足に体をこすりつけた。

ブレスレットを手首に巻きなおし、耳の裏を掻《か》いてやる。すると、猫はニャーと鳴いて寝転んだ。喜んでくれたみたいだ。

幼いころ、ママが仕事で長く家を空けているときは、動物の里親になった人たちの動画を片っ端から観ていた。そのうち、どれだけねだっても、クエスト家の血が流れていない者をわが家に迎え入れるのは無理だと気づいた。動物も例外ではなかった。

シャム猫は華やかな見た目で人気の猫だが、びっくりするほどさびしがり屋でもある。遊び相手のいないシャム猫は、早死にしてしまうほどだ。でもどうやら、まったく人けのないこの屋敷の主人は、猫に友だちを作ってあげようとは考えなかったらしい。

先へ進むと、猫がついてきた。うれしそうに尻尾を振っている。わたしはやさしく追い払った。いくらかわいくても、猫の相棒を手に入れることは、今回の作戦に含まれていない。

前を向いて、わたしは駆けだした。両開きのドアがあり、その先に廊下がつづいているのが見える。ドアを通り抜けると、猫が追ってこられないよう急いで閉めた。猫は足を止め、一度低い声で鳴いたあと、別の方向へ走り去った。その声に胸がちくりと痛んだ。

猫がいなくなったのを確認して、ドアをあけた。通りかかった警備員に気づかれないよう、もとどおりにしておくのだ。

頭のなかの見取り図に導かれて、ある部屋にたどり着いた。カーテンが全開で、窓からケニアの星と月の光が差しこんでいる。手入れの行き届いた家具。趣味のいい絵画。だれも寝たことがなさそうなベッド。ここも、幽霊用の寝室か。

ベッド脇の小さなテーブルに、花瓶がぽつんと置かれていた。

一七四〇年代、乾隆帝という皇帝が中国を支配していたころの磁器。

世間での評価額など、わたしたちには関係ない。重要なのは、依頼人がいくら支払うかだ。今回の依頼人は、ライバルからこれを奪って、自分のコレクションに加えたいと考えている。

一週間前、この花瓶は屋敷の反対側の私設ギャラリーに展示されていた。

ママがメイドとしてここで働きはじめるまでは。

ママはこれを〝ジグソー作戦〟と名づけていた。獲物の複製品の破片をひとつずつひそかに持ちこんで、それらをつなぎ合わせるのだ。ママほどの腕があれば、ギャラリー内の本物と偽物を置き換えるくらい、朝めし前だ。

ところが、残念なことに、屋敷の主人は盗難を警戒していた（まあ、それは当然なんだけど）。毎日、職員は屋敷を出る前に、警備員による荷物検査を受けていた。屋敷内でなら、ママは花瓶を動かすことができた。けれど、それを屋敷の外へ持ち出すわけにはいかなかった。

そこで、わたしの出番だ。

わたしは、ママがベッドの下に置いておいたケースを引っ張り出した。内側に張られたクッション性の高い生地が、完璧な緩衝材になっている。ここで、プロの怪盗からのアドバイス。狙いの品を無傷で外へ運び出す方法がなくても、かんたんにあきらめてはいけない。

ケースに入れようと花瓶を持ちあげた瞬間、中で何かが音をたてた。ひっくり返すと、ダイヤモンドで埋めつくされた一本のチェーンが、手のひらへ落ちてきた。

わたしはあきれてぐるりと目をまわした。ママはダイヤモンドのブレスレットを数えきれないほど持っている。一度に全部つけたら、まぶしすぎて火星からだって見えるくらいだ。以前ママに、なんでそんなにいっぱい持ってるのと尋ねたことがある。すると、ママはこう返した。

「なんで持ってちゃだめなの?」――それで、また新しいのを手に入れたらしい。

ケースのなかに、レーザーポインターがしまってあった。それを使って、窓の片側に取りつけられた警備用のモーションセンサーに光線をあてる。

ここで、モーションセンサーに関するおもしろい情報をひとつ。たいていのモーションセンサーは、Ａｍａｚｏｎで五ドルで売っているレーザーポインターであざむくことができる。センサーはつねに光を集めていて、それがさえぎられたときに、ものの動きを検知する仕組みだ。ということは、モーションセンサーにレーザーポインターの光をあてつづけ、光が何にもさえぎられていないと思いこませてしまえばいい。

センサーにまっすぐ光線をあてたまま、わたしは窓に手をかけた。

結局、単純な方法がいちばんだ。窓を釘《くぎ》で留められていたほうが大変だったかもしれない。ほんの少し、だけど。

六十秒ほどで、スパイダーガールのように窓枠へよじのぼった。ケースを太ももにきつくはさみ、窓を閉めようとしたとき、何かが部屋に飛びこんできた。

外へ出たくてたまらない何かが。

先ほどの猫が、わたしのすぐ横を跳んで、芝生へおり立った。いかにも猫という感じの、華麗な着地だ。よかった。ポインターの向きはずれていない。あやうくセンサーが猫に反応してしまうところだった。

猫はニャーニャー鳴いて、いっしょに遊ぼうと言っている。この子はぜったい、しつこい性格をしている。

わたしは窓を閉め、煉瓦《れんが》の壁を伝い、芝生に面して設置されている監視カメラへ近づいた。カメラがこっちを振り向く前に、静止させなくてはいけない。時間にして十秒。

あれこれ考えている暇はなかった。壁につながっている二本のコードのうち、大きいほうを引き抜く。カメラは途中で止まった。だれかがなおしにくるまで、このまま固まっているはずだ。作戦終了のずっとあとまで、だれにも気づかれませんように。

猫はまだ、大きな声で鳴きつづけていた。

「わかった、いま行くから」

とうとう、猫に話しかけてしまった。でもまあ、あのカメラには録画機能しかない――ママがカメラの製造番号をメモして送ってくれたので、仕様はすべて確認ずみだ――から、音声ははいっていないはず。

わたしは飛びおりた。猫が足もとにやってきて、体をこすりつけてきた。こんなことをされて、我慢できるわけがない。空いているほうの腕で抱きあげると、猫はわたしの胸で溶けた。

そのまま、業務用の芝刈り機があるほうへすばやく移動した。芝刈り機はそこで、あすの朝使われるのを並んで待っている。二輪駆動の乗用型芝刈り機には、運転席の下、エンジンの真上、肥料袋の後ろに、わずかな収納スペースがあった。これから数時間は、ここがわたしのスイートルームになる。

地平線に目をやった。風に波打つサバンナの草原やブッシュウィローの木々が、はるか彼方で満天の星と交じり合っている。こんなときは、どうしてうちの家族が、三世代にわたって世界じゅうを飛びまわるこの仕事に心を奪われているのか、理解できるような気がした。

でも、すべての仕事が、美しい夜空や涼しい風とセットなわけじゃない。

「連れていけないんだってば」猫のお尻のあたりをくすぐると、短くひと鳴きした。「景色もいいし、ここにいるほうがいいよ、ね？」

猫をおろし、肥料袋をどけてから、運転席の下の空間にもぐりこんだ。ケースは胸の上にバランスよくのせた。あらゆるところから、ガソリンと黴《かび》のにおいが漂ってくる。でも、耐えるしかない。ママなら、そういうときは新しいノートパソコンを思い浮かべなさいと言うだろう。五百ドルもかけて髪を編んでもらうこととか、特注のスニーカーとか——どうせ見せびらかす相手は、ママとおばさんしかいないんだけど。

肥料袋をもとにもどすと、猫がふたつの袋のせまい隙間をするりと通り抜け、ケースの上にすわりこんだ。また喉を鳴らして、ニャーニャー言っている。

「あんたのことも盗め、って言ってんの？」

猫はわたしの頬を舐《な》めた。まあ、いいか。しばらくは、ここにいてもだいじょうぶなはずだ。でも、もしほんとうにこの子を盗んだら、飼い主はどれくらいで気づくだろう。

隠れているところから、ふたつの明かりが見えた。だれかが庭を歩いてくる。巡回にはまだ早い……。何かで警報が鳴ってしまったのだろうか。それとも、カメラに気づかれた？

猫は扇風機みたいな音をたてて、喉を鳴らしていた。静かにさせたかったけれど、どうやって猫をだまらせろっていうの？

わたしはブレスレットに手を伸ばした。足音がこちらへ近づいてくる。ここからすみやかに抜け出して、先手を打つ……そんなこと、わたしにできるだろうか。

どうしよう。

「ナラ……」男が舌を鳴らした。キャットフードのはいった瓶を振っているような、シャカシャカという音も聞こえた。「どこにいるんだ、おちびちゃん」

やっぱり、猫を探しにきたのか。

いくらナラを押しのけても、またケースの上にもどってきてしまう。そして、いっこうに鳴きやまない。

シャム猫のもうひとつの性質を思い出した。シャムは、最もよく鳴く猫でもあるのだ。

「鳴き声が聞こえるぞ」もうひとりの男が言った。「あいつ、どうやって外へ出たんだ」

片方があざけるように言った。「さあな。あのばか猫はいつも逃げ出そうとするんだ。ボスがもどってくるまで、クローゼットのなかに閉じこめちまおう」

ありったけの力をこめて、ナラに〝静かにして〟と念じた。窓から出たときに、どうして逃げてしまわなかったのか。そうすればいまごろ、遠くまで行けたはずなのに。

この子がクローゼットのなかで、何日も、何週間も恐怖におびえるところを想像して、胸が痛んだ。静かにしてくれさえすれば、いっしょに連れていけるのに。ママがなんて言おうと、そんなの関係ない。

けれど、ナラが鳴きやむことはないだろう。

ふたりの男がどんどん近づいてくる。

（ごめんね、ナラ）

わたしは腕を背中のほうへひねり、後ろのポケットからレーザーポインターを取り出した。ケースの上で一度だけスイッチを入れると、すぐにナラが大きく目を見開き、体をこわばらせた。猫の反射神経が研ぎ澄まされる。

ほんの一瞬、懐中電灯の光が芝刈り機から遠ざかった。わたしは屋敷の壁にレーザーを照射した。ナラは走りだし、赤い点めがけて芝生を突っ切り、男たちの視界へ飛びこんでいった。「見つけたぞ！」その直後、ナラの切羽つまった鳴き声が夜を満たした。ナラは激しく抵抗したけれど、勝負はすでに決まっていた。

懐中電灯の明かりが去っていった。残されたのは、自分の静かな呼吸の音だけ。

思っていたより、ひどい気分だった。

あんなことはしたくなかった。でも、ナラは知っておくべきだったのだ。だれも本気で信用してはいけないということを。

第２章 〈怪盗ギャンビット〉への招待状

仕事が終わって、ママが最初に口にすることばは〝だいじょうぶ、ロザリン？〟ではない。いつだって〝例のものは？〟だ。

わたしは芝刈り機から転がり出て、ママの足もとに着地した。暑さで死ぬかと思ったし、最後の三十分間は芝刈り機が動きだして、煙で息ができなかったけど、そんなことはどうでもいい。わたしはだいじょうぶ。こうやって生きていられて、ママがそばにいれば、わたしはだいじょうぶ。依頼の品のほうが重要なのだから。

「さすがわたしのベイビーね、とっても優秀」ママは言うと、ケースをあけて、中身を調べた。庭師のつなぎを着ていると、まったくの別人に見える。ふだんは、いかにも洗練されたリゾート暮らしの悪党っていう感じの格好をしているから。見慣れない服装のまま、ダイヤモンドのブレスレットをつまみあげ、手首へ滑らせる。

朝日を浴びて踊るダイヤモンドをながめながら、ママはため息を漏らした。

素直に認めるしかない。ダイヤモンドはママによく似合っている。ママは華やかなタイプの美人だ。ウィーヴと呼ばれるエクステをつけた長い髪に、これまたエクステをつけた上品なまつげ。豊満なお尻に、きゅっと引き締まったウエストは、ママの自慢だ――わたしのひょろひょろした体とは大ちがい。ママの装いは派手だけれど、毛皮のコートとかピンヒールのような派手さではない。それでも、適切な場で、本気で魅力を振りまいたりしたら、いつだってみんなが振り返った。

だから、ママはダイヤモンドが好きなのだ。身につけることで、輝きを増してくれるもの。ママはわたしの額に軽くキスをした。刈ったばかりの芝生やガソリンのにおいがしたけれど、わたしのほうがもっとくさかったにちがいない。

「ママみたいに優秀、でしょ?」わたしは言った。そうすればママが喜ぶとわかっていたからだ。運転席へ跳び乗り、ママもすわれるように端へ寄った。仕事がうまくいったことよりも、娘からの称賛のことばに、ママは満足げな笑みを浮かべ、芝刈り機のエンジンをかけた。

向かう先は、敷地のはずれだ。そこで、オフロード用の4WD車、水、ありがたすぎて泣きそうになるほど涼しいエアコンが待っていた。

わたしはエアコンの吹き出し口に額を押しつけた。

「つぎはもっと涼しいところへ行きましょうか」エアコンから吹き出る冷風にうっとりしているわたしを、ママは横目で見た。「アルゼンチンの南のほうとか。それとも、アルプス山脈?」

「いま仕事から解放されたばっかだよ。それに、ボシェルト家のこともあるし」

先日のデンマークとイタリアでのわたしたちの仕事ぶりを、ボシェルト家がよく思っていないらしいことは、風の便りで聞いていた。ヨーロッパにおける上流階級向けの市場で彼らが定めた暗黙のルール——つまり、彼らの縄張りを、わたしたちが侵したからだ。世襲制の怪盗帝国において、トップに君臨できるのはひとつの家族のみ。少なくとも、ひとつの大陸に、ひとつの一族。

わたしは無理やりエアコンから額を引きはがして、シートにすわりなおし、充電器をとって、電池の切れたスマホにつないだ。ママが冷ややかな視線を向ける。いまは話をしているのだから、ママのことばにきちんと耳を傾けないといけない。

「ボシェルト家に気を遣うくらいなら、安い宝石を盗んで捕まったほうがましでしょう?」完璧に整えられた眉をくいっとさせて、ママがこちらを向いたので、わたしは首を縦に振った。ママの望みどおりに。

そのとき、ある考えがひらめいた。「あのさ、もっとヨーロッパで仕事がしたいなら、だれかがあっちでネットワーク作りをすればいいんじゃない? たとえば、わたしがあっちの大学に通う、とか。もちろん、おとりとしてだけど。何かいいチャンスがつかめるかも?」

わたしは固唾《かたず》をのんだ。家を出たいという話を蒸し返すなら、もっとうまいやり方があったかもしれない。わたしはこれまで、いろいろな場所に行ったことがあるけれど、いつもママやおばさんがいっしょだった。数か月前、十七歳——バハマで暮らしていたら、ふつうは高校を卒業する年齢——になったとき、これで少しは変わるだろうと思っていた。ママももう少しは……ね。

「うーん……それはないわね」ママは、どこまでもつづく何もない道路とサバンナの草原をまっすぐ見据えていた。わたしは説明を待った。理由、みたいなものを。代わりに、ママは言った。「うちへもどったら、一週間、だらだらしながらB級映画を観たいわ。ね、いいでしょ？」

わたしは作り笑いを浮かべた。「いいね」

満足したのか、ママはスマホでプレイリストを選び、音量をあげた。

わたしのスマホの画面が光った。メール。大学のサマープログラムの件だ。

ママには見えないよう、画面を傾けて読んだ。

ロザリン・クエストさま

当大学主催の体操競技上級者向けサマーキャンプへのお申しこみ、ありがとうございます。第二グループ（七月一日から二十八日まで）へ喜んでご招待いたします。もしご都合が悪くなってしまった場合は、第一グループ（六月二日から二十九日まで）にも一名ぶんの空きがございますので、変更も可能です。

国内で人気のプログラムとして、ほかの体操仲間と交流を深めたいと考えている才能ある若きアスリートのみなさんを、毎年夏にこうしてお迎えできることを、大変うれしく思っています。わたしたちといっしょに、またとない経験をしてみませんか？　ご参加をお待ちしています。

このあとには、宿泊施設や費用や問い合わせ先などが綴《つづ》られていた。読めば読むほど、しれっとした顔をつづけるのがむずかしくなる。有名な大学の、すごく人気のあるキャンプだと聞いていたのに、あのでたらめな成績証明書と偽《いつわ》りの競技成績で通ってしまった。きょうは五月二十六日だ。一週間後にはキャンプに参加できる……わたしがそうしたければ。

シャム猫のナラは、脱出のチャンスをつかみそこねた。そのせいでいま、閉じこめられている。わたしは同じ失敗はしない。

メールに返信をする。

――ぜひ参加したいです！

ママはスピーカーから大音量で聞こえてくるラップに自分の声を重ねながら、わたしの肩を小突き、いっしょに歌おうと誘った。いつものように、わたしはいったん顔をしかめ、気が乗らないふりをしてから、熱唱に加わった。歌詞に氷《アイス》が出てきたときに、ママが手首を振って新しいブレスレットを見せびらかした【英語のiceには「ダイヤモンド」という意味もある】ので、わたしはけらけら笑った。

まわりを見渡すと、先ほどと同じ光景がひろがっていた。仕事が終わった直後の高揚感。わたしとママ。けれど、それは永遠ではないのだ。なんだか、ママの目の前で人生の車輪を軸からはずしたのに、まったく気づいてもらえなかったみたいな気分だった。

わたしは受信ボックスをスクロールした。昨夜、ママからのメッセージの前に届いたメールはどこだろう。おかしい。わたしのアカウントに届いてないとすると……。

ブラックボックスのアカウントだ。それを通して、うちの家族は仕事を引き受けている。ディープウェブからしかアクセスできず、ハッキングや追跡が百パーセント不可能――八歳のわたしにママはそう説明した。メールを受信するにも、暗証番号が必要だ。わたしがブラックボックスのアカウントから通知を受けとったことは、これまで一度もなかった。そもそも不可能なはずだ。

ブラックボックスのアカウントに、五桁の暗証番号を入力した。

メールはそこにあった。未開封のままだ。ママはまだこっちのアカウントを見ていないのだろう。

口から心臓が飛び出そうになる。だれかがわたし宛に、ブラックボックスのアドレスへメールを送ったということ？

ロザリン・クエストさま
おめでとうございます。日ごろのご活躍ぶりを耳にしまして、あなたを今年の〝怪盗ギャンビット〟へご招待することが決定いたしました。
ゲームは一週間以内にはじまります。期間は二週間ほどを予定しています。準備のため、事前にこちらまでご連絡をお願いします。

――〈組織〉より

第3章　ママの呪縛

怪盗ギャンビット。ゲーム。バハマの自宅に帰って数日経っても、招待状のことばが、カップにはいったサイコロみたいに、頭のなかで騒々しく音をたてていた。ほんとうなら、大学のサマーキャンプと家出のことで、頭はいっぱいのはずなのに。

おかげでいま、目の前の敏捷《びんしょう》性を鍛えるトレーニングに、なかなか集中できなかった。もう一時間以上トレーニングルームにいて――ストレス解消にはちょうどいいけど――一辺が三十センチの立方体の箱から、二メートル十センチ先の同じ箱へ跳んで渡る訓練をしている。先月は自己ベストを更新して、二メートルまでいった。直後にママからは、〝あなたくらいの年齢でわたしは二メートル二十センチ跳べたわ〞と言われたけど。

箱の上でバランスをとりながら、膝を曲げて構える。足が離れた瞬間、失敗したとわかった。勢いが足りない。足の指のつけ根がふたつ目の箱のへりをかすり、体勢を整える前に、重力に捕まってしまう。そして、そのままマットへ突っこんだ。

腹が立ち、顔にかかったひと束のブレイズ【細かく三つ編みにした髪】をふっと吹き飛ばした。わたしの体を影が覆う。ジャヤおばさんがふっくらした腰に手をあて、鋭い目つきでこちらを見おろしていた。

ジャヤおばさんはママより七歳若いけれど、ママにとてもよく似ている。目を半分つぶれば、唇をすぼめ（これがクエスト家のトレードマークだ）、眉をひそめているママが見えただろう。

「どうしちゃったのよ」ジャヤおばさんは手を差し出してはくれなかった。クエスト家の者はだれかに手を差し出したりなど、ぜったいにしない。「そのおかしな靴のせいね。それでつまずいたんでしょ」

わたしは自分のスニーカーを見おろした。特別な刺繍《ししゅう》を施した、コンバースのチャックテイラー。無数の小さな金色の葉っぱがゴム底に沿っててていねいに縫いこまれ、キャンバス地を覆っている。きらきらの金色の靴ひもにもぴったりの刺繍《ししゅう》だ。こんなにかっこいい靴はなかなかない。おばさんの目が節穴なのだ。

「ひどいよ、ジャヤおばさん。このわたしが動きにくい靴を買うとでも？」パンプスや厚底ブーツを集めるのとはわけがちがう。この特注のチャックテイラーは、実用面を重視した、トレーニングにもぴったりの靴なのだ。

「なら、失敗したのはどうして？　何に気をとられてるのか、あたしに話してごらん」おばさんの声にはいら立ちが混じっているように聞こえるけれど、どんな会話でもそっけない態度をとるのがおばさんのやり方だ。

ジャヤおばさんは、必要なときにいつもそばにいて、わたしのことばの真意を理解してくれる。たとえばわたしが〝いま何してる？〟とメッセージを送ったら、それは、ちょっと話したいことがある、という意味だ。この島はあまりにも田舎で、コンビニもないし、砂利道に一日じゅうすわっていると、車よりイノシシを見かけることのほうが多いくらいだ。だからふだんは、ママ以外の話し相手はほとんどいない。

　ところが数日前、自家用機に乗って島へもどってくると、ジャヤおばさんは家で待っていてくれた。

　おばさんだったら、訊《き》いてもだいじょうぶかもしれない。

「怪盗ギャンビット《Thieves' Gambit》って聞いたことある？」そのことばを声に出して言ったのは、これがはじめてだった。口に出しても出さなくても、意味がわからないのは同じだ。〝Thieves〟は、複数形の所有格なので、〝怪盗たちの〟という意味だ。でもこれは矛盾している。泥棒は群れない生き物だから。

　はたして、ジャヤおばさんは、お腹を殴られるときみたいに身を固くした。

　ということは、聞いたことがあるのだ。

　わたしは起きあがり、手のひらに体重をかけて上体を反らした。

「〈組織〉から招待状が来たのね？」

「そう、一週間前に。っていうか、わたしいま〈組織〉なんてひとことも言ってないよね？　おばさん、何か知ってるの？」

「それで、あなたはどうしたの？　まさか、返信した？」おばさんはこちらの質問を完全に無視した。

わたしは鼻にしわを寄せた。「ブラックボックスへ届いた変なメールに返信するほどばかじゃないよ。読んですぐに消した」

ジャヤおばさんは体の力を抜いた。お腹は殴られずにすんだらしい。「それなら、よかった」

「こんどはこっちの質問に答えて。〈組織〉っていったい何者？　わたしは知らないのに、なんでおばさんは知ってるの？」

わたしはひょいと跳ね起き、二本の足で着地した。ジャヤおばさんもママもわたしも、背の高さはだいたい同じ。だからわたしは、おばさんの目をまっすぐのぞきこむことができる。これまではただ気になる程度だったけれど、こうなったら、何がなんでも教えてもらう必要がある。いちおう、クエスト家の人間同士は隠し事をしない、ということになっているし。

ジャヤおばさんは舌打ちをしたあと、しばらくだまりこんだ。「お金と権力を持ったいけ好かない連中で、怪盗ギャンビットを一年に一、二度開催している。あたしが知ってるのはそれだけ」

〃あたしが知ってるのはそれだけ〃ということは、ママならもっとくわしいことを知っているってこと？

おばさんは目を合わせようとしなかった。これまで一度も話に出なかったことも考えると、〈組織〉についてさらなる情報を引き出すのはむずかしいだろう。わたしは話題を変える。

「じゃあ、怪盗ギャンビットっていうのは……？」

一瞬、おばさんは答えてくれないのではないかと思った。

「競い合うのよ。怪盗の技を競い合うの。なんというか……違法で極秘のゲームショーみたいなものね」肩にかかった数本のブレイズを払いのけ、おばさんはゆっくりと歩きはじめた。さまざまな練習用の錠前でいっぱいの備品箱から、ひと組の手錠を引っ張り出す。

わたしはおばさんのあとを追った。「超大金持ち限定の秘密クラブが運営する違法なゲームショーに、わたしが参加すると思ってどきどきしちゃった?」

「ゲームショーみたいなものって言ったでしょ。勘ちがいしないで。これは怪盗版『ザ・プライス・イズ・ライト』【アメリカの人気クイズ番組】じゃないの」ジャヤおばさんは髪からヘアピンを一本取り出して、手錠の鍵をあけはじめた。「聞いたかぎりでは、毎年かならず血を流して退場になる子がいるそうよ。そもそも、生きて会場を出られれば、の話だけど」

手錠がカチャッと音をたてて開いた。

おばさんはわたしに手を出すよう身ぶりで示す。何も考えずに従うと、おばさんは手錠の片方をわたしの手首にはめた。

「そんなあぶないゲーム、だれがなんのために参加するの? 大金が出る、とか?」怪盗は、なんの見返りも得られないことにはけっして手を出さない。

「お金というより、褒美かな」ジャヤおばさんはわたしに後ろを向かせ、両手を背中に導いて、もう一方の手錠をかけた。本能の赴くまま、わたしは縄跳びの要領で手錠のかけられた手を体の前に持ってきて、頭からヘアピンを抜いた。この髪のなかには、小さなお城が作れるくらいのヘアピンを隠してある。

「運営側が言うには……」おばさんはつづけた。「勝者は願いをひとつかなえてもらえるんですって」

わたしはとっさに振り返った。「願い？　それって、流れ星を見たときに、急いで唱えないといけないやつ？」

「流れ星は願いをかなえてくれないけれど、お金はちがう」おばさんはわたしの顔の前で指をパチンと鳴らした。「集中しなさい」

そうだ。手錠。わたしはピンの先端を滑りこませて、錠のなかを探りはじめた。

ジャヤおばさんは眉根を寄せた。「ピンを使うよりもっとかんたんな方法が……」

「親指を脱臼させるつもりはないからね」ひとつ目の錠があいた。脱臼はまぬかれた。おばさんは何年も前から、わたしに関節をはずす訓練をさせようとしている。でも、その一線は越えたくない。

「痛いのは最初の数回だけなのに」おばさんは言い張った。わたしはもう一方の錠もあけて、テーブルへもどした。

おばさんはわたしの顔をじっと見つめた。「姉さんには、招待状のことを言ってないのね？」ことばの裏には〝なぜ〟という問いが含まれていた。わたしはそれを無視して、トレーニング用の箱を並べなおしはじめる。

「ママは忙しいから」わたしは言った。「つぎの盗みの計画を立てたり、いろいろと。知ってるでしょ」

（わたしだって、数日後に脱走する計画を立ててるし……）

怪盗ギャンビットがなんなのかは気になるけれど、ママにばれたら、参加しろとも言われかねない。いまはそれどころじゃない。そんな謎めいたゲームに参加しても、友だちは作れないだろう。ペテン師が集まるゲームとあっては、なおさらだ。

「はい、はい」ジャヤおばさんは、わたしのことばがわかるかもしれないけれど、わたしだって、ジャヤおばさんのことばがわかる。つまり、いまのは〝トレーニングを再開しなさい〟という意味だ。

わたしはため息をつき、箱には乗らずに、そのまま腰をおろした。このトレーニングルームにはあらゆる訓練器具がある。金庫、ダーツボード、アームバーやヘッドロックなどの技を練習するための人形、さまざまな結び目のロープがはいった箱。

クエスト家の稼業らしさがつまっているのはこの部屋だけ、と言いたいところだけど、それは事実ではない。家じゅうに、大陸や年代をまたいだ戦利品が散らばっている。

わたしも五歳になるころには、それらの逸話をすべて知っていた。あの本は、おじいちゃんがアメリカの議会図書館の書架からくすねてきたもの。あの静物画は？　サラ大おばさんがルーヴル美術館の地下倉庫へ行ったときに盗んできたもの。鍵入れのボウルのなかにある硬貨は？　ジャヤおばさんがウガンダの大統領首席補佐官のポケットからいただいてきたもの。

この家はちょっとした記念品であふれていて、それらの多くは、家族みんながここで暮らしていたころから、ずっとここにある。どうしてそうなったのかはまだ教えてもらっていないけれど、あるとき、ママがみんなと大げんかして、おばあちゃんとおじいちゃんは、仕事でどうしても必要なとき以外は娘とかかわりたくないと言って出ていった。それ以来、これらの戦利品はすっかり気配を消している。まるでだれかの目を忍ぶかのように。

　この忌々《いまいま》しい家は、泥棒にとっては楽園だけれど、わたしにとっては、自分がなんのために生まれてきたのかを思い出させる場所だ。仕事、家族。それだけが、わたしの生きがい。

　とはいえ、怪盗一家らしさを放っているのは記憶や戦利品だけではない。

　冷蔵庫や戸棚は、隔週で新しい錠がかけられる。車の鍵がなくなることもあって、出かけたいときは、車の配線をショートさせて、エンジンをかけないといけない。ママにあらゆる電子機器を取りあげられ、それぞれの新しいパスワードを手に入れるにはママを相手にスリをしなきゃならない、なんてこともしょっちゅうだ。電子機器なしでこの島で過ごすのは、ある意味地獄。ママによると、うちの家族がこんな暮らしをしているのは、自由を感じられるから、らしい。何にも縛られないうえに、刺激に満ちている。たしかに、仕事はそうかもしれない。だけど、そのほかの時間は……。

　あと一年こんなふうにだれとも交わらずに過ごすなんて、ぜったいにいやだ。ただし、家族以外の同業者と親交を深めるのは、問題外。残された選択肢は、この島に閉じこもるか、与えられた人生を手放し、ふつうの友だちを作るかのどちらかだ。わたしは後者を選ぶ。そのためなら、怪盗業で毎週味わえるあの高揚感をあきらめたっていい。

　先ほどのおばさんの問いがまだ宙に浮いていた。

〝どうして招待状のことをママに言わなかったのか〟

わたしはただ肩をすくめて、ブレイズに編んだ髪の先っぽを指でいじった。「もし、盗みの仕事をいったん休みたいって、わたしが言ったら？」

「ほかにやりたいことができたのね？」ジャヤおばさんはやさしく言った。適切な声の大きさと色を選べば、こちらの胸の内を引き出せると言わんばかりに。

わたしは腕を組んだ。見え透いた手口だろうとなんだろうと、おばさんの作戦はうまくいっていた。ママよりずっと若いからかもしれないけれど、ジャヤおばさんはそこまでこわくない。もしかしたら、家出の計画を話してみてもいいかもしれない。家族のために大学で学びたいことがあるんだ、などと言って。

重要なのは、こんなにも居心地がよく、才能にあふれ、だれもがうらやむ家族を、わたしが裏切ろうとしているふうに見せてはいけない、ということだ。うまくいけば、ママへ打ち明けるときに、おばさんが味方になってくれるかもしれない。

廊下を歩くサンダルの音で、はっとわれに返った。そうだ、忘れてはいけない——ママはいつだって聞き耳を立てている。少なくとも、いっしょに家にいるあいだは。

わたしは思いつくかぎりでいちばんましな返答を口にした。「家族のほかは何もいらない。家族がいなかったら、わたしの人生、どうなっちゃうと思う？」

「退屈？　貧困で苦しむ？　世界でもとびきり美しい楽園で暮らせなくなる？」ママがゆうゆうと部屋にはいってきた。ハイウエストのジーンズに鮮やかな赤のオフショルダーを合わせ、いかにもカリブ海のマドンナといったいでたちをしている。スマホに何かを打ちこんでから、ぱっと顔をあげた。それだけで、場が一気に華やいだ。「わたしのベイビーたちはなんの話をしてたのかしら？　悪い夢の話？」

わたしは息を凝らした。さいわい、ジャヤおばさんが招待状の件をママに告げ口する気配はない。見ればわかる。握りこぶしを作った片手を腰にあて、ママをにらみつけている。わたしのことなんて、いまは眼中にないのだ。「あたしのことをベイビーって呼ぶのはやめて！　姉さんに娘はひとりしかいないし、あたしはその娘じゃない」

「あら……」ママは驚いた顔をした。「わたしのかわいいお人形ちゃんがおへそを曲げちゃったわ」そう言って、ジャヤおばさんの頬をつねる。おばさんはその手を払いのけた。ママは子どものころ、おばさんのことを本物の人形みたいに扱っていたらしい。おばさんが五歳でママが十二歳のとき、ママはおばさんに、一か月ものあいだ、あなたは人間の女の子じゃない、ただの人形なのよ、と言い聞かせつづけた。二十七年後のいまも、おばさんに対するママの態度はほとんど変わっていない。

ジャヤおばさんは顎をこわばらせ、部屋を飛び出した。

「そうやっておばさんをからかうのはよくないよ」わたしは言った。「本気でいやがってるんだから」

ママは冷たく笑って、爪のあいだの汚れをはじき飛ばした。「姉妹のいないあなたにはわからないわよ」

そのひとことが胸に深く突き刺さった。わたしには、友だちも、父親もいない。加えて、きょうだいもいない。そのうちふたつは、ママのせいだ。

すぐに罪悪感がこみあげた。父親がいないことを、ママのせいにするのはまちがっている。ママには恋人がいたことがない――セクシュアリティについて訊《き》いたときも同じで、この手の話題はいつもはぐらかされる――から、子どもを作るにあたって、精子提供を受けることにした。

世界じゅうのあらゆる男性のなかからママが選んだ人は、最初の、えーっと、サンプルを提供してから、何週間か後に亡くなった。おかげで、その人が自分の遺伝子を半分受け継いでいるはずの子どもを探し出し、突然会いにくる、なんて恐れはなくなった。妊娠三か月目を迎えるまで、その人が死んだことは知らなかったと、ママは言い張った。ママはそういうことで、嘘《うそ》をついたりはしないはずだ。それでも、ママに腹が立ったときは、いつもそのことが脳裏に浮かんだ。

ママはわたしの後ろに並ぶ箱を見やった。「二メートル十センチ、跳べたの？」

わたしはたじろいだ。「あと少し」

ママはうなずいて、わたしと向かい合うように立った。わたしたちの身長はほぼ同じだけど、まだママのほうが大きく感じられる。いまにも包みこまれそうなほどだ。幼いわたしを抱っこしてくるくるまわる遊びをしてくれたときの、力強い抱擁を思い出す。

ココナッツのローションの香りも漂ってきて、ふと、子どものころにもどったような錯覚に襲われた。パヴロフの犬みたいな、ただの条件反射なんだろうけれど、ママのにおいを嗅ぎ、髪を耳にかけてもらうだけで、安心感や信頼感に包まれた。これがママだ。もし本気でやりたいことがあるなら、まずは相談してみてもいいかもしれない……よね？

舌がからからに乾いていたけれど、とにかく話を切り出した。「そう言えば……アメリカのルイジアナ州立大学って、体操が有名なんでしょ？　あそこの学生ならきっと、二メートル十センチくらいかんたんに跳べるよね」

ママの肩に力がはいった。ゆっくりと、わたしから体を離す。

娘への愛情に満ちた、あたたかい表情が消え去った。

ああ、言わなきゃよかった。

「いい加減にして、ロザリン」ママは不機嫌そうに言った。かなりいら立っている。

「何がそんなにだめなの？」わたしは食いさがった。「もう十七歳だよ。島の同い年の子たちはみんな、もうすぐ大学へ通いはじめるのに」

「そんなこと、どうしてあなたにわかるの」

「そうだよ、わかんないよ、知り合いがひとりもいないわたしには！」

何年にもわたって聞かされ、刻みこまれてきたママのことばが、頭のなかを駆けめぐった。

〝だめ、友だちの家に行くのは禁止よ〞〝いいえ、うちの娘はアンドロス高校には行かせません〞〝グエスト家以外の人間は信用できないんだから〞

そう、たしかにそうだ。家族の秘密を明かして、島の人たちとかかわり合うのは、得策ではない。それに、何があっても同業者を信頼しちゃいけないということは、幼いころの経験から、痛いほどわかっている。

とはいえ、もしもこの家を出て、まったく別の国へ行き、羊のふりをして羊の群れにまぎれたら、いったいどうなるだろう。隙を見せないよう、慎重に行動すれば、そこまで危険じゃないのでは……？

「知り合いはたくさんいるじゃないの」ママははっきり言った。「まず、わたしとジャヤでしょ。おばあちゃんやおじいちゃんとは、いつでも電話で話せるし。サラ大おばさんもいる」

ママはほんとうに、それがたくさんだと思っているのだろうか。言うまでもないけれど、そのなかで三十歳未満はわたしだけだ。

わたしは自分の体を抱くようにして、腕組みをした。「その人たちは、知り合いじゃない。ただの家族だよ。そんなんじゃ満足できない――」

言っちゃいけないとわかっていたのに、気づいたときには遅かった。あわててママの顔を見る。ゆがんだ唇を見ると、ママがどう受けとったかがわかった。

〝ママだけじゃ満足できない〟

「そういうつもりじゃ――」

ママが人差し指を唇にあてたので、わたしは口を閉じた。

「ロザリン」ママが話しはじめた。

「家族は裏切らない。家族は嘘《うそ》をつかない。家族は信用できる。この稼業で学んだことを思い返すといいわ。人はものをほしがる――たいていは、ほかの人が持っているものをね。そして、必要なものを手に入れるために、相手を操ろうとする。友だちだ、この人なら信用できる、と思っても、連中はかならず手のひらを返して、あなたを踏みつけ、見殺しにする。あなたはそれくらいわかってるはずよ、ベイビーガール。もしそうじゃないなら、わたしが代わりに物事を決断してあげる。あなたを愛しているから。だから、答えはノーよ。あなたはどこへも行かない。あなたひとりではね。以上。話はこれで終わり」

終わってしまった。審理は終了し、判決がくだされた。反対尋問はなし。わたしは証言台にすら立たせてもらえない。顎が痛くなるほど、奥歯を噛《か》みしめた。胸に怒りがふつふつと湧きあがる。だけど、これは行き場のない怒りだ――物にあたればすっきりするようなものではない。

〝ママがなんと言おうと、ぜったいにやりとげる〟と決めて、プランBに切り替えるなら、冷静さを失ってはいけない。少しでもそんなそぶりは見せちゃだめだ。

わたしたちはじっと見つめ合った。ママはわたしの返答を待っていた。わたしがようやくうなずくと、ママは顔を輝かせ、胸の前で手を叩《たた》き、何事もなかったかのように微笑んだ。

「いい子ね。さて、金色のファスナーがついた、かわいい黒のリュックサックはどこかしら？　わたしが買ってあげたやつよ」

わたしは凍りついた。それはサマーキャンプに持っていこうと思って、こっそり荷造りしておいたリュックだった。もしかして、計画がママにばれている？

「うーん、どこだろ。なんで?」

ママはためらいを見せた。「怒らないでもらいたいんだけど、荷造りが必要なの。急な依頼がはいっちゃって。今夜出発よ」

「今夜? 帰ってきたばっかりなのに!」

よかった、リュックが見つかったわけではなかった。でも、この状況はじゅうぶんまずい。まさかこのタイミングで仕事がはいるなんて。

「落ち着いて、ベイビーガール。地球の裏側まで行ってってお願いしてるわけじゃないんだから。場所はすぐそこのパラダイス島の沖よ。行って帰ってくるまで、かかっても二日。詳細はAirDropでスマホに送るから。いいわね?」

最後まで言い終えぬうちに、ママはさっさと歩きはじめた。わたしが口答えするわけがないと言わんばかりに。

「でも、わたし――」ママがちらりと振り返る。「もし、用事があるって言ったら?」

ママの顔が険しくなった。「家族の用事より重要なことって何、ロザリン?」

新しい経験をすること?

友だちを作ること?

それらが自分にとってほんとうに重要かどうかを、たしかめること?

どれも正しい答えではない。すでにママから説明を受けている。信用できるのは家族だけ。ママだけだ。ほかに重要なものなんてない。

どうしておばさんはママに人形扱いされるのがいやなのか、このとき理解した。ときどき、ママは冗談でそういう態度をとっているようには見えないことがある。ママは本気で、わたしたちのことをおもちゃだと思っている。かならず自分の思いどおりになるとわかっているのだ。

この家を出るつもりなら、こんどはわたしがママを思いどおりに操らないといけない。

そこで、ある考えがむくむくと湧きあがった。どうしても仕事に行かなきゃいけないのなら、途中で姿を消してしまうというのはどうだろう。そんなこと、ママは予想もしていないんじゃないだろうか。

わたしはにこりと笑った。正真正銘の、心からの笑み。そしてママに抱きついた。

「家族より重要なものなんてないよ」ママの腰へまわした腕に力をこめる。

ママはちょっとだけわたしを見てから、しっかり抱き返した。娘は自分のものだとでもいうように。「いい子ね」さらにぎゅっと抱きしめる。「覚えておいて。外の世界には、何も、だれも存在しない。あなたが心から信頼できるものは、ね」

第4章　自由への脱出ルート

「ルートの組み立てが終わったよ」わたしはｉＰａｄの向きを変えて、テーブルの反対側にすわるママに見せた。ママは、滞在中のリゾートホテルのスパでサービスのマニキュアを塗ってもらったばかりの爪から、視線をあげた。

わたしたちはパラダイス島――カリブ海のバハマと言われたときに、人々が真っ先に思い浮かべる超有名なリゾート地――にいた。背の高い珊瑚《さんご》の塔。白い砂浜と、そのあちこちでバハマ名物コンク貝のフリッターを売っているぼろい小屋。広々とした船着き場には、たいていの観光客が人生を十数回繰り返しても縁はないであろう額の、美しく優雅なクルーザーがずらりと並んでいる。そのうちのひとつが、今回のターゲット。ホテルの十階にあるこの部屋からはまる見えだ。

脱出ルートの組み立てを、ママはわたしにまかせた。とはいえ、ママが自分でできないわけではない。十四歳のころから、少しずつわたしにやらせはじめた。責任を負わせてトレーニングの成果を試すとか、理由はそんなところだろう。

ロザリンはルートを考えるのが得意なのね、とママに思ってもらえるのがうれしかった。どんな状況でも脱出口を見つけ出すことができる者がいるとしたら、それはママの愛娘であるこのわたし、ロザリン・クエストだけだ。

これに裏の計画があることを、ママは知らない。いま見ているのは、海の上にいる例の超大型クルーザーへの侵入経路と、そこからの脱出経路だ。けれど、そのほかにもうひとつ、わたしが岸までもどってナッソーの国際空港へ向かい、飛行機に乗って新しい生活をはじめるためのルートがある。

顔がにやけそうになるのをこらえるのは大変だった。ママは脱出計画を立てさせるために、わたしをここまで連れ出した。そしていま、わたしは家から逃げ出すために、それを利用しようとしている。いつかきっと、わたしの決断を受け入れられる日が来たら、ママはこのときを振り返って、こんなに鮮やかな家出計画を立てた娘を誇りに思ってくれるはずだ。

「クルーザーの全長は船首から船尾までで九十五メートル。甲板が四つあって、機関室は別」ママが口をはさむ。「情報によると、乗客は五名、船員は十五名だそうよ。その倍の人数が乗っていると想定しておきましょう。いいわね、ベイビーガール？」

「そっか、そうだね」ママに言われてはじめて気づいた、という顔で答えた。

クエスト家のルール、その一。どんなものでも、倍の数を想定して考えろ。

「船室と乗客が出入りする場所を避けた、最善のルートがこれ。船尾にモーターボートを何台か格納している場所がある。その近くの右舷側に、わたしたちのボートをつける。そこなら、舷窓がひとつもないからね。そして、モーターボートの格納場所から船内へ侵入。ルートに従ってハッチを抜け、ひとつ目の甲板に出たあとは、機関室を通って、船倉へ。このルートなら無駄がないから、三十分以内に荷物を全部わたしたちのボートまで運び出せるはず」

非の打ちどころのないルートだ……ただし、一点を除いて。

ママは唇をとがらせた。「もしものときの代案は？　緊急用の脱出ルートはないの？」

心臓の鼓動が速まった。ママに気づかれないよう、平静を装う。テーブルに身を乗り出し、画面をスワイプして、新たなひと組の図を見せた。そこには、乗組員用の船室があるエリアをぐるぐるまわって船首へ向かうという、かなり入り組んだ緊急用の脱出ルートが書きこまれている。「このルートもあるけど、ごちゃごちゃしてるから。最初のやつがいちばんいいと思う」

わたしは言った。

「ほんとうに、このほかの脱出口はないのね？」ママはあるはずのない——少なくともその図面にはのっていない脱出口を探して、ｉＰａｄに目を走らせた。

「これまでわたしがルートの組み立てでミスをしたことはないでしょ」

それについては、ママも同意するしかなかった。

「完璧」ママは立ちあがった。上から見おろされ、わたしはまた見くだされた気分になる。

「日没に出発よ」


海の水は黒々としていた。

その上をものすごいスピードで走っていると、星のきらめく水平線めがけて、影の上を滑っているみたいに感じられた。

というか、実際にわたしの最終目的は水平線の向こうだった。でもその前に、この仕事を終わらせないと。

クルーザーの姿がうっすらと確認できた。なめらかな曲線を描いた真っ黒な船体が、これまた真っ黒な闇に覆いつくされている。ボートに乗って波に揺られているあいだ、わたしは頭のなかで手順を繰り返した。運がよければ、乗客や船員たちはみんな眠っているはずだ。

わたしがダッフルバッグへ獲物をつめこみ、ママがそれを運ぶ手はずになっている。手のこんだ計画ではないけれど、今回は急な依頼だったし、なんでもかんでも大がかりにやる必要はないと、ジャヤおばさんなら言うだろう。

おいしい仕事だ、ほんとうに。わたしの家出計画のほうがちょっとだけ大変なくらい。期待が高まりすぎて、手がうずうずしていた。オーシャンブルーの布地に抽象的なデザインの波や泡が描かれ、エメラルドグリーン色の靴ひもが結ばれたスニーカーで、ボートの床を軽くジャンプする。つぎに、こぶしを握ってまた開く。わたしの様子に気づいたママが、海面から目を離した。

「まさか、緊張してるんじゃないでしょうね、ベイビーガール」ママはからかった。全身黒ずくめで、髪は動きやすいように後ろでひとつにまとめ、夜陰に半分まぎれていても、わたしの十倍はまぶしく輝いて見えた。

わたしはにこりと笑った。「わくわくしてるだけ」

ママは同じような笑みを浮かべて、わたしの太ももをぎゅっとつかんだ。「勝利を収めるのは、いつだってわくわくするわね」

ママは何もわかっていない。

さらに三十メートルほど進んだところで、ママはエンジンを切った。クルーザーの後方の、窓や舷窓やライトのない場所をめざして、残りは自力で漕《こ》いでいく。船はほとんどの明かりが消えていた。みんな眠っているのだ。

ママがひとつ目の甲板までよじのぼり、わたしもすぐそれにつづいた。そこからはわたしが先頭になって、見えざる道を進む。神経を研ぎ澄まし、いつでも手首のブレスレットを放てるようにしておく。

ところが、船内は不自然なくらい静寂に包まれていた。だれもいないのかと思うほどだ。そんなはずはないのに。

抜き足差し足ですばやく進み、船倉へもぐりこんだ。小さな舷窓から漏れ入る月明かりが、いくつもの木箱を照らしている。そのうちのひとつをママが選び、ふたをはずした。

中には、深海から引き揚げた何世紀も前のお宝がはいっていた。

ダブロン金貨、大昔の船で使われていた舵輪《だりん》の一部、陶器のかけら、銀器、手錠、錆《さ》びた短剣。不運なこのクルーザーの主《あるじ》は、ある意味で同業者――トレジャーハンターなのだ。沈没船から手あたりしだいに遺留品を盗んでいる。ときには、船の発見からたった数日後に現場へ乗りこむこともある。厳密に言うと、そういったお宝の持ち主は船の最初の発見者か政府になるのだが、それはお宝がどこで、どれくらい陸地に近いところで発見されたかにもよる。とはいえ、そんなことはどうだっていい。この高級クルーザーを見ればわかるとおり、トレジャーハントは儲《もう》かる仕事であり、わたしたちの稼業と同じくらい違法なのだから。

彼らには残念ながら、先を越されたことを苦々しく思うライバルのトレジャーハンターたちがいた。そいつらが土壇場でわたしたちを雇い、盗んだお宝を横どりしてくれという依頼をよこしたのだ。わたしたちへの報酬と、闇市場ですべてを売りさばく手間を差し引いても、想像を絶するほどの大金が手もとに残るだろう。けれど、連中のいちばんの目的は、金儲《かねもう》けよりも、商売敵を怒らせることらしい。

ママは両手を合わせてから、背後を指し示した。〝荷物をつめて、運び出すわよ〟の合図だ。わたしはこくりとうなずき、緩衝材を仕込んでおいたダッフルバッグへ、銀器とダブロン金貨を慎重につめはじめた。ふたりでそれをつめ終えると、ママはバッグを肩にかけて外へ出た。わたしはふたつ目のバッグに取りかかった。ママが獲物を運び出しているあいだに、こうしてパッキングを進めておけば、時間も物音も半分に減らせる。

ひとつバッグをいっぱいにするごとに、胸の鼓動が高まった。終わりに近づけば近づくほど、家出計画実行の時間が迫ってくる。そのことが現実味を帯びてきて、体じゅうの皮膚がうずいた。指がむずむずする。盗みをはじめる直前と同じ感覚だ。けれど、今回のターゲットは金銀財宝ではない。わたしは、自分の未来を奪い返そうとしているのだ。

あっという間に、最後の木箱になった。ダッフルバッグ三つ。それで、残りの獲物はすべて運び出せるだろう。

いよいよだ。

何度目かの往復を終えて、ママがもどってきた。わたしは空のバッグを受けとり、つめ終えたばかりのものを手渡す。なんでもないふりをしないといけないのに、最後にもう一度ママの顔を見ずにはいられなかった。

いまからやろうとしていることはまさに、ママへの裏切りだ。たとえ一週間後、一日後、一時間後にもどってきたとしても、たとえママに連れもどされたとしても、ママを裏切ったという事実はずっと消えない。

ロザリンは逃げ出した。ロザリンは家族を置いて出ていった。ロザリンは家族さえいればいいとは思わなかった――。

わたしはきょうという日の前と後で、人生をポキッとふたつに折ろうとしていた。いつか過去を振り返ったとき、わたしはどちらのほうがいい日々だったと感じるんだろう。

ママと目が合って、すぐに視線をそらした。いまので気づかれた？　ママはわたしの心が読める？　わたしを引き留める？

ママは何もしなかった。ただいつものようにバッグを受けとって、さっさと出ていった。

これで、最後のチャンスが失われた。

ママの姿が見えなくなるやいなや、わたしは行動を開始した。下書きしてあったメールを、ママがもどってくるであろう時間――すなわち、十五分後――に送信されるよう設定してから、スマホをしまった。メールは簡潔だ。

――休みがほしいの。数か月でもどるから。約束する

短い内容だけど、これを面と向かって言うのはぜったいに無理だ。

つぎに、船倉の図面を記憶から引っ張り出し、暗闇のなかを進んだ。すると、部屋の片隅にたどり着いた。ボルトで固定された棚やゴムボートが壁際に並んでいる。

目的のものはそこにあった。整然と積み重ねられたライフジャケットや救急箱や非常食に囲まれるようにして。乗組員用のインターネット掲示板に書いてあったとおりだ。自動で膨張するタイプの救命ボート。しかも、電気モーターが搭載されている。

それからこのクルーザーには、中央に金属製のハンドルがついた気密扉――国際海事機関の定めた安全基準によると、この扉はかなりせまく、緊急時の使用には適していないため、すべての避難経路からはずされている――が取りつけられていた。いまは閉まっている。わたしは救命ボートを床におろしてから、中央のハンドルをまわした。扉はキーッという音をたてて開いた。

外をのぞくと、およそ二メートル下で黒い波がひたひたと船腹を洗っていた。

気づけば、心臓は破裂しそうなほど激しく鼓動している。ここからは一本道だ。モーターは非常用だけれど、岸までならこれでじゅうぶんだろう。

船尾近くに、わたしたちのボートが見えた。十分後、ママが気づいたころには、わたしは暗闇にのまれて消えているはずだ。

救命ボートを海へほうり投げた。あとはここから飛びおりるだけ……。

そのとき、銃声が静寂を切り裂いた。

わたしはぎょっとして固まった。あと少しで海へ飛びこむところだった。荒っぽい足音が甲板を駆け抜けていく。つぎつぎと明かりがともり、波を照らし出した。船員が目を覚まし、発砲している。

（ママ！　見つかっちゃった⁉）

危険を承知で、あわただしい足音がするほうへ向かおうとする。そこで、ママの姿をとらえた。はしごを伝っていちばん下の甲板へおりようとしている。

だめ！　何してるの？　下に脱出口はない。その先は行き止まりだ。こっちへ来れば――

ママは知らないんだ。

ほかに脱出口はないと、わたしが言ったから。

口をあけてママを呼び止めようとしたけれど、訓練で教わったことを思い出して、それはやめた。追っ手にこちらの居場所、ママの居場所を知られてしまう。連中がわたしたちに気づいていない可能性は、わずかながらまだ残っている。

そこで、わたしはママのほうへ一直線に駆けだした。ママを連れて、ここまでもどってくるのだ。

ところが、船倉へ引き返した瞬間、恐ろしい形相をしたふたりの男が滑りこんできた。銃を持っている。

わざわざ問いただしたりはしなかった。空っぽの木箱を一瞥《いちべつ》しただけで、すべてを把握した。男のひとりが拳銃を構えた。わたしはきびすを返して逃げ出した。背後で銃声が鳴り響く。出口はふさがれていた。

わたしは開いたままの気密扉へ駆けもどり、唯一できることをした。飛びおりたのだ。海に吸いこまれる。息を止め、船尾のボートをめざして水を蹴った。くぐもった音とともに、銃弾が水中に降り注ぐ。

わたしは息のつづくかぎり、水面から一メートル下を泳ぎつづけた。もう無理だと思い、息継ぎのために顔を出した瞬間、海水が目にはいった。痛い。どうにか目をあけ、ボートの先端を視界にとらえたところで、波に襲われた。もう一度大きく息を吸い、平泳ぎでさらに数メートル進むと、ボートの脇にたどり着いた。

ボートへ這《は》いあがろうとしたちょうどそのとき、ひとすじの光がクルーザーから伸びてきた。まず水面を照らし出す。ふたりの男が船べり越しに、サーチライトと銃口を船外へ向けていた。サーチライトのまるい明かりがボートへ近づいてくる。速い。このボートに乗っているところを見つかるのは……まずいだろう。

ほかの選択肢を考える暇もなく、ボートから手を離し、静かにまた水中へもぐった。泳いでボートから遠ざかり、クルーザーから数メートル離れたあたりで顔を出すと、サーチライトがわたしたちのボートや盗んだお宝をすべて照らしているのが見えた。

「あったぞ！」船上の声が言った。

波と格闘しながら、クルーザーに目を凝らす。ふたりの男が失ったはずのものを取りもどそうと、はしごをおりているところだった。

船上からだれかのうめき声が聞こえた。女の人の声。ママだ。たしかめなくてもわかる。

「これ全部、ひとりで運び出したのか？」別の声が尋ねた。

ママは答えなかった。答えたとしても、わたしには聞こえなかっただろう。耳のなかでブーンという低い音が鳴り響き、少しずつ大きくなっていった。暗闇のなかで立ち泳ぎをつづける。海水にむせて居場所がばれたりしないよう、がんばった。だけどママは……どうにかして、ママを助け出さないと。

ふたりの男——泳ぎで鍛えた体と日に焼けた肌が、海の男らしさを感じさせる——は、わたしたちのボートをお宝ごとモーターボートの格納場所へすばやく引きこみ、鍵をかけてしまった。あっという間の出来事だった。

「おい、だれに雇われた？」船上でだれかが問いただした。砂利を思わせる、しわがれた声。

「あんたの妻よ」ママが答えた。声には、あざ笑うような響きがにじんでいる。「あんたの存在に我慢してやってるんだから、そのぶんの見返りをもらって当然だってさ」

ガツン。金属で人を殴る音。

先ほどの男がもう一度尋ねた。

答えはない。

「こいつを連れていけ。そのうち口を割るだろう」

いいや、ママはそんなことしない。わたしにはわかる。情報を渡してしまったら、連中がママを生かしておく理由はなくなるから。

その前に、ママを助け出す必要がある。泳いで気密扉のほうへもどるか、それとも――

そのとき、クルーザーのエンジンが息を吹き返した。周囲の水が大きな弧を描き、波となって、わたしを包みこむ。あっという間に海中へ引きずりこまれた。

（海水を飲んじゃだめ、ぜったいにだめ！）

自分に言い聞かせながら、暗闇のなかでもがく。

やっとのことで水面に顔を出し、海水を吐き出しながら咳《せ》きこんだ。塩辛さと焼けるような目の痛みで、何がなんだかわからなくなる。

まばたきを繰り返すうちに、ようやく世界がもどってきた。

顔をあげると、クルーザーはスピードをあげて走り去っていくところだった。

夜の闇へ。ママを連れて。

第５章　代償は十億ドル

頭が真っ白になった。けどそれは、ママのことを考えたからではなかった。

最初の数秒間は、自分のことしか考えられなかった。はるか沖の、黒い海で、ひとりきり。少しでも気を抜けば、潮の流れに巻きこまれ、海のもくずとなるだろう。しかし、ちかちかと点滅する光が、わたしを救ってくれた。

救命ボートだった。数メートル先で、ぷかぷかと浮かんでいる。

わたしはがむしゃらに泳いで近づき、ひもをぐいっと引っ張った。ボートは無事にふくらんだ。そこへよじのぼり、厚いプラスチックでできた床に、ビシャッという音をたてて倒れこむ。後ろに小さなモーターが取りつけられ、救命灯の横で、始動させられるのを待っていた。

（このモーターじゃ、もって三十分だろう。賢く使わないと）

あのとき、この救命ボートを海に投げておいてよかった。おかげで、わたしの命は助かるかもしれない。ただし、ママを犠牲にして。

ママは連れ去られてしまった。クルーザーが向かう先は……見当もつかない。連中はいつまでママを生かしておくだろう。どんな手を使って、情報を引き出そうとするだろうか。

クルーザーの明かりが見えていたとしても、このボートでは、やつらを追って海を渡るのは不可能だ。

だから、わたしは何もせず、ただすわっていた。希望を失い、真っ暗な海をひたすら漂っていた。まわりのあらゆるものに、のみこまれそうになりながら。

ママは行ってしまった。

全部、わたしのせいだ。

スマホが振動した。鼻をすすりながら、反射的にお尻のポケットからスマホを引っ張り出す。防水ケースを買っておいてよかった。しばらく水に浸かっていたというのに、ちゃんと通知を受けとっていた。さっき予約しておいたメールが送信されたという知らせだった。まさに、傷口に塩だ。舌に残る海水と同じくらい、しょっぱい塩。

こんな状況でも、ママがメールを見ていませんようにと願わずにはいられなかった。きっと、スマホは連中に取りあげられているはず——

ママの番号に電話をかけた。アンテナは一本だけ立っていた。いつの間にか潮に流され、岸へ近づいていたらしい。やっぱり、電話にはだれも出ない。そこで、メッセージを送った。

——**電話に出ろ。あんたたちが捕らえた者の仲間より**

すると、向こうから電話がかかってきた。聞いたことのある男の声、先ほどママを尋問し、殴った男の声が、すぐに話しはじめた。

「まさかとは思うが、もうおれの船には乗ってないんだろう？　まだ残ってるなら、居場所を教えてくれると助かるんだがな」

アメリカなまりの英語だ。アメリカの南部。いまそんな情報はなんの役にも立たないけど。

「仲間を返して」

「いいぞ。おまけにアイスクリーム・サンデーをつけてやろうか?」足を引きずる音が聞こえた。どこかに腰をおろしたのかもしれない。「雇い主の名を吐いたらどうだ? そうすれば、この女の死体はどこか見つけやすい場所に置いてってやる」

心臓がぎゅっと締めつけられる。「その人を殺したら、死んだほうがましだと思うような目に遭わせてやる。ぜったいに」

「おー、こわいこわい」男はせせら笑った。「おまえ、さてはガキだな? いくつだ。二十歳《はたち》前か? おれは多少のことじゃ動じないタイプなんだ。ましてや、相手がこまっしゃくれたティーンエイジャーじゃな。ママに泣きついて、電話を代わってもらったらどうだ?」

わたしはひゅっと息を吸いこんでしまい、すぐに後悔した。

男は一瞬だまった。「ああ、そういうことか。こいつがおまえの母ちゃんなんだな。まったく、かわいそうに。同情するよ……。なんて、嘘《うそ》だけどな。おまえさんにアドバイスをやろう。そんなことしてくれるママは、もういなくなっちまうしな。いいか、人生には思いどおりにいかないときもあるんだ」

血が時速百六十万キロメートルの速さで全身を駆けめぐっていた。いつ電話を切られてもおかしくない。男がスマホを船の外へほうり投げれば、ママとのつながりは絶たれてしまう。

なんの見返りもなしに、連中がママを解放することはないだろう。そう、そんなはずはない。けど、電話はまだ切られていない。チャンスはある。相手はトレジャーハンターだ。向こうがほしがるものを、差し出せばいい。

「そっちの要求は？」

相手に合わせて話を進めるのだ。「三十分くらい前は、宝を返してもらいたいと思っていたが、もう取りもどしちまったからな。そっちから提案してくれ。おまえさんは何をくれる？」

「百万ドル」

（お願い、それで手を打って）

それくらいなら、すぐに用意できる。ママの貯金だってある。これくらいの出費は屁《へ》でもないはずだ。

男はげらげらと笑った。腹の底から湧き出るような、こんなおもしろい冗談は久しぶりに聞いたと言わんばかりの笑い声だ。

「この船を見ただろう？　おれはあと二隻、同じようなのを持ってる。もっと高くてしょぼい誕生日プレゼントを、山ほど受けとってきたんだ」

胃がぎゅっとねじれる。「一千万ドル」かなりきびしい額だ。おばあちゃんとおじいちゃんに助けを求めないといけない。だけど、ふたりなら承諾してくれるだろう。昔ママとのあいだに何があったにせよ、手を貸してくれるはず。ママはふたりの娘なんだから。

「おいおい、母ちゃんの命はそんなに安いのか？」

わたしはことばにつまった。いくらまでなら出せるだろう。二千万？　三千万？　それくらいなら……どうにかできる。とくに報酬のいい仕事をいくつか選んで、家族みんなの力を借りれば。家族の貴重な記念品も何個か売り払えば。きっとだいじょうぶ。たぶん、だけど――

「こんなちまちました交渉じゃつまらねえ」電話の向こうで男が言った。「おれが決めてやる」ガサガサという音が聞こえる。だれかと話しているらしい。ママの命の値段を決めているのだ。

男がもどってきた。「よし。十億ドルだ」

わたしは激しく首を振った。ブレイズが肩を打つ。「正気？　十億ドルなんて用意できないぜったいに無理！」

「いや、おまえさんならできるはずだ、クエスト家のお嬢ちゃん」

あいた口がふさがらなかった。ママが名前を教えたはずはない。そんなことはありえない。

「ちょっと考えりゃわかることだ」訊《き》いてもいないのに、男はこちらの疑問に答えた。「あんたらの家がカリブ海のどこかにあるってのは聞いてた。カリブ海を拠点にする、黒人の泥棒。そこでぴんと来た。ここにいる女は伝説のクエスト家の一員だ。そうだろ？」

答える必要はなかった。向こうもそんなことは期待していない。

「だと思ったよ」男は自己満足に浸って言った。「となると、おまえさんなら十億ドル用意できるはずだ。この世でそれができる連中がいるとしたら、それはクエスト家だろう」

こんなことになるなんて。先方はこの条件を譲らないだろう。ママの命に十億ドル。

「わかった」わたしは言った。まる一年あったとしても、盗みの仕事で十億ドルを集められる気がしない。けど、できないと決めつけるのはまだ早い。ママのためなら、どんなことだってできる。時間さえあれば。「期限は？」ことばを絞り出す。

「ふむ……おれは辛抱強いからな。一週間でどうだ？」

「一年」

「だめだ」

わたしは頭をかかえた。「一週間は現実的じゃない。海外送金だってふつうはそれ以上かかる。一週間は無理」

短い沈黙が流れる。「一か月やろう。それ以上は待てない」

ママを取り返したら、死ぬまでにやりたいことリストへ〝あの男の顎を砕く〟を付け加えよう。

「ときどき電話で母の声を聞かせて。生存確認のために」

「かまわんよ。だが、こいつがよからぬことをしはじめたら、約束は取り消す。あらゆる約束をだ。わかったな？」

男は本気だった。こいつの機嫌を損ねないよう、慎重に行動しないといけない。でも、我慢できなかった。「いま聞かせて」

男は迷いを示した。「いまは気を失ってる。あとでかけなおせ。心配するな、母ちゃんはおれたちがしっかり面倒を見ておくから」また笑って、電話を切った。

わたしはゆっくりとスマホをおろした。波しぶきが救命ボートに降り注ぐ。

まだ望みはある。ママもあと一か月は生きられる。

でもそのあとは、連中に殺されてしまうだろう。どうやって十億ドルを掻《か》き集めればいいのか、いまのわたしにはちっともわからないのだから。


パラダイス島の小さな入り江へ到着したとき、まわりにはだれもいなかった。計画どおりだ。閉ざされた小屋の後ろには、家出用のリュックが置いていったときのままの状態で残っていた。計画を立てる段階では、こまごまとした心配事があった。もしもボートに乗って島へもどるところをだれかに見られ、沿岸警備隊に通報されたらどうしよう。もしもリュックがなくなっていたら。もしも救命ボートがきちんとふくらまなかったら。でも、計画はうまくいった。なんだか、宇宙全体がわたしを笑っているような気がした。

ママを……連れ去ったやつに電話したあと、スマホは電池が切れてしまった。急いで充電する。そして、緊急用の番号に電話をかけた。番号は暗記していた。これを使うのは、何かまずいことが起こったときだけだ。

一回の呼び出し音で、ジャヤおばさんが電話に出た。

「何があったの」

わたしは砂浜にくずおれ、鼻をすすった。

「失敗しちゃったよ、おばさん。わたし、取り返しのつかないことをしちゃった」

クエスト家専属のパイロット、パオロが、ナッソーのプライベート空港で小型機とともに待っていた。わたしは一時間も経たないうちにアンドロス島へ到着し、ママの4WD車を運転して空港からラヴ・ヒルへもどり、朝日に包まれながら足を引きずるようにして帰宅した。

何もかもが夢みたいに感じられた。悪夢だ。ここ数時間のわたしは夢遊病にかかっているかのようで、昨晩からの出来事を頭のなかで何度も再生していた。銃声、海、暗闇へ消えていくクルーザー。

ママの目と鼻の先で姿を消せるほど、自分は賢く機敏だと思っていたなんて、とんだうぬぼれ屋だ。

ひ、ひとり。

ひとりになる。このままママが殺されたら、二度ともどってこなかったら……わたしはほんとうにひとりになる。ジャヤおばさんも、いずれはナッソーの自宅へ帰ってしまうだろう。おばあちゃんやおじいちゃん、疎遠にしている大おばさんとは、ほとんど面識がない。ママは一度も家族の集まりに呼ばれたことがない。たぶん、わたしも。ママがいなくなったら、わたしにはいったい何が残るんだろう。

だめ。わたしなら対処できる。やってのけるしかない。

おばさんはキッチンにいて、連絡先のリストに片っ端から電話をかけていた。わたしを抱きしめることも、慰めることもしなかった。そんな時間はない。おばさんにできるのは、哀れむような目でわたしを見て、連絡先リストが表示されたタブレットを差し出すことだけだった。

めそめそするのはクエスト家の流儀じゃない。どんなときも、行動と実践が最優先。いまとるべき行動は、連れ去られたママを取りもどす、または十億ドルを手に入れる方法について、何か知っていそうな人に声をかけまくることだ。

だれも、わたしたちに手を差し伸べてはくれなかった。

日が沈むまで、電話をかけつづけた。あらゆる人に連絡をした。おばあちゃんとおじいちゃん。サラ大おばさん。知り合いの、救出活動の専門家たち。半分違法の金貸し業者。クエスト家に借りのあるすべての人。だれも助けてくれようとはしなかった。

途中から、ジャヤおばさんは電話をしながら家のなかを行ったり来たりしはじめた。数時間後、わたしが渡されたリストをすべて試し終えたころ、おばさんは自分の部屋に消えていた。

わたしはおばさんの部屋の前で立ち止まった。何もできることはないと、おばあちゃんから電話で言われたばかりだった。

ドア越しに、ジャヤおばさんの必死な震え声が聞こえてきて、わたしは動けなくなった。そこまで状況が絶望的なのだとしたら、このドアをあけた先には、何が待っているんだろう。

「伝えた情報がじゅうぶんじゃないってことはわかってる」ジャヤおばさんが言った。「でも、これがあなたたちの仕事でしょ？　依頼者に代わって、人々を連れもどすことが！」

「落ち着いてください、ミズ・クエスト」電話の相手がだれなのかはわからないけれど、おばさんのスマホのスピーカーから聞こえてくる女の人の声は、うんざりするほどそっけなかった。まるで、自分はただのカスタマーサービスの担当者で、早くこの電話を切りあげて家に帰りたいと思っているかのような。まるで、この通話にママたちの命なんてかかってないとでもいうような声だ。

「わたくしどもは救出活動を専門としていますが、魔法使いではありません。陸地でだれかの居場所を突き止めることと、広い海のどこへ向かっているのかもわからないクルーザーを見つけ出すことは、まったく別問題です。お客さまの場合はあまりにも情報が不足しているので、対応のしようがありません。それに、おうかがいした情報から判断すると、先方はかなりのやり手です。こちらが救出へ向かう前に、ご家族が処刑される可能性は非常に高いでしょう」

雷に打たれたような衝撃が胸に走った。処刑？

相手がつづけた。「もうひとつお知らせしておきますが、先ほど、あなたがたからの電話には応答しないほうがいいという忠告を受けとりました。その点を考えますと、こうして状況の検討に助力しただけでも、感謝していただきたいものです。現状では、ご家族の死を受け入れる準備をはじめるのがいちばんかと。では、よい夜を」電話が切れた。

何かが壁に叩《たた》きつけられた。ジャヤおばさんのスマホだろうか。静かにむせび泣く声が廊下にこだました。これ以上は聞いていられない。

わたしは自分の部屋に駆けもどり、がくっと膝を落として、髪に指をうずめた。パニックが体じゅうを駆けめぐり、息ができなくなる。胸が苦しい。つかの間、恐怖にのみこまれそうになった。ママのいない世界。お金を用意できなければ、ママは銃で撃たれて海へ捨てられてしまう——遺体をこの目で見ることもできない。

わたしのせいだ。これから先ずっと、わたしは罪悪感にさいなまれつづけるにちがいない。ママはそうなる前に気づくだろうか。ただひとりの娘が自分にした仕打ちに……わたしが家族のもとを離れようとしていたことに。

世界は望んでいたものをくれる代わりに、願い事には気をつけろという教訓を伝えようとしているのだろうか。こんなにむちゃくちゃなやり方で？

願い事。

そうだ、方法はある。唯一にして最悪の手段が。例の招待状のメールは消してしまったけれど、アドレスは覚えている。

荷造りはできている——まったく別の人生のために用意しておいたリュックがある。武器のブレスレットは手首に巻いたままだ。クローゼットのなかの上着をひっつかみ、いちばん足音が静かなスニーカーを履く。紺碧《こんぺき》の夜空に銀色の星が刺繍《ししゅう》され、靴底にフィンセント・ファン・ゴッホの〈星月夜〉【ファン・ゴッホの代表作のひとつ。夜空が青い渦巻き模様で表現されている】が描かれたスニーカーだ。

ジャヤおばさんに、こちらの物音は聞こえていなかったはずだ。じゅうぶん気をつけていたから、それはまちがいない。

わたしがいなくなったと知ったら、おばさんはどんな気持ちになるだろう。大学という冒険からもどってきたら、おばさんはきっと怒らずに、喜んでわたしを迎え入れてくれるだろうと思っていた。

なのに突然、世界は変わってしまった。まさか、こんなことになるなんて。もう二度とジャヤおばさんに会えなかったらどうしよう。

冷蔵庫に寄り道をして、メモを貼りつける。

流れ星に願いをかけてくる。ぜったいにもどるから

それからまた影に身をひそめ、ママの車に乗りこんだ。早く返信が来ますようにと祈りながら、例のアドレスにわたしの電話番号を書いて送る。

十秒もしないうちに、スマホが鳴った。

「こんにちは、ロザリン・クエスト」女の声が答えた。たったそれだけのことばに、イギリスとアメリカとオーストラリアのアクセントが入り交じっていた。かなり訓練が必要な技だ。これで身元を隠すことができる。「出場登録をご希望のようね？」

わたしはごくりと唾をのんだ。「わたしが勝ったら、願いをかなえてもらえるんでしょ？」

「ええ、そうよ」

「どんな願いでも？」

女は間を置いた。電話越しでも、笑みを浮かべているのがわかる。「死者をよみがえらせるとか、物理法則を変えるとか、そういうことでなければだいじょうぶ。どんな願いでも」

「わかった。参加する」

「すばらしいわ」

そこでスマホが振動する。「メールを確認してちょうだい。個人のアドレスのほうよ」

新しく届いた通知を見て、わたしは眉をひそめた。わたしの名前が記された電子航空券が添付されている。はじめからこれを用意してあったということ？

「あなたの飛行機は、一時間以内にアンドロス・タウン国際空港を出発するわ。それだけ時間があれば間に合うでしょう？」

この人たちはわたしがどこに住んでいるかを知っていた？　もしかしたら、現在地まで把握しているのかもしれない。「はい」わたしは声を絞り出した。

「では、現地で会いましょう」女は言った。「そうだ、歓迎のことばを忘れていたわ。怪盗ギャンビットへようこそ、ミズ・クエスト」

胃がずっしりと重くなった。〈組織〉というのがどんな団体だろうと、彼らはただ者じゃない。これは彼らのゲームなのだ。それをわたしにわからせようとしている。そしてこちらは、連中の指示に従うしかない。

でも、どんな課題が待ち受けていようと、勝つのはわたしだ。

車のキーを挿しこんで、エンジンをかけた。バックミラーをのぞいて、自分の目をじっと見つめる。

見つめ返す少女には、命を賭ける覚悟があった。

第6章　旅立ち

アンドロス・タウン国際空港はわたしの家くらいの広さしかなく、日が暮れたあとは閉館してしまう。けど今夜は、砂利敷きの駐車場が空っぽだったというのに、すべての明かりがついていた。たったひとりの乗客が姿を現すのを待っていたのだ。そう、このわたしを。

中へはいると、天井のファンがカチカチと音をたてながらまわっていた。蛍光灯はブーンという低い音を響かせている。

わたしはチェックインカウンターに目を向けた。前方には、ぼろぼろのプラスチック椅子が並んでいる。カウンターの奥にいるのは、ブロンドの髪の見知らぬ男性。空港職員がいつも着ているようなくすんだ茶色の上着ではなく、しっかりアイロンがけされた水色のジャケットを羽織り、手を後ろで組んでいる。そこで見張りをするのが子どものころからの夢だったみたいな顔で、カウンターの向こうを行ったり来たりしていた。

「エリースはどこ?」わたしは尋ねた。この空港には地上係員がふたりしかいない。毎週金曜日はエリースの担当だ。

「休みです」

税関のほうをちらりと見やった。あっちも人影がない。つぎにフライトボードを確認する。なんの案内も表示されていない。

電子航空券を差し出すと、係員はただうなずいた。出入国カードの記入もない。パスポートも見せようとしたけれど、手を振って断られた。係員は滑走路へつづくガラスのドアを押しあけた。

「穏やかなフライトを、ミズ・クエスト」

パスポートの読みとりも、セキュリティチェックもなし。なんだか、ウィリー・ウォンカの工場【ロアルド・ダールの小説『チョコレート工場の秘密』に登場する、チョコレート工場】へ招待された気分だ。必要なのは、金色のチケットだけ。手荷物の検査がないとわかっていたら、もっといろいろな武器を持ちこんだのに。わたしの武器はこのブレスレットだけで、特別な工夫をして、ただのアクセサリーを装っている。ほかの参加者たちはどんな道具を用意したんだろう。

滑走路にはジェット機が一機だけ止まっていた。すべての窓から明かりが漏れ、機体はなめらかな曲線を描いている。

先ほどのスタッフと同じ水色の制服に身を包んだ白人の客室乗務員が迎えに現れた。わたしは階段をのぼりはじめたところだった。

「ご搭乗ありがとうございます」チェリーのように真っ赤な唇の隙間から、まばゆいほど白い歯がのぞいた。アクセントは奇妙だった。イギリス上流階級のアクセントに近いけれど、大陸ヨーロッパっぽい響きもある。

足もとからエンジンのうなりが伝わってきた。

空気中には変なにおいが漂っている。かすかだけれど、たしかに甘いにおい。目の前の乗務員の女性も、わたしと同じように、なるべく息をしないようにしている？　もしそうだとしたら、何か危険なガスが空気に混じっているのだろう。

「お荷物をお預かりしましょうか」

そう言って差し出された手から、わたしは体をひねってリュックを遠ざけた。「いえ、けっこうです」

断られても、乗務員の女性は笑顔を崩さなかった。

「かしこまりました」通路のほうへわたしを促す。「どうぞ、お好きな席へ」

わたしは乗務員から目を離さないようにしながら、その脇を通って通路を進んだ。これから出会う人には、いつも以上に注意を払うことにしよう。

飛行機は思っていたより大きかったけれど、民間機というよりは自家用機に近い。わたしはすぐに、機内を見まわして出口を確認した。前方にひとつ、後方にひとつ。翼の上の緊急脱出口はない。そこまで大きい機体ではないのだ。

クリーム色のレザーシートは、平均的な民間機のファーストクラスに取りつけられているものより大きかった。いくつかは向かい合わせになっていて、あいだに小さなテーブルが置かれている。

そして、先客がいた。

わたしと同い年くらいのティーンエイジャーがふたり、席にすわっている。ひとりは、向かい側の席とのあいだにあるテーブルに突っ伏して、両腕に顔をうずめているラテンアメリカ系の女の子。長い黒髪がカーテンのように垂れている。気を失っているのはまちがいない。あんな体勢で、ぐっすり眠れるわけがないから。

もうひとりは白人の男の子で、はるか後ろの席にすわっている。頭の片側だけ短く刈りこみ、もう片方は茶色く長い髪が胸の前で組まれた腕をくすぐっている。口を半分あけたまま、窓にぐったりと寄りかかっていた。

無理やり眠らされているのでなければ、眠れるはずがない。こんな状況で……どこへ連れていかれるかもわからないのに。

わたしは最前列の後ろ向きの席にすわった。ここからなら、乗客全員を見渡せる。ほかの挑戦者たちを。

キャビンのドアが閉まり、ロックされる音がした。一瞬指を噛《か》んだけれど、あわてて手をおろした。不安なときに出てしまうその癖は、もう何年も前に、ママに言われてなおしたはずだった。しっかりして、ロザリン。

客室乗務員がグラス一杯の水と袋づめされたクッキーをトレイにのせて運んできた。わたしがいらないと手を振っても、勝手にテーブルを引き出して、トレイを置いた。

「こちらはサービスです」この人は、こんなふうに明るくはずんだ声でしかしゃべれないのだろうか。

そのとき、相手の名札が目にはいった。〝スヴェトラーナ《Suvetlana》〟ロシア人？　それにしても、あまり見ない綴《つづ》りだ。もっと不思議なのは、彼女のことばにロシアのアクセントがいっさい感じられないことだ。

「えっと、どうも」水とクッキーを前に、空腹で胃が悲鳴をあげた。最後に食べ物を口にしたのはいつだったか。ママのことを心配しすぎて、この日摂取したカロリーをすべて消費してしまったにちがいない。口のなかはからからだった。こんなに喉が渇いたことって、これまでにあっただろうか。

グラスに手を伸ばしたところで、はっと気づいた。そう、こんなに喉が渇いたことはこれまでに一度もない。何かがおかしい。この変なにおいと同じくらい、何かがおかしい。

客室乗務員は身じろぎひとつしなかった。わたしはまわりにちらっと視線を向けた。黒髪の女の子の前にも、グラスが置いてあった。中身は空でも、見た目はそっくりだ。男の子のほうはグラスまで見えないものの、まちがいなくテーブルは引き出されている。

わたしはしばらく何もせず、喉の渇きに身をゆだねていた。感覚が研ぎ澄まされ、乗務員のほうへ向きなおる。彼女はまだそこに立っていた。

わたしはグラスをコツコツと叩《たた》いて言った。「これに睡眠薬がはいってるんでしょ？」

乗務員の目が細くなる。「さすが、鋭いんですね、ミズ・クエスト。ええ、おっしゃるとおりです」

「それからこの妙なにおいと、喉の渇きには何か関係がある？」

「そうかもしれません」

「ほかのふたりもそれを見抜いた？」

「ひとりは」

「どっちの子か、教えてもらえる？」

「いいえ、それはできません」

飛行機はまだ地上を走りだしてすらいなかった。待っているのは、離陸の順番ではないだろう。わたしが起きていると不都合があるのだ。

わたしはグラスを目の高さに持ちあげた。見たかぎりはただの水だ。きっと、味もそうなのだろう。「どれくらい眠ってる予定？」

「必要なぶんだけ」乗務員は請け合った。「まだお迎えにあがらなくてはいけないお客さまが何名かいらっしゃいます。みなさまの匿名性を維持したいのです。ご理解いただけますよう」

ほかの乗客がこの飛行機に乗りこむあいだ、わたしは意識を失っていなくちゃいけないということ？

「お目覚めになるまで、安全は保証いたします」

それから乗務員は動かず、じっと待っていた。これはお願いではない。きっと、連中の決めたルールに従ってプレイできるかどうかを、試されているのだろう。

ほかに選択肢はない。ママの命がかかっているのだ。それに実際、喉が渇いて渇いてしかたがなかった。

わたしは水を飲み干した。これまで飲んだなかで、いちばんおいしい水だった。冷たくて、後味がすっきりしていて、なぜか甘みもある。

乗務員はトレイや空っぽのグラスをそのままにして去っていった——つぎの乗客にとって、これが手がかりになるからだろう。

わたしはゆったりとシートにもたれて、目を閉じた。

エンジンの音が大きくなる。目が覚めたらどの大陸にいるんだろう。それすらもわからない。まあ、もしも目が覚めたら、の話だけど。

唾をのみこむと、頭がぼーっとしはじめた。まさか〈組織〉がここまでするとは——でもわたしは、目を覚まさないわけにはいかない。

そして、かならずゲームに勝つのだ。

第7章　若き〝天才泥棒〟たち

気がつくと、わたしは窓のない小さな部屋にいた。

どの壁も天井も黒のベルベット地で覆われている——いま横たわっている長椅子と同じだ。霧のようなものが床の上を漂っていたけれど、すぐにくるくる踊りながら通気口へ消えていった。覚醒ガス、といったところか。

部屋をざっと見まわし、長椅子の下を調べた。ここにはわたししかいない。リュックはどこだろう。人から何かを盗むのは、わたしの仕事なのに。天井の隅には、透明なドーム型の監視カメラが据えつけられ、こちらに向かってウィンクをしていた。

連中は当然、こちらの様子を見て楽しんでいるのだろう。

反対側の壁には、いかにも潜水艦についていそうな金属のドアがあった。

ドアには少なくとも三十個近くの錠が取りつけられていた。シリンダー錠、数字や文字を合わせるダイヤル錠、上下左右の方向をそろえるコンビネーションロック、いちばん下にはキーパッドまである。これはテストだ。あのカメラの向こうにだれがいるのか知らないけれど、わたしがこれらの鍵をあけてこの部屋から出られるかどうかを見ている。

楽勝だ。

上着のポケットに縫いつけておいたピッキング道具のうち、どんな錠にも対応できるものを引き抜いて、仕事に取りかかった。道具を使ってシリンダー錠をあけるくらいは、目をつぶってたってできる。ダイヤル錠は、耳をぴたりと押しあて、中の機構がカチリと音をたてるまでダイヤルをまわしていく。

気づくと、足もとには錠の小さな山ができていた。

残るはあとひとつ——キーパッドだ。

指のストレッチをする。指だって休憩が必要だ。わたしも深呼吸がしたかった。最後のこれは、ひとすじ縄ではいかないだろう。

それに、言うまでもなく、このドアの向こうは未知の領域だ。

謎めいたドアは、わたしの大好物とは言えない。

気を取りなおして、ドアの端と壁の隙間をのぞいた。キーパッドにはどんな錠が組み合わされているんだろう。マグネット式なら、パスワードを解く必要すらないかもしれない。

いや、だめだ。リュックを奪われてしまったんだから。リュックがないということは、クレジットカードもない。

キーの上で指を泳がせる。いちばん使い古されたキーは？　これは確率の問題で——

すると、上の画面が明るくなった。質問が流れてくる。

——**客室乗務員の名前は？**

思わず笑みがこぼれた。

――S―U―V―E―T―L―A―N―A《スヴェトラーナ》

ドアがカチャリと開いた。わたしは慎重に通り抜けた。何が待ち受けているかわからないからだ。

百個もの錠がついた複数のドア？　それとも、昔ながらの迷路？

しかし、迷路ではなかった。迷路だとしたら、ものすごく雰囲気のいい迷路だ。わたしは薄目をあけて、明るさに慣れるまで待った。

そこは窓のない円形の部屋で、十二以上のドアに囲まれていた。ベルベット張りのアンティークの肘掛け椅子や長椅子が、部屋の真ん中を向いて円を描くように並べられている。また、黴《かび》や木くずのような、古めかしいにおいがした。

それから……女の子がひとり。

女の子は優雅に足首を交差させ、長椅子のへりにちょこんと腰かけていた。真っ白な手をスカートの上で握り合わせているその姿は、ブレザーにブーツという格好と相まって、さながら〝寄宿学校からもどってきたばかりのお嬢さま〟といった雰囲気だ。

彼女は小首をかしげ、ミディアムロングのブロンドの髪を揺らすと、青い瞳をにらむように細めた。

わたしもありったけの力をこめてにらみ返した。

ノエリア・ボシェルト。これは最悪の事態だ。

ノエリアは唇をゆがめた。口もとに並ぶふたつのほくろがそれに引っ張られる。けれど、わたしの背後のドアを見て、しかめ面は満足げな笑みに変わった。「いつも一歩遅れてるわね、クエスト？　一歩というか、五歩？　それとも十歩？」

「十？　それって、この一年でわたしに盗みで負けた回数じゃない？」ノエリアの笑みが崩れる。

ノエリア・ボシェルト。二度とあの子の顔を見なくてすむなら、わたしはいくらでもお金を出すだろう。しかし、どんな運命のいたずらか、わたしにとって顔を合わせる機会が比較的多い同い年の泥棒と言えば、彼女だった。ボシェルト家はヨーロッパでいちばん大きな影響力を持つ怪盗一家で、一方のクエスト家は、わたしの知るかぎり、北アメリカで最も名が知られている怪盗一家だ。なら、ふたりは無二の親友になれるんじゃないかって？

そんなことはない。

試したことはあった。ある冬、ママはわたしをスキーキャンプに預けた。そこで、九歳のノエリアと出会ったのだ。わたしたちの出会いは、ほんとうにただの偶然だった。

わたしたちは気が合い、たちまち仲よくなった。いっしょに、隣部屋の女の子たちから、おそろいのピンクのミサンガを盗んだ。わたしはノエリアに開脚のやり方を、ノエリアはわたしにリストロックという手首の関節技を教えた。ふたりでスターバーストというソフトキャンディを隠し持ち、どちらが互いから多く盗めるかの競争もした。

そしてキャンプの最終日、ノエリアはわたしをはめた。四人のインストラクターから宝飾品を盗んでみろとけしかけ、自分だけ逃げたのだ。わたしはキャンプの事務所で手錠をかけられ、わずか九歳でスイスの少年鑑別所へ送られそうになった。

すんでのところで、ママが助けにきてくれた。山をおりる車のなかでずっと、わたしは泣いていた。ママは繰り返しこう言っていた。〝こういうことになるから、他人を信用しちゃいけないの。信用できるのは、クエスト家の人間だけなのよ、ベイビーガール〟

それ以来、ノエリア・ボシェルトはまるでゴキブリのようにしつこくわたしの人生にはいりこんできた。あちこちの現場で姿を見かけた。それぞれの仕事で集合場所がかぶったときには、通報されて、あやうく警察に捕まりそうになったこともある。またあるときは、数名のクライアントにわたしの悪口を吹きこんだ。おかげでそのクライアントたちに、ママは娘を仕事に加えるなと言われた。

あまりにも頭にきたので、ママに、三か月ぶんでいいからスイスでの仕事をとってきてと頼みこんだ。ノエリアとその家族にとって、手ごろでかんたんに稼げる案件を片っ端に、と。すべての依頼を華麗にこなし終えたころ、スイスから手を引けという、ちょっとした脅迫メールが届いた。わたしはそれをスクリーンセーバーに設定し、一週間ながめて楽しんだものだ。

「あのクライアントたちはたいした報酬を払ってくれなかったみたいね」ノエリアは言った。わたしの先ほどの発言は聞かなかったことにするつもりらしい。

「その服を見ればわかるわ。よれよれのTシャツに、着古したジーンズでしょう?」そう言ってこちらの足もとを見おろし、センスのなさをけなすことばをつづけようとしたけれど、スニーカーを見て口をつぐんだ。

わたしは身構えた。きっと鼻で笑われるか、〝変てこ〟とか〝くだらない〟とかいった感想――どちらもジャヤおばさんのことばだ――を聞かされるのだろう、と。

けれど、ノエリアは何も言わなかった。椅子の上でわずかに身じろぎした。

わたしも真似をして、ノエリアの乗馬靴に視線を落とした。一見、どこにでもある気どったブーツだ。ところが、目を凝らすと、靴の裏に色鮮やかな何かがちらりと見えた。控えめで、印象派っぽいデザインだけれど、たしかにそこにあった。

ノエリアは足首を組みなおして靴底を隠した。じつはふたりとも靴マニアだったなんて、そんな恥ずかしい事実は認めたくない、と言わんばかりに。

「ばかにも一芸、ってことね」ノエリアはつぶやくように言った。

わたしは知らん顔をして、ノエリアからいちばん遠い長椅子の背をひょいと跳び越え、腰をおろした。

ノエリアの後ろにあるドアの上に、小さなスクリーンが設置されていた。これはいい気晴らしになりそうだ。

よく見ると、すべてのドアの上に同じスクリーンがあった。十二個あるスクリーンのそれぞれが、十分の一秒単位で時間をカウントしている。わたしのスクリーンには、十一分三十秒三と表示されていた。ノエリアは九分四十四秒〇。

顎にぐっと力がはいった。ノエリアに負けた……今回のところは。

新たなドアが音をたてて開いた。飛行機でいっしょだった白人の男の子だ。髪を掻《か》きあげ、後ろを向いてスクリーンを見あげる。機内では気づかなかったけれど、目のまわりを黒っぽいアイライナーで囲っていた。サスペンダーは肩へかけずに、だらりと垂らしている。カジュアルな着こなしだ。たぶん、そう見せようとしているんだろう。カジュアルな雰囲気をまとっている者に対して、人はかんたんに心を許す。

男の子はこちらへ向きなおり、どういうことだよという顔で両手をあげた。「つぎのテストは？」標準的なアメリカ英語だ。

ノエリアとわたしは片眉をあげて彼を見た。「つぎのやつは？」男の子は繰り返した。「鍵の山だってなんだっていいからさ！　なんだよ、だんだんむずかしくなってく課題を、つぎつぎとクリアしてくゲームだと思ってたのに」

何もおもしろいことは起こらないとわかったのか、肩を落とし、いちばん近くの肘掛け椅子へすわった。ポケットからスマホを取り出し、画面を下にして膝に置くと、もう片方のポケットからひと組のトランプカードを引っ張り出す。アーチを作るようにカードを軽く曲げて、リフルシャッフルをはじめたけれど、目の端ではノエリアとわたしを見張っていた。

正直に言うと、こんな子に会ったのははじめてだ。緊迫した状況から解放されたことに、あそこまでがっかりするなんて。むしろ、いら立っているようにすら見える。

ノエリアは口をあけたけれど、男の子を上から下までながめたあと、そのまま口を閉じた。これまでの経験から言うと、ノエリアはすでに、使い勝手がよくポイ捨て可能なお友だち探しをはじめているのだろう。どうやら彼はお眼鏡にかなわなかったらしい。

一分後、別のドアから細身の女の子が出てきた。インド人だろうか。彼女が現れた瞬間、わたしは二度見した。モデルがランウェイを歩いているのかと思った。背が高く、すらっとしていて、黒髪を高めの位置でポニーテールに結んでいる。化粧も完璧で、周囲を威嚇するような茶色い目のまわりから、長いまつ毛が突き出ている。上半身に羽織っているのは金の刺繍《ししゅう》でふちどられたジャケットで、伝統的なインドの民族衣装と西洋の最新ファッションを組み合わせたようなデザインだ。そして、それにぴったりのレギンスとパンプスとスカーフを身につけている。

ノエリアが〝お嬢さま〟なら、彼女は〝都会の洗練された女の子〟だ。指には、ばかばかしいほどたくさんの指輪——それぞれの指に最低でも一個——がはめられている。ずいぶん鋭そうな指輪だ。

ノエリアははっと息をのみ、うれしそうに顎の下で両手を合わせた。おそらくヒンディー語——まさか、ノエリアがヒンディー語を話せるなんて——で何かを言った。女の子は気どった笑みを浮かべ、自分の上着、つぎにノエリアの上着を指さした。

そんなふうにして、ふたりは打ち解け合った。まあ、出会って二分しか経ってないのにライバルと打ち解け合えるのかどうかは、はなはだ疑問だけど。こんなかんたんにだまされるなんて、あの子はお人よしなんだろうか。でも、わたしだって人のことは言えない。あのときは、幼いノエリアに髪留めを褒められて、ころっとだまされてしまったのだから。

けどいまのわたしは、ノエリアの手口を知っている。ほかの参加者のどんなはったりにも、ぜったいに引っかからない。

ノエリアと指輪の女の子はずっとくすくす笑っていた。枕があれば殴りたい。わたしはこみあげる感情をぐっとこらえた。

別のドアがあいて、クリーム色のセーターを着た男の子が姿を現した。真っ黒の髪は見たことがないくらい完璧に整えられ、少しも乱れていない。東アジアのどこかの出身だろう。センスのいい眼鏡の奥から、射るような視線をわたしたちに向けている。

「その眼鏡、いいじゃん」白人の男の子が顎をしゃくって言った。なんだか廊下ですれちがった同級生みたいだ。

完璧な髪型の男の子は眼鏡をくいと押しあげた。「知ってる」それだけ言うと、その場でくるりと回転しながら部屋を見渡し、わたしたちを含むあらゆるものをじっくり観察してから、腰をおろした。カードを持った男の子は椅子にやや背を預け、カードをいじりながら、完璧な髪型の子を見てにやりと笑った。

「前もそんなふうにじろじろ見てきたやつがいたな。そいつとは結局寝たけど」誘うような目で言う。

完璧な髪型の子は笑みを浮かべることも、顔を赤らめることもなかった。スマホを取り出して、何かを打ちこみはじめる。メモをとっているのだろうか。「ほかをあたってくれ」

つぎに現れた女の子も東アジア系だった。赤茶けた、癖のある髪。首には、昔ながらのいかつい金色のヘッドホンを髪の上から引っかけている。部屋の反対側からでも、音楽が漏れ出ているのが聞こえた。トランプの子の隣にある肘掛け椅子にすわると、クッションのあいだに体をうずめる。視線は隣でシャッフルされているカードに注がれていた。

「貸して？」そう言って両手を差し出した。トランプの子はうなずいて、シャッフルのこつを教えはじめた。

そこへ、ふたりの参加者がほぼ同時にドアから出てきた。

ひとりは、同じ飛行機に乗っていたラテンアメリカ系の女の子だ。デニムジャケットに身を包み、三つ編みでひとつにまとめた髪を——そんなことに貴重な時間を使うなんて、どうかしてる——肩から払いのけた。天使を思わせる優雅な身のこなしで、ふわりと浮かぶような、軽やかな足どりをしている。ダンサー？　もしかしたら、曲芸師かもしれない。それについて考える時間はあまりなかった——つぎに現れた男の子が、わたしたちの注目をいっせいに集めたからだ。

最初に耳にしたのは、ブーツの足音だった。まるで映画のワンシーンだ——バイカーのブーツがゆっくり一歩ずつ床を踏みしめ（カメラが足もとをアップで撮る）、バーの客全員が話をやめる。

わたしたちの部屋も、一瞬静まり返った。背の高い白人の男の子が歩いてやってきた。スポーツ刈りの頭に、ボマージャケットを着て、指の関節をポキポキ鳴らしている。わたしはぞっとした。何かがおかしい。指を鳴らす動作が、好戦的すぎる。歩くスピードもゆっくりで威圧的だ。ママたちから危険人物についてのレクチャーを受けてきたけれど、それを思い返さなくともわかる。こいつを歩道で見かけたら、真っ先に反対側の歩道へ逃げるべきだ。

いまのところは、部屋の向こう側にいる。隣にはぜったいにすわってほしくない。みんな同じ気持ちのようだ。

ただし、トランプの子だけはちがった。ふたりに共通しているのは、拷問部屋でなくただの談話室に案内されて、がっかりしているところだ。

新顔が目の前を通り過ぎようとしたとき、トランプの子が足を突き出した。凶暴そうな彼がそれにつまずき、前につんのめる。

ノエリアがひゅっと息を吸った。じつを言うと、わたしもだった。

「おっと、悪いな」トランプの子が舌打ちをした。「そっちもちゃんと前を見て歩けよ」

凶暴そうな子の顔がゆがんだ。目が血を求めている。勢いよく振り返り、片手をトランプの子の首へ伸ばした。

「うわっ！」ヘッドホンの子の手からカードが勢いよく飛び出し、ばらばらとこぼれ落ちて、床に散乱した。運がよかったね、トランプのきみ。おかげで凶暴そうな子の手から逃れられた。

「だから、シャッフル中はカードの隅っこを親指でちゃんと押さえてろって言ったんだね」ヘッドホンの子は、さっきのはただの事故だったとでもいうふうに、肩をすくめた。トランプの子を助けようとして、わざとカードをぶちまけた？　あまりにものんきに構えているので、彼女の真意はわからない。それがあの子の狙いなら、計画は成功だ。たしかにあの行動には、場の張りつめた空気を破る効果があった。

凶暴そうな子はこぶしを握りしめ、肘掛け椅子に腰をおろした。両腕を肘掛けに置き、地下室に閉じこめた人質のことを考えるソシオパスのように、指を曲げ伸ばししている。サイコホラー映画にでも出てきそうな雰囲気だ。そのとき、バッファロー・ビル【トマス・ハリスの小説『羊たちの沈黙』に登場するある連続殺人鬼の呼称で、小説は一九九一年に映画化】が頭に浮かんだ。きっと、わたしだけじゃないはずだ。

「それはローションをかごに入れる……」ノエリアがフランス語でつぶやいた【映画版〈羊たちの沈黙〉におけるバッファロー・ビルの台詞。被害者をit（それ）と呼ぶ】。わたしは思わず口もとをゆるめた。ノエリアはしれっとしていたけれど、指輪の子には通じていないとわかって、台詞の引用を途中でやめた。

ヘッドホンの子はカードを掻《か》き集めはじめた。「手伝ってくんない？」わたしたちのほうを見て言う。

もちろん、凶暴そうな彼が手を貸すわけはない。完璧な髪型の子は、スマホをいじりながら、何枚かのカードをヘッドホンの子のほうへ足で蹴ってよこした。ノエリアと、新しいお友だちの指輪の子は、ひたすらうんざりした顔をしている。

ただひとり、髪を三つ編みにしたダンサーの彼女だけが、素直に手伝った。彼女はカードがひらひらと宙を舞っているうちに、何枚かすでにキャッチしていた。それから、腕をありえない角度で曲げ、長椅子の下に滑りこんだ二枚のカードをとらえた。わたしはそれをずっと目の端で追っていた。

つづいて、すわり心地のいい自分の長椅子の脇を見やった。べつに手を貸すつもりはなかった——ヘッドホンの子がライバルたちにつけ入ろうとしてやっている可能性もある——ものの、一枚のカードが裏返しで落ちているのが目に留まった。一枚くらい、拾ってあげてもいいかもしれない。そうすれば、わたしに対するみんなの評価を惑わすことができるだろう。ほんとうに心の広い人間なのか、それともそう見せかけているだけなのか。

そこでわたしは、カードを拾おうと身を乗り出した。と同時に、別の手が伸びてきた。あたたかい指がわたしの指をそっとかすめる。

顔をあげると、新しい男の子と目が合った。すぐそばに相手の顔があって、うまく息ができない。心臓が一瞬止まりそうになる。これでようやく、黒人はふたりになった。けど、いつの間にドアが開いたんだろう。

いたずらっぽい笑みをにじませながら、男の子はカードを拾ってひっくり返した。「ハートのクイーン」そのあまりに美しいイギリス英語に、わたしは不意を突かれた。男の子はささやいた。みんなに聞かれたくないかのように、わたしの耳もとで。「何かのサインかもね」

わたしはあわてて椅子にすわりなおした。胸がどきどきしている。彼がヘッドホンの子にカードを返すのを呆然《ぼうぜん》と見つめた。

新たに登場した彼はここにいるだれよりもおしゃれで、古風なベストにネクタイを合わせている。袖を肘までまくっているので、ロレックスの腕時計がまる見えだ。髪はもちろん縮毛で、スポンジのようにふわふわだけれど、どことなく黒人以外の血もはいっているような印象を受ける。目もそうだ。炭のような黒ではなく、茶色に近い。

彼は〝かっこいい〟なんてもんじゃなかった。その立ち姿と、先ほどの台詞から、本人も容姿のよさを自覚していることがわかる。しかも、必要とあらば最大限にそれを利用してくるタイプだ。

わたしは心のなかで自分を叱った。ロザリン・クエストは、セクシーな男の子に出会って五分で心を奪われるような女の子じゃない。いまやるべきことリストのトップにあるのは、このゲームに勝つこととママを救い出すことであって、自分の役に立ちそうな存在ならだれでも口説くようなやつにひと目惚《ぼ》れすることじゃない。

ちがう。わたしはちっとも惹《ひ》かれてなんかない。

「パーティーに遅れちゃったかな？」イケメンのイギリス人は言った。話し方までセクシーって、どういうこと？　わたしの長椅子に近づいて言う。「ここ、いいかな？」

わたしは断らなかった。すると彼は、トーク番組の司会者みたいに片足を膝に乗せてすわった。金のネクタイピン――ピッキングに最適――を指でまわし、ネクタイにするりとはめる。

「もう自己紹介は終わった？」イケメンは尋ねた。

「だれがそんなことしたいって言った？」ノエリアが言った。スーパーモデルのお友だちが現れてから、だれかに声をかけたのはこれがはじめてだ。

「自己紹介、いいんじゃない？」隣のダンサーの子が三つ編みの先っぽをいじりながら言った。

「リアリティ番組みたいな感じで？」ヘッドホンの子が話に加わる。

完璧な髪型の子がふんと鼻で笑った。「これはリアリティ番組なんかじゃない」

目覚めた部屋にあったのと同じ監視カメラが、この部屋の隅にもあった。わたしは意味ありげな視線をカメラに向ける。「それ、本気で言ってる？」

「おれは賛成」トランプの子が楽しげに足を揺すった。知らぬ間に、またカードをシャッフルしている。

イケメンがにこりと笑って言った。「どうせいつかは名前を教え合うことになるんだ。まあ、ほとんどの人は、相手の名前くらい自力で突き止められるだろうけど」

すると立ちあがり、胸に手をあてて自己紹介をはじめた。「デヴロー・ケンジー。生まれはイギリス」

「出身も言うの？」わたしは訊《き》いた。

「もちろん」デヴローはまた長椅子に腰かけた。「そうすればお互い、アクセントから出身を推測する手間がはぶける」

「いいね」つぎにヘッドホンの子が口を開いた。明るい音楽がまだヘッドホンから漏れ聞こえている。「あたしはギョンスン・シン。朝鮮半島生まれ。もちろん、南の韓国出身だよ」よく見ると、そのだぼだぼのTシャツには、聞いたことのないK－POPグループのロゴがパステルピンクのハングルで印刷されていた。しまった、もっと早く気づくべきだった。

ギョンスンはトランプの子にマイクを渡すふりをした。トランプの子は刈りあげていないほうの髪を手でなでつける。「オッケー。名前はマイロ・マイケルソン。どっちもMではじまるから、MMって呼ぶ人もいるけど、まあ、あんまり多くないかな。このアイラインが気に入らないやつとは、友だちになれない。あ、それから地元はベガス。ベガスっていうのは、アメリカのネバダ州にある都市のことだ」

「ラスベガスを知らないやつなんていない」完璧な髪型の子が言った。

ギョンスンがくすっと笑う。

「ってことは、ギャンブラー？」デヴローが訊《き》いた。

マイロはデヴローのことばにひどく傷ついた顔をして、椅子にのけぞった。「わたくしはまだギャンブルのできる年齢ではございません」

わたしは思わず口もとがゆるんだ。いまのはイギリス紳士の真似？　だとしたら、なかなかの出来だ。

順番で言うと、つぎは凶暴で荒くれ者の彼だ。しばらく輪に加わるべきか迷っているようだったけれど、歯を食いしばったまま、わずかに口を開いて言った。「ルーカス・テイラー。オーストラリア人。はい、つぎ」

つぎは完璧な髪型の子だ。両膝に肘をつき、顎の下で両手の指を合わせてテントの形を作る。

「タイヨウと呼んでもらってかまわない。が、〈組織〉に言われないかぎり、姓は明かさない。日本から来た」

「苗字を隠すわけ？」指輪の子がポニーテールを払うと同時に、指輪がきらめいた。さりげないのに、びっくりするほど色っぽいしぐさだ。「いいじゃん、だれにも言わないし。それとも、びびってんの？」いたずらっぽく笑う。

タイヨウは表情ひとつ変えなかった。またスマホに何かを入力しはじめる。それが指輪の子の気にさわったらしい。

「それ、なんのメモ？」彼女は尋ねた。

タイヨウは答えなかった。指輪の子は飛びかかろうとしたけれど、ノエリアが彼女の肩にそっと手を置いて止めた。それから咳払《せきばら》いをして立ちあがる。

「わたしの名前はノエリア・ソフィア・ボシェルト。スイスのチューリッヒから来たの」スカートをなでて、しわを伸ばす。「あとはそうねえ、エメラルドよりルビーが好きで、趣味は月明かりの夜に散歩をすること。みんな、アドラかわたしに負けても悪く思わないでね」

ノエリアがすわると、わたしたちはいっせいに目をぐるりとまわした。指輪の子、アドラだけは、名前を呼ばれて得意げな表情を浮かべた。すべてノエリアの台本どおりだ。〝わたしたち〟対〝ほかの人たち〟という構図をわざと作り出している。

「ボシェルト家って、この業界でも有数の名家でしょ？」アドラがとってつけたように言った。ノエリアにそう言ってくれと頼まれたんじゃないかと思うほどだ。

「そうよ」ノエリアは頬を赤くした。だれか、わたしを絞め殺して。

指輪の子が自分自身を手ぶりで示す。「ノエリアの言うとおり、あたしはアドラ。インド出身」

ギョンスンが口をぽかんとあけた。「さっき苗字を教えなかったタイヨウに、さんざん文句言ってたよね？　自分は？」

アドラは肩をすくめた。けれど、目は意地悪そうに光っている。みんなを振りまわすのが楽しくてしかたがないみたいだ。「気が変わったの」わたしと飛行機でいっしょだったダンサーの子を指さす。「つぎはあなたね」

ダンサーの子は非の打ちどころのない姿勢を保っていた。どことなく白鳥に似ている。「イエリエル」なまりが強く、官能的な英語だ。でも、声は震えていた。緊張しているのだろうか。

「イェリエル・アントゥネス。ニカラグア出身」

それだけ言って、だまりこんだ。

残るはわたしだけだ。

「最後を飾るのは……？」デヴローがあおる。

わたしはため息をつきながら、ブレイズにした髪を後ろへ払った。「ロザリン・クエスト。生まれはバハマ」

「クエスト？」マイロが椅子から転げ落ちそうな勢いで言った。「クエスト家と言ったら、伝説の一族じゃん！　実在してたんだ！　あのさ、家族のだれかがイギリス王家に伝わるネックレスを盗んだってマジ？　王室はそれを必死で隠そうとしてるって話！」

全員がわたしを見ていた。けれど、みんながきらきらした目を向けているわけじゃない。とくにノエリアは、自分よりわたしの姓が大きな注目を集めたことに、いら立ちを隠せない様子だ。

「おばあちゃんが大げさに話をしただけだと思う」わたしは言った。

マイロは首を縦に振りながら、顎をさすった。「だとしても、寝る前の子どもへ聞かせるのにぴったりの話だな」

それはまちがっていない。

いきなり、十二のアラームがいっせいに鳴り響いた。残っていた三つのタイマーが停止する。二十二分。時間切れだ。でも、ドアは閉まったままだった。その代わり別の、タイマーのついていないドアが大きく開いた。

暗い廊下から、ひとりの白人女性が現れた。タブレットをクリップボードのようにして、小脇にかかえている。髪はピクシーカットで、色はパンツスーツと同じ深みのある赤だ。地獄にホテルのようなフロントデスクがあるとしたら、この人はまさにそこで働いているだろう。

「よかった。もう自己紹介まですんだみたいね」後ろでドアが閉まる。ギョンスンとルーカスのあいだにだれもすわっていない長椅子があったから、てっきりそこにすわるだろうと思ったのに、彼女はそうしなかった。立ったまま、こちらを見おろす。

「あのカメラで見てたんだろ。それならそうと、はっきり言えばいい」ルーカスが言った。「いったいどのくらいの人間が、このゲームを最前列で観戦してるんだ？」

「発言には気をつけて。つねに観られていることを忘れちゃだめよ」女は微笑んだ。「わたしのことは、カウントと呼んでちょうだい。みなさんとの連絡係を務めます。そしてあなたたちは、今年の選ばれし者たち」

「部屋を出られなかった三人は？」タイヨウが疑問を口にした。

「さっきのはただの予選。まあ、適性検査みたいなものね。彼らは落第したの」カウントは答えた。「心配いらないわ。彼らがゲームにもどってくることはないから」

十二人ではじまり、すでに三人がふるい落とされた。怪盗ギャンビットは遊びじゃないのだ。

カウントはつづけた。「ルールを説明するわ。怪盗ギャンビットは三つのステージに分かれています。それぞれのステージで、さまざまなテストがおこなわれる。前ぶれなく失格となる場合もあります。審査員があなたたちのパフォーマンスを……これ以上は観るに値しないと、判断した瞬間に」

「つまり、課題をクリアしたとしても、審査員を満足させられなかったという理由で、落とされる可能性があるってことね」ノエリアのその発言は、質問というより断定に近かった。ただし、その声に不安の色はいっさいない。

「そのとおり」カウントは言った。「ゲームの続行が不可能なほどの怪我を負った場合も、その時点で脱落となります」

わたしは長椅子の上でもぞもぞと体を動かした。毎回血を流して退場になる子がいると、ジヤヤおばさんが言っていた。でも、いったいどんな状況でそんなことになるのだろうか。

「ただし、覚えておいて」カウントがより険しく、深刻な表情を浮かべる。「ほかの出場者を殺して勝利を収めることは、いっさい認められていません。ゲーム外での暴力は禁じられています」

「なら、ゲーム中は？」ルーカスが訊《き》いた。

「ゲーム中にほかの出場者と揉《も》めて争いになった場合は、たとえそれが命の危険を伴うものだとしても、許容されます。とはいえ、理由もなくほかの出場者を攻撃すれば、審査員からはよく思われないでしょうね。これは怪盗の技を競うゲームなんですから。こぶしではなく、頭脳と技術を駆使して、ライバルたちを圧倒してほしいの。勝者はわたしたちと契約を結ぶことになるので、鋭い知性と――」

「契約？」わたしはすかさず聞き返した。

カウントはこちらを振り向いた。「ちょうどいいから、その話に移りましょう。怪盗ギャンビットの勝者は、願いをかなえる権利が与えられるだけでなく、一年間、わたしたち〈組織〉の専属怪盗になるという栄誉に浴すことになります。どんな依頼も断ることはできません。そのぶん、報酬はたっぷりとお支払いするわ」不敵な笑みを浮かべる。「みなさんがこれまでに受けとったことのないほどの報酬を」

一年間におよぶ、怪盗としての専属契約。まさか、そんなものを結ぶことになるなんて。でも、そこまで悪くはないかもしれない。もともと家を出たいと思っていたわけだし……こうなる前は。だけど、これはわたしが思い描いていた自由とは全然ちがう。「それって、わたしたちが望めば、の話でしょ？」

「契約はぜったいよ」カウントは答えた。「勝者が組織のために働くのは決定しているの。それがいやなら、帰ってもらってかまわないわ」

　カウントはそこでことばを切り、わたしたちの反応をうかがった。だれも動かなかった。わたしも動かなかった。

　ママのいない未来なんて考えられない。これしか道はない。

　マイロが大げさに息を吐いた。「さっさとはじめようぜ。帰るやつはいなさそうだし。第一ステージがはじまるのはいつ？」

「すでにはじまっています」

　全員に緊張が走った。隣では、デヴローが目の色を変えて、前のめりになる。

　カウントはタブレットの画面をスワイプした。部屋の真ん中にあったテーブルに、画像が映し出される。

「わお……」スクリーンと化したテーブルを、ギョンスンが食い入るように見つめた。目に渇望の色が浮かぶ。これも盗めないだろうかと考えているにちがいない。

　建物の見取り図がさまざまな角度でつぎつぎとスクリーンに表示される。三階建てで、窓がほとんどない。ざっと見ただけでも、出口は四つ。

「いまわたしたちがいるのは、ある人が所有している服飾美術館の地下倉庫よ。場所は――」

「フランスのカンヌ」アドラが割ってはいった。満足げな表情でノエリアを見る。前にもここを訪れたことがあるのだろう。

「そう」カウントはつづける。「みなさんには、つぎの十五個の展示品を頭に入れてもらいたいの」

展示品の画像がひとつずつスクリーンに映し出される。またたく間につぎの画像へ切り替わっていく。フランス貴族の精巧な小型肖像画、金めっきを施したオルゴール、盛装に身を包んだローマ皇帝の彫像。見たところ、ほとんどの品が脇の下に隠せそうなサイズだ。あのローマ皇帝がいいかもしれない。彫像をガラスケースにしまって展示する人などそういないからだ。

最後の展示品が映し出されると、こんどは十五の品が五個ずつ三つの列に並べて表示された。

「今回の課題は、このなかのどれかひとつを、今夜十時までにマルセイユの〈グラフ・ホテル〉へ届けること。着いたら、フロント係にスパジアリ・パーティーへ招待されたと告げてね」

スパジアリ・パーティー？　スパジアリってまさか――

「アルベール・スパジアリ・パーティーってこと？」タイヨウが尋ねた。ほかの子はわけがわからないといった顔をしている。少なくともタイヨウは、アルベール・スパジアリがニースにおける有名な銀行強盗事件の首謀者であることを知っているらしい。

スパジアリはわたしの憧れの人だ。不屈の精神の持ち主で、下水道から銀行の金庫室までつづくトンネルを、何か月もかけて掘りあげたという。また、スパジアリにはチャーミングな面もあって、最初に盗みを働いたのは、ガールフレンドにダイヤモンドを贈りたかったからだと言われている。

カウントは返事の代わりにうなずいた。「現在の時刻は午後四時二分。きょうは土曜日だから、美術館は七時に閉まるわ。わたしがさっき出てきたその左側のドアを抜けたら、一階へあがるエレベーターが見つかるはず」そう言うと、スクリーンはそのままにして、タブレットを閉じた。「つぎのステージに進めるのは、八名のみ」

「すいません――」ギョンスンがぴょんと立ちあがった。「荷物ってどこにあります？　飛行機にいくつか持ちこんだんですけど。客室乗務員に訊《き》いたら、あとで返すって言われて」

荷物を取りあげられたのは、わたしだけじゃなかったらしい。

「荷物はすべてこちらで保管しています」カウントは言った。「今回は、手もとにあるもので創意工夫できる力が試されていると、考えたらいいんじゃないかしら。荷物はのちほど返します。ほかに質問は？」部屋を見まわす。だれも何も言わない。「いいでしょう。では、楽しい夜を。そうそう、最後にひとつだけ」ドアの前で立ち止まる。「この美術館の所有者は、あるマフィアのボスの妻だそうよ。セキュリティは……かなりきびしいでしょうね。じゃあ、幸運を祈ってるわ」

わたしの指がぴくりと動く。

第一ステージのはじまりだ。

第8章　第一ステージ：カンヌ〈服飾美術館〉

ロザリン・クエストが十七年間の人生で美術館へ盗みにはいった回数：三十
ロザリン・クエストが家族の手を借りずに美術館へ盗みにはいった回数：ゼロ
まあ、何事にも〝はじめて〟はつきものだよね？

イェリエルが三つ編みの先っぽをねじりながら言った。「いまのセキュリティの話って、ただの脅しだよね？」

「そうじゃなくとも、おれは大歓迎だけどな」指をポキポキ鳴らしながら、ルーカスが言った。警備員の首をへし折るところを想像して、悦に入っているのかもしれない。

「あんなことを話して〈組織〉に得があるとは思えない」タイヨウが言った。テーブル上の建物の見取り図を写真に収めている。この程度も記憶できないの？

「言い出しっぺのあんたが、カウントのところへ行って訊《き》いてみれば？　ついでに、警備の巡回スケジュール表もくすねてきてよ」アドラが長椅子のあいだを歩きまわりながら言った。

ノエリアが笑った。イェリエルにウィンクをし、アドラを引き寄せる。イェリエルは口をあけたものの、ため息を漏らすだけで、何も言わなかった。イェリエルはセキュリティのことを本気で心配しているらしい。ほかのみんなは、気にもかけていないようだけど。

わたしは部屋を探索した。カウントがテーブルに残していった建物の見取り図には、地下の部分が含まれていない。ここは、秘密の部屋なのだ。自分が建物内のどこにいるのか、見取り図を見てもわからないのが、わたしは気に食わなかった。

わたしたちが出てきた九つのドアは少しだけあいていて、その他の四つは閉まったままだ。カウントが使ったドアを除いて、すべてにスクリーンが取りつけられている。

わたしはいくつかの部屋をのぞきこみ、自分が目覚めた部屋と見比べた。どれも同じだった。壁は真っ黒で、家具はほとんど置かれていない。床にはたくさんの錠が捨て置かれている。

そこで、あることに気づいた。錠の置き方のちがいだ。マイロとアドラはわたしと同じように錠をただ山積みにしているのに対し、ルーカスはひとつ残らず長椅子の下へ蹴り飛ばしたらしい。ノエリアの錠はきちんと一列に、ギョンスンのはスマイルマークの形に並べてあった。

好奇心がむくむくと頭をもたげる。デヴローとタイヨウのは？　イェリエルは？

タイヨウの部屋へ向かう途中、ある閉ざされたドアの前で足が止まった。ほんのわずかに傾いている。ほかのドアは下の部分がカーペットにぴったりくっついているのに、こちらは明らかに床から二ミリほど浮いている。

と言っても、これに気づくには、わたしと同じくらい鋭い観察眼が必要だけど。

一瞬ためらったのち、ドアへ手を伸ばした。何かがほかとちがっている。このドアをあけたら、いったいだれが、いや何が待っているんだろう。

ドアノブまであと数センチというところで、スマホが震えた。わたしのだけでなく、全員のスマホがいっせいに鳴った。知らない番号からのメッセージだ。

――元挑戦者の部屋は立ち入り禁止。ドアをあけようとしただけで、失格よ☺

「カウントからか。よけいなことはすんな、って言いたいんだろ」マイロが気だるげな笑みをこちらに向ける。「それに、無防備の人間から物を盗むのはよくないぜ」その声の調子から、ほんとうはそんなふうに思っていないことが伝わってくる。

「泥棒から盗んでも罪にはならない」タイヨウが言って、カウントが出ていったドアのほうへ向かった。

「いまのって、映画かなんかの台詞？」背後でアドラが言った。

「格言だよ」わたしは答えた。なんでわざわざ親切に教えてあげたのか、自分でもわからない。ここにいても、時間の無駄だ。カウントが言っていたエレベーターのほかに、出口はないらしい。

わたしはタイヨウのあとを追った。ノエリアとアドラをよけながら進む。心の隅でアドラを気の毒に思った――使い捨てのお友だち。アドラは何人目の犠牲者になるんだろう。

いつの間にかマイロが廊下に出て、わたしの前を歩いていた。まっすぐ行くと、エレベーターがあった。扉は昔ながらのアコーディオン式で、自分で開閉しなければならないタイプだ。

指がうずく。じっくり調べたい。でも、そんな暇はない。これから美術館を探索して、セキュリティを分析し、獲物の候補を絞って、逃走経路まで考えないといけないのだから。

マイロが首だけ振り向いて言った。「おれのあと尾《つ》けてんの？」

わたしはタイヨウのほうを顎で示した。「そっちこそ、タイヨウのあとを尾《つ》けてるじゃん」

マイロは姿勢を正して、顎をこすった。賢いふりでもしようとしているみたいだ。「泥棒のあとを追う泥棒は……えっと……ただの方向音痴である」

わたしは笑いを噛《か》み殺した。「格言っぽいことを言いたいだけでしょ」

「みんなのほうがおれの何倍も博識みたいだな」マイロは言った。「でもさ、金庫をこじあけるのに格言が役に立ったためしなんてないだろ？」スマホをさっと確認する。画面にはなんの通知も表示されていない。手がぴくりと動く。そのまましぶしぶスマホをしまった。マイロはこの部屋にはいってきたときからずっと、スマホをチェックしたり、チェックしないように我慢したりを繰り返しているみたいだった。

「だれかからの連絡を待ってる？」わたしは探りを入れた。

マイロは顔をあげずに答えた。「なわけないだろ」

タイヨウがエレベーターの格子扉を勢いよくあけた。タイヨウもマイロの格言の冗談を聞いていただろうか。きっと聞いていたはずだ。そのうえで、わざと無視している。

マイロはタイヨウのあとからエレベーターへ乗りこんだ。わたしは乗らなかった。他人とせま苦しいエレベーターに乗るなんて、どうぞスリをしてくださいと言っているようなものだ。と、わたしは思う。ほかの人はどうか知らないけど。

タイヨウがエレベーター内のボタンを押すと、警告音が鳴り響いた。もう一度押しても同じだった。

わたしたちはカウントに閉じこめられたのだろうか。壊れたエレベーターしかない地下に？　それとも、エレベーターのケーブルをよじのぼるのが、つぎの課題ということ？

「なるほどね」マイロは奥の壁にねじ止めされた注意書きを叩《たた》いた。「一度にひとりずつ、だってさ。これは嘘《うそ》じゃないみたいだな」

タイヨウは扉をあけて、マイロを押し出した。

「おい！」よろめきながら振り返ったマイロの鼻先で、タイヨウは扉を閉めた。すると、エレベーターはするすると上昇しはじめた。「じゃんけんで順番を決めたってよかっただろ！」

「ぼくはチョキを出すよ」タイヨウは二本の指を立ててから、一本だけおろす。中指が残った。

「ま、いいけど」エレベーターがタイヨウを乗せて行ってしまうと、マイロはつぶやいた。「どうせおれはいつもパーを出すから」


マイロを見送ってから、わたしはエレベーターに乗った。どうやら倉庫につながっていたようだ。エレベーターの扉を隠すように、偽《いつわり》の棚が並んでいる。

広い廊下へ出るやいなや、美術館の喧騒《けんそう》に包まれた。二歩進んだところで、白人女性にぶつかった。あきれるほど大きなてんとう虫のブローチを身につけている。ぶつかった瞬間、女性は驚いて跳びあがった。

指先がかっと熱くなる――ジャヤおばさんなら、この下品なブローチを見たとたん、ひとりで笑い転げるにちがいない。ママなら、見るにたえないと言って海へほうり投げるだろう。

ママのことを思い浮かべて、わたしはわれに返った。ママがいまどこにいるのかはわからない。けれど、とにかく手の届かないところにいる。

（ゲームに集中しないと）

美術館の西棟から探索をはじめよう。西棟は、先ほどの倉庫から直接つながっている。まずは、すべての展示品ごとに、出口と獲物の大きさを確認する必要がある。十五個の展示品に、それを狙う九名のプレイヤー。狙いがかぶる確率はそれなりにあるだろうけれど、かぶらない可能性もじゅうぶんにある。

まばゆい日差しが降り注ぐ〈彫刻の間〉へ足を踏み入れた。そこは大聖堂を思わせる三角形の天井に覆われた、大理石と陶磁器の森だった。台の上に飾られたさまざまな時代の彫刻品が百個は並んでいる。銀色のパネルにそれぞれの作品名が記され、横の二次元コードを読みとればくわしい解説に目を通せるようになっている。

わずか一分ほどで、カウントに見せられた展示品リストのなかのひとつを探し出した。けれど、それを目にした瞬間、自分の考えが甘かったと悟った。

展示室の真ん中で、天窓からさんさんと差しこむ陽光を浴びているのが、リストにあった展示品だ。ローマ皇帝をかたどった大理石の彫像。スクリーンで見たときは、肘から手首までくらいのサイズを想像していた。大きくてもせいぜい、膝から足首くらいだろうと。

ところが、どれだけ背伸びをしても、わたしの頭は皇帝の腰にすら届かなかった。

歯ぎしりしたい気持ちをこらえながら、はるか上にある皇帝の乳白色の目を見つめた。大理石の一立方メートルあたりの重さは、およそ二・七トン。この彫像はそこまで重くないだろうけれど、それでもひとりで持って移動するのは無理。これは〈組織〉がわざとリストに交ぜたフェイクなのだ。

大股で〈彫刻の間〉を離れながら、両手を上着のポケットに突っこんだ。ひとつ目ははずれだ。こういった挑戦者をおちょくるためのフェイクは、あと何個用意されているんだろう。

それからまるまる一時間かけて、あらゆる展示室を歩きまわり、リストにあったすべての品をじっくり観察した。

十五個の展示品のうち、実際に盗めそうなものは八個しかなかった。

計画に一か月もかけられないなら、幅が十五メートルもある油絵や、ロビーの床にねじで固定されている記念銘板を運び出す方法などないに等しい。ましてや外の噴水を掻《か》っ払おうなんて、だれも考えやしないはずだ。

枕に顔を伏せて叫びたい気分だった。連中の〝悪ふざけ〟に気づいたときのわたしたちの表情。それを見て、〈組織〉のやつらは満足の笑みを浮かべるにちがいない。

ほかの挑戦者の動きに目を光らせながら、わたしは探索をつづけた。〈彫刻の間〉から重たい足どりで出てくるギョンスンや、油絵の展示室を飛び出すルーカスの表情から判断するに、髪の毛を掻《か》きむしりたいと思っているのはわたしだけじゃないようだ。あんなものに気をとられていたら、貴重な時間を無駄にしてしまう。

そのとき、スマホが振動した。いらいらしながら、後ろのポケットからスマホを取り出す。さらに画面を見てたじろぐ。ジャヤおばさんからだ。

正直に言うと、これまで電話がなかったのが不思議なくらいだ。

小さめの展示室へ滑りこむ。穏やかな照明のこぢんまりした部屋で、ここにも獲物がひとつ展示されている。わたしはひと呼吸してから、電話に出た。

咳払《せきばら》いをする。「何？」

「何、ですって？　悪魔のゲームショーに出場するために家を抜け出して、連絡がとれたと思ったら、第一声がそれ？」

そうだよ、ということばが喉まで出かかったけれど、ぐっとのみこんだ。「最初にあやまんなきゃと思ったけど、自分の決断は後悔してないし、それはおばさんもわかってるだろうから。なんて言っていいのかわかんなくて」

ふうと息を吐いて、ガラスの展示棚に寄りかかる。中にあるのは、カウントのリストのなかでいちばん手軽な獲物だ。楕円《だえん》形の額縁に入れられた小型の肖像画で、赤いひもが通されている。棚には、同じようなものが約二十個並んでいた。パネルには〝肖像画入れ《ポワット・ア・ポルトレ》〟と記されている。十七世紀のヨーロッパでは、ガールフレンドの自撮り写真《セルフィー》を持ち歩きたいと思ったら、こうするしかなかったのだ。

この小型肖像画を狙っている者は、わたしのほかに少なくともひとりはいるはずだ――ひょっとしたら、全員かもしれない。もしかして、それが第一ステージのほんとうの目的？　挑戦者同士の衝突。〈組織〉はそれを期待しているのだろうか。

ジャヤおばさんの舌打ちが聞こえてきた。

「帰ってこいとか言わないでね。ほかに方法はないって、おばさんもわかってるでしょ。いきなり十億ドルが家の前の浜辺に流れ着かないかぎりはね」

「わかってる。わかってるわ、ロザリン」おばさんはそこでことばを切る。「そっちの状況は？いまどこにいるの？」

「フランス。美術館にいる」

「出場者の数は？」

「九人。ブレスレットの武器でだれかの首を絞めなきゃいけない場面にはまだ遭遇してない。薬を盛られて、地下に閉じこめられたけど、それ以外は何もないよ……それっていい兆候だよね？　まあ、ノエリア・ボシェルトが参加してるけど」

「やだ、嘘《うそ》でしょ」おばさんが天井を仰ぐ姿が目に浮かんだ。ノエリアとのあれこれについては、おばさんがいちばんよく理解している。「あの子にかまってちゃだめよ。ギャンビットで勝つつもりなら、そんな余裕はないからね、ロザリン」

「もちろん、わかってる」わたしはきっぱり言った。ボワット・ア・ポルトレを愛でにきたカップルから離れる。「それより困ったことがあってさ。出場者は九人なのに、獲物が八個しかないの。くじ引きをさせられてるみたいで気に食わない」

おばさんはためらいがちに言った。「それなら……だれかと手を組むべきかもね」

スマホが壊れたのだろうか。「手を組む？　冗談でしょ？」

「本気よ！」

「ジャヤおばさん」声を落とす。「同業者を信用してはならない。鉄則だよね？」

「そうよ。信用してはだめ、利用するの。だれかと組めば、獲物を手に入れるチャンスが二倍になる。おとなしそうな子を選びなさい。もし、期限が迫っても獲物がひとつしか手に入れられなかったら、あなたがそれを持って逃げればいい」

胃がよじれる。身に覚えのある作戦だ。あのときは、自分が裏切られる側だったけれど。

それはわたしの望むやり方じゃない。

「ママならそんなことしない」わたしは言った。「ママならひとりでどうにかするはず」

「そう決めつけないで」

カップルが手をつないで静かに出ていったかと思うと、入れ替わりで、見覚えのあるこじゃれた人影が現れた。デヴローだ。そつのない爽やかな笑みを浮かべている。きっと、バスルームの鏡で何度も練習したのだろう。わたしがときめいてしまったのは、そのせいだ。あまりにも完璧な笑みだったから。

「行かなきゃ。またあとで連絡する」そう言って、おばさんとの電話を切った。スマホをポケットにもどす手を、デヴローが見おろす。

「ボーイフレンド？」デヴローは尋ねた。

「ちがう」そんなに急いで否定しなくてもよかったかも。

「ふーん。じゃあ、ガールフレンドかな？」

「なんでそんなこと訊《き》くわけ？」

「ってことは、そっちもノーだな。わかってよかったよ」

ああもう、ほんとうにむかつく。

わたしはデヴローを押しのけて歩きはじめた。顔が赤くなっているのを見られたくなかったとか、そういうわけではけっしてない。

獲物がはいった展示棚の前にもどる。デヴローがそのあとをついてきた。

「小型肖像画、ねぇ。最もかんたんだけど、最もむずかしい獲物とも言える」

わたしはせせら笑った。「噴水を盗むほうが、ほんのちょっと、大変だと思うけどね」

「ああ。でも、ほかにあれを狙うやつはいない。一方でこれは……」ガラスの棚を顎で示す。

「マイロとルーカスが最低でも二回は偵察に来てた。あの子、イェリエルも」

デヴローはガラスに目を向け、少しだけ横に移動した。ちょっとして、イェリエルとその長たらしい三つ編みがガラスに映った。わたしたちの背後で、別の展示品をながめるふりをしている。デニムジャケットを脱ぎ去り、やわらかいブラウス姿になったイェリエルは、いかにも上流階級の女の子に見えた。うまい作戦だ。

わたしはデヴローのほうをちらりと振り向いてから歩きだした。デヴローが歩調を合わせてついてくる。

「それがあんたの企み？」わたしは訊《き》いた。「みんなの狙いをスパイすることが？」だれかをどこで見かけたか、すべて頭のメモに書き留めているつもりだけれど、限られた時間のなかで、そっちに手間をかけすぎるのは賢明ではない。盗みの計画を立てるほうが優先だ。

「ま、そんなところかな」デヴローは答えた。「個人的には、スパイというより、純粋な好奇心による観察、と呼びたいけどね」

ベンチがずらりと並ぶ一本の廊下に出た。デヴローの望みはなんだろう。彼はたしかにおもしろいし、かっこいい。だけど、いまはふたりともおしゃべりをしている場合じゃない。

「もう、どっか行って」立ち止まって、デヴローに向きなおった。できるだけ明るい声で言う。〝カップル〟のけんかは人々の記憶に残りやすいからだ。これから盗みにはいる場所の偵察をしているときに、だれかの記憶に残る行動は避けたほうがいい。

「いや、それはできない」デヴローはもったいぶるように言った。本気で殴ってやりたくなる。デヴローは壁にもたれ、わたしの横に並んだ。近すぎる。まるで本物のカップルみたいだ。鮮やかな茶色の瞳がわたしの顔をのぞきこんでいた。だめだ、見とれてる場合じゃない。きっとこれがデヴローの手口なのだ。魅力を振りまいて、相手の警戒心を解くことが。

「何が望み？」わたしは尋ねた。

「ぼくと組もう」デヴローは言って、わたしを驚かせた。「リストにはかんたんな獲物もあれば、むずかしい獲物もある。だがどんな獲物も、ふたりで力を合わせれば、ひとりでやるよりずっと盗みやすくなる。そこで、ちょっとした同盟を組むのはどうかなと思ったんだ」

ジャヤおばさんの提案が頭のなかでこだまする。これは願ってもないチャンスだ……。

「ふたりとも盗んだものを集合場所へ持ってかないといけないってことはわかってるよね？　ふたりでひとつの獲物を手に入れても、意味がないんだよ」

「ぼくが言いたいのはそういうことじゃない。きみもわかってるはずだ」デヴローは食いさがった。「協力してふたつの獲物を手に入れる。それぞれにひとつずつ、ね」

「じゃあ、どっちの獲物を先に盗りにいくの？　あんたの？」

「それはこれから話し合えばいい」

信用するのではなく、利用する。それがジャヤおばさんの考え。ということは、デヴローだって同じことを考えているのでは？

デヴローはわたしがいちばんおとなしいと思ったのだろうか。いちばん操りやすいって？

デヴローの目が鋭くなる。「どうする？」

わたしは唇をすぼめた。「なんでわたしなの？　ほかの子たちには断られた？」

「まさか。声をかけたのはきみが最初だ」

「なおさら理由がわからない」

デヴローは微笑む。「きみが美しいと思ったからだと言ったら、信じてくれるかな？」

「信じないし、それがほんとうの理由なら、むしろ侮辱された気分」

「それはもっともだ」先ほどより深く壁にもたれかかる。「あの部屋できみがすわっていた場所から考えるに、きみは二番目に早く脱出に成功した。一番手はノエリアだろう。ほんとうならノエリアに声をかけるべきだが、彼女にはすでにパートナーがいるからね。見こみがないことに時間を費やしてもしかたがない」

「わたしなら見こみがあると思ったわけ？」

「ぼくは人を見る目があるんだ」

じっとデヴローの顔を見つめる。

悪意はないように思えた。申し出を受けてもいいかもしれない……。

そのとき、うなじに寒けが走った。山奥のスキーキャンプでの記憶が一気によみがえる。手首を締めつける冷たい金属の感触。わたしを罠《わな》にはめた女は、いまこの美術館にいる。あのときは愚かな感情に身をまかせたのが失敗の原因だった。二度と同じ過ちは繰り返さない。とくにいまは、ママの命がかかっている。

クエスト家の掟《おきて》。〝クエスト家以外の者を信用してはならない〟こんな大事な日に、わざわざ掟《おきて》を破るような危険を冒《おか》す必要はない。

「遠慮しとく」わたしは告げた。「あんたの助けは必要ない。あんたも本気でわたしの助けが必要だと思ってるなら、そもそもここにいるべきじゃないんじゃない？」

デヴローはうつむいた。けれど、その顔に浮かんでいるのは怒りではない。失望だ。

「残念だ」デヴローは深く息を吐いて、壁から背中を離す。「後悔しないといいけど」

（わたしもそう願ってるよ）

歩き去るデヴローの姿を目で追いながら、心のなかでつぶやいた。

第9章　作戦開始

床から九メートルほどの高さにある通気孔のなかで待機しているあいだ、少しも興奮していなかったと言えば嘘《うそ》になるだろう。刺激的な獲物をこの指でつかみとりたくて、わたしはうずうずしていた。

そして、美術館の閉館時刻まで、頭のなかの見取り図を振り返りながら、すべての出口の位置を確認していた。正面入口がふたつと、非常口が四つ。裏には職員用の通用口がふたつある。また、建物じゅうに通気ダクトが張りめぐらされている。それらの位置を手のひらの上でなぞりながら、頭にメモした十七の脱出口をおさらいした。

こうして美術館が閉まるまで通気孔のなかでじっとしているのは、最善策とは言えない。ほんとうはいったん外へ出て、閉館後に非常口からもどってこられればよかったのだけれど、警備員の動きが読めないかぎり、懐中電灯を持った彼らとばったり出くわすリスクは回避すべきだ。

客が帰り、警備員が一度目の巡回をおこなう様子をながめた。館内は暗くなり、展示ケースをふちどるやわらかい照明だけが残される。閉館の時間だ。

警備員は二十分ごとに見まわりをしていた。つまり、わたしが獲物を奪って逃げるのに費やせる時間は二十分。念のため、十五分として考えよう。どんなときも時間は少なめに見積もるべし。

カンヌからマルセイユまでは（盗んだ）車で二時間かかる。ということは、獲物を手に入れてここから脱出するまでの制限時間は六十分。

わたしは顔を下に向けた。腰の高さのガラスケースに収められているものが、プランAだ。顔の半分を覆う仮面で、目の下から頬にかけて三日月形の曲線を描いている。十九世紀パリのオペラで使用されたものらしい。調べたかぎり、これに目をつけているのはわたしだけのはず。というのも、通気孔へ身をひそめる前に、デヴローを真似てライバルたちを偵察しておいたのだ。

マイロの狙いは、真珠のちりばめられた襞襟《ひだえり》【シャツやブラウスの襟を襞《ひだ》状に仕立てたもの。十六世紀から十七世紀にヨーロッパで流行した】で、かつての女王エリザベス一世が身につけたと言われている。おもしろいことに、マイロはレーザーペンのようなものを使って、ガラスケースを取り囲む金属の錠に小さな切りこみをいくつか入れていた。はじめは、美術館の開館中に堂々と展示品を盗むなんて、ずいぶん大胆だなと思った。けれどマイロは、無事に道具で錠が切れるとわかると、あとはそのままにしてその場を立ち去った。夜またもどってくるつもりなのだろう。

どんな手を使ったのか知らないけれど、ルーカスは警備員の制服を手に入れていた。制服姿のルーカスを見て、まず頭に浮かんだのは、手足を縛られてごみ箱に捨てられた下着姿の男性だった。最後に見かけたとき、ルーカスはヴィヴィアン・リー【イギリスの俳優。一九三九年の映画〈風と共に去りぬ〉のスカーレット・オハラ役で有名】の口紅セットがある展示室のあたりを巡回するふりをしていた。でも、ルーカスは恵まれている――何かを盗みたいときは、警備員にまぎれるのがいちばんだ。でも、身長が百八十センチもある白人男性ではないわたしにとって、その作戦は使えない。

ギョンスンはダイヤモンドに覆われたオルゴールといっしょに何枚も自撮りをしていた。

ノエリアはというと、予想どおり、マリ＝アントワネットの室内履きに目をつけていた。ノエリアさえいなければ、わたしが狙っていたかもしれない。〈ヴェルサイユの宝の間〉ですれちがったとき、ノエリアはこちらに手まで振ってみせた。アドラも近くをうろうろしていた。アドラがノエリアの真意に気づき、ノエリアをだましてゲームから追い出してくれることを祈ろう。

残念ながら、すべての挑戦者の狙いをつかむことはできなかった。

わたしと話したあと、デヴローはすっかり姿を消した。

タイヨウは？　もう何時間も彼の姿を見ていない。

でも、べつにかまわない。みんなが候補に入れていいない獲物は、すでに把握できている。では、わたしの狙いは？

プランA――下にある仮面だ。この展示室はキーパッドを使って施錠されるため、侵入するには通気孔を経由するしかない。今回はパスワードをこっそり見せてくれる客室乗務員がいない。となると、あのロックの解錠にはかなりの時間がかかるだろう。たとえだれかが解錠を試みたとしても、わたしはそのあいだにここからおりて、仮面をつかみとり、廊下の先にある非常口から脱出することができるはずだ。

プランB――皇后の指輪。百万ドルぶんのルビーと金があしらわれたもので、ここからたったふたつ先の展示室にある。通気ダクトをたどっていけば、展示ケースの真上に通気孔があって、そこからおりることができる。そのまわりを縦横無尽に走っているのが、何本もの赤外線センサーだ。体を折り曲げたり、ねじったりしながら、センサーの網を掻《か》いくぐること自体はなんの問題もない。けれど、指輪をプランAではなくプランBにしようと決意させるくらいには、面倒くさいトラップだ。

それから最後に、プランC――プランAとプランBに失敗したら、通気ダクトをせっせとほふく前進して、ロビーでおり、美術館の中心まで行って、象牙骨の扇子をくすねないといけない。美術館の奥へはいりこむほど、リスクは高まる。だから、プランCを実行に移さなければならない事態はできるだけ避けたい。

心拍数があがるのを感じた。ちょっとした動きも見逃さないよう、下を見張りつづける。

そうしているうちに、七時二十分を迎えた。警備員がまた見まわりにやってくるのは、いまから二十分後。

作戦開始だ。

通気孔をふさいでいた鉄格子を脇へどかし、落ちないように気をつけながら、先に脚をおろした。後ろ向きで少しずつおり、腕だけで体を支える。つぎに、手のひらだけで。

高いところで何かをするときはよく〝下を見るな〟と言われるけれど、そこから飛びおりようとしている人にとっては無意味なアドバイスだ。こわがっている暇はない。ママなら躊躇《ちゅうちょ》なんてしないはずだ。ママならとっくに飛びおりている。

そのとき、カチッという音が部屋じゅうに響いた。手を離す寸前だった。もう一度力をこめ、なんとか通気孔のへりにしがみつく。警備員がもどってきたのだろうか。だめだ、間に合わない。このままでは見つかってしまう。

また同じ音が聞こえた。ドアのほうからだ。つづいてビーッという音のあとに、何かを引っ掻《か》くような音、それからまたビーッという音。

手首に巻いた武器が皮膚に食いこむ。そうだ。いざとなったら戦えばいい。

震える息を吸って、手を離す覚悟を決めた。

(よし、行くぞ)

そこで、ドアが横にスライドして開いた。けれど現れたのは、懐中電灯を持った警備員ではなく、ひとつの黒い影だった。

身のこなしが軽く自信ありげなその影は、壁に沿って歩きながら、脇目もふらずに仮面の展示ケースへ向かった。あの歩き方には見覚えがある。

デヴローだ。

そこへギョンスンが加わった。入口から中をのぞきこんでいる。その手には画面が青く光る小さな端末が握られ、細いケーブルで外のキーパッドにつなげられていた。ギョンスンも？　あの子の狙いはオルゴールだと思っていたのに。

血がどくどくと脈打っていた。盗みにはいるときとはちがった緊張感だ。わたしはデヴローをにらみつけた。こちらの怒りが伝わることを願って。

すると、デヴローがケースに手を伸ばしながら、天井を見あげた。

わたしたちの目が合った。デヴローの両眉が吊《つ》りあがる。わたしは通気孔をつかむ指に力をこめた。電線に引っかかったマルディグラのビーズ・ネックレス【マルディグラはカトリックにおける謝肉祭の最終日のこと。アメリカ南部や中南米諸国では、この日パレードの山車（フロート）から沿道の人々にビーズの首飾りが投げられる】みたいに、天井からぶらさがっているわたしを見て、こんなおもしろい光景にはお目にかかったことがないとばかりに、デヴローは手を振った。

（死んでしまいたい。いますぐ、ここで）

顔が燃えるように熱い。プランAはあきらめよう。獲物をかけてデヴローと取っ組み合いをするのは、きょうのやることリストにはいっていない。それにもし取っ組み合いになったら、新しい仲間のギョンスンがだまって見ているわけがない。

こちらの心を見透かしたように、デヴローは満面の笑みを浮かべたまま、ベストのポケットから汎用性の高い小さな仕事道具を取り出して、ガラスケースの上に置いた。それから少し歩いて、わたしの真下に立つ。いかにもぼくは紳士だからという顔で——人の顔を見てこんなにいらっとしたのは生まれてはじめてだ――両手をひろげた。わたしを受け止めるつもりらしい。

ほんとうにむかつく。

わたしは腕の力で体を引きあげ、通気孔へもどった。自分がいまどう見えているかを想像し、恥ずかしさで胸がいっぱいになる。

叫びたい気持ちをぐっとこらえ、プロとしての冷静さを保った。

仮面はデヴローに奪われた。けど、どうってことない。そのために、プランBを用意してあるんだから。

指輪のもとへ向かおう。

第10章　ノエリア・ボシェルト

指輪の展示室では、赤外線センサーがあちこちに張りめぐらされていた。ありがたいことに、肉眼で見えるタイプだ。赤外線ゴーグルは持ってきていない。

天井から床までの距離はたったの三メートル。行きは展示ケースの前に着地して、もどるときはケースを踏み台にすればいい。

とはいえ、何事もかんたんにはいかないようだ。

何者かの影が部屋の端で動いているのが見えた。今夜はこれで二度目だ。わたしは固まった。また心臓がどきどきしはじめる。もう同じ失敗はしない。

まるでダンスを踊っているかのように、しなやかな影が跳んだり転がったりして、センサーのあいだをくぐり抜けていく。

ノエリアだ。

きちんと偵察をして、みんなの狙いはだいたい把握したつもりだった。ノエリアの目あては明らかにマリ＝アントワネットの室内履きだった。それとも、ノエリアにだまされたのだろうか。

怒りで体が動かなくなったのは、この三十分で二回目だ。わたしはじっとしたまま、ノエリアがガラスケースに手を伸ばすのをながめた。片方の耳に灰色の何かがはめこまれている。ワイヤレスイヤホン？　小さな青いライトが点灯している。だれかがノエリアに話しかけているのだ。ただし、内容までは聞きとれなかった。

「いいえ、もう着いたわ」ノエリアが小さいながらも明瞭な声で答えた。この発声ができるのはプロの怪盗だけだ。

ブレザーのポケットから、ノエリアは銀色の薄いクレジットカードのようなものを取り出した。カードの先端は見ているだけで目が傷ついてしまうのではないかと思うほど鋭い。

わたしは眉をひそめた。あれでガラスを切断しようとしているのだろうか。わたしはケースを割るつもりだったけれど、たしかにそれよりはトラブルが少ない――ふたをきれいに切りとっておけば、ケースをもとどおりにすることができる。近くを通っても、ガラスの異変に気づく者はいないだろう――だけど、その作戦では時間がかかりすぎる。

なのに、どういうわけか、ノエリアならそこまで時間がかからないだろうという予感がした。

ノエリアは、熱したナイフでバターを切るように、ガラスにするりと刃を滑りこませた。

プランB――これも失敗だ。プランCに移るべきだろうか。

もし、プランCもうまくいかなかったら？　そのときはどうする？

ノエリアがマリ＝アントワネットの室内履きを選ばなかったのであれば……。

わたしはふたたび下を見おろした。

ノエリアが肩にかけているあれは、最後に見かけたときは持っていなかったものだ。薄茶色のメッセンジャーバッグ。かわいらしいピンク色の何かが、バッグの端から顔をのぞかせている。

　まさか、あれは……？

　ノエリアは身を乗り出して、ケースの奥に刃を入れはじめた。バッグから小さな爪先がさらに顔を出す。

　マリ＝アントワネットの室内履きだ。

　わたしは脳みそをフル回転させながら、ノエリアを見つめた。すでに獲物を手に入れているのに、どうしてこんなところにいるのか。アドラのため？　用が終わったら、お友だちは捨てるんじゃなかったの？

　イヤホンからまた小さな声が漏れ出た。おそらく、アドラだろう。ますますいら立ちが募る。手もとから目を離さずに、ノエリアは返事をした。「やっぱり、そうだろうと思った。そこにいるなら、つぎはオルゴールを狙うといいわ」

　一瞬、心臓が止まった。オルゴール――カウントのリストにあったオルゴールってこと？

　ふたりで獲物をいくつ手に入れるつもり？

　わたしはブレイズに編んだ髪へ指をうずめた。大変なことになった。

　どうしてみんな、そんなにあわててチームを組んだわけ？

　こんなことになるなら、デヴローの申し出を受けるべきだった。

　突然、懐中電灯の明かりが廊下から差しこんだ。

ノエリアはさっと身を引き、体をくねくねさせながら赤外線センサーをかわして、背中を壁に押しつける。

警備員はちらりと部屋のなかを照らしただけで去っていった。センサーが作動しているのを見て、これ以上チェックする必要はないと思ったのだろう。

足音が遠のくと、ノエリアは言った。「問題なし。ええ、でも彼のほうがましよ。クエストよりは」

そうか。ノエリアはわたしに第一ステージをクリアさせたくないのだ。

怒りで血が沸騰する。仕事を奪われたことが、そんなに許せなかったのだろうか。もとはと言えば、ノエリアが悪いのに。何年も前にけんかをふっかけてきたのは、あっちなのだから。

怪盗ギャンビットはただのゲームではない。これに負けたら、逮捕されるよりも大変なことが待っている。ママが殺されてしまうかもしれないのだ。

そうはさせない。

あたって砕けろだ。

わたしは通気孔から飛びおりた。

ノエリアはびっくりして、反射的に立ち止まった。ちょうどセンサーの網をくぐっている途中だった。こっちには好都合だ。数秒の遅れが、泥棒には命とりになる。

わたしはガラスのふたをずらして、中の指輪をつかんだ。ノエリアが手を前に出して飛びかかってきたけれど、わたしは身をよじってよけ、センサーを通り抜けながら、反対側の壁へ向かった。

背後にノエリアの気配を感じると同時に、廊下の奥から懐中電灯の明かりがもどってきた。ノエリアは怒った表情で静かに息を吐くと、後退して、わたしと同じように近くの壁へ身をひそめた。わたしたちは息を殺してにらみ合った。明かりがどんどん近づいてくる。警備員がふたたび懐中電灯で室内を照らした。心臓の鼓動が速くなる。中にはいってわたしたちを見つけたら、警備員はどうするだろう。見当もつかない。

その瞬間、ずっと忘れていた過去の記憶が脳裏によみがえった。ちょうどいまと同じ体勢で、幼いわたしとノエリアはパジャマ姿でキャンプ場のキッチンに立っていた。寝ているはずの時間に、バタークッキーをくすねにいったのだ。あのときはふたりとも捕まらなかった。

わたしはノエリアを見やった。あっちも同じことを思い出しているのだろうか。そうにちがいない。直感がそう告げていた。

ノエリアは顔をしかめた。ノエリアにとって、あれは楽しい記憶ではない。そんなわけがないのだ。すべて演技だったのだから。

満足したのか、警備員はつぎの展示室へと去っていった。わたしは指輪を指のあいだにはさんだ。わたしと過ごした日々の記憶を、ノエリアは何もかも憎んでいるのだろうか。ノエリアにとって、憎くてたまらない記憶。考えれば、ひとつくらいは思いつくかもしれない。

不意に、ふたりでよくやっていたゲームを思い出した。スターバーストをテーブルに置いて、どちらが先にそれをとれるか、競い合うのだ。ノエリアはいつも負け、そのたびに頬を膨らませて怒った。敗者は罰として、勝者にデコピンされるからだ。

警備員がいなくなると、わたしは指輪を見せびらかし、指を曲げてデコピンするふりをした。すぐ目の前にノエリアがいるかのように。

昔みたいに、ノエリアの頬はみるみるうちに赤くなった。わたしはにたっと笑った。

しかし、ノエリアは笑わなかった。

ブレザーに手を差しこむと、ガラスケースを切るときに使ったナイフを取り出した。

戦闘開始だ。

第11章　展示室での戦闘

ノエリアが先にセンサーの網へ飛びこんだ。わたしもそのあとにつづき、かがんだり身をかわしたりしながら、あいだをすり抜けていく。一歩まちがえば、命をも失いかねないダンス。わたしのほうがほんの少しリードしていた。

ブレスレットのチェーンをノエリアに向かってほうった。ノエリアはひょいとかがんでよけ、その勢いで指輪を握っているほうのわたしの手を蹴りあげる。指輪がぽろっと落ちた。急いで拾おうとしたわたしの手を、ノエリアがまた蹴りつける。

わたしは歯ぎしりした。

ノエリアがカード型ナイフを振りまわす。わたしはお返しにチェーン先端の金属を急所へお見舞いしようとしたけれど、攻撃はあたらなかった。ふたりとも上体を後ろに反らし、センサーをかわす。まさに、死のリンボーダンスだ。

ノエリアのナイフが目の前をかすめる――あぶないところだった。あのナイフをどうにかしないと。つぎの攻撃で、わたしは指輪ではなく、ノエリアの手首を狙った。チェーンが手首にからまり、そのままノエリアをぐいと引き寄せる。ノエリアは二本のセンサーにはさまれて動けなくなった。わたしは相手の胴体、それから手に思いきり蹴りを入れた。ナイフが部屋の反対側へ吹き飛ばされる。これでもう薄切りやみじん切りにされる恐れはなくなった。

ノエリアの顔が恐ろしい形相に変わった。お気の毒さま。わたしの武器はそうかんたんにこの手から離れない。この隙に指輪を拾いあげる。

チェーンはノエリアの手首に巻きつけられたままだった。ほどこうとしたところで、ノエリアがチェーンをつかみ、勢いよく引っ張った。ノエリアの手が指輪の近くまで迫っていたけれど、わたしは腕を引いてそれをかわした。

頭の片隅で、残り時間を計算する。警備員はいつもどってくるだろう。いつまでもこんなことはしていられない。ノエリアの注意をそらす必要がある。ほんの一瞬でも。

わたしは、ノエリアのメッセンジャーバッグからはみ出しているマリ＝アントワネットの室内履きに目を落とした。片方を引っつかみ、展示室の奥めがけて蹴り飛ばす。ノエリアはすぐにチェーンを握る手をゆるめた。さて、どうする？　指輪をめぐって綱引きをつづける？　それとも自分の獲物を追う？

どちらが賢い選択か、わたしは知っていた。もちろん、ノエリアも。

小さくうなり声をあげると、ノエリアはチェーンを放し、室内履きのほうへ向かった。わたしは反対方向へ駆けだした。転がりながらセンサーの網を抜けたちょうどそのとき、懐中電灯の持ち主が展示室の横の廊下を歩いているのが見えた。これでノエリアはしばらくこの部屋から出られないだろう。

警備員が角を曲がる前に、わたしは〈歴史あるファッションの間〉へ飛びこんだ。コルセットやサテン地のガウンなど、何世紀にもわたる貴重な衣服を集めたコレクションの脇を通ると、ロビーへつづく主通路が見えた。そこまで行けば、あとは非常口から出るだけだ。警備員の重い足音と懐中電灯の明かりを避けて進めば、ゴールのマルセイユ、それからつぎのステージはもう目前だ。

角を曲がって主通路へ出た瞬間、何者かに腕をつかまれた。何かとがったものが首すじにあてられ、身動きができなくなる。ふっと息を吸うと、敵はその鋭い先端をさらに強く押しあてた。心臓が飛び跳ねる。ブレスレットを使えと本能は叫んでいた。けれど、ひとつまちがえば、喉を切り裂かれてしまうだろう。

ゆっくりと、わたしは両手をあげた。これは警備員なんかじゃない。ノエリアでもない。いったいだれ？

わたしの腕に手を、首に鋭い刃をあてたまま、相手は影のなかから姿を現した。青く光るイヤホンが目に飛びこむ。

アドラだ。

第12章　一発の銃声

　わたしは歯を食いしばった。力を入れすぎて、歯が折れてしまうかと思ったほどだ。その痛みで首にあてられているものの存在を忘れそうになる。

　危険を覚悟で見おろした。アドラの指輪だった。彼女も武器をアクセサリーとして身につけていたのだ。先端がびっくりするほど鋭くとがっている。アドラは使い方までばっちり心得ているらしい。

　わたしは喉をごくりと鳴らした。「このステージでだれかと手を組んでないのって、もしかしてわたしだけ？」

「だからあんただけがつぎのステージに進めないんだろうね」アドラのこげ茶色の瞳がうれしそうに輝く。「指輪をよこしな」

「指輪ならいっぱい持ってるじゃん」

　ドンと壁に叩《たた》きつけられる。生あたたかい血がTシャツにしたたり落ちるのが見えて、わたしはたじろいだ。

「もう一度チャンスをあげる」

アドラの手をはねのけろと、体じゅうが叫んでいた。けれど、アドラの目はまさにトラの目だった。少しでも動いたら、指輪が頸《けい》動脈を掻《か》ききるだろう。わたしはカウントのことばを思い返した。

〝ゲーム中にほかの出場者と揉《も》めて争いになった場合は、たとえそれが命の危険を伴うものだとしても、許容されます〟

なす術がない。でも、このままだまって指輪を渡すわけにはいかない。せっかくここまで来たんだから。

「あんたの相棒は嘘《うそ》をついてる」わたしはことばを選んで言った。落ち着いた声で。「指輪はノエリアに奪われた。わたしはただ逃げようとしてただけ」

「信じらんない。本気で首を切られたい──」

アドラの背後に、新たな影が現れた。わたしはそれを目の端でとらえた。

その子は通路の入口で様子をうかがっていた。あのデニムジャケットには見覚えがある。イェリエルだ。警備員じゃなくてよかった。だけど、ライバルの泥棒に助けは望めない。

アドラの指輪が首に深く食いこむ。「これが最後のチャンスね」

心臓がばくばくする。どうにかしてアドラの気をそらさないと。

指輪を渡す？　それで向こうが手をおろした瞬間に、飛びかかるとか。

成功する確率はどれくらいだろう。

「わかった」わたしは小声で言った。計画はこうだ。いったん指輪を渡して、アドラが目を離した隙に、手首を殴打して指輪を奪い返し、一目散に逃げ出す。うまくいくだろうか。

「ポケットのなかにある」上着を目で指した。アドラが視線をそらすのを待つ。三十秒でけりをつける。一秒も無駄にはできない。

ところが、アドラが動く前に、ノエリアが通路に現れた。わずかに息を切らし、乱れたブロンドの髪が顔に垂れかかっている。伸縮性のあるヘアバンドをおもちゃのパチンコみたいに構えていた。どんな弾が仕掛けられているのかはわからない。あの警備員はどうなったのだろう。まさか、へ、ヘ、ヘアバンドで倒した？

アドラは後ろを向いて、近くの展示室へはいっていく相棒を見た。アドラが口を開きかけたところで、わたしは彼女の肩を突き飛ばし、反対の手で顎に一撃を食らわした。アドラは衝撃でバランスを崩す。その口から小さな声が漏れ出た。よく悲鳴をあげなかった。けれど、褒めてあげている暇はない。

わたしは主通路を走りだした。

イエリエルの影が固まっている。何が起こっているのか、さっぱり理解できないのだろう。

あと何度か角を曲がれば、非常口だ。

何者かに上着をつかまれ、床へ押し倒される。アドラだ。足を持って引きずられる。ああ、うっとうしい。床へ押さえつけられる前に、わたしは体をよじり、お尻を突きあげてアドラを振り落とした。相手が混乱している隙に、馬乗りになる。

飛んできたこぶしを、顔の数センチ前で止めた。指輪から突き出たいくつもの刃が、眼球のそばで揺れている。

この危険な指輪はここで奪っておくべきかもしれない。わたしはアドラの手首を強く握り、もう片方の手で指輪をいくつか引き抜いた。

ノエリアの足音が近づいていた。突然、歩みが遅くなる。振り返ると、ノエリアの手には例の武器が握られていた。黒光りする金属の塊が発射されるのを待っている。

わたしは身をかがめた。黒い塊が頭上をかすめる。

静寂が破られた。

ほんの数メートル先でガラスの砕ける音がした。展示ケースのひとつが割れたらしい。

「おい！　動くな！」警備員の声が遠くから響いた。割れたガラスケースのいちばん近くにいたのがイェリエルだった。通路の入口に立っているので、警備員からまる見えだった。

一発の銃声が鳴り響いた。イェリエルが悲鳴をあげた。

嘘《うそ》でしょ。

わたしは呆然《ぼうぜん》とした。目がイェリエルに釘《くぎ》づけになる。赤いものがジャケットに染み出していた。

すると、アドラがわたしを突き飛ばした。わたしはよろめき、床に手をついて動けなくなった。逃げろ。いますぐ逃げるんだ。

上着に手が差しこまれる。アドラが何かを奪おうとしていた。

わたしははっとわれに返った。

「やめ――」

目的の物をつかみとると、アドラはすぐさま立ちあがった。

「新しい指輪をありがと」ウィンクをして言った。

アドラとノエリアは望んでいた獲物を手に入れた。反対方向へ走りだそうとしたところで、ノエリアは一瞬イェリエルを見た。苦しげな表情で何かと葛藤している。まるで、いまにも駆け寄りたいと思っているかのようだ。けれど結局、背を向けて走り去った。

わたしは急いで立ちあがった。体じゅうをアドレナリンが炎のように駆けめぐっている。いますぐ追いかければふたりを捕まえられるはず――

背後からイェリエルのうめき声が聞こえた。

警備員の足音も近づいている。すでにアドラとノエリアの姿は見えなくなっていた。胸がきつく締めつけられる。わたしはまだ獲物を手に入れていない。

唇を噛《か》み、イェリエルのほうへ向きなおった。

指輪か、イェリエルか。ママの命か、それとも目の前のイェリエルの命か。

ママなら当然、家族を選べと言うだろう。もし撃たれたのがわたしだったら？　賢い泥棒なら、わたしを置いていくはずだ。

でも、撃たれたのはわたしじゃない。

自分で自分がいやになる。それでもわたしは、イェリエルのもとへ駆け寄った。

第13章　ママの命か、イェリエルの命か

通路の入口で立ち止まり、どんどん近づく警備員の足音に耳をすました。

イェリエルの呼吸はすでに苦しそうだ。イェリエルはわたしに気づいているだろうか。彼女がこっちに顔を向けないでいてくれることをわたしは願った。その視線で警備員にばれる可能性があるからだ。

はじめに銃身が目にはいった。角を曲がって現れた警備員は、そのあいだもイェリエルから目を離さなかった。彼女がいまにも襲いかかってくると思っているかのように。まるで、もう一度彼女を撃つ必要があるかのように。

まもなくほかの警備員たちも応援に駆けつけるだろう。

相変わらずこちらに背を向けている警備員に向かって、わたしは襲いかかった。片腕で男の首を絞めあげ、もう一方の手で口を覆う。何百回も練習した絞め技だ。相手は暴れて逃れようとしたけれど、わたしは手を離さなかった。この腕からすり抜けられるのはママだけだ。せいぜい三十秒ほどで、男は気絶した。

「歩ける？」返事を待たずに、わたしはイェリエルを引っ張って立たせようとした。肋骨《ろっこつ》の下

に空いたばかりの穴から、血があふれ出す。イェリエルは低いうめき声をあげた。なかなかひとりで立つことのできない彼女を見て、わたしは家にあるトレーニング用の人形を思い出した。つまり、自分の足で立つのは不可能ということだ。

床を見ると、イェリエルがいた場所には血の海がひろがっていた。彼女の片腕を肩にまわして体重を支え、撃たれた箇所を手で押さえつける。すぐに手は、ぬらぬらしたあたたかいものに覆われた。二、三歩進んだだけで、点々と跡ができてしまう。これはかなりまずい。

「ほら、いっしょに歩いて」わたしはスペイン語で声をかけた。小さめの展示室には真っ赤なカーペットが敷かれている。そこなら血痕をごまかせる。

イェリエルの体重が肩にずっしりとのしかかり、わたしまで倒れてしまいそうだった。ほとんど引きずるようにして、イェリエルを〈歴史あるファッションの間〉まで連れていく。懐中電灯の明かりと、ジャラジャラと鍵束の鳴る音、不安げな警備員たちの声が背後に迫っていた。南北戦争【一八六一年から六五年にかけて、アメリカの南部と北部とのあいだでおこなわれた内戦】前に流行した、大きくふくらんだスカートを穿《は》いたマネキンの後ろにイェリエルをすわらせ、ふたりでスカートの下へもぐりこんだ。

その直後に、警備員の群れが展示室の前を通り過ぎた。あたりはほぼ真っ暗で何も見えなかったけれど、イェリエルができるだけ呼吸の音を抑えようとしているのはわかった。

警備員がいなくなると、わたしたちはサテン地のペチコートのなかで、しばらくだまってすわっていた。焦りが顔に出ないよう、わたしはぐっとこらえた。血痕、気絶した警備員、ひとりで立つこともできないイェリエル。

「やつらに見つかっちゃう」イェリエルは消え入りそうな声で言った。撃たれたとき以来、はじめて口にしたことばがそれだった。でも、なんの役にも立たない。

ほんとうはイェリエルと同じ気持ちだったけれど、わたしは頭を振った。きっと、だれだってそうするでしょ？「どうにかして切り抜けるよ」

イェリエルは鼻をすすった。わたしだって銃に撃たれたら、同じように泣いていただろう。

「いまごろ出口はすべてふさがれてるはず。非常口も。どうやって脱出するつもり？」

イェリエルの言うとおりだ。もはやどの逃走経路も使い物にならない。それでも、どれがいちばんましなルートかをひとつひとつ頭のなかで検討した。どの出口にも、発砲する気満々の警備員がふたりずつ見張りに立っていることを想定して。

そうだ、出口はもうひとつある。あのエレベーターだ。倉庫にあったあの隠し扉の前に、警備員がいるとは思えない。

「行くよ」わたしはスカートの下からすばやく外をのぞいた。それから、イェリエルを支えて立ちあがらせた。イェリエルの顔が痛みにゆがむ。

「どこへ――」イェリエルは途中で口をつぐんだ。叫ばずに最後まで言う自信がなかったようだ。

「エレベーターにもどる。あんたも地下から出るときに乗ったでしょ」わたしはささやき声で言った。「さあ、もうしゃべらないで」

イェリエルはぶんぶんと首を横に振った。「地下に……出口は……ない」

そうだとしても、ここで撃たれるのをただ待つよりはいい。少なくとも、最初はそう考えていた。けれど、ほかにも頭に引っかかっているものがあった。それがなんなのかはまだわからない。

エレベーターはひとり乗りだ。ふたりで乗ったら、ぴくりとも動かないだろう。

だとすると、〈組織〉はそもそも、どうやってわたしたちを地下までおろしたのか。

挑戦者たちはここへ来たとき、みな意識を失っていた。だから、なんらかの方法でわたしたちを運ぶ必要があった。エレベーターを使ったのでなければ——美術館のなかを堂々と通って運び入れた？　眠っているわたしたちを？　だれにも気づかれずに？

そうか。エレベーターが不便なのには理由があった……あれはヒントだったのだ。地下には別の出口がある。ぜったいにそうだ。

イェリエルのジャケットはすっかり赤黒く染まっていた。わたしはイェリエルをしっかり抱きかかえ、影のなかを進んだ。

静かだった美術館は、いまやたくさんの声がこだまする洞窟のようだった。どの廊下でも、警備員の声が反響していた。遠くの展示室では明かりがつきはじめている。警備員たちが部屋をひとつずつ調べているのだ。見つかるのはもう時間の問題だ。

頭のなかの見取り図に従いながら、できるだけ柱や展示ケースに身を隠しながら進み、ようやく倉庫へたどり着いた。外から鍵がかかっていたけれど、ヘアピンを使ってさくっと解錠する。と同時に、廊下の明かりがいっせいについた。

イェリエルを倉庫のなかへ引きずり入れ、壁に寄りかからせた。つづいて棚に指を走らせ、エレベーターの隠し扉をあけるスイッチのようなものを探す。ペンキ缶のあいだにあった小さなスイッチを押すと、イェリエルの横の壁がこちらに向かって開いた。その向こうに、エレベーターの格子扉が見えた。

先にイェリエルを乗せた。這《は》ってでも自力でエレベーターをおりるようにと、繰り返し話して聞かせる。じゃないと、わたしがつぎに乗れなくなってしまうからだ。

イェリエルはうなずいた。けれど、わたしが手を貸しているあいだも、この計画でほんとうにだいじょうぶだろうかと、半信半疑な様子だった。わたしはわたしで、自分より先に赤の他人を逃がそうとしていた。約束どおり、イェリエルがエレベーターをおりてくれると信じて。

胃がずしんと重たくなった。信じる。イェリエルを連れて脱出するために、ここは彼女を信じるしかない。

わたしはエレベーターの扉を閉めた。イェリエルがいなくなると、上のライトを祈るように見つめた。緑色に変わるのを待つ。

待つ。

じっと待つ。

外の騒ぎが大きくなった。血がどうのこうのという声も聞こえた。もしかして、連中は血の跡を追っている？

警備員がどんどん近づいていた。

イェリエルを先におろすべきではなかった。イェリエルはわたしをだまして、ここに置き去りにするつもりなのだ。なんてことをしてしまったんだろう。他人を助けようとして、自分をピンチに追いこむなんて。

そこで、ライトが緑に変わった。ここまでアドレナリンが出ていなければ、ほっとして気を失っていたかもしれない。エレベーターが到着すると、わたしは急いで乗りこみ、下へ行くボタンを押した。

イェリエルは言われたとおり、這《は》って外に出たらしい。エレベーターの床から廊下まで、血でぐっしょり濡《ぬ》れている。わたしは弱々しげにうめくイェリエルを見つけて、また立ちあがらせた。息を切らしながら、最初の部屋へもどる。黴《かび》くさい長椅子、手のこんだスクリーン。

そしてとうとう、あのドアの前にもどってきた。あけようとして、カウントに止められたドアだ。床から数ミリほど浮いている。つまり、この部屋は密閉されていない。元挑戦者が眠っている部屋ではないのだ。

ドアを押してみると、あっさりと開いた。

〝元挑戦者の部屋は立ち入り禁止〟

うまい言いまわしだったと、カウント本人も思っているだろう。

奥には、暗闇へつづくのぼり階段があった。隠し通路だ。

第14章 マルセイユまで、百六十キロ

月明かりに照らされたイェリエルの顔は、真っ青だった。とはいえ、あの状態で階段をのぼりきった彼女には、オリンピックメダルをあげたいくらいだ。

イェリエルの足もとにはすでに、新たな血の海ができていた。傷口を押さえる手も、心なしか力が抜けている。

目の前には長細い中庭がひろがっていた。はるか向こうに、大きな通りが何本か走っているのが見てとれる。

痛みにあえぐイェリエルに肩を貸して、また歩きはじめた。通りへ出れば、銃を持った警備員たちが襲ってくる心配はなくなるはずだ。けれども、イェリエルの容態は悪化していた。ふたりでこの距離を歩いていくのは不可能に近い。

悪魔のささやきが耳にこだました。ママによく似た声が言った。わたしはたどり着ける——彼女を置いていけば。

「ありが……とう……」イェリエルが苦しそうに言った。その声はとても弱々しかった。すがりつくようだった。このタイミングでこんなことを言うなんて。ぜったいにわざとだ。

わたしはこれまでいろいろなことをしてきたけれど、人殺しにだけはなりたくなかった。ここにイェリエルを置いていくのは、人殺しと同じだ。

耳をそばだてていると、遠くで非常口のドアが開く音がした。警備員がこっちへ来たら、どうすればいい？　身を隠せる場所があるだろうか。どこか、連中に見つからない場所が。

すると、左前方から車のヘッドライトが近づいてきた。

「あんたが呼んだの？」わたしはイェリエルに尋ねた。

イェリエルはゆっくりとかぶりを振った。

ものすごいスピードで走ってきたその車は、わたしたちの数メートル前で急停止した。運転席側のウィンドウがおりる。

デヴローだ。

あのとき、彼の申し出を受けるべきだった。こんどは同じ判断ミスをしてはいけない。

「しっかりして」わたしはイェリエルに言った。なんとかここまで運んできたけれど、わたしももう限界だ。少しでもイェリエルに足を動かしてもらわないと。

わたしたちは車──まるいヘッドライトに四角いドアのヨーロッパ車──へ駆け寄った。

ドアハンドルに手を伸ばすと、車ががくんと前進してすぐに止まった。どういうこと？

デヴローはわたしの目を見て言った。「乗ってもいいが、ひとつ貸しだぞ」

わたしはためらった。うまい話にはかならず裏がある。

「いいからあけて」

　デヴローは中からドアを押しあけた。イェリエルを車内へほうりこむ。座席に腰をおろした瞬間、イェリエルは苦しげにうめいた。

　乗りこんですぐに、デヴローはひとりではなかったのだと気づいた。ギョンスンがおろおろした様子で、助手席からこちらをのぞいている。

　まだドアを閉めきっていないのに、デヴローはアクセルを踏んだ。振り返ると、ちょうど警備員たちが美術館の中庭にあふれ出たところだった。セーフ。わたしたちはすでに、カンヌの街を走りだしていた。

「何があったの？」ギョンスンが助手席に正座して後ろを振り返った。彼女とデヴローの獲物がはいっているであろうリュックが、床に滑り落ちる。

「見ればわかるだろ、ギョンスン」デヴローは舌打ちをすると、ハンドルを切り、大通りに合流して、車の流れに乗った。こういう運転には慣れっこだという顔をしている。

「ノエリアのせいだよ」わたしは上着を脱いで、イェリエルの傷口に押しつけた。胸とお腹のあいだあたりを撃たれている。イェリエルはわめいていたけれど、なんとかして血を止める必要があった。「この子を病院に連れていかないと」

　ギョンスンがカップホルダーのなかでがたがた言っていたスマホをつかんだ。「もう七時五十分だよ。ここカンヌからマルセイユまで、あと百六十キロある。とりあえず救急車を呼んで、彼女をおろせば――」

　イェリエルがもだえ苦しむ声を聞いて、ギョンスンは口ごもった。傷口にあてた上着がもう血で染まりはじめている。イェリエルはほんとうに死にかけていた。ひとりの人間が、わたしの目の前で死にかけていた。

「あたし――」ギョンスンは食いしばった歯の隙間から息を吸い、葛藤していた。「病院に寄るのは予定外。予定外のことはしたくない」

「いいから病院に連れてって！」わたしはデヴローをにらんで叫んだ。運転しているのはデヴローだからだ。

デヴローはバックミラー越しに顔をしかめた。

十以上もの考えが、本のページをめくるように、つぎつぎと浮かんでは消えていった。どうしてデヴローはわたしたちを助けたの？　ノエリアとアドラは平然とわたしたちを置き去りにしたのに、このふたりはどうして？　というか、それならデヴローはなんで死にそうなこの子を病院に連れていってくれないわけ？

さらに、もうひとつ別のことが、ひそかにわたしの心をむしばんでいた。わたしは獲物をひとつも手に入れずに美術館を出てしまった。このステージで退場だ。

デヴローはまだ迷っていた。あの首を締めつけてやりたい。

「ただ病院に連れていくのとはわけがちがうんだ」デヴローは言った。「いろいろと質問してくるはずだぞ。こっちが答えられないようなことを」

「なら、病院の前でおろせばいい」わたしは提案した。「いちばん近くの病院をナビで検索して。寄るだけなら、十分のロスにもならないはず。ナビの結果を見ればわかる」

ギョンスンはイェリエルを見つめながら、唾をごくりとのんだ。イェリエルは呼吸も満足にできなくなっている。わたしは言った。「お願い、デヴロー」

デヴローは急にハンドルを切って、角を曲がった。その後ろでわたしはデヴローの座席の背にしがみついた。

「きみがそこまで言うなら」

デヴローは最も近い病院をめざして、街のなかを縫うように進んでいった。わたしはイェリエルに励ましのことばをささやきつづけた。

同時に、怒りを抑えこまないといけなかった。イェリエルが撃たれて死にかけていることだけでなく、これらの出来事を避けられなかったことに対する怒りを。そもそもノエリアがガラスケースを割らなければ、警備員に見つかることはなかったはずだ。

やがて病院が見えてきた。大きな建物がせまい区画へ窮屈そうに収まっている。デヴローはクラクションを鳴らしたり、「邪魔だ、どけ！」と叫んだりしながら、車の列をすり抜け、正面玄関の前でブレーキを踏んで急停止した。

イェリエルをおろすときは、胸がちくりと痛んだ。わたしたちはここへ、彼女を置いていこうとしているのだ。

「ちょっと何事――」玄関の外で煙草を吸っていたふたりの看護師が走って近づいてきた。何も考えずに、わたしはふたりの腕にイェリエルを託した。

「助けてあげてください」フランス語で頼みこむ。

い、ママを失ったも同然だ。
第一ステージで、わたしは怪盗ギャンビットから脱落する。これしか道はなかったのに、マ

ママを犠牲にして他人を助けた。もうママを失ったも同然だ。

イェリエルは最後にもう一度、わたしの手をつかんだ。
「待って」そう言って、ズボンの後ろのポケットを探りはじめた。
わたしは早くここから離れたくて、そわそわしていた。
イェリエルのポケットから、金色にきらめく何かが姿を現す。
小型の肖像画だ。
イェリエルはわたしの手にそれを置いて、小さくうなずいた。
わたしはまだあたたかい獲物を握りしめ、よろよろと車へもどった。
これで、ゲームをつづけられる。

第15章　デヴロー・ケンジー

「スパジアリ・パーティーへ招待されてきました」デヴローがとっておきの笑顔をホテルのフロント係に向けた。

フロント係の女性は頬をピンクに染めながら、ベルスタッフを呼び出し、わたしたちをどこかへ案内するよう指示をした。

わたしは腕を組むようにして、上着の下に両手を隠していた。手についたイェリエルの血を落とせるものが、車のなかになかったのだ。全身黒い服を着ていたおかげで、そっちは無事だったけれど。

イェリエルと別れてから、ここへ来るまでのあいだに、たっぷりと時間をかけて現実と向き合った。わたしはあやうく第一ステージで脱落になるところだった。デヴローとギョンスンとわたしがこのホテルに到着したのも、制限時間のたった二十分前だ。運が悪ければ、取り返しのつかないことになっていた。わたしはつぎのステージに進めず、願いをかなえる権利も得られなかった。十億ドルを手に入れることも、ママを救い出すこともできなかった。

ステージが進むにつれて、課題はむずかしくなっていくにちがいない。

もっと本気で取り組まないと。

他人の心配をやめて自分のことだけに集中すべきだと、ママなら言うだろう。

ベルスタッフが金でふちどられた両開きのドアの前で立ち止まった。真っ白の手袋をはめた手でドアを押しあけると、一礼し、早足でエントランスへもどっていった。

デヴローはギョンスンに向けて手を出した。ギョンスンは肩からリュックをおろし、オペラの仮面を取り出した。デヴローはそれを受けとると、わたしのほうをちらりと振り向いた。その顔にはこう書いてあった。

〝あのときイエスと言っていれば、こんな大変な思いをせずにすんだのに〟

まったく。でもいまは、デヴローにもギョンスンにも腹を立てることはできない――というか、わたしにそんな資格はない。恥ずかしいことに、ふたりはわたしの尻ぬぐいをしてくれたのだ。

中にはいると、そこはホテルの一室だった。たちまち、さまざまなお菓子とセイボリーの香りに包まれる。六台以上のワゴンが奥の壁に並んでいて、それぞれが、銀のドームカバーがかぶさった大皿、ソーサーにのった磁器のカップ、取り分け皿、なんらかの飲み物（薬が盛られていませんように）のはいった銀の水差しで埋めつくされていた。

カウントがテーブルの向こうでタブレットを手に立っていた。数時間前と同じ赤いスーツを着ている。さながらレストランの給仕長《メートル・ドテル》だ。

ルーカスは部屋の隅でひとりペーパー・ソットボール【三角形に折った紙をボールに見立て、指ではじき飛ばして得点を競い合うゲーム〕をして遊んでいる。タイヨウは肘掛け椅子にゆったりとすわり、質問攻めしてくるアドラをあからさまに無視しようとしている。アドラの楽しそうな顔。自分のしたことをわかっていて、あんな表情を浮かべているのだ。

　ノエリアは、小さなスプーンで飲み物を掻《か》き混ぜながら、壁に背中をつけて立っていた。カップのなかをじっと見つめている。あらゆる問題の答えがそこにあると思っているかのように。

「ねえ！」アドラがタイヨウの肩をぴしゃりと叩《たた》いた。タイヨウはいますぐ消毒したいという顔で、叩《たた》かれた場所を見やる。「あんたはあたしに百ユーロの借りがあるんだからね」

「ぼくはただ、彼らが制限時間内に到着する可能性は低いと言っただけで、ゼロとは言っていない」スマートウォッチを確認する。「そもそも、その賭けに乗ったつもりはない」

　マイロが、ひと口サイズのサンドイッチを山のように積んだ皿を前に、口をもごもごさせながら言った。「賭け？　なんでだれも声をかけてくれなかったんだよ！」

　ノエリアが顔をあげた。一瞬、世界はわたしとノエリア、それからスプーンのカチャカチャという音だけになった。

　彼女はいまどんな気持ちだろう。イェリエルがどうなったか、訊《き》いてくるだろうか。

　ノエリアはわざとらしくカップを傾け、ひと口だけ飲むと、そっぽを向いた。

　わたしは大股で歩きだした。

「ふたりとも……」カウントが警告した。わたしの顔に考えていることが出てしまっていたのだろう。

ノエリアはカップを床に置くと、戦闘の構えをとった。シルクの白いスカーフを新たに巻いている。美術館で負った傷を隠すためだろうか。スカーフで覆ってしまえば、こんなにもかんたんに何もなかったふりができる、というわけだ。

「ロザリン、ばかな真似はよせ」背後からデヴローが呼びかけた。

わたしはブレスレットをしているほうの手をあげて立ち止まった。そして、ノエリアの首からすばやくスカーフを奪いとった。それで両手についたイェリエルの血をぬぐう。ノエリアは目を大きく見開いた。白く輝く布地が赤く汚れていく。

拭き終えると、ノエリアの胸に向かってスカーフをほうり投げた。

「あの子は生きてる」わたしは言ってきびすを返し、ドアのそばまでもどった。

ノエリアは、スカーフに火がついたとでもいうように、床へ投げ捨てた。苦痛に感じられるほど長いあいだ、部屋じゅうがしんと静まり返った。

すると、マイロがわざとみんなに聞こえるような声でギョンスンに訊《き》いた。「あのふたり、なんかあった……？」

「カウント」ノエリアはティーカップを拾って、自分の席にもどった。「どうしてクエストがここにいるの？　あの子は失格のはずでしょ？」

わたしは鼻で笑った。「はぁ？」

「第一ステージでは、武器の使用が認められていないはずよ。創意工夫の力が試されていると考えなさいって、カウントが言ってたんだから。それなのにクエストは、怪盗ギャンビットがはじまってからずっと、手首にあの武器を巻いて歩きまわってた」

「ナイフでわたしを切り裂こうとしてた人がよく言うよ」

「あれはガラスを切るための道具で――」

「それを言うなら、わたしのこれはガラスを割るための道具」

「カウントは一度も、武器を持ち歩くなとは言っていない」デヴローが割りこむ。「手もとにある道具だけで、ステージを乗りきってみせろと言ったんだ。ロザリンは、アドラの指輪やタイヨウのピッキング機能つき眼鏡と同じで、最初からブレスレットを身につけていた」

　急に名前を呼ばれ、アドラは指をもぞもぞ動かした。指輪はまだいくつか残っている。タイヨウはデヴローをにらみつけた。明らかに、眼鏡の秘密をばらされて怒っている。わたしはその秘密を自分で見抜けなかったことを悔やんだ。

　デヴローは仮面を指でくるくるまわしながら、わたしの向こうにいるノエリアを見やった。

「自分の準備が足りなかったからって、けちくさいことを言うなよ」

　ノエリアのこぶしが真っ白になる。カップが割れてしまうのではないかと思うほど、強く握りしめていた。

　デヴローはこちらに向かって小さくうなずいた。わたしをかばったのだろうか。それとも、ノエリアを言いくるめれば、わたしの気分が少しでも晴れると思ったのか。わたしは……それをどう受けとればいいのかわからなかった。だから、ただ首をすくめてみせた。

「ミスター・ケンジーの言うとおりよ」カウントが言った。「わたしたちは、みなさんが事前にどんな準備をしているかも見ているの」わたしは顎にぐっと力をこめた。

カウントはつづけた。「着いたばかりの三人は、美術館で手に入れたものをここに置いてちょうだい」目の前のテーブルから布を取り払う。そこにはリストにあった展示品が並んでいた。もちろん、マリ＝アントワネットの室内履きもあった。

まずギョンスンが進み出て、宝石のちりばめられたオルゴールをのせた。デヴローもすぐそれにつづいた。ギョンスンの獲物の横に、オペラの仮面をそっと置く。わたしもポケットの奥から小型の肖像画――もとはイェリエルの獲物だ――を取り出し、テーブルに置きながら、完全なる挫折感を味わった。

カウントがタブレットの画面をタップした。そこで、ひとつの疑問が浮かんだ。

「ゲーム中、わたしたちが盗んだものをだれが管理するの？」わたしは尋ねた。「〈組織〉？」

カウントは答えなかった。

「一日目からこんなにがんばったのに、稼ぎはゼロか」マイロは肘掛け椅子にぐったりと身を預け、マカロンを口にほうりこんだ。「ま、楽しめはしたけどね」わたしのほうを見て付け加える。「その、流血沙汰以外は、って意味だぜ？」

「ふん」部屋の奥にすわっていたルーカスが鼻を鳴らした。みずからの袖口についた、小さな血の染みを見やる。なんだかうれしそうだ。

この部屋にはソシオパスしかいないのだろうか。

鼻の頭をこすりながら、わたしは壁際にもどった。カウントはなんらかのメッセージがタブレットに届くのを待っているようだった。それが届くと、にこりと笑みを浮かべて言った。「みなさん全員が第一ステージをクリアということで、審査員たちの意見が一致しました。おめでとう。第二ステージについては、あすの朝説明します。携帯電話を確認してくれる？」

一秒後に、スマホのバイブ音が鳴った。バッテリーが残っていたのは奇跡だ。通知欄のいちばんうえに、ホテルからのメッセージが表示されていた。

「部屋番号とスマートキーを受けとったわね。みなさんの荷物はすべて部屋に届いています。あすの朝は六時にここへ集合してください。ゆっくり休んでも……休まなくてもいいわ。わたしたちには関係ないから」おやすみのひとことすら言わずに、カウントは姿を消した。

煉瓦《れんが》のように重たい足を引きずって、エレベーターに乗りこんだ。スマートキーによると、わたしの部屋は十階だ。ボタンを押して、ジャヤおばさんにメッセージを送る。

――第一ステージはクリアした。ちょっと……いろいろあったけど

第二ステージはどんな課題が待っているんだろう。またいきなりどこかへ盗みにはいらされるのだろうか。おばさんのアドバイスどおりに、だれかと手を組むべきか。

ママならどうした？　あーもう。赤の他人を助けて脱落しかけたと知ったら、ママはどう思うだろう。

でも……その赤の他人が、わたしを救ってくれた。イェリエルは自分の命をわたしに預けて

くれた。そうするしかなかったんだろうけど、それでも。イェリエルはわたしを信用してくれた。そして、それがうまくいった……きょうのところは。

エレベーターの扉が閉まる直前に、だれかの手が差しこまれた。扉がしぶしぶ開くと、デヴローがはいってきた。まったく、最高のタイミングだ。

「よかった、間に合った」デヴローは魅力的な笑みをこちらに向けながら、〝閉〟ボタンを押した。わたしはデヴローと駆け引きをする気分ではなかった。マイロとギョンスンもこちらへ向かっていたけれど、間に合いそうにない。

わたしは片方の眉をくいっとあげた。

「混雑したエレベーターがきらいなんだ」デヴローは言った。

「なら、つぎのを待って、ひとりで乗ればよかったじゃん」

デヴローは傷ついたとばかりに、片手を胸にあてた。「ぼくといっしょなのがいやみたいだね。つぎに車へ乗せてくれと言われたときのために、このことはよーく覚えておこう」

おばさんから返事が来た。

――パートナーは見つけた？　その子のことはちゃんと厄介《やっかい》払いしたでしょうね？

もちろん、だれかと手を組んだら、用がすんだ時点で厄介《やっかい》払いするものなのだ。それがわたしたちみたいな人間のすることだから。だれだってそうするはず。イェリエルとのあれは、ただのまぐれだったのだ。

じゃあ、デヴローは？

わたしはくるりと振り返って、デヴローと向かい合った。「なんであんなことしたの？　わたしたちを置き去りにすることだってできたのに。どうして助けたの？」

「ただの親切心でやったわけじゃない」デヴローは答えた。「これは貸しだ、覚えてるだろ？」

わたしは笑い飛ばした。「覚えてる、けど――」ここは冷静になるべきだ。デヴローのことばに従う義理はない。そもそも借りを返すなんて、わたしはひとことも言っていない。「わたしが借りを返すと思う？　そう確信できる理由は何？」

デヴローは微笑んだ。ホテルのフロント係に向けたのと同じ、計算された笑みだ。「きみは約束を守ると信じてるから」

信じてる？　理由は……それだけ？

わたしはまた笑った。その答えがあまりにも滑稽だったから。それと、デヴローの顔があまりにも近くにあったから。デヴローは知っているのだ。ああいう話し方をすれば、何を言っても〝だれにも言えないふたりだけの秘密〟という印象を与えられることを。

「ばかじゃないの」わたしは言った。

「恋する愚か者ってことかな？」

「とぼけないで」デヴローはくすりと笑った。こんどのは本物の笑みだ。わたしはつられないよう、なんとかこらえた。もしここでいっしょに笑ったら、それが決定的な瞬間となって、ふたりのあいだに何かが芽生え、つぎまたデヴローの顔を見たときにエレベーターでの出来事を思い出さないよう自制しなきゃいけなくなる。「わたしのこと、何も知らないくせに」

デヴローの笑みが消えた。「だれかを見殺しになんてしたくなかったんだ」沈黙が落ちる。わたしの体のどこかにピシッと亀裂が走った。美術館でイェリエルを助けると判断したときも、同じ場所に亀裂がはいった気がする。

「借りは返す」わたしは言った。デヴローの目がぱっと輝く。「でも、わたしに貸しを……大きな貸しを作ったと思ってるなら、それはまちがいだから」

「だいじょうぶ。無茶なことを要求するつもりはないよ」胸に片手を置く。「神に誓ってね、ロザリン」

わたしはあきれて天を仰いだ。

チンという音が鳴り、エレベーターの扉が開いた。十階に到着だ。わたしが廊下へ出ると、デヴローもおりてきた。

「疲れてるの。ついてこないで」

「ぼくもこの階なんだ」後ろ向きになって、わたしの前を歩きはじめる。「部屋が隣同士だったりしてね。ひょっとしたらコネクティングルームで、互いの部屋を行き来できるかもしれない。デートには打ってつけだ。ふたりだけで食事ができる。ほかのやつらに見られて、嫉妬されたら面倒だろう?」

デート? わたしの聞きちがいだろうか。デートっていうのは、もっといくつものステップを踏んでから、勇気を出して誘うものじゃないの? まあ、デヴローの口から〝デート〟ということばが出たとき、少しだけ胸がどきどきしたことは認めてもいいかもしれない。

「どういうこと?」

「借りは返すって言ったじゃないか。ぼくとデートしてほしい」

「仕事の借りは仕事でしか返さない」わたしはきっぱり言った。

「それじゃあ、おもしろくない」

「デヴロー――」わたしはいら立ちをあらわにした。デヴローが目の前にいることを忘れて、頭をぶんぶん振りたくなる。そうすれば、よけいな考えを締め出せるかもしれない。「はっきりさせておこう。ロザリン・クエストがデヴロー・ケンジーとデートを……そういう恋愛ごっこみたいなことをするなんて、この世界ではぜったいにありえない。だから、貴重な時間をギャンビット以外のことに費やすのはやめたほうがいい」

ほかの人なら、わたしの言いたいことを理解してくれたはずだ。けどデヴローは、わたしが言わなかったことまで察してしまう。デヴローの目がすっと細くなるのを見て、わたしはそれを悟った。「なるほど。そういう気持ちがあること自体は否定しないんだな」デヴローは首をかしげた。憧れの有名人と見つめ合っているような気分になって、さらにいら立ちが募る。

この首をかしげるしぐさも、何億回と練習したにちがいない。こういった細かい技が、デヴローのネタ帳にはたくさん書かれているのだろう。

もしかしたら、もしかしたらだけど、わたしも心のどこかでデヴローとそういう関係になりたいと思っているのかもしれない。デヴローはそれを見抜いたのだろう。でも、だからこそ、これ以上深入りしてはいけないのだ。デヴローは本気でわたしを信じているのかもしれないけど、危険は冒《おか》せない。それはだれが相手でも同じだ。

わたしはデヴローの胸に片手を押しあて、壁際に追いこんだ。その大胆な行動にデヴローは驚いたようだけれど、抵抗はせず、むしろうれしそうな顔をした。

「デヴロー……」わたしはゆっくりと、誘うような声で名前を呼んだ。

デヴローの胸が手の下でふくらんだ。ベストの布地はぱりっとしているのに、さわり心地はやわらかい。わたしはさらに体を寄せ、ほんの数センチの距離まで近づいて言った。

「わたしの、邪魔を、するな」

身を引き離し、部屋のほうへ歩きはじめる。デヴローが追ってこないとわかって、心が妙にざわざわした。ドアのロックにスマホを近づけると、小さなライトが赤く点滅し、それから緑色に変わった。

「これがないと、部屋にはいれないよ」デヴローからくすねたスマホを投げ返した。デヴローが胸の前でキャッチするのを見届ける。

デヴローの口もとが引きつっていた。怒るべきか、感心するべきか、迷っている様子だ。結局、どちらの意味もこめて、見えない帽子を軽く持ちあげるしぐさをした。

わたしは部屋にはいった。たっぷり深呼吸をしてから、ベッドに倒れこむ。スマホが振動した。そうだ、おばさんに返信しないと。

――⁇

起きあがって返事を打つ。

——簡潔にまとめるね。だれとも手は組んでない。ノエリア・Bと殴り合いをした。女の子がひとり銃で撃たれて死にかけた。けどわたしは平気
——それと、生まれてはじめてデートに誘われた

最後の一文を消去してから、送信した。

返事の代わりに、おばさんからすぐＦａｃｅＴｉｍｅで連絡が来た。

「だいじょうぶなの？　ちょっと待って、それ、あなたの血？」おばさんはカメラの向こうで取り乱した。

「撃たれたのはわたしじゃないよ。それを先に言うべきだったかも」

「そっちじゃなくて、あたしが訊《き》きたかったのは、その血があなたのものか、それともあの性悪女のものかってこと！　殴り合いをしたんでしょ？　もちろん、叩《たた》きのめしたのよね？」

「ちょっと、おばさん！」わたしは心の底から笑った。おばさんはわたしを笑わせるのがほんとうにうまい。「まあ——そんなところかな？」唇を突き出す。肩からほんの少し力が抜ける。家族の声が聞けてよかった。なんだかママと話をしてるみたい……。

そうだ、ママ。「そっちは何か進展あった？」

おばさんは静かに答えた。「きのうと同じよ。どの線も行きづまってる。ブラックボックスのほうにも、たいした依頼は来てない。もうあなただけが……」

おばさんはそこで口をつぐんだ。最後まで言う必要はなかった。わたしだけが頼りなのだ。なのに、最初の一歩で大へまをしでかすところだった。

「これからママに電話してみようかな」自分で言って驚く。

「姉さんを連れ去ったやつらに連絡するってこと？」おばさんは苦笑した。「よろしく伝えておいて。けど……少し休まないとだめよ、ロザリン。つぎの課題に備えないといけないんだから」

おばさんは励ますように微笑んでから、通話を切った。

わたしはママの番号に電話をかけた。

呼び出し音が鳴りつづける。留守番電話につながるかと思ったところで、目下最大の敵が電話に出た。

「ああ、クエスト家のお嬢ちゃん。どうした、銀行口座を訊《き》くために連絡してきたのか？」手が怒りで震える。「お金はいま集めてるところ」

「ほう？　進捗はどうだ？　あすにでも〈モナ・リザ〉が盗まれたってニュースが聞けそうか？」男は高笑いをした。

〈モナ・リザ〉か。世界で最も評価の高い美術品で、盗むのは百パーセント不可能。なのに、評価額はたったの八億七千万ドル。この男はそれを知らないのだろうか。

「何もかも順調」わたしは言い張った。「それより母と話をさせて」

「だがおれはいま、おまえさんとの会話を楽しんでるところなんだがな。楽しいことにも終わりは来るってか」電話の向こうが静かになったけれど、まだ切られてはない。わたしは待つしかない。爪が手のひらに食いこむ。

もし電話を切られたら？　もし向こうが約束を破って、ママを殺してしまっていたら？　もし――

「ベイビーガール？」

わたしは泣きだした。「ママ」

まったく気づかなかった。自分が涙をこらえていたなんて。どこにこれほどの涙が隠れていたんだろう。ベッドから床へ滑りおり、上掛けをつかんで、泣き叫んだ。こんなふうに泣いたのは、九歳のとき、たったひとりの友だちに裏切られたとき以来だ。

「ごめん……なさい……」何もかも。ママが連中に捕まったこと。ほかに出口はないと嘘《うそ》をついたこと。そもそも家出をしようとしたこと。できるなら、時間を巻きもどして、すべてをやりなおしたい。もう二度と聞けないかもと思っていたママの声に耳を傾けながら、ママを連れもどすためならどんなことだってすると、心に誓う。

「あやまらないで。人はだれしも過ちを犯すものよ。だいじょうぶ」ママはわたしをなだめた。まるで捕まっているのはわたしのほうで、わたしが慰めを必要としているみたいに。わたしは泣くのをやめて鼻をすすり、顔をぬぐった。「ママはだいじょうぶ？　怪我はしてない？」

「平気よ。何も問題ない。わたしのことは心配しないで」まばたきをして、最後の涙を引っこめる。「わたしがママを助け出すから。怪盗ギャンビットっていうやつに招待されたの。ママには言ってなかったけど、それに勝てば――」

「怪盗ギャンビットが何かは知ってるわ」

やっぱり。ジャヤおばさんは〈組織〉と怪盗ギャンビットのことを知っていた。ならば、ママが知らないわけがない。

「連中があなたを招待してたなんてね」ママはいったんことばを切る。「いい？　ギャンビットへ出場するからには、ぜったいに勝たなきゃだめ。どんな手段を使ってでも。わかった？」

わたしはうなずいた。目の前にママがいるかのように。「わかってる。っていうか、いまようやくわかった」

「い、いま？」

声が喉につまる。ママに何から何まで話す必要はない。イェリエルについて。なんの義理もない男の子に、借りを返すと約束したことについて。

「だれにも、何にも邪魔はさせない」わたしは声を絞り出して言った。

ママはどんな反応をしているだろうか。首を縦に振っている？　それとも、いつものように軽く顎をあげて、挑戦的な目つきと包容力のある笑顔で、わたしを見おろしている？

「クエスト家の掟《おきて》を思い出して、ベイビーガール」

そう。わたしはあやうく掟《おきて》を破るところだった。二度とそんな真似はしない。

〝クエスト家以外の者を信用してはならない〟

第16章　マイロとギョンスン

翌朝、最も意外な人物がわたしの部屋のドアをノックした。タイヨウだ。まあ、最も意外というのは言いすぎかもしれないけど、なんでタイヨウが？　と思うくらいには意外だった。

「えっと、おはよう？」わたしは警戒しながら言って、廊下へ滑り出た。

タイヨウはアイロンをあててしわを伸ばしたセーターとサイズがぴったりのズボンといういでたちで、髪型はまたしても完璧に整えられている。

正直に言うと、なんらかの理由で怪盗業をつづけられなくなっても、タイヨウなら売れっ子のヘアモデルとして大金を稼げるにちがいない。見た目も高級ホテルの宿泊客といった感じで、今回泊まっているホテルにもすっかりなじんでいる。

それに比べて自分の服装は……黒のTシャツにジーンズ、夜のうちに洗ってまだ生乾きの上着。とはいえ、手持ちの服は体操のサマーキャンプ用に荷造りしたものしかないんだから、しかたがない。練習着は大学から貸してもらえることになっていたし。これだけは欠かせないと思ってリュックに入れたのが、お気に入りのスニーカーたちだ〈星月夜〉のスニーカーよ、安らかに眠りたまえ。きのう靴底についた血の染みは二度と落ちないだろうから)。ただ、ブレイズに編んだ髪はほつれていなかったので、邪魔にならないよう、ハーフアップにまとめた。われながらいい感じにキマっていると思う。

わたしは部屋を出ると、エレベーターのほうへ歩きはじめた。集合時間まであと二十分。タイヨウが来なくとも、そろそろ行こうと思っていた時間だ。

タイヨウはすぐについてきた。「どうやって美術館を脱出したんだ」まっすぐわたしを見つめる。ひと晩じゅう、その疑問について考えていたようだ。

「べつにどうでもよくない？」わたしは肩をすくめた。「第一ステージは終わったんだし」

「どうして人々はユナイテッド・カリフォルニア銀行強盗事件【一九七二年にアメリカのカリフォルニア州で起こった事件で、アメリカ史上最大の銀行強盗事件とも言われている】や〈緑の円天井〉盗難事件【二〇一九年にドイツ、ドレスデン城内の宝物館〈緑の円天井〉から多数の宝飾品が盗まれた事件】について知りたがるのか。それは、犯人の手口があまりにも鮮やかで、腹が立つと同時に魅了されもするからだ」

わたしは眉をひそめてタイヨウを見た。「魅了？　それって、有名な泥棒たちに自分を重ねて酔ってるだけだと思わない？」

「いくら払えば教えてもらえる？」

わたしたちは廊下の途中の奥まった場所で立ち止まった。なぜそこに置いてあるのかもわからない二台のサイドテーブルにはさまれている。わたしは腕組みをして、怪訝《けげん》な顔をした。このあとの行動についてだれかに訊《き》かれたら、ライバルの情報を集めて分析したかったから、と答えるだろうけど、このときはただただ好奇心が抑えられなかった。

「お金はいらない」わたしは言った。タイヨウが十億ドル持っているなら話は別だけど。「ただし、ひとつだけ条件がある。そこまでして知りたがる理由はなんなのか、それを教えて。おもしろそうだから、っていうのはなしね」わたしは片眉をあげてタイヨウを見た。

タイヨウは一瞬こちらを見てから、眼鏡をくいとなおした。観念したらしい。

「ぼくは怪盗という仕事にすっかり魅せられている」タイヨウは説明した。「だが、うちは怪盗の家系ではない。きみとはちがうんだ。一から教えてくれる人はだれもいなかった。だから、ほかの人の例を参考にして、独学するしかなかった。完璧な怪盗をめざすなら、まず自分にないものを知る必要がある」

「〝完璧〟って、だいぶハードルが高いね。怪盗ギャンビットに招待されただけで、じゅうぶん実力は証明されてると思うけど」

「〝じゅうぶん〟じゃだめなんだ」タイヨウはいったん間を置いてつづけた。「ボシェルト家はヨーロッパの市場を牛耳《ぎゅうじ》っている。きみの家族は北アメリカを。だが現在、アジアの市場は小さな犯罪組織《シンジケート》や一族がばらばらに活動しているだけで、だれにも独占されていない」

「いまのところは、ね？」

夢のきらめきがタイヨウの目に宿る。

「そのためには、最高の怪盗が最高たる所以《ゆえん》を理解しなくちゃいけないんだ。最も才能がある人たちの共通点は？　相違点は？　そういったリストを作ることでしか、一般人をすぐれた怪盗に育てあげるのは不可能だ」

おもしろいアイディアだ。ほんとうに実現できたら、画期的な取り組みになる。一流の怪盗を育てる最新カリキュラムを編み出し、訓練を終えた者たちを自分のエージェンシーに雇い入れれば、アジア全体の市場を席巻できるだろう。もしかしたらほんの数年で、じゅうぶんな数の優秀な怪盗を育てあげることも可能かもしれない。

タイヨウに尋ねてみたいことがつぎつぎと頭に浮かんだ。何歳くらいから訓練をはじめるべきだと思う？　候補者はどうやって見つけるつもり？

しかし、わたしは何も訊《き》かなかった。タイヨウの質問に答えると、そのままそこを立ち去った。

タイヨウはメモをするためだろう、答えを聞いてすぐに自室へ駆けもどった。わたしはひとりで集合場所へ向かった。

デヴローとギョンスンはすでに部屋にいた。オーク材でできた二台のテーブルが新たに用意されていて、そのうちのひとつにふたりですわっている。

わたしが部屋にはいると、デヴローは顔をあげて、いつもの完璧な微笑みを向けてきた。言いたいことはすぐに伝わった。きのう、わたしが最後にしたことの真意を探っているのだ――無理もない。あの行動は、考えれば考えるほど……傍から見れば、わたしのほうからデヴローを誘っているようなものだ。あんなことをしたのにも、理由があった――まだあのときは。

けれど、ママと電話してから、デヴローとの駆け引きを楽しむ気分はすっかり消え失せた。デヴローと、いや相手がだれだろうと、そういう関係になるのはぜったいにお断りだ。

それをデヴローにわからせるため、わざとにらむような目つきで返した。デヴローの笑みが消える。顎に力を入れ、椅子に背を預けて、ポケットに両手を突っこんだ。デヴローは断られることに慣れていないらしい。少なくとも、今回は納得できなかったようだ。

デヴローとの無言のやりとりに気をとられていたせいで、ブロンドの女の子がこちらへ近づいていることに気づかなかった。

わたしは朝食のカートの前に立っていた。最初は自分が立ち去ればいいと思ったけれど、やっぱり考えなおした。敵前で逃亡するみたいで、いやだったからだ。

お腹はあまり空いていないのに、お皿を手にとった。ノエリアはグラスをとり、オレンジジュースを注ぎはじめる。ノエリアはさりげないふうを装っていたけれど、わたしにはわかった。ほんのわずか、彼女の視線がこちらの足もとへ向けられている。反射的に、爪先がもぞもぞ動いた。身をよじりたくなるのを我慢する。

わたしが履いているのは、きのうとはちがう靴だった。爪先からかかとまで真っ黒で、目を凝らせば、黒い糸で星々が刺繍《ししゅう》されているのがわかる。けれど、いちばんの見どころは靴底だ。夜空に輝く星座がひとつひとつていねいに描きこまれている。

別の世界でなら、いまとはちがう世界でなら、かかとを持ちあげてノエリアに見せてあげたかもしれない。でも現実の世界は、宇宙空間でのワープ二百回ぶんくらい遠く離れていた。

ノエリアも新しい靴を履いていた。おしゃれなショートブーツだ。その靴底にも何かの模様があしらわれているのだろうか。どんな柄だろう。

「わたしも昔同じようなのを持ってたわ。スニーカーじゃなくて、ブーツだけどね」ノエリアは言って、オレンジジュースをひと口飲んだ。「でも捨てちゃったの。お父さまに言われたから。理由は思い出せないけど。ほんと残念だったわ」

わたしは長いあいだノエリアをあ然と見つめた。ノエリアがこのわたしと靴について語りたがっている？　きのう……あんなことがあったっていうのに？

「そうやって、イェリエルの話題から逃れようとしてるんでしょ？」わたしはつめ寄った。

ノエリアはたじろいだ。グラスを両手でまわしながら、小声で言う。「このあとその話をしようと思ってたの。チャンスをくれなかったのはそっちでしょ」

わたしはふんと鼻を鳴らした。「喜んであんたの主張を聞かせてもらうよ、つぎだれかを殺そうとしたらね」

ノエリアが答える前に、アドラがもったいぶった口調で「おはよう、負け犬の諸君」と言いながら部屋にはいってきた。小さな木箱を持っている。それを空っぽのテーブルに置くと、人差し指を動かしてノエリアを呼んだ。ノエリアは笑顔を作ってアドラのほうへ向かうものの、すれちがいざまに肩をぶつけてきた。こんな朝早くからまた殴り合いをするわけにはいかない。いまはほうっておこう。

そのとき、去っていくノエリアの足もとから靴底がちらりと見えた。渦巻きや稲妻の模様の抽象画だった。

ノエリア・ボシェルト……あんたのことが、わたしにはさっぱりわからない。

そこへひとつの影が現れた。カートの前を通り、わたしの視界をさえぎる。ルーカスだ。お皿をつかんで、立ったままこちらをにらみつける。一方通行の道路で、トレーラーが迫ってくるかのような威圧感があった。少しして、ルーカスはわたしにどいてもらいたいのだと気づいた。わたしはルーカスの邪魔をしていた……何の邪魔かはわからないけど。

いまはおとなしく従う気分じゃない。どいてもらいたいなら、そう言えばいい。

「何か用？」わたしは身じろぎせず言った。

ルーカスは袖から真っ黒の飛び出しナイフを取り出し、刃を開いた。

やばい。訓練で学んだナイフへの対処法がつぎつぎと脳裏を駆けめぐる。

残念ながら、先に動いたのはルーカスだった。わたしに覆いかぶさるようにして手を伸ばす。ナイフはよく見えない。一瞬にして、刃の先がトレイの上のソーセージに突き刺さった。

「用なんてない」自分から挑発しておきながら、ルーカスがナイフをしまうのを見て、わたしはほっと胸をなでおろした。

意地の悪そうな薄笑いがルーカスの口もとにひろがった。「落ち着けよ、クエスト。暴力は禁止されている……」水のボトルをつかみとる。その拍子に、上着の下から、銃のホルスターと持ち手部分の曲線がわずかに顔をのぞかせた。ルーカスが身を寄せて、わたしの耳もとでささやく。「つぎのステージがはじまるまでは、な」

背すじが凍りついた。どこかにすわりたい。でも、そうするにはテーブルを選ばないといけない。それぞれのテーブルに、椅子はぴったり四つずつ。なぜか、ほかの椅子はなくなっていた。きのうはあったのに。

ルーカスは昨夜と同じように壁際へ行って、立ったまま食べはじめた。

選択肢はふたつ。ギョンスンとデヴローのいるテーブルか、ノエリアとアドラのいるテーブルか。

ノエリアはアドラの箱をのぞきながら、きょうの服装にいちばん合う指輪を選んであげていた。幼いころの記憶が呼び起こされる。あのときも、ノエリアはわたしに髪留めを選んでくれた。

デヴローとギョンスンのテーブルにしよう。

デヴローの前にはマグカップしか置かれていなかった。向かい側の席にすわるわたしを、不機嫌そうに見つめる。

ギョンスンがヘッドホンをはずして言った。「何?」

「何も言ってな――」

「その曲いいね、だってさ」デヴローが嘘《うそ》をついた。顔色ひとつ変えずに。どうしてそんな嘘《うそ》をつくわけ?

わたしはギョンスンにちがうと言おうとしたけれど、口を開く前にギョンスンが目を輝かせた。「ほんと? DKB《ダークビー》だよ。K‐POPグループの。ロザリンもよく聴くの?」

「えっと……そういうわけじゃ。でも、かっこいい音楽だね」

「あたし、一度だけ直接会ったことがあるんだ。ソウルでしょっちゅうコンサートをやってて、チケットはいつも完売しちゃうんだけど、会場に忍びこむ方法なんていくらでもあるじゃん？　それで、去年の春のコンサートでは、楽屋に潜入してメイクアップアーティストのふりをしてみたんだ」ギョンスンは深く息をついて、思い出に浸った。「あたしの推しのイチャンは、実物のほうが断然やさしかったなぁ」

わたしは笑った。「イチャンだけ？　ほかのメンバーは？」

「ああ」ギョンスンは肩をすくめた。「ほかは全然だめ。だからさ、あいつらの靴をくすねて、ネットで売っ払っちゃった」

「おれはどっちかって言うとJ－POP派かな」マイロが現れた。手に持っているお皿には、パンケーキやトーストやクレープやその他十種類以上もの食べ物がうずたかく積まれ、上からたっぷりとシロップがかけてある。

「残念ながらラスベガスでは、J－POPはあまり人気がないけどね。少なくともいまのところは」足で最後に残っていた椅子を引く。「ここ、いい？　あっちの空気は苦手でさ」ノエリアとアドラのほうを肩で示してから、ルーカスを見やってぶるぶると身震いした。

「はっきり言うね」わたしは言った。

マイロはテーブルを見まわし、白いテーブルクロスを手のひらで叩《たた》いた。「だれだよ、ナイフとかフォークを盗ったの」

ほんとうだ。ナプキンはあった。けれど、ギョンスンが使っているスプーン以外は、ひとつも食器が見あたらない。

「わたしじゃないよ。いま来たばかりだし」わたしは言った。マイロは信じないかもしれないけど。

「腹がぺこぺこなんだよ」マイロは財布を取り出して、アメリカの二十ドル札をテーブルの真ん中に置いた。ギョンスンがそれをかすめとり、一本だけフォークをもどした。

じつを言うと、手癖が悪いのは、ギョンスンだけでなくわたしもだった。

「それで」マイロはまるでこれがいつもの朝食のひとコマだとばかりに、何食わぬ顔でつづけた。「きのうの夜からずっと気になってたんだけど」マイロが声を落とす。わたしは生まれてはじめて、仲のいい同級生たちと噂話《うわさばなし》をしているような気分になった。「あいつがイエリエルを撃ったってマジ？」

ギョンスンがスプーンでコツコツと音をたてた。「あの、その話なんだけどさ……きのうの夜、イエリエルを病院に連れてけってロザリンが言ったとき、すぐにいいよって言ってあげられなくてごめんね」スプーンでボウルのなかのシリアルを搔《か》き混ぜる。「優柔不断だってよく言われるんだよね。なおそうと思ってるんだけどさ」

そのことばを聞いて、ギョンスンを許すとか許さないとか、そんな資格はわたしにはないと感じた。それに謝罪を受け入れたら、優柔不断なのはギョンスンの悪いところだと認めることになってしまいそうで、どう反応すればいいのかわからなかった。だから、うなずくだけにした。

　さいわい、マイロが割りこんで、半日前に車の後部座席でイェリエルが失血死しそうになった経緯をくわしく教えろと急かしたので、ギョンスンの話はそこで終わった。

「ノエリアがイェリエルを直接撃ったわけじゃない」わたしは説明した。「でも、ああなったのはあの子のせいだよ。ノエリアがガラスの展示ケースを割ったの。その直後に、警備員がイェリエルのお腹を撃った」

　マイロは頭を振って、髪を掻《か》きあげた。「それは最悪だな」

「それが競い合うってことだろ」デヴローが口をはさんだ。じっとこちらを見つめる。「仲間を作らなければ、敵ができて当然だ」

　鋭い指摘。

　マイロはパンケーキやペイストリーの山を掘りはじめた。昨夜、だれがどんな武器を持ちこんでいるかという話になったとき、名前のあがらなかった者がひとりいた。

「マイロが持ってたペン、あれはなんだったの?」わたしは尋ねた。

　マイロはぎこちなく笑った。「ええっと、文字を書くのに使ったペンのこと?」

「きのう、ペンみたいなもので金属を切ってたでしょ。この目で見たんだから、ごまかそうとしたって無駄」

　マイロはため息を漏らした。「わかったよ、ばれちゃしょうがないな」袖をまくると、銀色のペンが手のひらに落ちてきた。スリムで、目立たない形をしている。

ギョンスンはすっかり見とれていた。「それで金属が切れるの？〈スター・ウォーズ〉のライトセーバーみたいに？」

何か飲み物を口に入れていたら、むせていたかもしれない。こんなまじめな会話で、〝ライトセーバー〟なんてことばがふつう出てくる？

「マイロはジェダイの怪盗なんだね」気づいたら、わたしもそんなことを口走っていた。

マイロは指をさっと動かし、フォースでストームトルーパーを操る真似をして言った。「これはきみたちの探している財布ではない【映画〈スター・ウォーズ　エピソード4／新たなる希望〉の台詞のもじり】」

さっきまでむすっとしていたデヴローも、これには笑わずにいられなかったようだ。いっしょにマイロのペンをのぞきこむ。

「これでだいたいの金属は切れる」マイロはペンをひっくり返して、反対側をわたしたちのほうへ向けた。「こっちは溶接用だ。これでドアの蝶番《ちょうつがい》を溶接して、何度追っ手を撒《ま》いたことか。十回以上はこいつに救われてる」

わたしは前のめりになって、別の角度から魔法のペンをながめた。「どういう仕組み？」

マイロはペンを袖のなかにもどした。「さあね。おれは機械にくわしくないし。昔、道具オタクの仲間がいてさ。いなくなるときに、これを残してったんだ」マイロはそこでいったんことばを切る。「ってか、おれから一万ドルくすねるお詫《わ》びに、こいつを置いてったって感じかな。まあ、べつに気にしてないけど」

ようやく最後にタイヨウが姿を現した。時間どおりに行動することも、タイヨウにとっては完璧な怪盗になるための必須項目なのだろうか。片方の手で本を読んでいる。付箋やしおりでいっぱいだ。ページからほとんど目を離さぬまま、何も塗っていないトーストを二枚とり、それからふたつのテーブルを見比べた。

手を振ってタイヨウを呼ぶべき？　でも、こっちのテーブルは満席だ。

タイヨウはノエリアたちのいるほうへ移動した。

同じく時間どおりに、カウントが昨夜と同じドアを通って部屋にはいってきた。

「よかった、全員いるわね」きょうは真っ赤ではなく、赤でふちどられた灰色のパンツスーツを着ている。「よく眠れたかしら」

「よけいな話はいいから」ルーカスが後ろから言った。「第二ステージの説明をしてくれ。きのうと同じなのか？　おれたちはすでに会場にいて、ホテルのロビーから調度品だかなんだかを盗めとか言うなよ」

「いいえ、第二ステージのはじまりはこれからよ。ただし、前回は十五のターゲットのうちひとつを手に入れれば、ステージをクリアできた。第二ステージは、それより少し複雑ね」

カウントは背後のテレビをつけ、タブレットをスワイプして、ある画像を映し出した。

わたしは驚きのあまり、あいた口がふさがらなかった。

精巧に彫られた金色の顔。一部は何千年もの時を経て傷んでいるものの、高い頬骨の繊細な曲線、鮮やかな濃い青緑色のアイライン、大きく見開かれた白と赤の目は、まるで生身の人間が金色の輝きの向こうからこちらをのぞきこんでいるかのようだ。人が作った物というよりは、はるか昔に生きていた本物の人間の顔を思わせる。

「身元不明のエジプトのファラオが納められていた棺よ」カウントは言った。「純金製のね。重さは約百十キロ。または約二百五十ポンド。推定価格は二千万ユーロを超える。だけど、こんどエジプトのカイロでおこなわれるオークションでは、それ以上の価格で取り引きされるはず」そこでいったん間を置く。まるで彼女自身がお宝の美しさに感動しているみたいだ。

「これが、第二ステージの課題よ」

小さなパニックが押し寄せてきた。

美術館で獲物を奪い合うのは――認めるのも癪《しゃく》だけど――これに比べたら、やさしい課題だ。わたしはいろんなものを盗むことができるし、それを得意としている。けれど、ひとつの獲物をかけて、七人のライバルと技を競い合うのは……？

（深呼吸をして、ロザリン）

「ちょっと整理させて」わたしは身を乗り出して言った。「つまり、このステージをクリアできるのはひとりだけってこと？　そしたら、第三ステージまである意味がないんじゃない？」

「もちろん、ちがうわ」カウントは答えた。「みなさんのうちの四名が、第三ステージへ進むことになります」

マイロは椅子にもたれ、頭を掻《か》きむしった。「えっと……じゃあ、その棺が四つあるってこと？」

ノエリアは腕組みをした。「ミズ・カウント、この人たちにまた邪魔されないうちに、最後まで説明してくださる？」

（これだから、ノエリアは）

カウントはそれに従った。「第二ステージはチーム戦よ。これからみなさんを四人ずつ、ふたつのグループに分けます」

「嘘《うそ》でしょぉぉぉ……」アドラが頭をのけぞらせて文句を言った。「ここは何、幼稚園？　せめてチームは自分たちで組ませてくれるよね？」

わたしは振り返って、同じテーブルについているほかの三人を見た。デヴローはコーヒーを飲み、ゆるむ口もとを隠そうとしている。ギョンスンとマイロはカウントを熱心に見つめている。ふたりはカウントの言わんとすることが理解できていないのだ。

ルーカスがノエリア、アドラ、タイヨウのいるテーブルへ歩いていくあいだ、三人はすっかり固まっていた。

最後にひとつ残っていた席へルーカスが腰をおろすと、カウントはふたたび口を開いた。

「同じテーブルについている人同士で、チームを組んでもらいます」

わたしたち四人は視線を交わし合った。

ギョンスンは怪訝《けげん》な顔をしているが、マイロはそこそこ満足げだ。そしてデヴローは、まあ思ったとおり、うぬぼれた表情を浮かべている。デヴローにとって、ふたりで組まないかといううきのうの申し出をすげなく断ったわたしは、さぞ愚かに見えているにちがいない。いまこの瞬間から、チームで手を取り合うことが、ステージをクリアするための必須条件となった。

わたしは唇をぎゅっと結び、腕を組んだ。

「チームメイトと協力して棺を盗み出す」タイヨウはゆっくりうなずいた。すでに十二、三通りの作戦が頭のなかに浮かんでいるのだろう。本を開き、ぱらぱらとめくりながら何かを探しはじめた。「課題はそれだけ？」

「いいえ。それに加えて……どこかのタイミングで、追加の課題が出される予定よ。ペナルティ・ゲームね。負けたチームになんらかのペナルティが課されます。でも、詳細はまだ明かせない」テレビの画面が暗くなる。「ここまでの話はちゃんと聞いてたわね？　同じことを二度は説明しないから。期限は三日間。無事に棺が手にはいったら、つぎの集合場所を連絡するわ」

ポケットのなかのスマホが震え、新たな通知を受けとる。

電子切符だ。それも、パリ行きの列車の。

第17章　停戦協定

「あっちのチームに停戦を持ちかけるべきだと思う」

　わたしはリュックに荷物をつめる手を止めて、ギョンスンのほうをぱっと振り返った。この子、本気で言ってる？

　あのあと、どうしてわたしの部屋に集まることになったのか、よく覚えていない。けどどっちにしろ、どこかで集まって計画を立てる必要があったわけだし。わたしが荷造りのために部屋へもどろうとしたら、みんながそれについてきたというだけだ。

「停戦？」マイロが聞き返した。「敵のチームと？　それって、このステージの目的をぶち壊すことになるんじゃね？」

「停戦って言っても、ずっとじゃないよ。空港行きの列車に乗ってるあいだだけ」ギョンスンは枕もとに足を向けてベッドへ寝転がり、端から頭をだらりと垂らしていた。一分ほど逆立ちをしたのち、そのまま背中から倒れこんだのだ。ヘッドホンを使って大音量で音楽を聴いていたので、このときまで、ギョンスンが話し合いに参加する気があるのかどうかもわからなかった。「数時間でもお互いに邪魔をしないって約束できたら、そのあいだは休めるでしょ」

「向こうが承諾するわけない」わたしは言った。「たとえ承諾したとしても、それは口だけ。おそらく、カウントが全員を同じ列車に乗せたがってるのは、わたしたちがつぶし合うところを見たいから。べつにそれでもいいんじゃない？」ベッド脇のコンセントから充電器を抜きとる。

たしかに、マルセイユからパリまで三時間もいっしょに列車で旅をするあいだ、ノエリア・チームを退場に追いこむ具体的な計画は何もない。けれど、タイヨウ以外の三人と仲よくすると考えるだけで、全身の血がふつふつと煮えたぎるのを感じた。

「冷静になろう」両手をポケットに入れて窓辺に立っていたデヴローが言った。「あちらのチームが信用できないというのは、ぼくも同意だ。けど、停戦を持ちかけること自体は、試しても損はないと思う。みんながみんな、つねにライバルたちをぶちのめそうと思ってるわけじゃない」意味ありげな視線をこちらに向ける。あの試すような目つき。わたしはけさの無言のやりとりを思い出して、無視することにした。

マイロは部屋のなかを行ったり来たりしはじめた。明らかに乗り気ではないようだ。

「あのさ、この部屋に集まったのは、計画を立てるためだよね……たとえば……あいつらより先に棺を手に入れるにはどうしたらいいか、とか。第二ステージ中に、やつらを失格にさせる方法はないか、とか。なのに、なんで急に〝あいつらも休ませてやろうぜ〟って話になるの？」

そう言って、わたしはリュックのファスナーをやや乱暴に、指をはさみそうな勢いで閉めた。

「ロザリンは、なんでノエリアのことがそんなにきらいなの？」ギョンスンが尋ねた。ヘッドホンから聞こえてくる音楽に合わせて首を振りながら、指で髪をとかす。「あたしもイェリエルのことは気の毒だと思うけど、ノエリアはただゲームに勝とうとしただけでしょ。みんなこのゲームの危険性はわかってたわけだし。ノエリアも悪気はなかったんじゃない？」

悪気はなかった。みんなどうしてそうやって言いわけをするんだろう。銃で撃ってごめん、悪気はなかったんだ。九歳のときに手錠をかけられたあなたを置き去りにしてごめん、悪気はなかったの。裏切ってごめん、悪気はなかったのよ。

悪気はあったに決まっているのに。

「ゲームのことはわかってる。でも、ノエリアは獲物を全部横どりしてまで、わたしを退場させたがったんだよ。さすがに悪気がなかったとは言えないよね」わたしは言った。

マイロは笑いを噛《か》み殺した。「待って、ふたりがバチバチにらみ合ってたのって、それが理由？　おもしろすぎるだろ」

わたしは殺意のこもった目でマイロを見た。マイロはゴホゴホと咳払《せきばら》いした。「おもしろいくらい、むごい話って意味、でした」

少なくともマイロだけは、わたしの味方……と言えるはず。

「いったんその話はやめて、考えてみよう。何か見落としてる点があるかもしれない。ここマルセイユにも国際空港はある。なのに〈組織〉はどうして、ぼくたちをわざわざパリまで列車で行かせて、そこからエジプト行きの飛行機に乗せようとしているのか」デヴローはこめかみをさすった。

ノエリアのことで頭がいっぱいで、そこまで考えがおよばなかった。〈組織〉は交通費を節約しようとしているわけではないだろう。となると、考えられる理由はひとつ。

「列車のなかで何かが起こる」

「だろうな」デヴローは相づちを打った。「つまり、相手チームの存在を心配しなくていいようにしておけば、何かあったときにそっちに専念できるってことだ」

〝悪魔との取り引き〟案にまた一票。なぜなら、やってみても損はないから。

「だめもとで訊《き》いてみたら？」ギョンスンは提案した。「客観的に考えても、お互いに協力できるなら、それがいちばんみんなのためになるんじゃない？　嘘《うそ》の答えが返ってくるかもしれないけど。訊《き》くだけ訊《き》いてみたらいいと思う」

「あいつらが正直に答えるわけがないけどな」マイロは言った。

デヴローはうなずいた。「よし、決まりだな。ぼくが話をしてくる。面と向かってね。あいつらが申し出を受けようと受けまいと、その反応を見れば、何かわかるかもしれない。いっしょに来たい人は？」

そう言うと、デヴローはドアへ歩きはじめた。

嘘《うそ》でしょ？　これで話し合いは終わり？

「おい、おれとロザリンはまだいいって言ってないぞ！」マイロはデヴローの背中に向かって抗議し、それからつぶやいた。「あいつ、ほんとハンス・グルーバー【映画〈ダイ・ハード〉に登場する強盗団のリーダー。高級スーツを着こなす】みたいだな。ネクタイまでそっくりだ」

ギョンスンが起きあがった。「だれみたいって？」

マイロはびっくりした表情を浮かべた。「〈ダイ・ハード〉、観たことないのかよ？」

「行ってくる」わたしは言った。ここでマイロたちと映画の話をしていてもしかたがない。「ふたりはここにいて」

そして、走ってデヴローに追いついた。「抜群のチームワークだね。第一ステージでわたしに欠けてたものが、おかげで何かわかったよ」

デヴローはわずらわしそうに手を振りながら、エレベーターへ向かった。「くだらないことを言い合ってる暇はない」

「じゃあ、これだけは言わせて」わたしはこぶしを強く握った。「わたしはこの案に賛成できない」

「たまには冒険も必要だぞ。ぼくはべつに、本気であいつらと協力しようとは思ってない。ただ、あいつらが車中で何かを仕掛けるつもりなら、せめてそれを探っておきたいと思っただけだ。ぼくを信じてくれ」

「それはできない」

「いいや、できるはずだ」一歩近づいて、いたずらっぽい笑みを浮かべる。「そう、それに、きのうはそういうふりをしただけでも、じゅうぶん楽しめたじゃないか」

スパイシーな秋の香りがほのかに漂ってきて、どきり、と胸が波打つ。デヴローの香水だ。近づいたのはこれが目的？　ほんとうに、デヴローはあざとい。このままでは、敵チームと話い？

をしにいくというこのタスクが別の意味を持ってしまう。それだけはぜったいに防がないと。

そこで運よく、エレベーターの扉が開いた。乗りこんで、すぐに躊躇《ちゅうちょ》する。何階に行けばいい？

デヴローは迷わず八階のボタンを押した。わたしは眉をひそめた。

「なんであっちのチームの居場所を知ってるの？」

「全員の部屋を把握してるよ。そのほうがいいと思ったからね」

ということは、昨夜デヴローはわたしだけでなく全員のあとをつけてまわったのだ。心のどこかで、がっかりしている自分がいた。「全員のドアをノックしてまわるつもり？」

「あいつらはタイヨウの部屋にいる」

「タイヨウの？」てっきり、ノエリアの部屋だと思っていた。ノエリアが場を仕切りたがるだろうから。

「四人のうち、タイヨウがいちばん統率力がある。だから、いるとしたらタイヨウの部屋だ」

自分たちのチームがわたしの部屋に集まったときのことを思い返した。デヴローはわたしのことも、タイヨウと同じふうに見ているのだろうか。

デヴローはほんとうに読心術が得意なようだ。まだ何も言っていないのに、わたしの心に浮かんだ疑問に答えた。「ぼくたちの場合は、きみがだれにも何も訊《き》かずにまっすぐ自分の部屋へ向かったから、みんなもそれについていった。あとはきみの好きに解釈すればいい」

エレベーターのベルが鳴り、扉が開くと、まさに探していた相手が目の前に現れた。四人ではなくふたりだったけれど。

　ノエリアがおしゃれな革製のボストンバッグを腕にかけ、タイヨウが四角いリュックサックを背負って立っていた。わたしたちに気づき、会話――ふたりは日本語で話をしていたのだけれど、悔しいことに、わたしは日本語がわからない――の途中ではっと口をつぐんだ。

「ちょうどよかった。きみたちに会いにいこうと思ってたんだ」デヴローが言った。体で行く手をふさぎ、片手でエレベーターの扉を押さえる。

　ノエリアは疑っていた。「またわたしにいやがらせをしにきたわけじゃないでしょうね」

　わたしが？　ノエリアにいやがらせをするって？

「心配はいらないよ」デヴローは笑顔で答えた。「きみに手を出したり口を出したりしないよう、ロザリンには言っておいたから。じつは、ひとつ訊《き》きたいことがあって来たんだ」

「何も答えることはない」タイヨウが言い放った。わたしとは目も合わそうとしない。敵同士だからだろう。ライバルとなれ合うのは、プロの怪盗らしくない。「失礼するよ」デヴローをよけてエレベーターへ乗ろうとしたけれど、ノエリアがその肩をつかんだ。

「待って」デヴローのほうを見て言う。「話だけは聞いてあげましょう。でも、手短にね。わたしたち、いろいろとやることがあるから」

　タイヨウはスケジュールに遅れが出るのがいやでたまらないようだった。

　デヴローは人差し指を立てた。「質問はひとつだけだ。列車に乗っているあいだ、ぼくたちに対して何かを仕掛ける計画はあるかどうか」

ノエリアの口もとに笑みのようなものが浮かんだ。

「答えちゃだめだ」タイヨウはノエリアに向かって言った。

「どうして？　ほんとうのことを言っても、べつにまずいことなんてないわ。いいえ、デヴロー。わたしたちにはやるべきことがたくさんあるの。三時間もあなたたちをからかいつづけるより、有意義なことがね」

デヴローはノエリアの顔をじっと見つめた。「じゃあ、停戦協定に応じるってことでいいかな？」

ノエリアは顎をトントンと叩《たた》いた。「もちろん。ただし、クエストが頭をさげて頼めば」

平手打ちでもされたいの？　まったく、ノエリアはわたしを挑発する方法を熟知している。

「停戦の申し出に応じないなら、話はこれで終わり。わたしは正直、この件はどうだっていいと思ってるから」ノエリアに見えるようにわざとらしく、手首に巻いたブレスレットのチェーンにふれる。

ノエリアの作り笑顔が崩れた。「いいわ。ふたりがこんなにもていねいに頼んでくれたんですもの。あなたたちのチームの邪魔をしないと約束してあげる」

そう言うと、ノエリアはデヴローの横をすり抜けてエレベーターへ乗りこみ、タイヨウがつづいた。わたしたちは廊下へ出る。

「でも、パリに一歩足を踏み入れたら、この協定はおしまいよ」ノエリアはエレベーターの隅にあるドーム型の防犯カメラを見やる。「退屈なショーがつづいたら、あちらに申しわけないからね」扉が閉まり、ふたりは姿を消した。

　わたしは腕を組んだ。

「で？」

「ふたりは嘘《うそ》をついていない」

「ほんとに？」

デヴローは上昇ボタンを押して、エレベーターを呼んだ。「考えてみろよ。あいつらだって、また厄介《やっかい》なことがはじまる前に、少しは休みたいと思ってるのかもしれない」

　もっと真剣にママから読心術を学んでおくべきだった。

「もしあんたがまちがってて」わたしは言った。「あっちのチームに走ってる列車からほうり出されそうになったら？」

「そのときは、こっちが先にあいつらをほうり出せばいい」

第18章　パリへの車窓から

　怪盗は列車を好む――空港ほどセキュリティが厳重ではないからだ。前回ママとふたりで列車に乗ったときは、プライベートカー【特定の個人がまるごと所有する客車】を利用した。わたしは荷物を運んでくれたかっこいい乗務員の男の子を探しにいきたくて、ママが山積みのダイヤモンドを鑑定しているあいだ、あれこれと言いわけを考えていた。ようやくママから解放されたころには、停車駅をふたつも過ぎてしまっていて、彼の姿はどこにも見あたらなかった。

　いま、わたしは窓の外をながめていた。フランスの田園風景が後ろへ飛び去っていく。まるで列車の窓に囲まれた穏やかな風景の油絵のようだ。

　ママはいまも悪夢に閉じこめられているというのに、どうしてわたしはこんなところで、のどかな景色をながめているんだろう。ママが捕まったのは木曜日の夜。きょうは日曜日だ。なんだか、一生ぶんの時間が経ったように感じられる。

　ママの声が聞きたい。でも、二十四時間で二度も電話をしたら、連中の機嫌を損ねてしまうかもしれない。それはまずい。いまは目の前のことに意識を集中させよう。

　わたしたちのチームは、車両の前方で小さなテーブルを囲んでいた。

ノエリアのチームはもう少し後ろで、わたしたちよりもばらけた感じですわっている。最初に乗りこんだとき、ノエリアたちは小声で話をしていた。混み合った車内では、喧騒《けんそう》が話し声を掻《か》き消してくれるにもかかわらず、だ。けどいまは、みんな思い思いの時間を過ごしているように見える。

わたしたちのチームはちがっていた。ふくれっ面のギョンスンが、トランプカードをテーブルへほうり出す。ちょうど、ポーカーの一種である〈テキサス・ホールデム〉というゲームで、マイロが開始直後から三回連続で勝利を収めたところだった。デヴローとギョンスンとわたしはすでに、千ドル以上のお金をそれぞれアプリでマイロに送金している。マイロに言わせれば、このくらいの額では「賭けのうちにはいらない」らしい。

「こいつ、いかさまをしてる」デヴローが言い、マイロに向かってカードを投げ飛ばした。

カードのシャッフルをマイロにまかせたのが悪かったのかもしれない。でも、滝のように手から手へ落とすカードさばきがあまりにも鮮やかで、それを見るためだけにゲームをつづけたいと思うほどだった。たとえそのあいだに、なんらかの細工がなされていたとしても。

「いかさま？　してるに決まってんじゃん」マイロはカードで虹の橋を作った。反対側の手にカードがきれいに収まっていく。まるでＡＳＭＲ動画を見ているみたいだ。「まさか、だれもいかさましてなかったのか？　どうりで楽勝だと思ったぜ」

ギョンスンは向かい側にすわっているデヴローに蹴りを入れた。「痛っ！」

「なんでもっと早く言わなかったの⁉」

「マイロがどんな手を使ってるのか、わからなくてさ。それがわからないうちは、言ってもしかたがないだろ」

「カードをよこして」わたしは片手を出した。

マイロは、命のつぎに大切なものだからと言わんばかりにカードを胸に抱き寄せたけれど、ギョンスンににらまれて、しぶしぶ差し出した。

わたしはカードをシャッフルしながら言った。

「うちの母親はいつもゲームでいかさましてた。〈ソーリー！〉とか〈キャンディ・ランド〉【どちらも人気のボードゲーム】とか、〈コネクト４〉【ふたりのプレイヤーがコマを一枚ずつ穴に落とし、先に自分の色のコマを四枚並べられたほうが勝ちとなるボードゲーム】とか——」

「〈コネクト４〉？」マイロは鼻で笑い飛ばした。「あのゲームでどうやっていかさまするんだよ」

「ほんとなんだって。ママは昔、コマの色を変えられる機械をわざわざ注文して、ボードに取りつけたの。ゲームがはじまって、ママに後ろを見ろと言われて振り返ったら、いつの間にかママの同じ色のコマが一列に四枚並んでた。八歳の子どもに勝つって目的のためだけに、何百ドルも費やしたんだよ？」カードを反らしてアーチを作る手に、思った以上の力がはいる。「それから、母親とカードで遊ぶのはやめた。〈ダウト〉は別だけどね」

「なるほど、〈ダウト〉はもとから相手をだますゲームだからか」デヴローは笑った。

「つぎはこうしない？　三人のうちのだれかが勝ったら、マイロは全額わたしたちに返す。マイロが勝ったら、わたしたちはすでに支払ったぶんの倍の額をそれぞれマイロに送金する。どう?」

デヴローは肩をすくめた。ギョンスンはこくりとうなずいた。マイロは目を輝かせた。

全員が〈ダウト〉のルールを知っていること、五十二枚のカードがすべてそろっていることをたしかめてから、わたしはカードを配りはじめた。タイヨウがこちらを横目で見ながら、車両を離れる。ちょうど配り終えたころに、タイヨウがもどってきた。わたしはほっと息をついた。「スペードのエースを持ってる人からスタートね」

「タイヨウのやつ、何を企んでるんだろ」マイロは眉根を寄せて、一枚目のカードをテーブルの真ん中へ投げた。「エース、一枚」

デヴローはあからさまに、マイロへ疑いのまなざしを向けた。マイロに負けたくないという気持ちが、ギョンスンやわたしよりも強いらしい。

「むしろ、こっちのチームが何を企んでるのかを知りたがってるのかもしれない」デヴローは言った。「停戦協定に合意したと言っても、互いの動向を偵察しないという意味ではないからね」

向こうのチームが協定を守ってくれていることを、喜ぶべきなのだろう。一時間経っても、まだだれも窓からほうり出されていない。

「2が一枚」ギョンスンはカードを重ねた。〈ダウト〉はかんたんなゲームだ——手札がすべてなくなれば、ゲームは終了。最初にカードを配り終えたら、エースからキングまで順番にカードを出していく（出すカードは一枚でも、複数枚でもいい）。それが基本のルールだ。カードは裏向きに置くので、出すべき数字以外のカードを出してもかまわない。キングを出すべきときに5を出したり、カードを三枚出すと言ったのに四枚も出したり、つまり出したカードについてなんらかの嘘《うそ》をついていた場合、それを見抜かれて〝ダウト〟と言われたら、それまでに出されたカードすべてを手札に加えなければならない。逆に、正しいカードを出していた場合、カードの山は、まちがってダウトと宣言してしまった者の手に渡る。そして、最初に手札がなくなった者が勝ちとなる。

「うちらも何かしたほうがいいのかな。作戦を練るとか？」ギョンスンが言った。

デヴローは自分の手札に目を走らせた。「あいつらと同じ車両にいるときは、何も話し合わないほうがいい。どれだけ席が離れていても」端からカードを抜きとり、ぞんざいにほうり投げる。ぞんざいすぎるくらいだ。「3を一枚」

わたしは目を細めて言った。「ダウト」

デヴローは不満げな声を出して、わずかにたまっていたカードを自分のほうへ引き寄せた。

「このゲーム、ほんとに得意なんだな、ロザリンは」マイロが言った。

「言ったでしょ、親とはこのゲームしかしないの」

「そっか。でも、友だちと遊ぶことはあるだろ？」

友だち？「ないよ」わたしはぎこちなく答え、何も考えずにカードを出す。「4」

マイロはダウトと言いさえせずに、カードをひっくり返した。あぶなかった。カードはほんとうにダイヤの4だった。マイロは口をとがらせて、わたしが出したカードを手札に加えたのち、二枚のカードを置く。「5が二枚」カードの裏面をトントンと叩《たた》き、挑発的な目をわたしたちに向けた。だけど、だれもその誘いには乗らなかった。

「6が三枚」ギョンスンは一枚ずつカードを置いた。コールするつもりはなかったけど、デヴローがこちらの様子をうかがっていることに気づいて、ちょっと試してみることにした。いまにもダウトを宣言するかのように、口を開く。そこへ、デヴローが割ってはいった。

「ダウト」

ギョンスンはうれしそうにカードをひっくり返した。6が三枚。わたしはほくそ笑んだ。

「二度と引っかからないからな」デヴローはこちらに向かって言った。

マイロはわたしのほうへ身を乗り出した。「ほんとにうまいんだな。怪盗ギャンビットが終わったら、ベガスに来いよ。ちょうど、カジノの仕事で新しい相棒を探してたんだ」

「前の相棒は？」ギョンスンは尋ねた。

「これはプロからのアドバイスだけど、〝ずらかるぞ、警察が来た〟とおれが言ったら、それは冗談なんかじゃない。たとえその日がエイプリルフールだったとしてもね」

「マイロの相棒はとんずらしたんだと思ってた」わたしは言った。

「それとはまたちがう相棒」

デヴローは7のカードをテーブルにぴしゃりと置いた。わたしは8を持っていなかったので、ジャックを置いて片方の眉を吊《つ》りあげ、デヴローを誘った。

わたしのしていることにマイロは気づいて、確認もせずに、カードをわたしのほうへ滑らせた。

わたしは肩をすくめて、それを受けとった。「わたしを相棒にしたければ、ふたりとも怪盗ギャンビットで負けないとだめだよ」

マイロは9のカードを二枚出した。「勝っても、存在を消されたりはしないだろ。たぶん、だけど」

ギョンスンがマイロの額をつついた。「ロザリンは一年間の専属契約のことを言ってるんだよ、おばかさん」手札からカードを三枚抜いて重ねる。「10が三枚」

デヴローはしばらく迷っていたけれど、ダウトとは言わなかった。

マイロはわたしを小ばかにした口ぶりで言った。「だいじょうぶだって、一年じゅう〈組織〉のために働きつづけるわけじゃないだろ。犯罪者にも、休暇は必要だ」

デヴローの表情がほんの少し暗くなった。「あまり期待しないほうがいいぞ」

そう言うと、三枚のカードをテーブルに叩《たた》きつけた。「ジャック」けれど一瞬、顔にためらいの色が見えた。

わたしはにやりと笑って言った。「何に対する期待？　休暇？　それともギャンビットに勝つこと？　ダウト」

「両方だよ。ちくしょう」デヴローはカードの山を引き寄せた。

「カードで勝てないのに、どうやってギャンビットで勝つつもりだ？」マイロが傷口に塩を塗った。

デヴローはカードをめくりながら、あざ笑うように言った。「ギョンスン、きみはめったに正しいカードを出さないんだな？」

ギョンスンは自分の世界にはいり——というか、そういうふりをすることで、質問をはぐらかして——指で毛先をくるくるさせ、天井を見あげて言った。「どこへ行けば手にはいるのかなぁ、カードの中身を変えられる機械って。〈コネクト4〉でロザリンのママが使ったって言ってたようなやつ」

「とーにーかーく」マイロは話をもどした。「勝ったら〈組織〉のために働くなんて、おれはひとことも言ってないからな」

「クイーン、一枚。連中に逆らえるわけないでしょ」わたしは言って、本物のクイーンを置いた。

マイロは数字も言わずに、カードを一枚ほうった。「そうかぁ？」

「茶化すな、マイロ」デヴローは言った。その声は真剣だ。「〈組織〉がそのつもりなら、おれたちは従うしかないんだ」

「連中もそこまできびしくはないって」マイロは言い返した。「それに、その約束を破ったらどうなるか、だれからも聞かされてないだろ。もしおれがギャンビットで勝って、一年の専属契約を破棄してもらうことが、おれの願いだって言ったら？　連中はどうすると思う？」

「正気か、って訊《き》くだろうね」わたしは言った。「せっかく参加したのに、日常にもどりたいって願うなんて、ちょっともったいない気がするけど」歯に舌を滑らせる。

日常にもどる。それこそ、わたしが願っていることでは？

でも、それとこれとは話が別だ。

「マイロは、単におもしろそうだと思ったから、ゲームに参加したんでしょ」ギョンスンはからかった。「あたしは、そんなことのために自分の願い事を無駄にするつもりはないけどね」

会話の向かう先を、わたしは察知する。

「３」でたらめな数字を言って、でたらめなカードを三枚出し、話題を変えようとした。けどだれも、デヴローですら、何も指摘しなかった。

「なら、話してみろよ」マイロはギョンスンに手を振って促した。「ギョンスンにとって、汗水垂らす価値のある、立派な願い事ってなんなんだ？」

ギョンスンは唇をぐっと引き結んだ。「それは、えっと……」首をすくめて、カードをいじる。

「あたしは……なんて言うか……その……ほら」口をぱくぱくさせる。

マイロとわたしは、いぶかしげに顔を見合わせた。「もう一回、同じ質問をしてみる？」

「ギョンスンも決まってないんだよ！」マイロは笑った。「なのに、おれをばかにして――」

「あたしはマイロとちがうもん！　願い事をかなえてもらえるっていうから、出場することにしたの」ギョンスンは険しい顔でマイロを見る。「ただ、決めるのにもう少し時間が必要なだけ」カードのふちをなぞり、肩をすくめた。「わかんない。だって、願い事をして二日後にもっといい願い事を思いついたらどうする？　こっちの願い事のほうがもっと賢くて現実的だったって気づいちゃったら？　だから、あたしは……願い事を決めるのはもっとあとにさせてくださいってお願いしようと思ってる」

「それは考えすぎだし、自分で自分の可能性をつぶしてることになるぞ。そんな話、聞いたこともないぜ」マイロは舌打ちをした。ギョンスンの顔の前で人差し指を振る。「優柔不断なやつは結局、何も成しとげられない。ギョンスンもわかってるだろ？　いくら数か月頭をこねくりまわして考えたって、完璧な願い事は思いつかない」

ギョンスンは少しだけ泣きそうな顔をし、場の空気が重くなる。マイロの困惑した顔を見るかぎり、こうなるとは思っていなかったようだ。

「そんなこと許されると思う？」わたしは言ってみた。「願い事を先延ばしにするなんて」

「できるはずだよ」ギョンスンは答えた。「どんな願いでも、って言ってたでしょ？」

デヴローは顎をこわばらせた。

「っていうか、みんななんで〈組織〉のこと知ってるの？」わたしは疑問を口にした。「この業界のことはなんでもわかってるって自分では思ってたけど、〈組織〉のことは知らなかった……わたし、つい一週間前まで、怪盗ギャンビットの存在すら知らなかったんだよ」

「知らなかったの？」ギョンスンは目をぱちくりさせた。「クエスト家では、毎晩ギャンビットの話を寝る前に聞かされるんだと思ってた」

（どうも、そうではないらしい）

わたしは自分の無知をごまかすように肩をすくめた。

「かえってそれでよかったのかもな」デヴローは言った。「きみの家族には、話したくない事情があったのかもしれない」

それはそうなのだろう。問題は、なぜか、だ。

「あたしは少なくとも三年前から知ってたよ」ギョンスンは得意げに言った。「師匠が教えてくれたんだ。最初はからかってるんだと思ったけどね。師匠はよく言ってた。〝あの人たちを怒らせないようにね、ギョンスン。怪盗ギャンビットとつながりがあるかもしれないから〟とか、〝この仕事をうまくやりとげられたら、あなたの評判がギャンビットの運営者たちにも届くかも〟とか」

肩を落としてつづける。「しだいに、そうやってあたしをこき使うことは減ってった。だから、師匠のもとを離れてしばらくは、思い出しもしなかった。けどそこへ、二週間前に招待状が届いたの。非通知であたしのスマホに連絡できる人なんて、この世にいないはずなのに。それで確信したんだ。あの人たちは本物だって。どんな願いでもかなえられるはずだよ。きっと、相当な力を持ってる人たちが〈組織〉にいるんだと思う」

「師匠のことばを鵜《う》のみにしすぎじゃない?」わたしは平静を装って言った。自分だって、ジャヤおばさんのことばをすぐ真に受けるというのに。でも彼女はわたしのおばさんだ。嘘《うそ》なんてつくわけがない。わたしたちはクエスト家だから。

「おれはだれかのことばを鵜《う》のみにしたわけじゃないぜ」マイロは言った。「実際に、〈組織〉のやつと会ったことがあるんだ」

みんな、カードのことなどすっかりどうでもよくなっていた。「嘘《うそ》はやめてよね、マイロ」わたしは忠告した。

「ほんとだって！」マイロは言い張った。持っていたカードを裏返して目の前に置き、前のめりになる。「十一か月くらい前に、ベガスである依頼を受けたんだ。楽な仕事だった――ストリップ【ラスベガスのメインストリート】で知らないお偉いさんたちが泊まってるホテルの部屋のいくつかに忍びこむだけ。依頼主がどんなやつらなのかは、さっぱりわかんなかった。やりとりはいつも連絡係を通してだったんだ。

とりあえず、おれは言われたとおりにした。ホテルの部屋の金庫をあけて、中身を全部盗んだ。いろんなものがはいってたよ。めちゃくちゃ高級な腕時計とか、ノートパソコンとか。金庫にはいってるものはすべて盗み出せって言われたから、おれはそうした。大量のファイルとか、USBとか、そういうのもあったな」

「マイロ」ギョンスンがさえぎった。「要点を話して」

「わかったよ」マイロは髪を耳にかけた。「それで、おれは仕事を終えると、手に入れたものをすべて待ち合わせ場所に届けた。ばかでかいオフィスビルみたいな建物の地下にある駐車場だった。いかにも〈ジェームズ・ボンド〉って感じの。車は一台しかなかった。連絡係と会って帰ろうとしたら、その車に乗れって言われたんだ。ボスが会いたがってるからって。

好奇心がありすぎるところがおれの欠点なんだけどさ、そのときも、心の声に従うことにしたんだ。車のなかには、知らない女の人がいた。おかかえの運転手がいそうな感じのね。その人に、少しすわって話をしましょうって言われてさ。そしたらいきなり訊《き》かれたんだ、怪盗ギャンビットって聞いたことあるかって」

「その女が自分からそんなことを言ったの？」ギョンスンは尋ねた。

「しかも、あんたはそれを信じたの？」わたしは付け加えた。

マイロは身じろぎした。「だって、可能性は五分五分くらいだったし。その人がでたらめを言ってるかどうかなんて、そのときのおれにはわからないだろ？　車をおりようとしたら、その人はファイルとUSBだけ抜きとって、残りは全部おれにくれたんだ。あっさりと。中古の宝石はいらないからって。それで別れる前に、報酬を受けとった。しかも、約束の三倍の額を」

マイロの目がわざとらしく見開かれる。「おれが何か言おうとしたら、〝わたしたちのほうからまた連絡するわ〟って言って、そのまいなくなっちまったんだ。かと言っておれも、車を追って金を返そうとはしなかったけど」

三倍の報酬？　ありえない。クライアントが提示した以上の額はけっして受けとってはいけない。ボーナスは無条件にもらえるものではないからだ。ということは、マイロの場合、怪盗ギャンビットへの出場がその条件だったのだろう。

「マイロの話はすじが通ってない」デヴローが口を開いた。手にはまだカードが握られている。ゲームは打ち切られたも同然だというのに。「その女性が〈組織〉の人間だという証拠はひとつもない」

ギョンスンはマイロを手ぶりで示した。「マイロはその人に〝わたしたちのほうからまた連絡する〟って言われたんだよ。で、マイロはいまここにいる。それだけでじゅうぶんだと思うけどな」

「話はそれで終わりじゃないんだぜ」マイロが自慢げに言った。「そんときのターゲットがだれだったか、おれはまだ言ってない」

「いや、言ってた」デヴローは反論した。「〝知らないお偉いさんたち〟ってね。いまさら、証言を変えるのか？」

「そんときは知らなかったけど」マイロは説明した。「あとからわかったんだ。これも強い好奇心の賜物だろうけど、ちょっとだけ調べてみたんだよ。どうやら、おれが忍びこんだ部屋に泊まってたのは、中国政府の裏取り引きを仕切ってる連中だったらしい」

「裏取り引き？」ギョンスンが眉間にしわを寄せた。

「裏取り引きっていうのは、秘密工作みたいなものだよ」わたしは解説した。「その人たちは厳密には政府じゃない。政府の代わりに、秘密裏で交渉を進めるの」

「なるほどね……」ギョンスンはゆっくりうなずいた。

「でも、ほんとうに大事なのはそこじゃない」マイロはつづけた。「ＵＳＢとファイルの中身はなんだったのか。それを受けとったやつは、それを使って何をしようとしたのか」

喉がつまるような感じがした。わたしは陰謀論者ではない。イルミナティのような、カーテンの後ろからあれこれを操っているという秘密結社について考えをめぐらしたことは、人生で一時間もないはずだ。なのに、わたしはいまそのことで頭がいっぱいだった。

〈組織〉って何者？　一年間もそいつらの言うことを聞かなきゃいけないなんて、わたしにその覚悟はある？）

「家族がギャンビットのことを教えてくれなかった理由がわかってきたような、わからないような……よくわかんないや」わたしは、ギャンビットを何も知らなかったことに対する羞恥心を捨て去り、静かに言った。

隣でデヴローがわずかに身じろぎした。

マイロは大きく息を吐いた。「どこの家族も秘密をかかえてるんだな。きっと、そういうもんなんだよ」そう言って、スマホに手を伸ばす。ほとんど無意識に。これまでずっとそうしていたように。

でも、四人でトランプをはじめてからはスマホを一度も見ていなかった。それはつまり……わたしたちが気晴らしにならなくなったということだろうか。

家族。そのことばが引き金になったのかもしれない。

知らず知らずのうちに、わたしはデヴローのほうを見ていた。〈組織〉について知ったきっかけを話していないのは、デヴローだけ。聞き出すならいまだ……。

デヴローはカードを投げ出した。いきなりだったので、わたしはびくっとした。

「ゲームのつづきをしないなら、外の空気を吸ってくる」それだけ言うと、デヴローは席を離れ、見たこともないほどぎこちない足どりで、隣の車両へと消えた。

わたしはその姿を見送りながら、顔をしかめた。

デヴローは察したのだろうか。ご自慢の読心術があれば、それも可能だろう。

どうしてデヴローは逃げたんだろう。

どうしてわたしはデヴローを追いかけたいと思っているんだろう。

「ほうっておこ。ちょっと頭を冷やしたら、もどってくるよ」ギョンスンが言った。「たぶんね」

ギョンスンもカードを置いた。遊びの時間はここまでだ。

ゲームがお開きになったので、マイロはカードを集めはじめた。デヴローの分厚い手札を拾いあげる。

「ひとつだけ、わかったことがあるぞ。デヴローが出てったのは、自分に話がまわってくるのがいやだったか、ゲームに負けるのがわかってて逃げ出したかのどちらかだ」

第19章　父親の秘密

ロザリン・クエストさま
　ルイジアナ州立大学主催、体操競技上級者向けキャンプでコーチをしているムターです。本日はお見えにならなかったようですね。キャンプに参加する意思はまだございますか？　参加をとりやめる場合も、返金はできかねますのでご注意ください。
　なお、第二グループは現在満員です。

　わたしはかなり長いあいだ見つめたあと、そのメールを消去した。罪悪感がどっと押し寄せる。大学のサマーキャンプのために家出しようなんて、愚かな考えだった。なんて自分勝手だったんだろう。ママをひとりにしようとしていた……それも、体操やチアリーディングが得意な同年代の子たちと合宿に参加して友だちを作るという、くだらない目的のために。

　自分を抱きしめるように腕を交差させ、ママのココアバターの香りを想像する。それだけで、安らぎを感じた。

　わたしはママとの生活で幸せを感じられなかったんだろうか。生まれてからずっと、ママとおばさんと三人で楽しくやってきたのに。ママの言うことを聞いていれば、こんなことにはならなかった。友だちなんていらない。新しい経験なんてくそくらえだ。ママがいれば、何もかもだいじょうぶ。

まずはギャンビットで勝つ。そのあとは、家出しようとしてこんな問題を引き起こしたことへの償いをしよう……なんらかの形で。

そう決意して、テーブルの上に、列車の概要図とあらゆる逃走経路を想像で描き出す作業にもどった。ネットで見つけた列車の仕様書を読みながら、逃走経路を組み立てていると、心が落ち着く。

……はずだった。いつもなら。でも、人生からの逃走に失敗したいま、自分は思ったほど逃走計画を立てるのがうまくないのかもしれない、と考えはじめていた。

車両の反対側では、タイヨウがこの前とは別の本に書きこみをしていた。わたしは気になって、スマホのカメラのズーム機能を使い、タイトルを見た。ビル・メイソンが書いた『怪盗メイソン　宝石泥棒の告白』【ビル・メイソンとリー・グルエンフェルドの共著】だ。ビル・メイソンについては、YouTubeでドキュメンタリー動画をいくつか見たことがある。けれど、あの付箋の量を見るかぎり、タイヨウのほうがわたしよりずっとくわしいのだろう。

アドラのはじき飛ばしたピーナッツが眼鏡にあたって、タイヨウの集中が途切れた。アドラはこちらに背を向けているので、これまたおしゃれな上着を羽織って笑いをこらえている肩しか見えない。ピーナッツをもうひと粒投げる。タイヨウは深く息を吐いてから、眼鏡を拭いてかけなおした。アドラがまたピーナッツを投げると、タイヨウはそれをキャッチして、脇に置いてあるカップへ捨てた。

タイヨウなら、投げつけられたピーナッツの数を覚えておき、あとで倍にしてやり返すような気がする。一方、アドラがあんなことをする理由なんて、タイヨウがどんな反応をするか知りたかったから、くらいだろう。かわいそうなタイヨウ。チーム〈小悪魔〉のやつらといっしょに行動しなきゃいけないなんて。

そこへデヴローが現れ、向かい側の席に腰をおろした。

「いきなりいなくなったと思ったら、もどってきたんだね」わたしは言ってから、心のなかで自分に毒づいた。どうしてすぐに追い払わなかったわけ？　デヴローはおそらくまた駆け引きをしにきたんだよ？　ばかな真似はやめないと。

「そのとおり。でも安心して、お土産を持ってきたから」

「何？」

「ぼく自身さ。どういたしまして」自分で言ったひどい冗談の締めくくりに、デヴローはとびっきりの笑みを作った。

悔しいことに、わたしもつられて笑ってしまった。笑い声を聞かれたくなくて、急いで顔をそらす。向きなおると、デヴローの顔には、やわらかくて満足げな表情が浮かんでいた。

わたしは腕を組んで目の前のテーブルに上半身を乗り出し、目をすがめる。「その相手をからかって微笑む作戦って、成功率はどれくらい？　二十パーセント？　三十パーセント？」

「そうだな、うまくやれば、最低でも六十パーセントくらいかな」顔を近づけ、なまめかしいささやき声を出す。「それと、人の心をとらえるのは微笑みじゃない。目なんだ。親密なまなざしは、何よりもセクシーなんだよ。そういう目で見つめられると、人はすぐ顔を赤らめる」

まさにその罠《わな》にわたしも落ちようとしていた。デヴローはわたしの目をじっと見てから、ほんの少しだけ焦点をずらして、顔のパーツをひとつひとつ確認する。

デヴローが何をしているかはわかっていた——さっき説明されたばかりだから——のに、顔が赤くなるのを止められなかった。

あわてて横を向く。そこまで赤くなってないといいんだけど。「なんでわたしにかまうの？　きのう伝えたはずだよ、あんたの策略はお見通しだって」

「きみのことが好きだから」

わたしはあざ笑った。

「なんでだよ？　好きな子相手にテクニックを使っちゃいけないなんて決まりがあるのか？　むしろ、好きな子に対してこそ活用すべきだろ」

「あんたがわたしを好き？　そんなのありえない」わたしは強く言った。テーブルの下で片膝が小刻みに揺れる。「会ったばかりなんだから」

「ひと目惚《ぼ》れってやつだよ」

「お得意の笑顔を忘れてる」

デヴローは指摘されてくすりと笑った。けれど、いつもより控えめだ。こっちのほうが本物っぽく感じられる。「ほらね、ぼくが言いたいのはそれだよ。嘘《うそ》を見破るゲームだと思えば、楽しめるだろ。ぼくも、きみにテクニックを披露するのが楽しいんだ」

背すじがぞくぞくした。嘘《うそ》を見破るゲーム。実際、少し楽しんでいる自分がいる。デヴローも同じらしい。このゲームをふたりでプレイするとして、どれくらい長く飽きずにつづけられるだろう。数週間？　数か月？　数年？

もちろん、仮定の話だけど。

デヴローの膝がテーブルの下でわたしの膝にそっとふれた。これもわざとだろうか。お腹のあたりがむずむずする。

皮肉にも、そのおかげで目が覚めた。

嘘《うそ》を見抜かれるのが好きというデヴローの趣向を知ったところで、何も変わらない。デヴローの手口に乗って、これはただのゲームだからと自分を納得させるのは……危険だ。時間が経つにつれて、嘘《うそ》を見破ることすら忘れてしまうかもしれない。この関係を気に入って、デヴローに心を許してしまうかもしれない。そしたらどうする？

ロザリン・クエストはハンサムな詐欺師と恋愛ごっこをするためにここにいるんじゃない。ロザリン・クエストは捕まった母親を助け出すために、怪盗ギャンビットに参加したんだ。

体がこわばっていくのが自分でもわかった。肩、顔、心臓。それぞれがあるべき場所に収まっていく。

デヴローの表情が曇った。はあ、とため息をつく。

「きみがギャンビットに参加してるのは、深刻な理由があるからなんだな。そんなふうに一瞬でシャッターをおろされたら、だれだってわかるよ」

デヴローのほうをぱっと振り向く。両手を膝において、こちらの顔色をうかがっている。冗談やからかいの雰囲気はない。まじめに話しているのだ。

「それは――」わたしは口をつぐんだ。デヴローにママのことを話すのは賢明ではない。だれが相手でも同じだ。だれのことも信用しないと誓ったばかりなんだから。「ここにいる理由は、人それぞれだよ。わたしの理由はわたし自身にとって大きな意味を持ってる。それはデヴローの場合だって同じはず」

デヴローの顎がひくついた。傾いていたタイピンをなおす。

偽善者と言われるかもしれないが、わたしはデヴローが怪盗ギャンビットに参加した理由を知りたくてたまらなくなった。もちろん、自分から尋ねたりはしない、いや、できないけれど。

「父さんだよ」デヴローは窓の外を流れていく田園風景をながめながら言った。「父さんは……若いころ、ぼくと同じ仕事をしてたんだ。怪盗ギャンビットにも招待された。けど、そのころにはもう病に冒《おか》されていて、参加できなかった。だからだよ、ギャンビットに出ようと思ったのは。勝ちたいんだ……父さんのために」

ふたりのあいだに沈黙が訪れた。列車のガタゴトという音。ガヤガヤという話し声。

わたしが知りたいと思っていたことをデヴローは……たったいま打ち明けた？　デヴローの目に涙が浮かんでいる。何度かまばたきしてこらえ、ネクタイのありもしない糸くずを払った。

以前にも同じようなしぐさを見たことがある。落ち着かないときに、身だしなみを整えるのが癖なのだろう。

デヴローは嘘《うそ》をついていない。

「会ったことある？　お父さんと」つい尋ねてしまう。

デヴローは皮肉めいた笑い声をあげた。「すれちがいだったんだ。ぼくが生まれる一か月前に亡くなった」わたしとは目を合わせずに、袖口を引っ張る。「手紙を残してくれたんだ。それがぼくにとって……大きな支えになってる。母さんは動画とかにしたらって言ったんだけど、そのころにはだいぶやつれてて、声もあまり出なくなってたんだってさ。手紙のほうが父さんらしいって、母さんは言ってた。父さんは現代ではめずらしい紳士だったんだ。手書きの手紙ほど粋なものなんてないだろ？」

「デヴローはそれを受けとったんでしょう？」

デヴローはにこりと笑って答えた。

わたしはものすごく親近感を覚えた。理解できない人もいるだろう。この、会ったこともない人を恋しがる気持ちが。でもなぜか、会ったことがないからこそ、その気持ちは強くなる。

「うちの場合は、わたしが生まれる十か月前に亡くなった」わたしは言った。

デヴローは困惑した顔をした。

「厳密には父親とは言えない」わたしは吐き出すように言った。「血縁的にはそうなんだけど、一般的な父親とはちょっとちがう。うちのママは精子提供を受けたの。父は、ただのカタログから選ばれた人。少なくとも、ママにとってはそう。でも、わたしにとっては……」そう。でも、わたしにとっては……」自分の手に視線をおろす。ごつごつと骨張った手。深みのある肌の色や唇なんかはママと同じだけれど、骨格は全然ちがう。わたしの顎はもっととがっているし、髪もぼさぼさだ。そういったものは、わたしの血の半分は、ママにとって何の意味もなさない男性からもらったものだ。わたしにとってはってもそうだと、ママは思っているにちがいない。

「ときどき、鏡を見てその人のことを考える。いろいろとね。その人の医療情報と人格検査の結果は知ってるけど、それだけ。本音を言えば、十八歳になったらその人を探して会いにいきたい。けど運が悪いことに、ママが選んだその人は、精子を提供して数週間後に車で街灯に突っこんで亡くなったの。ママはそれを知らなかったみたいだけど——」片手をだらりとテーブルに置く。「ほんとに最悪。デヴローは手紙があるだけラッキーだよ」

指を噛《か》みたいけれど我慢した。胸がきつく締めつけられる。父親のことはまだだれにも話したことがない。聞いてくれる人もいなかった。ジャヤおばさんは例外だけど、ほんとうの意味で理解はできないはずだ。その男性はわたしの人生とは無関係——うちではそれが暗黙の了解だった。そんな人のことが、どうしてこんなに恋しくてたまらないんだろう。

もしかしたら、デヴローも同じ気持ちなのかもしれない。わたしと状況がよく似ているから。デヴローはわたしの手に自分の手を重ねて、ぎゅっと握った。「お父さんのこと、残念だったね。きみの言うとおりだ。ぼくは手紙があってラッキーだった。でも、きみはそうじゃない。心の底から気の毒に思う」

喉がつまった。だれかにそう言ってもらえるのをずっと待っていたかのような気分だ。どうしてだろう。

わたしは手を握り返した。美しい、共感に満ちた静寂に包まれ、わたしたちはそのままじっとしていた。

そのとき、ポケットのなかのスマホが振動して、現実に引きもどされた。

デヴローと顔を見合わせる。スマホを見なくてもわかった。同時に届いた通知。これはいい知らせではない。

――みなさんと同じ列車のどこかに、特別な乗客がいるわ。パリの政治家、ガブリエル・レンよ。彼の携帯電話にはいっている情報をちょうだいしたいの。わたしたちのために、手に入れてくれる? 失敗したチームにはペナルティが与えられます。第二ステージのスタートが一日遅れるというペナルティがね。

二十八分後にはパリの駅に着きます。

幸運を祈ってるわ🙂

二十八分を計るタイマーが画面の隅に現れた。すでにカウントダウンははじまっていた。

第20章　ペナルティ・ゲーム①

まもなくマイロとギョンスンがテーブルに集合した。ノエリアのチームはもう席から立ちあがっている。話し合う必要はなかった。暗黙の合図。停戦協定は破棄された。

みんなはあわてて安全のしおりを探しはじめたようだ。プライベートカーはどこにある？

ファーストクラスは？　だれもこうなる前に確認しておかなかったのか。

「プライベートカーは列車の先頭、ファーストクラスはその後ろ」わたしはささやいた。

「さすが」マイロはテーブルを叩《たた》いて、勢いよく立ちあがった。ギョンスンもそれにつづく。

つぎの瞬間にはもう車両を出ていた。ノエリアのチームもあわただしく動きだしている。

デヴローも立ちあがりかけたけれど、わたしが引っ張ってすわりなおさせた。何をしてるんだという顔で、こちらを見る。

「いまはまだ」わたしはそれだけ言ってだまった。ノエリアとアドラとルーカスがそばを通り過ぎていく。ノエリアは通りがけに遅れないようにねというあざけりの目をこちらに向けた。

わたしはぐっと我慢して、彼らがいなくなるのを待った。

「マイロとギョンスンが全部やってくれるとでも？」デヴローが尋ねた。

わたしはデヴローを肘で小突いて立たせる。「ふたりはまちがった方向へ行った」

「きみが言ったからだろ、ファーストクラスとプライベートカーは――」

「わかってる」わたしはデヴローの脇をすり抜け、みんなが向かったのと反対の車両をめざす。背後からデヴローの足音が聞こえた。

「一九九〇年以降に作られたこのタイプの列車には、最後尾にハイジャックされたときのための切り離し可能な車両が用意されてる。ハイジャック犯たちは、列車の操縦権を掌握するために、先頭の車両から乗っとりをはじめることが多い。このタイプの列車では、緊急時に、全乗務員が持ってるコードで最後尾の車両を切り離すことができる。ハイジャックで人質にされることを恐れる超重要な政治家が乗ってるとしたら――」

「最後尾で一般客にまぎれているはず、か」デヴローはわたしを追い越し、つぎの車両へつづく扉をあける。

デヴローは紳士ぶるのが好きなだけ。きっとそうだ。

「どうして知ってるんだ？　そんなこと、列車案内には書いてなかったはず」

「列車の仕様を調べたの」

デヴローはうなずいた。ほんの少し、わたしのことを誇りに思ってくれた感じがした。「きみはマップを調べたり、逃走経路を組み立てたりすることに、快感を覚えるんだな？」

顔から火が出そうになる。肩をすくめてごまかした。「自分がどんな場所にいるのかを知っておかないと気がすまないだけ」

デヴローの前を歩きながら、列車の後方へ向かった。目あての人物はまちがいなく最後尾にいると確信していたけれど、気を抜いてはいけない。最後の扉が前方に見えたとき、デヴローが政治家の見つけ方をわたしに手ほどきしようとした。

「いいか、見るべきポイントは——」

「襟につけた国旗柄のピンバッジ、いらいらしてるアシスタント、体格がよすぎて一般市民になじめてないボディガードたち。そのくらい、わたしだって知ってる。席は出口の近くだろうね。最後尾の車両だったとしても」

最後からふたつ目の車両はほとんど人がいなかった。親も幼い子どもも電子機器に釘《くぎ》づけの家族と、居眠りしているバックパッカーふうのふたりだけ。

デヴローとわたしは最後尾へつづく扉の前で足を止めた。危険を承知でガラスの向こうをのぞこうとしたけれど、列車の揺れのせいでよく見えない。それでも、最後尾の車両はここよりもずっと人が多いことがわかった。

さらに、見覚えのある完璧な髪型がちらりと目にはいった。

「タイヨウだ」わたしは小声で言った。「どんだけ歩くのが速いの？」

デヴローは眉根を寄せた。「あっちのチームが先を見越して、タイヨウを送っておいたのかもな」

先を見越して、か。みんなより一歩リードしていると思ったけれど、読みが浅かった。

「ここにいて。タイヨウがわたしより先に出てきたら、転ばせて、携帯電話を奪って」

デヴローは一瞬迷いを見せた。計画が気に食わなかったのだろうか。しぶしぶうなずいた。

「頼んだぞ」

そうして、わたしは扉を開き、最後尾の車両に滑りこんだ。

一歩足を踏み入れると、わたしの考えが正しかったとわかった。

この車両には二十名以上の乗客がいる。そのうちの何名かは、一般人を装っていた。ジーンズにセーターというういでたちでも、政治家の側近であることは、だれが見ても明らかだ。ぱりっとしたスーツとボタンダウンのシャツに身を包んだ男女が、ノートパソコンのキーを叩《たた》いたり、ネオンカラーの付箋をべたべた貼った書類をめくったりしている。

いちばん奥にいるのが、目あての政治家だ。襟バッジはないものの、縞《しま》模様のサテン地のネクタイ、いつでも取材に応じられるよう整えた髪の毛、剃《そ》ったばかりのひげを見れば、一目瞭然だ。うとうと居眠りをしている。

彼の通路をはさんだ反対側の席に、ひとりの女がすわっていた。いかにも軍人ふうに、きつく束ねた髪を後ろでまるくまとめ、物思いにふけったような目を周囲に向けている。あれがボディガードか……。

中にはいってすぐに、女が視線を向けてきた。わたしはぎこちなく笑ってみせた。だれかと目が合ったら、ふつうの人はそうするからだ。そして、タイヨウと向かい合わせの席にすっと腰をおろした。

「あっちに行ってくれ」

「そっちの計画は？　あのＧ・Ｉ・ジェーン【映画〈Ｇ・Ｉ・ジェーン〉の主人公である屈強な女性将校の呼び名】をどうにかしないと、携帯電話は手に入れられないよ」

　タイヨウは迷いを見せた。「いまきみと話をするのはまちがってる」

「いいじゃん。成果ゼロで現場を立ち去るのは、怪盗としてあるまじきことなんじゃない？」

　タイヨウは身をよじり、指先でテーブルを叩《たた》いた。完璧な怪盗になるという野望について、わたしに打ち明けたことを後悔しているのかもしれない。

「実地テストだと思えばいい」わたしは身を乗り出した。あと少しでタイヨウを口説き落とせる。「ほかのみんなは、先頭のプライベートカーを捜索してる。ここにいるのはわたしとあんただけ。カリキュラムにつぎの項目を加えるの。〝目的達成のために、いつ敵と手を組むべきかを知る〟きょうこの場で試せば、有益なデータが収穫できると思わない？」

　タイヨウは眼鏡を押しあげた。そのしぐさをするのは、考えているときだけ？　それとも、いら立っているとき？

　わたしは、はぁと息を吐いた。「携帯電話も譲るよ」

「どうしてそんな約束を？」

「残り時間は……」タイマーに目をやる。「十六分しかない。時間切れになる前に、あんたたちから取りもどす方法を考える。どう？　ふたりで助け合わない？」

　タイヨウは背すじを伸ばした。少し考えてから、にやりと笑って言う。「きみが女性の相手をしてくれ。最低でも一分は稼いでもらいたい」

「計画は？」つい訊《き》いてしまった。「ターゲットはすぐにでも携帯電話を盗られたことに気づくはず」

「携帯電話を残す」それ以上は説明せず、まっすぐターゲットのほうへ向かう。

「失礼ですが、レンさんですか？　お邪魔してすみません」タイヨウのフランス語はほとんどなまりがなかった。よく考えれば、英語もそうだった。これも、偉大な先人たちから学んだことなのだろうか。

政治家ガブリエルはわずらわしそうな表情を浮かべた。見知らぬティーンエイジャーに昼寝の邪魔をされ、たとえハイジャックの危険があったとしてもプライベートカーに乗ればよかった、と思っているにちがいない。

タイヨウは気を取りなおして言った。「先日の演説を拝見して、とても感動しました。どうすればあなたのようにすばらしい演説ができるようになりますか？　よければ教えてください」

それを聞いて、すっかり目が覚めたようだ。ガブリエルは自分語りが大好きなタイプらしい。しょせん、彼も政治家なのだ。

ガブリエルは手で座席を示してタイヨウにすわらせると、とりとめなく話しはじめた。そのあいだ、G・I・ジェーンはこの新たな脅威をじっと観察した。警護対象者に近づく者にはつねに目を光らせる必要があるからだ。そんな彼女の注意を、六十秒間そらさないといけない。

短く息を吸って、G・I・ジェーンがいる奥の席までゆっくりと通路を進んだ。近づくにつれ、女の顎がこわばっていく。どんなことばをかければ、一分間、彼女の意識を遠ざけることができるだろう？　わたしだったら？　何を言われたら、パニックになる？

座席にすわるのでなく、あえて横の通路にひざまずき、恥ずかしげな表情を作った。

「何か用？」女は尋ねた。単刀直入な質問だ。彼女がその気になれば、ハエを払うように、一瞬でわたしを叩《たた》きのめせるだろう。

わたしはひそひそ声で言った。

「あの……さっき、すれちがったときに気づいたんですけど、あなたのズボンに赤い染みがついてて……わたしだったら、だれかに教えてもらいたいだろうなと思って……だからその……」

女は目をまるくして、鋼のように硬かった表情を崩し、しどろもどろになった。「でもわたしは……えっと」タイヨウのほうをちらりと見る。タイヨウはガブリエルの話に耳を傾けながら、子犬のように相づちを打っている。

「失礼」女はぼそっと言って、わたしを押しのけ、扉へ向かった。

わたしは席へもどり、タイヨウたちのほうを盗み見た。ガブリエルの携帯電話が充電されていた場所に、タイヨウの手がある。携帯電話を引き抜くのではなく、ケーブルにつなぎなおしている。目くらましだろうか。そのうち持ち主も気づくだろうが、当面のあいだはごまかせる。

やるじゃん、タイヨウ。

ガブリエルが話題を変えると同時に、タイヨウはつぎの選挙戦に向けた資金集めのパーティーに駆けつけますと言って、無理やり話を切りあげた。わたしは立ちあがり、タイヨウから数歩遅れて、出口をめざした。

「政治にもくわしいんだね、知らなかった」扉に手を伸ばすタイヨウに向かってささやく。

「さまざまな人について知るのはいいことだ」タイヨウは言った。けど〝知る〟ということばには別の響きがあった。わたしが建物内の曲がり角や出口を知りつくすのが好きなのと同じで、タイヨウは人のことを知るのが好きなのだろう。

わたしが小さくため息を漏らしたところで、タイヨウが扉をあけた。

「タイヨウが同じチームだったらよかったのに」わたしはつぶやいた。「べつに深い意味はないけどね」

そこへ、緑のコーデュロイのジャケットに着替えたデヴローが現れ、タイヨウにぶつかった。同じく不自然に、わたしは悲鳴をあげて転びかけ、バランスをとるために、たまたまそこにあったタイヨウの腕をつかんだ。

デヴローはすぐさま走り去り、タイヨウとわたしは床の上でもつれ合った。親切な女性が駆け寄って、わたしたちに手を貸してくれた。彼女の手を借りて立ちあがると同時に、わたしはタイヨウの眼鏡をひったくり、座席の隙間にほうり投げた。タイヨウは顔をゆがめ、日本語で何かをつぶやいた。そのことばの意味は知らないほうがいいだろう。

ピンストライプ柄のスーツを着た別の乗客が立ちあがり、様子を見にきた。

わたしは大急ぎで、その男性と助けてくれた女性から離れようとする。「すみません、もうだいじょうぶです。ありがとう」体をねじって、ふたりのあいだを通り抜けた。

走らないようにしながら、なるべく急いで車両をあともどりする。何人かの乗客にじろじろと見られていることに気づき、歩く速度をゆるめた。思った以上に、不安が顔に出ていたのかもしれない。

ようやく、もとの車両にたどり着いた。しゃべり声、いびき、電子機器の操作音であふれていたほかの車両と比べて、ここは妙に静かだ。無理もないだろう。この車両はほとんどの席が空いていた。乗客は、車両の真ん中で進行方向を向いた座席にすわっているデヴローと、見知らぬ新たな男性ひとりだけだ。男性は、デヴローの通路をはさんだ真横の席で、新聞をめくっている。

わたしが音をたてて扉を閉めると、デヴローが振り返った。新しい乗客を顎でそっと示し、目をぐるりとまわす。この男が近くにいるあいだは、なんの話もできない。

とはいえ、それは些細《ささい》な問題だ。デヴローが携帯電話を手に入れた。あとは十分間、ただだまってすわっていればいい。

車両の後ろの、進行方向を向いた座席に、わたしは腰をおろした。ここなら車両全体が見渡せる。ほどなく、アドラとルーカスが先頭車両の無駄な捜索からもどってきた。タイヨウがスマホで報告したのだろう。

わたしと同じことを考えたのか、アドラは車両前方の後ろ向きの席にすわった。一方のルーカスは、新聞を読んでいる男の真向かいの席を選んだ。デヴローと通路を隔てて向かい合う形だ。「スポーツ欄はありますか?」ルーカスがフランス語で尋ねた。男は喜んでスポーツ欄のページを差し出した。ルーカスは片足を通路へ伸ばし、新聞を読むふりをした。

不意に、この新しい乗客に対して感謝の気持ちがこみあげた。彼がいなければ、いまごろ携帯電話をめぐって大乱闘になっていただろう。

つぎにタイヨウがもどってきた。わたしの胸のなかで、罪悪感の小さな粒がふくらんだ。タイヨウは通路をはさんだ隣の席に平然と腰をおろした。「眼鏡に傷をつけたな」タイヨウは言って、フレームの角を指で叩《たた》く。「覚えてろよ」

「修理代はあとで請求して」わたしは言った。

前方の扉がふたたび開いた。こんどはマイロとギョンスンだ。マイロは車両をざっと見たあと、アドラの通路をはさんだ反対側の席にすわった。ギョンスンはその隣だ。

いつの間にか、それぞれが敵チームと通路を隔てて隣り合っていた。ギョンスンとマイロ対アドラ、デヴロー対ルーカス、わたし対タイヨウ。残るひとりは……。

前方の扉がまた開いた。けれど、はいってきたのはノエリアだけではない。制服姿の男性もいっしょだった。白人で、両手をベルトにあて、肩をそびやかしながら歩いている。その後ろで、ノエリアは柄にもない動揺を見せていた。不安。彼女は控えめなフランス語で、おどおどと身ぶりを交えながら、制服姿の男にささやいた。胸のきらめくバッジが目にはいる。鉄道警備員だろうか。

警備員はこくりとうなずいて、前に進み出た。乗客たちに目を走らせ、一瞬わたしを見てから、デヴローにまっすぐ目を向ける。

やられた。

第21章　携帯電話サッカー

これからまずいことが起こるとわかったときに、湧きあがる感情がある。ただし、なす術がない場合は、ただじっとして、危機が迫るのを見ているしかない。

いまがまさにそういう状況で、わたしはそういう感情に喉を締めつけられていた。

ノエリアの前を歩きながら、鉄道警備員がデヴローに近づいた。

「失礼ですが」警備員は言った。「先ほど、こちらの女性とぶつかりましたか?」

こちらから、デヴローの表情は見えない。けれど、その声は少しいら立っていた。「いいえ、それはないと思います」

「たしかですか?」

ノエリアの声は小さなネズミのようだった。「さっきまではあったんです。でも、暗い肌の色の男性とぶつかってから、わたしの携帯電話がどこにも見あたらなくて」

体じゅうの血が、蒸発してしまいそうなほど熱くなった。白人が黒人をスリと決めつける。まさか、こんな最低のやり方で獲物を奪おうとするなんて。アドラですら、ノエリアに嫌悪のまなざしを向けていた。この作戦に賛成ではないらしい。

警備員はため息を漏らした。「パリに着くまで待ちましょう。それから――」

ノエリアはちゃんと仕事をしてよという顔で警備員を見た。白人はすぐこういう顔をして、自分より下の労働者たちを困ら《floor》せようとする。

〝床《floor》〟

そうだ。

急いでチームのグループチャットにメッセージを飛ばす。「マイロ――前の席。床」

それから、目だけ動かして座席の下を見た。バスや飛行機と同じで、すべての座席の下にスペースがある。携帯電話を滑らせるにはじゅうぶんなスペースだ。

デヴローがメッセージに気づきますように。

デヴローはすわったまま、わずかに体を動かした。カーペットに携帯電話を落とし、マイロのいかついブーツめがけて蹴飛ばしてくれていることを願う。

わたしは固唾《かたず》をのんで待った。

マイロがこちらを見て、ウィンクをした。

あやうくガッツポーズをしそうになった。けれど、ガッツポーズはさすがにダサいし、そんなことをしたらノエリアたちにばれてしまうので、わたしは我慢した。

「どうぞ、ボディチェックしてください」デヴローは申し出た。「ただし、何も見つからなかった場合は、謝罪していただきたい」

ノエリアの顔を不安がよぎった。けれど、すぐに表情をもとにもどす。

警備員はノエリアのほうを見た。どうするか決めるのはノエリアだというふうに。そして、ノエリアは首を縦に振った。

デヴローが立ちあがったそのとき、スピーカーからアナウンスが流れた。あと十分でパリに着くという。警備員は頭を傾けた。通信機に耳をすましているらしい。

「わかりました。ええ、十七号車にいます」背すじを伸ばし、乗客全員に聞こえる声で言う。「VIPのお客さまが携帯電話を失くされたようです。よって、乗車中のすべてのお客さまに対し、身体検査をおこなうことになりました。この車両からはじめます。断ってもかまいませんが、その場合は列車に残り、パリの警察のかたと話をしていただきます」

警察？　お断りだ。ガブリエルめ――たかが携帯電話のために、列車じゅうを捜索して、警察にまで協力を求めるなんて。

いったい、あの携帯電話にどんな情報がはいっているんだろう。

新聞を読んでいた老紳士が、ふんと鼻を鳴らした。「ばかばかしい……」

ルーカスが低い声で同意した。どうやら、新聞を分け合って、ふたりのあいだに絆《きずな》が生まれたらしい。

デヴローは両腕をひろげ、ボディチェックを受けながら、いつもの笑みを浮かべた。「特別扱いされるのが、ぼくだけじゃなくてよかった」

鉄道警備員は空港の保安検査を思わせる徹底ぶりで、デヴローを調べた。袖から胸、ズボンまで。

ノエリアはそれをじっと見守っているけれど、いまごろ冷や汗をかいているにちがいない。

ノエリアは自分の携帯電話を探していると言った。けれど、もしデヴローからターゲットの携帯電話が出てきたら、それを自分のだと主張することはできない。すぐさまガブリエル氏に返されてしまうだろう。

デヴローのボディチェックが終わった。出てきたのは、デヴロー自身のスマホと、ベストのポケットにはいっていた予備のタイピン三本だけだった。警備員は座席のあいだにひざまずき、背もたれのシートポケットや、床まで調べあげた。何もないとわかると、立ちあがり、デヴローにすわるよう手で促した。「申しわけございませんでした。もうけっこうです」

「疑いは晴れたみたいだね」

警備員はノエリアに向きなおった。デヴローからのメッセージがグループチャットに届く。

——もどしてくれ
デヴローの調べは終わった。マイロが携帯電話をデヴローにもどせば、ひと安心だ。

ところが、ノエリアもわたしたちの作戦に気づいたらしい。

デヴローの向かいの席にどさりと腰をおろし、マイロとデヴローのあいだに割りこんだ。

「つぎはあなたです」警備員がノエリアに立ちあがるよう手で合図する。

ノエリアはあざ笑うように言った。

「わたし？　冗談でしょ。こっちは被害者なのよ。携帯電話を盗まれたの。なのに、わたしのことも調べるって？　そんなことしたら訴えるわよ！」

「となると、車内で待機していただくことになりますが――」

「わかった、わかった」手を振ってさえぎる。「警察を待つわ」

警備員はノートに名前を書き留め――ノエリアは〝ライラ〟と名乗った――つぎにだれを調べようかと、あたりを見まわした。

マイロが元気よく手をあげた。「つぎはおれで」そう言って、ギョンスンの肩を押しのける。ギョンスンはひょいと立ちあがって通路を渡り、ルーカスとアドラのあいだの席にすわりなおした。グループチャットで知らされなくともわかる。携帯電話を持っているのはギョンスンだ。

「ボディチェックされるの、はじめてなんすよ」調べられているあいだ、マイロはアメリカなまりのフランス語でぺらぺらとしゃべりつづける。「〈死ぬまでにやりたいことリスト〉にはいってたんです。〝大統領に会う〟と〝グランドキャニオンでバンジージャンプをする〟のあいだくらいに」

警備員がズボンをチェックしはじめると、マイロはまばたきせずにギョンスンを見つめた。これが終わったら携帯電話をもどせ、ということだろう。

当然、これを邪魔するために、アドラがふたりのあいだの通路に立ちはだかった。

「つぎはあたしね。言っておくけど、このチュニックとスカーフはオーダーメイドなの。汚したら弁償してもらいますからね」ポニーテールを払って、両腕をひろげる。

マイロは顔をのぞかせて、ギョンスンに催促した。

正気？　携帯電話がアドラと警備員のあいだを無事にすり抜けていく確率なんて、たったの一パーセントくらいでしょ？

それでも、マイロは興奮して、いてもたってもいられないようだった。これだから、アドレナリン中毒のギャンブル好きは。

さいわいにもと言うべきか、ギョンスンはマイロのように、運を天にまかせるタイプではなかった。

アドラのボディチェックが終わる直前に、ギョンスンは携帯電話を床へ落とし、わたしのほうへ蹴った。

ところが、こちらが動きだす前に、ルーカスがやすやすとそれを横どりした。ブーツで携帯電話を踏みつけ、前を向いたまま足のあいだに引き寄せる。きっと、赤ちゃんのころから、携帯電話をボール代わりにサッカーをしていたにちがいない。スポーツが泥棒の仕事に役立つなんて、ママは考えもしないだろうけど。

ルーカスは新聞の上から顔をのぞかせ、片目をつぶってみせた。わたしは奥歯を噛《か》みしめた。

ギョンスンのチェックが終わるころ、ルーカスは携帯電話を足のあいだで軽くドリブルした。フェイントをかけようとしているのだ。つぎにどこへパスするのか、わたしには見当もつかない。

すると、ルーカスはベテランのサッカー選手並みの正確さで、タイヨウの座席の下へ携帯電話をまっすぐ滑らせた。タイヨウはそれを拾って、わたしに背中を向けた。何かを打ちこんでる？　何をしてるの？

ルーカスはボディチェックを受けながら、警備員とワールドカップについて雑談をした。完全に、わたしへのあてつけだ。とはいえ、わたしの注意はタイヨウに向いていた。タイヨウはすぐにでも携帯電話をルーカスへ送り返すだろう。

タイヨウは前へ向きなおった。しかしその瞬間、大きなへまをした。

列車が大きく揺れたはずみで、携帯電話がタイヨウの手から滑り落ち、通路へ飛び出した。わたしは突進した。タイヨウはわたしの上着をつかんで押しのけようとしたけれど、無駄だった。タイヨウより先に、わたしは携帯電話をつかんだ。

わたしたちが急いで席にもどった瞬間、警備員が眉をひそめてこちらを見た。近づいてくる警備員に向かって、タイヨウは手をあげた。「ぼくも警察を待ちます」

ブレーキの音が響きはじめた。列車が速度を落としている。

警備員は、タイヨウの偽名〝アレックス〟をノートに走り書きした。

わたしは心臓が喉から飛び出しそうになっていた。デヴローが背もたれの上からこちらをのぞく。いまだと暗に言っているのだろう。

わたしとデヴローのあいだには、なんの障害物もなかった。楽勝だ。タイヨウだって、あのとき携帯電話を落としていなければ、無事にルーカスまで送り返せていただろう。

こんなに大事な局面でタイヨウがミスを犯すなんて。そんなこと、めったにないはずだ。胸に何かが引っかかっている。けれど、それをじっくり分析している暇はない。

わたしは携帯電話を落として、デヴローのほうへ蹴り飛ばした。靴ひもを結びなおすふりをして、行方を見届ける。こんどはだれにも邪魔されなかった。いまそんなことをしたら、さすがに警備員にばれてしまうからだ。

身体検査をされているあいだ、わたしは息をひそめ、何かが起こるのを待った。新たな騒動が巻き起こるのを。

けれど、何も起こらなかった。

列車が駅に到着し、同時に、タイマーが止まった。

デヴローはわたしに、わたしだけに、笑顔の絵文字を送ってきた。

ゲーム終了。わたしたちの勝ちだ。

なのに、どうして負けたような気分になっているんだろう？

第22章　第二ステージ：カイロ〈ザ・ピラミッド・ホテル〉

パリで列車をおりてから、飛行機でエジプトのカイロへ向かうあいだずっと、何かを見落としている気がしてならなかった。

あの盗んだ携帯電話には、きっとなんらかの仕掛けが施されている。でなければ、カウントがわたしたちに携帯電話を持っていろと言うわけがないからだ。完璧主義のタイヨウがあんな素人みたいなへまをしたというのも腑《ふ》に落ちない。

とはいえ、機内で二時間いじくりまわして調べた結果、ギョンスンが〝おそらく〟盗聴器はついていないと判断した。あまり安心はできないけれど。

着陸してすぐに、わたしはペットボトルの水を片腕でかかえきれないほど大量に買った。最初の一本を一気に飲み干し、二本目をあける。

デヴローがそれを見て笑い声をあげた。ギョンスンとマイロは空港のライドシェア・サービスの乗り場近くで、呼んだ車が来るのを待っている。

「客室乗務員が配ってた水を飲めばよかったのに」デヴローは言った。

デヴローがこの服を選んだ理由はやはり、エジプトに行くからだろうか。砂色のベストに、細めのカーキ色のパンツ。おかしな色の組み合わせなのに、なぜかデヴローが着るとさまになる。おかげでチョコレート色の瞳が鮮やかに強調され、わたしは必死でそれを見ないようにした。

「前回、客室乗務員に薬入りの水を飲まされたのが、トラウマになってるの」

「きみはなかなか人を信用しないと思ったら、こんどは水も信用しなくなったのか。どんどんひどくなってるな」

「うるさい」わたしは二本目を半分飲んでから、ふたをしてリュックにしまった。空の旅はそこまでひどくなかったけれど、うちのパオロが操縦する、六人乗りの自家用機の快適さにはほど遠かった。ほかの乗客たちが機内を歩きまわったり、シートベルトを締めたりはずしたりする音を聞いていると、これからこの飛行機は砂漠の島に墜落するんじゃないかという気分に襲われた。

「ああいう旅客機が苦手で……」わたしはつぶやくように言った。

「いつもはどうしてるんだ？　島にずっといるわけじゃないだろ？」

「専属のパイロットがいるから」だれにもその話はしたことがなかった。いま思うと、なんだか金持ちのいやみっぽい……。

デヴローはわたしのことばを無視してつづけた。「まあでも、飛行機に乗れたこと自体はありがたく思わないとな。ペナルティでもう一日パリにいなきゃいけない可能性もあったんだから。あっちのチームみたいに」

わたしはリュックの肩ひもをぎゅっと握り、足をもじもじさせた。「むしろペナルティでパリに残るほうが、あの携帯電話を持ち歩くよりよかったかもしれない。カイロで何が待ち受けてるのかもわからないし」

「だいじょうぶだって。ホテルに着いたら、携帯電話は真っ先に金庫へしまう。そうすれば、なんの危険もない。な？」

「だといいけど……」携帯電話を金庫に入れても、〈組織〉の考えていることがわからないという不安は解消されない。けど、なんでもかんでも思いどおりにはいかないものだ。

ライドシェアの車が到着した。わたしたちの後ろでヘッドホンをしながらピンクのスーツケースにすわっていたギョンスンが、跳びおりて、SUV車のほうへスーツケースを転がしていく。四人でぎゅうぎゅうづめになった車は、ホテルへ向けて出発した。

カイロは豪華絢爛《けんらん》な街だ。まさに金色と褐色の海。アーチや、ドーム型の天井や、らせん階段つきの小塔が目立つ伝統的な建物が、きらきら輝く高層ビルといっしょに建ち並び、そのあいだをきらめくナイル川が大きく切り裂いている。まるでおとぎ話の世界だ。十二個の異なる時代をひとつの本のなかで描いている。観光が目的でないことがとても残念だ。

「あたし、エジプト大好き」ギョンスンが車の窓から外をのぞきながら、ため息を漏らした。「スフィンクスとピラミッドを見にいく時間があればなあ。師匠と最後にここへ来たときは、見にいけなかったんだよね」

「遊びじゃなくて、仕事で来てるんだからね」わたしはギョンスンに言った。自分も同じことを考えていたわけだけれど、ここはチームのだれかがしっかりしないといけない。

　運転手はアラビア語と同じくらい、英語もできるらしい。バックミラーでわたしに不思議そうな視線を向けた。四人のティーンエイジャーが仕事でエジプトに？　こいつらはいったい何者だ？　とはいえ、彼がよけいな口出しをすることはないだろう。それよりも、チップのほうが大事だろうから。

　後部座席で隣にすわっていたデヴローが、わたしに顔を近づけて言った。「でも、少しくらいは楽しんだっていいんじゃないのか？」

　わたしは窓のほうを向いて、はにかみ笑いを隠した。デヴローめ。油断するとすぐにこれだ。

　車が角を曲がると、目的地が姿を現した。わたしは思わず指で窓をなぞった。〈ザ・ピラミッド・ホテル〉——ラスベガスの〈ルクソール〉【ピラミッドの形をした高級ホテル】とはちがって、ピラミッドの形をしていないことに、マイロはがっかりしていた——が前方で輝きを放っている。ほんのり黄金色をしたガラスが、降り注ぐ太陽の光をひとつずつ反射し、それぞれの色合いを引き出している。

　わたしは目を細め、金色の輝きが空と交わるあたりを見つめた。ほかにも高い建物はあったし、雲にも届きそうなほど高いというわけでもない。それでも、じゅうぶんな大きさだった。ホテルの一階部分へ目を落とすと、クリーム色の階段が華やかなエントランスにつながっていた。ここが、世界が注目するオークション会場になるのだ。

「着きましたよ」運転手は言い、ブレーキを踏んで車を止めた。心のなかではきっと、こんな高級ホテルに子どもたちを泊まらせることができるなんて、この子たちの親はどんな仕事をしているんだろうと、いぶかっているにちがいない。

メインエントランスへつづく低い階段をのぼっていると――途中、淡いピンクでつば広の帽子をかぶったおしゃれな女性とすれちがい、思わず二度見した――ある人だかりが目にはいった。おそろいの白いTシャツを着た抗議者たちの小さなグループで、プラカードを振りまわしながら歩道を行進している。全部で六人くらいだろうか。人数は少ないが、そのぶんを情熱で補っている。

プラカードのひとつに目を向けると、赤く力強いアラビア文字で、つぎのように殴り書きされていた。〝エジプトの宝をエジプトから奪うな！〟

彼らは、第二ステージのターゲットであり、ファラオが納められていたという金の棺の、実物大の複製品も持っていた（一般人が用意した複製品にしてはとてもよくできている）。台車の上で日差しを浴び、きらきらと光っている。〝略奪をやめろ！〟と書かれた発泡スチロールの板が、口のあたりにテープで貼りつけられていた。

なるほど、すべての人が今回のオークションを楽しみにしているわけではないということだ。デヴローとギョンスンがフロントへ向かっているあいだも、デモと金の棺の複製品から目が離せなかった。そこで、ある考えがひらめいた。

マイロに話してみようと思って振り向くと、マイロはロビーの反対側にいた。大理石の柱に寄りかかっている。なんでもないふうを装っているけれど、視線は紫色のシルクのサリーを身にまとった女性へ注がれていた。女性の手首には一対のごてごてしたダイヤモンドのブレスレットが揺れている。あそこまで派手なものは久しぶりに見た。

およそ一メートル後ろには、いかにもボディガード然としたふたりの男が控えている。すご腕のスリ師だろうがなんだろうが、最低限の知性と理性を具えた者なら、あのブレスレットを盗むのは不可能だとわかるだろう。あれは三十秒ごとに手首を見て愛でずにはいられないたぐいの一品だ。それに、ボディガードの警戒レベルがかなり高い。主《あるじ》の半径三メートル以内に近づこうとすれば、それだけで止められてしまうはずだ。

あれを盗むのはあまりにも無謀で常軌を逸した行為だ。だれがやっても、成功の確率はほぼゼロ。

なのに、マイロの足は落ち着きを失っていた。列車でギョンスンに携帯電話をよこせと訴えていたときのことが頭に浮かぶ。あのときだって、成功する確率は一パーセントしかないとわかっていたのに……。

マイロはやるつもりだ。

わたしはあわててマイロのほうへ向かった。周囲の客にあやしまれるかもしれないけれど、いまはそれどころじゃない。マイロが捕まったら、すべてが台なしになる。あの子はそれがわかっていないのだろうか。

早足が駆け足になる。マイロは歩きだしていて、ターゲットまであと二歩というところで、わたしは彼の腕をつかんだ。

「マイロ！」マイロを引きもどす。あと少しでぶつかるところだった女性は、歩をゆるめ、眉間にしわを寄せてこちらを見た。ボディガードが近づいてくる。

マイロは女性にぎこちない笑みを向けた。

「すみません、よそ見をしてて」弱々しく言う。女性はわざとらしくため息をついてマイロの謝罪を受け入れ、ボディガードを連れて去っていった。

エントランス近くの窓辺までマイロを引きずっていく。これ以上のトラブルはごめんだ。そこでようやく腕を放し、本気でとがめるような視線を向けた。

「わかってる、わかってる」マイロは首の後ろをさすった。「ただ、できるかどうか試したかったんだ」

「試したかった？　これはゲームじゃないんだよ、マイロ」

「厳密にはそうだろ」

「そういう意味じゃない！　わかってるくせに」わたしは怒って言い、自分の頬を両手でパチンと叩《たた》く。こっちのチームでよかったと思っていたけれど、アドレナリン中毒のギャンブル好きが無茶なことをしてすべてを台なしにしたら意味がない。「ああいうことは二度としないで。第二ステージが終わるまでは」

マイロは両手をあげた。「わかったよ、ごめんって。おれは……何かしてないとだめなんだ」お尻のポケットを探って、またスマホを取り出す。これまでと同じように、ホーム画面を見て表情を曇らせた。

「それ、何か理由があるの？」わたしは尋ねた。

「それって？」

「スマホをしょっちゅう見てること」

マイロはふーっと息を吐き出し、窓と窓のあいだの柱にもたれた。しばらくだまって、言いたいことを整理しているようだった。あまりにも長い沈黙だったので、わたしを無視することにしたのかと思いはじめたところだ。

「こういう経験あるかな。だれかからの連絡を待ってるのに、いっこうに来なくて、そうするとよけいに気になってしかたがない、みたいな。それで、しょっちゅうスマホを確認して、朝から晩までそれしか考えられなくなるんだ」手のひらで頭を打ち、歯を食いしばる。「いったんそうなったら、気をまぎらわすには、ほかのことなんて考えられないような状況に身を置くしかない。いちばん効くのは？　アドレナリン、ギャンブル、それから昔ながらのやり方で――」

「危険に身をさらす」

マイロの気持ちはほんとうによくわかった。危険な状況下では、目の前のことしか考えられなくなる。そして、そのときにしか味わえない独特の高揚感がある。いまこの瞬間、目の前のターゲット、どうやったらこの状況を脱することができるか。頭はそれでいっぱいになるのだ。

だから、マイロの気持ちはよくわかった。けれど、ほかのことを忘れるために自分からその状況に身を置いたことは一度もない。そんなことをしたら、スリルを味わうのではなく、スリルに依存するようになってしまう。

マイロは何を――または、だれを――そんなに忘れたいのか訊《き》いてみたかったけれど、口を開きかけてやめた。そんなふうにだれかの人生に口出しするのはおかしい気がする。それに、お節介だと思われるかもしれない。

後ろを向いて、外のデモをながめる。実際、マイロは気まずそうな顔をしていた。

るホテルの警備員たちをかなりいら立たせていた。声を合わせてスローガンを唱え、目の前に立ちはだか
わたしは窓の外を顎でしゃくって、マイロに話しかけた。「あの複製品、本物にそっくりだと思わない？」

マイロは目を細めてそちらを見た。「たしかに」にやりと笑う。「それは名案を思いついた顔ですな、ミズ・クエスト？」

「かもしれないし、代案程度かもしれない」

「あのふたりが合流するまで待つか？」デヴローとギョンスンのほうを手で示す。フロント係がコンピュータに情報を打ちこんでいるあいだ、ふたりはおしゃべりをしている。ギョンスンは笑って、デヴローの肩を小突いた。

出会ったばかりだというのに、ふたりは親しげに冗談を言い合っている。みんな、あんなふうに人と気さくにふれ合えるものなのだろうか。

「いまはふたりだけの秘密にしておこう。細部をもっとつめたいし」わたしは言った。

少しして、デヴローとギョンスンがベルスタッフを従えてもどってきた。ベルスタッフはギ

ヨンスンのピンクのスーツケースを片手で転がしながら、もう片方の手で、デヴローの使いこんだ革製の旅行鞄《かばん》とギョンスンの紫のリュックをまとめてかかえている。

ギョンスンが空いた手にルームキーをひろげて、扇子のように振ってみせた。「十五階だって。最上階の豪華なペントハウスを期待してたのに。しかも、四人でひと部屋だよ？　なのに……」

「預かり金《デポジット》としてペントハウス並みの金額を支払わされた」デヴローはギョンスンをぎろっとにらんだ。どうやら預かり金はすべてデヴローが出したらしい。「残念ながら、ぼくたちのおい、友だちは部屋の予約はしてくれたけど、預かり金までは払ってくれなかったみたいだ」

そのとき、ギョンスンの手にルームキー以外のものが握られていることに気づいた。

「それ、何？」わたしは手を伸ばした。

「ああ、これね」ギョンスンはその小さなスティックをわたしにひょいと手渡し、ほかのふたりにもひとつずつ配った。「フロントであたしたちに渡すよう指示されてたみたい」

マイロはUSBメモリを指でくるくるまわした。「メモとかはなかったのか？」

「なかった」デヴローは自分のぶんをベストのポケットにしまった。「詳細はあとでわかるだろう」

デヴローとギョンスンの背後で、ベルスタッフが真顔で足踏みしている。

「行こう」わたしはギョンスンの手からルームキーを一枚かすめとった。「かわいそうなベルスタッフの肩が壊れちゃう前にね」

第23章　ファラオの棺　奪取計画

部屋は豪華だった。ベルベット張りの家具が敷きつめられ、冷蔵庫はわたしのいつもの食事より高価な飲み物でいっぱいになっている。

でも、明らかにせまい。居室はあるけれど、バスルームつきの寝室がひとつしかない。デヴローとマイロは親切にも、ギョンスンとわたしに寝室を譲ってくれた。あるいは、わたしたちが先に寝室へ荷物を置いても文句を言わなかった、というのが正しいかもしれない。

どうして〈組織〉はこんなせまい部屋にわたしたち四人を泊まらせようと思ったのか。そのほうがショーとしておもしろいから？

金庫の錠がカチッと音をたて、あるべき場所に収まる。デヴローが約束したとおり、わたしたちは携帯電話を布でくるみ、金庫の扉から五センチ以上離して置き、鍵をかけた。これで盗聴はできないはずだ。

昼さがりの陽光が窓から差しこんでいた。肩があたたまり、わが家を思い出す。陽気な気候のもとで仕事をするほうがわたしは好きだ。

スマホを手に持ち、ギョンスンがインターネットの裏世界で手に入れてくれたホテルの設計図に、逃走経路を書きこんでいく。

マイロは近くのソファをひとり占めし、ギョンスンは小さな冷蔵庫をあさっていた。

デヴローは床から天井まである大きな窓のそばに立ち、街をながめながら、むずかしい顔で物思いにふけっている。ずっと見ていたくなるような光景だ。

「ひどい話だよね。どっちにしろ、ファラオの棺はあの人たちから奪われちゃうんだもん」ギョンスンは冷蔵庫にあった瓶のラベルをざっと読んでから頭を振り、中にもどした。「あたしたちがいなくたって、金持ちの、たぶん白人が、棺を手に入れるでしょ」そう言って、この部屋で唯一の白人であるマイロに向かって手を振る。「あ、悪く思わないでね」

「わかってる」マイロはスマホで何かの記事をスクロールした。「ってか知ってた？ あの棺って、これまでに三回も、ばらばらにしてもとにもどすのを繰り返してるんだってさ。考古学者が最初にあれを見つけたとき、墓のなかのトンネルを通り抜けられないからって、分解して持ち出したらしい。いまでも溶接の痕が一部残ってるって」

スマホを置き、信じられないといった顔で三人の顔を見る。「ひでえ話だな……」

小さな罪悪感が胸のなかでうずく。わたしたちが棺を盗み出したとして、オークションの常連の手に渡ることは防げても、結局はギャンビットの〈組織〉に奪われてしまう。それに〈組織〉のほうがましだとはあまり思えない。わたしはこれまで、適切とは言えない人々のもとへ、さまざまなものを届けてきた。けれど、自分に何ができただろう。わたしがやらなくとも、ほかのだれかが代わりを務めることになる。

わたしは気持ちを切り替えてつづけた。「ノエリア・チームより、一日先にはじめられるんだよ。有効に使おう」

「オークションの下見会が今夜八時からおこなわれる」デヴローは言った。「まずはそこからだ。ファラオの棺はオークションのセキュリティ部門で保管されている。いま手をつけるのは不可能だと考えたほうがいい。つまり、チャンスは買い手が決まったあとだ」

ギョンスンは冷蔵庫の扉の上から顔をのぞかせた。「お金を出し合って、自分たちで買っちゃうのは？」冗談めかして言う。

「そうだよ」マイロは言った。「開始価格でさっさと入札して、それを四人で割れば、ひとりあたり五百万ドルくらいにしかならないだろ」

「入札して手に入れても、〈組織〉はきっと認めてくれないよ。ギャンビットの目的にそぐわないから」わたしは否定した。

デヴローはうなずいた。その顔を見るかぎり、マイロとギョンスンの話はほとんど聞いていなかったようだ。「棺が落札者の家に運びこまれるまで、待っている暇はない。いちばんいいのは、その輸送中を狙うことだ。さっき、オークションの主催者のひとりと電話をして、いろいろ聞いたんだけど――」

「楽しそうにしゃべってたよね」わたしはからかうように言った。

デヴローは無視してつづけた。「彼女が言うには、オークション終了後すぐに、それぞれの品がセキュリティ部門から落札者の手に渡されるらしい」

「オークション会社が輸送まで担当するわけじゃないってこと?」わたしは質問した。

「そうだ」

顎の下でこぶしを握り、前のめりになって言う。「なら、盗み自体は楽になる……けど、少し複雑にもなる」

デヴローはうなずいた。

マイロはわたしとデヴローを順番に見た。「よくわかんないんだけど」

わたしは説明した。「オークション会社が輸送までしてくれないなら、落札者が自分たちで物を運ばなきゃならない。つまり、輸送手段やセキュリティが落札者ごとに異なるってこと。複雑って言ったのは、落札者が決まるまで、わたしたちはどの警備チームから棺を盗めばいいのか、わからないから」

「マジかよ」マイロは不機嫌そうにソファへ身を預ける。「前もって輸送班に潜入するのも無理ってことだな」

ギョンスンは、まちがいなくお酒がはいっている小さな瓶を持って、ふらふらともどってきた。ひと口飲んで、顔をしわくちゃにする。「じゃあ、これからどうする?」

部屋が静かになった。マイロが足をパンパンと叩《たた》く音、ギョンスンが爪で瓶をカチカチと鳴らす音だけが響く。

輸送中を狙うほかに、棺を手に入れる方法はない。〈ハートブルー〉の覆面強盗団みたいなことができれば、話は別かもしれないけど。〈ハートブルー〉はママが大好きな昔の映画だ。

でも、わたしたち四人で全警備チームを相手にするとなると……わたしだって、自分たちの勝ちにお金を——あるいは命を——賭ける気にはなれない。

額をさすって、スマホに目をもどす。ホテルのメインフロアの図面を拡大して、小さな線を引いているところだった。それぞれの出口に対して、いくつもの逃走経路を考えてある。かんたんなルートは青、むずかしいルートは赤の線だ。頭を使わなくてもできるけれど、どの逃げ道がいちばんいいかを考えるのは、とても重要な作業だ。

わたしはスマホの画面を見て眉をひそめた。青と赤の線がぐちゃぐちゃにもつれ合っている。一見すると複雑なものに感じられるけど、結局使うルートはひとつだけ。いちばんシンプルなルートだ。

「ちがう、このほうがわたしたちにとっては都合がいい」わたしは言った。「複数の警備チームの存在は、むしろわたしたちに有利に働くんだよ！　複雑そうに見えるけど、ほんとうはそうじゃない」心臓が早鐘を打っている。

マイロはギョンスンと顔を見合わせて、頭を掻《か》いた。「〝複雑〟ってことばの意味、ほんとにわかってるか？」

わたしは勢いよく立ちあがった。はじめてのTEDトーク【ニューヨークに本部を置くNPO主催の、さまざまな分野の専門家による講演】をしている気分だ。スマホを掲げて、みんなに画面を見せる。

「逃走経路って、ぱっと見では複雑そうに感じられるよね。でも結局、使うルートはひとつだけ。いちばんシンプルなルートを選ぶでしょ。すべてのルートが対等なわけじゃない。

わたしたちはいま、十個以上の警備チームを相手にしなきゃいけないと思ってあわててるけど、よく考えれば、ファラオの棺を運ぶのはひとつのチームだけ。すべてのチームは対等じゃない。なら、十何個のチームから、可能性の高いところだけに狙いを絞ればいい。ぜったいに、ほかよりセキュリティの弱いチームはあるはずだから」

デヴローは笑みを漏らした。マイロとギョンスンは理解できていないようだけれど、デヴローにはわたしの言いたいことが伝わっている。

わたしはつづけた。「すべての警備チームを前もって徹底的に分析することはできないかもしれないけど、ざっと調べるくらいならできるよね。どのチームが強敵で、どのチームがいちばん弱いかは、ちょっと調べればわかる。いちばん弱いチームを特定して、そこから棺を盗む計画を立てられれば、あとは――」

「そのいちばん弱いチームの客に、棺を落札させればいい」ギョンスンがあとをつづけた。少し考えてから、気まずそうに笑う。「最後の部分はさらっと言っちゃったけど、実際はかなりむずかしいよね」

「ギョンスンの言うとおりだ」マイロが同意した。「棺はオークションの目玉だ。金銭的に落札できる余裕があるのは、参加者の半分もいないかもしれない。いちばん弱い警備チームの所有者が棺を落札できる確率はどれくらいだ？」

「たいていの参加者はまちがいなく金を持ってる」デヴローは反論した。「参加券だけで、二万五千ユーロもするオークションなんだ。何百万もの金をぽんと出せないやつらは、そもそもこういうイベントには来ない」ベストの裾を引っ張ってしわを伸ばす。わたしにもだんだんわかってきた。あれをやるのは、デヴローが何かを考えているときだ。「だが、マイロたちの言ってることも正しい。棺をほしがらない参加者もいるだろう。それに、一部の客では手に負えないほど、金額が吊《つ》りあげられる可能性もある」

「それから、いちばん資金のある客が最弱のチームを所有してるとはかぎらない。その問題はどうやって解決する？」マイロは付け加えた。

「警備チームと落札候補者のランキングシステムを作ろう」わたしは思考をモールス信号へ変換するみたいに、足先でカーペットをトントンと鳴らした。「オークションがはじまる前に、まず警備チームと候補者の分析をする。棺を落札する資金と意志がある人たちをあぶり出す。それらの情報があれば、落札候補者のうち、警備チームが最弱なのはだれかがわかる。それが、わたしたちのターゲット」

　デヴローは微笑んだ。その表情から、彼も同じことを考えていたとわかる。これはやみつきになりそうだ。胸がじんわりとあたたかくなる。

「悪くないんじゃない？」ギョンスンはもうひと口飲んで言った。「でも、そのターゲットに棺を落札させるには？　確実な方法がほしいよね」

「それはまかせてくれ」デヴローが言った。「人を説得するのは、ぼくの得意分野だから」

「そうだったっけ？」マイロはからかった。

「まあそう決めつけるなよ。それに、心配はいらない。いくつかの……特別な道具があれば、目的は達成できると思う」

「あと、もうひとつ」ギョンスンは言った。「こっちは敵チームより一日の分《ぶ》があるけど、オークション当日はそうじゃない。会場に乗りこんでくるはずだよ。となると、予定どおりにいかなくなる可能性もある。何か……手を打っといたほうがいいんじゃないかな」

わたしは息を吐き出し、窓に寄りかかった。警察がデモ隊を押しもどしている。いや、あれは警察じゃなくてホテルの警備員だろうか。デモの参加者たちは宿泊客のふりをしてロビーにはいろうとしているだけだ。それをホテルが阻止している？　どうやって？

「待って――」わたしは考えがまとまる前に話しはじめた。マイロのほうを振り向く。「最初にオークションの参加者リストを手に入れる必要があるわけだよね？」

マイロがこくりとうなずく。

「じゃあ……オークションとか、ホテルへ出入り禁止の人がいたら？　いないってことはぜったいにないよね」

デヴローは笑いだした。「きみはほんとうに意地悪だな、ロザリン」

わたしは口もとがゆるみそうになるのをこらえた。「できる？」

マイロは顎をこすった。「ギョンスンはコンピュータオタクだよな？」

「つぎ〝コンピュータオタク〟って呼んだら許さないからね」ギョンスンは釘《くぎ》を刺した。「でも、そのとおり。ホテルのイントラネットに侵入すればできると思う。まかせて、あのチーム〈小悪魔〉が、ホテルの敷地内に一歩もはいれないようにしてあげる」そう言ってお酒のはいった瓶を掲げた。目がいたずらっぽく輝いている。

　こうして、計画が決まった。細かいところまではつめていないけれど、土台は固まった。すごいことになりそうだ。ただし、すべてがうまくいけば……だけど。

「オークションのデータベースに侵入できるなら、警備チームの調査もむずかしくないだろうな。あ、でも、オークションの下見会がはじまるのは……五時間後だっけ？」マイロはデヴローのほうを見る。「デヴローは下見会に行きたいよな？　ターゲットの偵察のために」

「そうだな」デヴローはオオカミのような笑みを浮かべて言った。

「なら、別行動だね」ギョンスンは飲み終えていない瓶をサイドテーブルに置いた。「ふたりが警備チームの調査をして、デヴローともうひとりがオークションの下見会に参加する。分担はどうしよっか？」

　警備チームについての調査と分析をするか、デヴローといっしょに豪華なパーティーに参加するか？　ギョンスンとマイロの顔を見て、なんだかいやな予感がした。

「急いで調査活動用の服に着替えなくっちゃ」ギョンスンは言った。わたしが本気？　という顔をすると、ギョンスンはあやまるように肩をすくめた。「パーティーは苦手なんだよね」

「おれも」マイロは言って、ドアのほうへ歩きはじめる。「黒の蝶《ちょう》ネクタイも社交パーティーも、おれの柄じゃないんでね」ギョンスンにちらりと目を向けた。

　ギョンスンはのんびりとした足どりで寝室へはいっていく。まったく急いでなどいない。

　マイロはすばやく廊下へ出た。調査中にあぶないことへ首を突っこまないといいんだけど。

あとでギョンスンに、マイロが変な気を起こさないようしっかり見張ってと言っておこう。

「じゃあ、オークションの下見会には、ぼくたちふたりが行くということで」

デヴローが両手をポケットに入れて、笑顔でわたしを見おろす。「ようやく、デートができるな」

わたしは立ちあがった。「デヴローはいつも望みのものを手に入れられていいよね」

「それはめったにないさ」デヴローの目が暗くなったように感じられる。「つまり、今回は特別ってことだ。でもいま考えると、キャンドルをともしたロマンチックなディナーなんて、ぼくたちには退屈すぎるな。ちょっとしたゲームの要素がないと、デートとは言えないだろ」

ほんとうはにこりともしたくなかったけれど、我慢できなかった。

もしかしたら思った以上に、パーティーを楽しんでしまうかもしれない。

第24章　はじめてのドレス

ドレスを着るのは、たぶん、生まれてはじめてだ。ちがう、たぶんじゃない——まちがいなくはじめてだ。

バスルームのドアにかかっているドレスは鮮やかな赤色で、なめらかな手ざわりの厚みのある生地は見るからに高級だ。けれど、シルエットは控えめで——ぴったりしたデザインの胸もとから、ゆるやかに波打つように裾がひろがっている。今夜のような場にぴったりだけれど、目立ちすぎない。お宝や資産家のジャングルにまぎれこむのに最適の衣装だ。

タオルを置き、ドレスをハンガーからはずして足を通した。胸のあたりで布を押さえ、腕に垂れているオフショルダーの袖を整える。裸足では、裾を五センチくらい引きずってしまいそうだ。ハイヒールなんてこれっぽっちも履きたくないけれど、買い物に行ったのはデヴローとギョンスンで、ふたりが買ってきたドレスを着るにはハイヒールを履くしかない。

「スニーカーを履きたければそうしろ。だれにもあやしまれないっていう自信があるならな」

デヴローはあきれ顔で言った。

ドレスを見ただけで、ちゃんとサイズも合っているとわかった。選んだのはデヴローだろうか。それともギョンスン？

とんでもない数の小さなボタンが腰の下から肩甲骨のあたりまで並んでいた。体のやわらかさには自信があるから手は届くけれど、ボタンを留めようとするたびに指が滑ってしまう。今夜は想像以上に緊張しているのかもしれない。

そもそも、どうして女の人の服ってこうなんだろう。このドレスも、デザインからして明らかに、だれかの手を借りないと脱ぎ着できないようになっている。こんなことに手間どっている場合じゃない。マイロとギョンスンは調査に行ってしまった。残るは、そう、デヴローだけ。いや、フロントに電話して、来てくれた人にお願いすれば……。

何を言ってるの、ロザリン！　たかがボタンでしょ？

バスルームのドアをあけ、箱から真っ赤なハイヒールを取り出して履く。おかげでドレスの裾が床につかなくなった。この小さな変化で、気分がすっかり変わった。わたしはおめかしを楽しんでいる女の子ではない。夜のパーティーへ出かける、ひとりの女性だ。

「デヴロー？」寝室のドアの向こうへ呼びかけた。デヴローは着替える場所がないので、寝室のドアを閉めて、居室で準備を整えられるようにしていた。「ちょっと手を貸してくれない？」

バスルームの鏡の前にもどって待つ。まもなく、デヴローが背後に現れた。鏡越しにそれを確認する。わたしははっと息をのんだ。うろたえちゃだめ、ポーカーフェイスを保って。

デヴローは着替えを終えていた……悔しいくらい、よく似合っている。

タキシードはなめらかな漆黒だ。ベルベットのようにやわらかな素材のジャケットが、ふれてみろとこちらを誘惑している。蝶ネクタイが一ミリのずれもなく収まり、真っ白に輝くシャツが美しい褐色の肌とみごとなコントラストを描いている。

そして、それらすべてがデヴローの顔立ちを引き立たせていた。顎のライン。さりげなくまたたくまつ毛。ふんわりと波打つ髪。デヴローの服装はいつも凝っているけれど、今夜は……まるで夢に見たすてきな男性が現実に現れたかのようだ。

デヴローは輝く炎に包まれていた。そばにいるだけで、溶けてしまうかもしれない。危険だ。

どうにか正気を取りもどすと、デヴローも同じく固まっていた。目は鏡に映ったわたしに釘《くぎ》づけになっている。まさか、デヴローが？　わたしは思わず二度見してしまった。デヴローの目がわたしの姿を隅から隅までとらえている。ボタンの留まっていないドレス。その下に隠れた体の曲線。布地を胸で押さえている腕。後頭部で大きめのシニヨンにまとめたブレイズ。小さな金色のビーズをちりばめたその髪型は、一時間もＹｏｕＴｕｂｅを見ながら研究した。

デヴローは何を考えているんだろう。物思いにふけっているのか、それとも、そう見せかけているだけなのか。

「ボタンを留めてくれる？」わたしはお願いした。「ドレスが落ちちゃう前に」

デヴローは頭を振って、悪魔のような笑みを作った。「そういうのはやめようって決めたんじゃなかったのか？」

わたしは天井を仰いだ。唐突に、デヴローがボタンをひとつずつ留めはじめ、思わず唇を噛《か》む。デヴローの指がやさしく背骨を伝っていく。

「これまでにこういう任務の経験は?」デヴローは尋ねた。

「変装して潜入するのはママの仕事。それに、うちはどっちかと言うと、どこかに忍びこんで物を盗むのが専門だから。相手をだまして情報を引き出すより、ね」

最後のボタンを留め終えても、デヴローはなかなか手を放さなかった。「そっちのほうが楽しいのに、もったいない」鏡越しに目を合わせる。「たしかに、短時間でこっそり獲物を盗み出すのもスリルはある。けど、だれかを操って銀行口座の暗証番号を聞き出すのとは比べものにならないよ。数時間前に出会ったばかりの相手に、夏の別荘内のどこにファベルジェの卵【帝政時代のロシアで金細工師ファベルジェによって作られたイースターエッグ】コレクションがあるのかを言わせるのもね」話しながら、デヴローの目に狩りへの渇望、ゲームへの渇望が宿る。作戦会議中にふたりの意見が一致したときも、同じ目をしていただろうか。

わたしもこんな目をしていたのだろうか。

「獲物をもてあそぶのが好きなんでしょ。その危険とスリルを楽しんでる」

「何かを得るには、危険がつきものだからね」デヴローはまっすぐこちらを見据えていた。また息がつまりそうになる。

これ以上はだめだ。デヴローの餌食になる。

「で、今回の任務のこつは?」振り返ってデヴローの横を通り、ベッドをまわってリュックのほうへ歩いていく。

デヴローもあとにつづいてバスルームを出た。「かんたんだよ。あらかじめ考えておいた話題を振って、情報を引き出し、だいたいの資産額を推定する。むずかしいことは何もない」

リュックのなかを引っ掻《か》きまわし、いつものブレスレットを探りあてる。「メモ用にペンと紙を持っていくべき？」

「冗談はよしてくれ。緊張で体ががちがちになるのもな。だいじょうぶ、そこまで大変な任務じゃないから」

ブレスレットを手首に巻きはじめると、ベッドの向こうからあわててデヴローがやってきて、わたしの腕をつかんだ。

わたしはぱっと顔をあげる。

デヴローはたしなめるように首を横に振った。「だめだ、今夜は必要ない」

「なんで？　デートに武器の持ちこみは禁止？」

「チェーンの色がドレスと合わないからだ。悪目立ちする。駐輪場から盗んできたみたいだぞ。重要なのはパーティーの場にうまく溶けこむことだろ？　これじゃかえって目につく」

ほんとうはいやだけど、しかたがない。今夜の目的は偵察なのだから、武器は必要ない。むしろ、わたし自身が武器だ。それに、いざとなったらヒールがある。切れ味の悪いナイフの代わりくらいにはなるだろう。

「いいよ、わかった」それを聞いて、デヴローはようやく腕を放した。ブレスレットをリュックへもどす。「でも、あしたは着けるからね。隠すために、漫画みたいな毛皮のコートを羽織らなくちゃいけなくなったとしても」

「金色に塗り替えたらいいかもしれない。きっと……似合うはずだ」ブレイズにちりばめたきらめく金色のビーズを目で追う。やっぱり、デヴローは気づいていたのだ。

「口説くのはやめて」わたしは言った。「そろそろ行かないと。下見会がもうすぐはじまる。それとも、わざと遅れて華々しく登場する計画？」

「きみがぼくの腕をとってくれれば、いつだって華々しく登場できるよ」

「ひと晩じゅう、その甘ったるい台詞に耐えなきゃいけないわけ？」ドアのほうへ向かいながら、わたしは言った。ギョンスンとマイロは調査をしながら、楽しく静かな夜を過ごすというのに、わたしはひたすら誘惑と戦いつづけなければならない。

デヴローは傷ついたふりをして言った。「気に入らなかった？　なら、もっとがんばらないとな。二度目のデートの約束を取りつけるために」

わたしはドアをあけながら、ふんと鼻で笑った。「無事に第二ステージをクリアさせてくれたら、考えてもいいかも」

第25章　オークションの下見会

大金持ちに共通する普遍の真理があるとしたら、それはこうだ。〝ふつうの人よりずっと、殴りたくなるほど不愉快なやつらが多い〟

わたしはまさにこの瞬間、五万ドルのタキシードに身を包んだ目の前の男にアッパーカットを食らわしたいという衝動と戦っていた。男はべらべら自分の話をしている。最近、庭師を三人立てつづけにくびにした。給与も支払わなかった。なぜなら〝仕事が完璧ではなかったから〟。自分には有能な弁護士がいる。訴えられるもんなら訴えてみろ、と。

まわりの金持ち連中は腹をかかえて笑っていた。いまの話のどこがおかしかったわけ？

わたしはアッパーカットを食らわす代わりに、大きなルビーのカフスボタンをちょうだいして、彼らのもとを離れた。

ため息をつきながら、会場内のバーでひと休みする。

下見会の会場はやたらと広く、ごちゃごちゃしていた。ここメイン会場の中央には、台にのせられた秘蔵品がところせましと並べられ、列のあいだをベルベットのロープによって仕切られている。そのなかで、優雅なドレス姿の傲慢そうな人々がじっくり品定めをしたり、先ほどのように集まっておしゃべりを楽しんだりしていた。

会場となったホテルの舞踏室に足を踏み入れ、偵察と情報収集をはじめてから、二時間が経過した。はじめは、相手にどれくらいの資産があるのか、ファラオの棺を落札するだけの余裕があるのかを、ただおしゃべりしながら探るのはむずかしいだろうと思っていた。

けれど、やってみたらこれがびっくりするほどかんたんで、たいていの人が進んでおおよその額をほのめかしてくれた。手に入れたものは、ひけらかしたくなるのが人間という生き物なのだろう。とくにこういった場では。

わたしは部屋の中心に目をやった。正面に鎮座しているのが、第二ステージの獲物だ。四方をベルベットのロープに囲まれ、両脇をスマートな着こなしの警備係が固めている。

完璧な彫刻を施された若々しく疵《きず》ひとつない顔が、うつろな瞳をこちらに向けていた。その姿はまばゆいばかりに美しかった。

そのとき、悲しみと哀れみがわたしの胸をふさいだ。結局のところ、あれはただの棺だ。中に納められていた遺体はどこにあるんだろう。今回のオークションでは、ミイラが出品されることはなかった。わたしのほかに、彼のことを考えている人はどれくらいいるんだろう。彼が自分の棺へもどって、ふたたび安らかに眠れるようになる日は来るんだろうか。

そんなことを考えていたら、決心が揺らいでしまう。わたしたちはあれを盗もうとしているのだ。深呼吸して、気合いを入れなおす。

ところが、つぎのターゲットはだれにしようかと部屋を見渡したそのとき、おかしな光景が目にはいった。ひとりの男性が棺に歩み寄っていく。白人、中年。この場の雰囲気にまったくなじめていない。この距離からでもわかる。男のタキシードは周囲の客に比べて明らかに安物だ。表情も冴《さ》えない。いやいやここにいる、という感じだ。

今夜の下見会であんなに浮いている人ははじめて見た。安っぽい服に、不機嫌そうな態度。わたしたちのターゲットのそばで何をしているんだろう。

わたしは男のほうへ向かった。

人混みを縫って進むと、男が警備係のひとりに何やら話しかけるのが見えた。

客が棺にさわったり、つついたりしないようきちんと見張るのが、警備係の仕事だ。信じられないことに、自分にはその資格があると考えている人々がごくたまにいるからだ。

それがなんと、男が何かを言って財布からカードを取り出すと、警備係はベルベットのロープをはずして、男を中に入れてしまった。

ますますあやしい。

わたしはゆっくり近づいた。男は手のひらサイズの黒い装置のようなものを持っていて、フアラオの顎先にかざした。

「それって放射線測定器《ガイガーカウンター》ですか？」わたしは声をかけた。

男は振り返らずに答えた。「いいや」

「じゃあ、何なのか教えてくれます？」もっとうまい訊《き》き方があっただろうけど、デヴローはそこまで教えてくれなかった。

「いいや」男はまた言った。少しも振り返る気配はない。身をかがめ、慎重に装置を動かしている。画面にはなんらかの数値が点滅していた。「あんたとおしゃべりするつもりはない。どこかへ行ってくれ」

顔がかっと熱くなった。この人はだれに対してもこんなに無礼なのだろうか。それとも、わたしにだけ？

「失礼ですが、どういうことかしら」きらびやかな黒のドレスを着た女が警備係をにらみつけた。「さわるのも写真を撮るのも禁止されてるはずでしょう？　どうして例外が認められてるのかしら？」そっと男の肩を叩《たた》く。「あなた、彼らにいくら渡したの？」

男が持っていた装置がビーッという音を発した。すると男は、装置をジャケットの内ポケットにしまい、すばやく女の手を振り払って、あやまりもせずにさっさと去っていった。

「あつかましい人！」女は怒って言った。警備係はロープをもとにもどした。それにも女は腹を立てていた。わたしは奇妙な男から目が離せなかった。

何かおかしなことが起こっている。わたしたちの棺と関係があるなら、調べないわけにはいかない。

だれの注意も引いていないことを確認してから、男を追った。歩くのが速い。一刻も早く、このきらびやかな場所から出たくてたまらない、といった様子だ。

けれど驚いたことに――本人にとってはおそらく不本意なことに――男はふたつ目の会場へはいっていった。メインの会場に比べて、こちらの舞踏室はせまいうえに、天井が低い。ただし、バーは二倍の大きさで、雰囲気はおしゃれなナイトクラブに近い。四重奏ではなく、ひとそろった楽団が音楽を奏で、部屋の真ん中がダンスフロアになっている。とはいえ、人々が踊っているのはラインダンスのような楽しいものではなく、ワルツなどの社交ダンスだ。デヴローはこちらの会場で偵察をしていた。年上の女性ふたりと笑い合っている。ずっと前からの知り合いなんじゃないかと思うほど打ち解けていた。

わたしはそっちを無視して、こっそりとターゲットに狙いを定めた。

男はスマートウォッチを確認してから、ため息をつき、バーのいちばん奥の席にすわった。バーテンダーが注文を訊《き》きにいったものの、彼女が何か言う前に、男はお気に入りのことばを放った。

「いいや」

バーテンダーは顔をしかめそうになるのをこらえて、引き返した。

男があたりを見まわしたので、わたしはあわててそっぽを向いた。視線をもどすと、若い女が男の隣に腰をおろすところだった。このようなパーティーでかろうじて許される程度の、かなりカジュアルなドレスを着ている。

あの女もあやしい。ふたりはここで何をしているのか。

女はにこりと微笑んだ。頑固な親戚のおじさんを笑わせようとしているかのように。

男は笑わなかった。

ワルツがマット・マルチーズの〈世界が終わるとき〉に変わり、カップルたちがうれしそうにダンスフロアへなだれこんだ。

わたしはその人波にまぎれて、会場の奥へ進んだ。ここなら、ふたりの会話が盗み聞きできるかもしれない。

男はまさに、これまで尾行したなかでいちばん疑り深いターゲットだった。半径約二メートル半以内に近づいたとたん、男は話すのをやめてこちらを見た。

わたしはきびすを返し、デヴローのほうへまっすぐ向かった。

「あなた」腕をつかむと、デヴローはほんの少しぎくりとした。

「タリア。こちらは新しい友人だ」デヴローは言った。「みなさん、彼女がぼくの自慢の婚約者です」

ふたりとも引きつった笑みを浮かべた。「ごきげんよう」左の女が言った。デヴローと話していたときよりもずっと冷たい声だ。

「どうも。失礼していいですか？　彼と話があるので。ありがとう」

デヴローには何も言う隙を与えずに、ダンスフロアの端まで引っ張っていく。「どうしたんだよ」デヴローは声を抑えて言った。「まだ話を聞き終えてないのに」

「しゃべらないで」わたしは言った。「踊って」

デヴローは従った。頭が仕事モードでなければ、デヴローのあたたかい手が腰にあてられた瞬間、とろけてしまっていたかもしれない。

「バーの端っこの男性は見える？」

「服装が残念なくらいカジュアルな女性の隣の？　ああ、見えるよ」

「何を話してるかわかる？」

音楽がさびの部分にさしかかり、バイオリンとピアノの音が大きくなって、ほかの音を掻《か》き消した。「口で言うほどかんたんじゃない」デヴローは言った。

「読唇術が使えるんでしょ？」

デヴローは怪訝《けげん》な顔をした。わたしは片方の眉をあげ、片手をデヴローの胸にあてて、もう一方の手を首にまわした。デヴローがさらにわたしを引き寄せる。わたしはデヴローにもたれ、デヴローはわたしの頭越しに男を見やった。

今夜のデヴローもいいにおいだ。そんなことに感心してる場合じゃないんだけど。

「本物」デヴローが言った。「ひ、棺。あいつは棺が本物だということをたしかめたらしい。それから……」いったんことばを切る。腰にあてられた手に力がはいり、わたしは身をよじらないよう耐えた。「年代も正しいとかなんとか。つぎは女がしゃべりだした」

デヴローはしばらくだまって見ていた。わたしにできるのは、音楽に耳を傾け、デヴローの胸が上下するのを感じることだけだった。こんな近くにいるのに、心臓の音が聞こえないのは不思議だ。

デヴローはどうだろう。この安らかな心臓の音が聞こえているだろうか。

「……博物館。博物館からゴーサインが出たと女は言っている。本物なら手に入れたい、と」

音楽が佳境を迎え、バイオリンの音色がシンクロする。

「嘘《うそ》だろ？　大英博物館？」

そうだ、あの男はイギリス英語を話していた。

「どうやら……」デヴローは目を離さずに体を揺らした。

疑問がつぎつぎと湧いてくる。ほんとうに、あの大英博物館？　たしかにあそこは、世界じゅうからこういったものを集めて展示してきたという歴史がある。けれど、時代は変わった。ホテルの外でおこなわれていたデモがいい例だ。彼らは、ヨーロッパの人々が自分たちの歴史文化遺産を奪っていることに抗議している。そんななか、オークションにいきなり現れて棺を落札なんてした日には？　非難の声が殺到するはずだ。

でも……大英博物館の名前を出さなければどうなる？　第三者に落札させて、そいつに匿名で博物館へ寄贈させたら？

デヴローの体が固くなった。一瞬、自分の体のように感じられた。顔をあげて尋ねる。

「どうしたの？」

「二億だ。連中は二億ユーロ用意してる」わたしを見おろす。「ってことは……」

「棺を落札するのは、あいつらだ」

第26章　初恋

「何もかも無駄になった」

部屋にもどると、わたしは落ち着きなく動きまわった。「二億って言ったよね。それで収まらない可能性もあるわけでしょ。どこまで吊《つ》りあがると思う？　二億五千万？　三億？」脱ぎ捨てたヒールが、カーペットの上を転がっていく。

「具体的な数字はわからないが、だれにも手を出せない額になるだろうな。出せたとしても、払いたくないはずだ。それに、警備チームも大英博物館が用意するとなると、最弱ってことはありえない」デヴローは顎をさする。「たしかに、事は複雑になる。とはいえ、いまとさほど変わらないよ」

いまとさほど変わらない？　地政学的な問題まで起こってるっていうのに？　危険信号だらけでしょ？

「どこが変わらないって？」わたしは早口で言った。「警備が最弱の候補者に棺を落札させるっていう作戦だったんだよ。大英博物館よりお金を持ってる候補者なんていないし、やつらの警備チームはまちがいなくトップクラス」

「ああ、すべてそのとおりだ」デヴローは言った。目はわたしではなく、その向こうを見ている。「つまり、ぼくたちの狙った候補者に棺を落札させるには、価格が法外な額まで吊《つ》りあげられる前に、博物館の代理人が手を引くよう仕向けなきゃならない」

そこで、客室のドアをノックする音が聞こえた。マイロとギョンスンのわけがない。ふたりは夜中まで作業をしているはずだ。ギョンスンがホテルのイントラネットから抜き出したデータを使って、全警備チームの分析をしなきゃいけないのだから。いまはまだ十時半だ。

それなのに、デヴローは驚いていない様子だった。ドアをあけると、バーガンディ色のジャケットに白い手袋をはめたルームサービスのスタッフが、シャンパンの瓶が刺さったアイスバケツと、シャンパングラスがのったカートを転がしてはいってきた。中央の小さな花瓶には、一本の薔薇《ばら》が挿してある。わたしはあ然とした。

(いま？　このタイミングで、デヴロー？)

デヴローはスタッフに言って、カートを部屋の真ん中まで持ってこさせた。チップを渡すと、スタッフは目を大きく見開き、ドアを閉めて出ていった。

「〝デート〟はもうおしまいでしょ」デヴローがシャンパンの瓶をバケツから引き抜くのを見て、わたしは言った。「仕事の話をすべきじゃない？　ちなみに、わたしお酒は飲まないから」

デヴローはポンという音をたててコルク栓を抜いた。わたしのことばを聞いてなかったのか。

「きみはいつも結論を急ぐね」デヴローは言った。「言ったとおり、ぼくは今回の任務を一回目のデートだと考えてる。だが、これを頼んだのはきみを酔わせるためじゃない」シャンパンをグラスに半分くらい注ぐ。泡がグラスのふちまで立ちのぼる。「これは任務にかかわることなんだ」もうひとつのグラスにも同様に注ぐ。「どうやって大英博物館に棺を落札させないようにするか、という話だったね。かんたんだよ。代理人に正気を失わせればいい」

ふたつのグラスをカートに置いて、旅行鞄《かばん》のほうへ歩いていく。しばらく中を探ってから、ベルベットの箱を取り出してあけた。中には金の腕時計がはいっていた。デヴローは着けていた腕時計――こちらもオメガだ――をはずした。

「古いやつのほうがすてきだと思うけど」

「そう思ってるのはきみだけじゃないよ」新しい腕時計を手首に置く。「ただし、こっちのほうがいろいろと便利なんだ」

腕時計をはめると、グラスをひとつとって、わたしに差し出した。「持っててくれ」しかたなくグラスを受けとる。「飲まないって言ったじゃん」カートにもどそうとしたところで、手が止まった。よく見ると、青みがかった泡がシャンパンのなかで踊っている。

グラスを持ちあげ、透明な青緑色の液体に目を凝らす。「これは手品？　どういう仕組み？」

同じグラスに、デヴローは腕時計をしているほうの手首をさっとかざした。グラスの真上でほんの少しだけ傾ける。注意していなければ見逃してしまったはずだ。時計の裏にあった極小のラッチが開いた。塵《ちり》のようなものがシャンパンへ降り注ぎ、一瞬で溶ける。

「すごい。青く変色しちゃうのは残念だけど」

「これは別の仕事で使った残りでね。ある人に、あるものを飲ませないために用意したんだ。

知らぬ間に飲み物の色が変わってたら、ふつうは飲まずに突き返すから」

「どこで手に入れたの？　この腕時計のことだけど」わたしは尋ねた。

「それはいくらきみでも教えられない。無料《ただ》ではね。でも、貸すことはできる」

グラスを置くと、また箱をあさって、こんどはダイヤモンドがちりばめられた銀のブレスレットを引きあげた。腕時計と並べると、完璧な組み合わせだ。シンプルではあるものの、上品さもある。オークションのような場にぴったりだけれど、カフェや書店に着けていっても目立ちすぎないくらいのちょうどよさ。ものすごく汎用性が高い。

デヴローはやさしくわたしの手首を持ちあげて、ブレスレットをはめた。「この中身はただの色つきの砂糖だけど、あすの夜はちがうものを使う。そっちの薬は、適切な用量を与えれば確実にターゲットの意識を朦朧《もうろう》とさせることができる。まばたきするのを忘れるかもね。ましてや、落札なんて無理だ。そして、通りすがりのだれかに、買う気のなかったものを買わせることもできる。今回の用途は後者だと思っていたけど、前者の用途も必要になったから――」

「わたしの手も借りなきゃいけなくなったってことね」手首をひねり、部屋の明かりできらめくダイヤモンドを見つめる。「どうして女物のブレスレットまで持ってたのか、訊《き》いたほうがいい？」

デヴローはわずかに笑みをこぼした。「これまでにも何度か、急遽《きゅうきょ》女の子と手を組んで仕事をしなきゃいけなくなったことがあったんだ」

「それは、嫉妬するべき？」

「嫉妬してるのかい？」

わたしは唇を噛《か》んだ。「よし、練習しよう」ブレスレットをグラスの上に掲げる。十回以上、手首をひねったりひっくり返したりしたけれど、何も出てこない。

「ちがう、ちがう」デヴローはさっと背後にまわって、わたしの手をやさしくとった。「そっとだ」言って、指に軽く力を入れる。

腕がうまく動かせない。羽根でくすぐられているみたいだ。そして、あたたかい。

「手首をほんのちょっと手前に持ちあげてから、グラスのほうへわずかに傾ける。やさしさが大事だ」

デヴローの声に包まれる。そのまま話しつづけて。そこから動かないで。

この瞬間が、朝までつづけばいいのに。

デヴローの体がまた炎に包まれている。心臓がめらめらと燃えている。

(だめ、しっかりして、ロザリン)

このままつづけても、火傷するだけ。デヴローのことばに集中して。声に浸ってる場合じゃない。

デヴローに導かれながら、もうひとつのグラスに手首をかざし、ほんのわずかに傾ける。一瞬、ブレスレットと手首のあいだで何かが動いたのがわかった。デヴローが手を伸ばしてグラスをとり、シャンパンをひと口飲む。

「飴《あめ》よりも甘い」デヴローは言った。わたしは息をのみ、あわてて後ろを向いた。デヴローはその場を動かず、グラスをおろしただけだった。目の前にデヴローがいる。千五百キロくらいあった距離が一気に縮まったように感じられた。

部屋の照明は暗いのに、デヴローはなぜか輝いていた。目が離せない。大きく息を吸う。デヴローもこちらを見つめている。

その目が、ちらりとわたしの唇を見た。

「味見したい？」デヴローはささやいた。

味見？　わたしが？

胸がぎゅっと締めつけられる。体を動かしたいのに、動けない。

デヴローが身をかがめた。それとも、わたしが顔を近づけた？　……キスがしたいから。

いや、したいからこそ、しちゃだめなんだ。ここでキスしたら、デヴローの勝ちになる。列車でも言ってたでしょ――これは嘘《うそ》を見破るゲームだと思えばいいって。嘘《うそ》を見破られるのが好きだからって。

それって、勝ったときにおいしい思いができるから？　デヴローはほんとうにわたしとキスがしたいの？　それとも、勝ちたいだけ？

海の向こうで、大切な家族が、ママが、わたしの助けを待っている。ふたりの関係はゲームだと言った男の子のために、ママの命を危険にさらすの？

そんなことはしない。できるわけがない。自分の心もママの命も、ほかでは替えがきかない大切なものだから。

わたしはぱっと体を離した。ふたりをつないでいた緊張の糸が一瞬で切れた。

「練習しなきゃ」デヴローを押しやる。「数時間ちょうだい。こつをつかむまで」

デヴローはじっとわたしの顔を見たあとで、悲しげな表情を浮かべた。胸がちくりと痛む。デヴローの顔は……負けを認めているかのようにも見えた。

「わかった」乱暴に蝶《ちょう》ネクタイをはずして、ドアへと向かう。

「どこ行くの？」

「どこにも」答えながら、袖のしわを伸ばした。デヴローはまたしばらく姿を消すつもりなのだ。列車でそうしたように。会話が気に入らない方向へ進みはじめたから。望んだものが手にはいらなかったから。

「さすが大人だね、デヴローは」

半開きになったドアのノブを、デヴローはきつく握りしめた。壊れてしまうのではないかと思ったほどだ。

振り返ったデヴローの目は怒りに燃えていた。「どうしていつも突っぱねるんだ？　きみは自分の気持ちに嘘《うそ》をついてる。ふたをしてるんだ。そして、この世の全員を敵だと思ってる。自分自身さえ信用してない」

さっと血の気が引いていくのがわかる。お腹を殴られたような気分だった。けれど、それをデヴローに気づかれるのだけはぜったいにいやだ。

「かわいそうなデヴローちゃん。どっか行って、詩でもしたためてきたら？　キスしたいと思った子に自分の魅力が伝わらなかったとか、そういううじうじした感情を失恋の詩にぶちこめばいい。推敲《すいこう》の時間ならあげるから」

デヴローは冷たく笑った。「言っただろ。ぼくが望むものを手に入れられることはめったにないって。ただ、自滅しようとしてるやつの巻き添えを食らったのははじめてだ。自分自身に嘘《うそ》をつくのをやめたら、連絡してくれ」

そうして、デヴローは出ていった。ドアが大きな音をたてて閉まる。

わたしは一分以上ドアから目を離すことができなかった。思わず指を噛《か》む。なんてことをしてしまったんだろう。

凍えるような寒さのツンドラで、たったひとつの火を踏み消したような気分になっているのはどうして？

なぜなら、デヴローの言うとおりだから。いけないことだっていうのはわかっているし、他人を信用しちゃいけないってこともわかっているけれど……わたしはデヴローのことが好きになっていた。

ああ、どうしよう。

第27章　後悔

——だめ、だめ、だめ、だめ、だめ！

わたしはジャヤおばさんからのメッセージを読み返し、枕に顔をうずめてうめいた。デヴローへの複雑な感情の波と闘ったり、ブレスレットを使った技の練習で気をまぎらわそうとして失敗したり、ということを一時間以上繰り返して、すっかり心が折れたわたしは、おばさんにメッセージを送ったのだ。

予想されるおばさんの反応は、つぎのうちのどちらかだった。

わたしの初恋——はぁ、もう認めるしかないんだろうか、デヴローが初恋の相手だって——の話にやさしく耳を傾けるか、あるいは、そんな危険な相手を信用してはいけない、そんなことに気をとられている場合じゃないと、お説教をするか。

後者を選んだおばさんの反応は正しい。自分でもわかっている。だからこそ、こんなふうに頭がぐちゃぐちゃになっているのだ。

はじめにおばさんへ送った内容はこうだ。

——わたし：手を組む相手ができたかも、って言ったらどうする？

——ジャヤおばさん：どんな相手？

わたしは十回くらい返事を書いては消すのを繰り返してから、思いきってこう送った。

——わたし：その人とキスしそうになった

——ジャヤおばさん：だめ、だめ、だめ、だめ、だめ、だめ！

——わたし：まだひどい目に遭わされたりはしてないよ……チャンスはあったのに、向こうはそうしなかった

そこで、おばさんから着信があった。

でも、いまの自分ではおばさんからの小言に耐えられないと思い、電話はとらなかった。わたしは臆病者だ。

——ジャヤおばさん：相手は泥棒よ。あなたをもてあそんでるの。敵とキスだなんてぜったいにだめ

——ジャヤおばさん：気をつけなさい。用心するに越したことはないからね

それで、わたしはうめき声をあげながら、枕に突っ伏した。

おばさんの言うとおりだ。連絡する前からわかっていた。けれど、自分の頭で理解しているのと、人に言われるのはまったく別だ。

デヴローだろうが、だれだろうが、他人は信用できない。

それでも……心のどこかで、おばさんに背中を押してもらえたら、と思っていた。ほんの少し、だけど。

ひとりでもんもんとしていると、数分後に客室のドアが開いた。心臓が跳びあがる。デヴローだろうか。いや、声はふたつ。韓国語で話をしている。だれかさんのような自信と色気にあふれた声ではない。

反射的に肩を落とす。ほっとしたから？　それともがっかりしたから？

「お疲れ！」韓国語がわからないわたしのために、マイロが英語に切り替えて言った。持っていたハッピーセット——深夜のマクドナルドは最高の背徳感がある——の箱をベッドにほうり投げる。

「ちょっと！」フライドポテトをかかえていたギョンスンが声を張りあげ、油でぎとぎとになったハッピーセットの箱を指さした。「あたしのベッドなんだけど」

「は？　ギョンスンのベッド？」マイロはわたしを見て言った。

わたしは肩をすくめた。「わたしはべつにいいけど」

ギョンスンはフライドポテトを一本、わたしに投げた。頰にあたる。

「ちょっと何すんの！」

「いまはいいかもしんないけど、寝るときに食べかすと油だらけのシーツを見たら、ぜったい後悔するからね」ギョンスンはうつ伏せにベッドへ倒れこんだものの、フライドポテトを持った手はベッドの外に浮かせていた。

マイロはいさぎよく従って、ベッドの上のハッピーセットをどけた。寝室の戸口に寄りかかって食べながら、こちらを見やる。

わたしはヒールを脱いだだけで、まだ着替えてはいなかった。

「そのドレスいいね。デヴローはどこ行った？」マイロが尋ねた。

「いいね？　《ヴォーグ》のモデル並みに最高でしょ！」ギョンスンはマイロの顔めがけてポテトを投げた。マイロはじょうずにそれを口でキャッチした。

「悪かった」マイロは訂正した。「すげえいいよ」

「デヴローの居場所はわからない」わたしは先ほどのマイロの質問に答えた。「いろいろあって――」

（いろいろというか、正確には、あやうくキスしそうになったあと、デヴローに他人だけじゃなく自分のことも信用していないと言われて、かっとなってやり返した、わけだけど、そんなこと言えるはずがない）

「下見会でね。前より計画が複雑になった」

マイロの眉が吊《つ》りあがる。

「でも、対応策は考えてある。ふたりの任務に影響はないはずだよ。そっちはどうだった？」わたしは尋ねた。

マイロは両腕をひろげた。「思ったとおりだったぜ。びっくりするくらい弱そうなチームがいくつかあった」

ギョンスンは体を起こした。「それより、〝計画が複雑になった〟ってどういうこと？」

わたしは大英博物館の件とそれに対するデヴローの案についてざっと説明した。終わるころになると、マイロはベッドの足もと近くの床に腰をおろし、ギョンスンはマイロのほうへ移動してベッドの端にすわっていた。

「やつらが入札のときに使う偽名はわかったのか？」マイロは訊《き》いた。

「しばらく会話を盗み聞きしてたんだけど……デヴローが言うには、サンブリーだか、サンなんとかって名前で――」

「サ、サ、サンベリー？」マイロはスプレッドシートのアプリのようなものをスマホで開いた。

その肩越しにギョンスンがのぞきこむと、マイロは信じられないという顔で笑いだした。

「いやいやいや。こいつらの警備チームを相手にするのはぜったいに無理だって！」

ギョンスンは画面を見て固まった。やがて顔をあげる。「もどってくる途中で警備チームのランクづけをしてたの。上位に行けば行くほど、盗むのがむずかしいチームってことで」

「で、サンベリーのチームは？」

「いちばん上」

わたしは大きく息を吐いた。「つまり、何億もの予算がある相手の落札を、何がなんでも防がなきゃいけないってことだね。さもないと、この無益なレースで、ノエリアたちより一日早くスタートを切った意味がなくなる」

片手で頭を押さえる。ストレスで頭の奥がずきずきしはじめる。

「なあ」いまにも、いら立ちと不安の穴へ落ちてしまいそうなわたしを、マイロの声が引きもどした。なだめるような顔でつづける。「だいじょうぶだって。どうにかなる。デヴローに考えがあるんだろ？　おれたち四人の力を合わせれば、第二ステージなんて楽勝だ」するりと上着を脱ぐ。「それじゃ、デヴローさまがおもどりになったら、それぞれ集めたデータを分析して、あしたの本番で棺を落札することになる幸運な候補者を選ぶことにしますか。とりあえずおれは、ルームサービスでミルクシェイクでも頼もうかな」そう言ってマイロはドアを閉め、寝室を出ていった。

あっけらかんとしたマイロのことばで、わたしの肩から力が抜け、呼吸も楽になった。マイロの言うとおりだ。いまのわたしたちにできるのは、念入りに準備をすることだけ。すべて計画どおりに進めば、目的は達成できる。

ギョンスンはベッドから転がりおりて、床へ仰向けになった。最後のフライドポテトを食べながら言う。「それで……ロザリンとデヴローはどうだった？」

わたしは薄目でギョンスンを見た。ギョンスンは片眉をくいっとさせる。

「何事もなく任務は終わったよ」

「何事もなく？」ギョンスンはポニーテールの先っぽをいじる。「おしゃれなドレスを着て、ふつうの女の子の夢がつまった、ダイヤモンドだらけの豪華なパーティーに参加しておきながら、何事もなかったって？」

ギョンスンはなんの話をしてるんだろう。デヴローとのことは、何も漏らしていないはず。それとも、ばれてる？

「だけど、わたしたちはふつうの女の子じゃない、でしょ？」

「そうかもね。ボタン、はずしてあげよっか？」ギョンスンはおどけた顔で手を伸ばした。わたしはうなずいて後ろを向く。「着替えを手伝ってくれるメイドがいれば、ドレスはもっと着やすくなるのにね」ギョンスンはつづけた。

「ギョンスンの家には着替えを手伝ってくれるメイドがいるの？」わたしはゆるんだドレスを手で押さえた。ギョンスンは手際がいい。

「師匠にはいたよ。たいていは、だけどね。師匠は時間をかけて金持ちの懐にはいりこんで、いろいろとだましとるのが得意だったんだ」後ろから顔を突き出して、鼻をくんくんさせる。

「あっちの部屋にシャンパンが置いてあったけど？」

「デヴローとわたしで使ったの。でも仕事のためだよ」ダイヤモンドのブレスレットが手首に重くのしかかる。着けているのがばからしく感じられて、さっとはずした。「べつに、ふたりで酔っ払ったとか、そういうんじゃないから」

「ふうん」

わたしはリュックをつかみ、着替えをしにバスルームへ向かった。ドアを少しだけあけたままにして、おしゃべりをつづける。まるで昔からの友だち同士みたいだ（ほんとうは出会って二日しか経ってないんだけど）。

「ってことは」わたしが部屋着に着替えているあいだ、ギョンスンはつづけた。「ふたりでおめかしして、シャンパンを注文したのに、デヴローはいつの間にかいなくなっちゃって、それでも、何もおもしろいことは起こらなかったんだ？」

わたしは手を止めた。鏡に映った自分を見つめる。

ギョンスンは思った以上に鋭い。

「言ってる意味がわかんないんだけど」わたしは言った。

「わかってるでしょ。どう考えても、デヴローはロザリンに気がある」

「それはたぶん、新しい錠とか金庫のピッキング術に興味を示すのと同じノリだよ」戸口にもたれてギョンスンと向かい合い、ブレイズから金色のビーズをひとつずつ引き抜いて、手のひらに集める。「パリ行きの列車でも言ってたしね。わたしとゲームをするのが好きだって」

「最初からそれを打ち明けたってことは、本気でロザリンのことが好きなんじゃない？　デヴローはロザリンをいいライバルだと思ってて、それで心に火がついちゃったんだよ」ギョンスンは胸に両手を重ねて、うっとりと息を吐いた。「はぁ、めちゃくちゃロマンチック。デヴローはぜったいに気があるよ。あたしの第六感がそう告げてる。だって、第一ステージのとき、美術館の外でロザリンとイェリエルが出てくるのをずっと待ってたんだよ？　じゃなきゃ、ふたりそろって失格になってたよね。それより前にも、ロザリンとデヴローが話してるところを見たけどさ――」

「ちょっと待って」わたしはさえぎった。「デヴローがわたしたちを待ってた？　たまたま通りかかったんじゃなくて？」

ギョンスンは気まずそうな顔をした。「聞いてなかったの？」

わたしは首を横に振った。

「なるほどね。ま、とにかく——デヴローがロザリンに惚《ほ》れてるのはまちがいないと思うな」

わたしは何か言おうとしたけれど、頭のなかはたくさんの疑問が渦巻いていた。もしほんとうに美術館の外でわたしをただ待っていたのだとしたら、デヴローはばか野郎だ。ひょっとしたら、警備員に捕まるか、病院で時間切れになる可能性もあったのに。デヴローもそれはわかっていたはず。よほどの理由がなければ、そんなことするわけがない。

〝気をつけなさい〟

ジャヤおばさんのことばが、これまでにも増して真実味を帯びていく。わたしはもてあそばれているのかもしれない。デヴローの目的はまだはっきりしないけれど。

客室のドアが解錠される音が聞こえた。マイロが、ミルクシェイクじゃなかったと文句を言っている。

デヴローがもどってきた。作戦会議の時間だ。

第28章　作戦会議

　二時間前であれば、会議が終わったらデヴローにあやまろうと思っていただろう。けれど、美術館での話をギョンスンから聞いたいまは、デヴローが何を企んでいるのか知りたいという気持ちのほうが強くなっていた。

　わたしたちは居室に集まり、その夜仕入れた情報をもとに、ターゲットをだれにするか話し合っていた。棺を落札できるだけの資金があり、かつ警備態勢がきわめて脆弱《ぜいじゃく》な人物。

　最終的に決まったのは、わたしではなく、デヴローが下見会で目をつけた女性だった。彼女の名はサディア・ファズラ。

「マレーシアの資産家の妻だ」デヴローは肘掛け椅子に身を沈めた。ジャケットを脱ぎ、蝶《ちょう》ネクタイをはずし、真っ白なウィングカラー・シャツだけになっている。なのになぜか、香水の広告モデルのように見えた。

　ただし、目は不満げで、全身から倦怠《けんたい》感を漂わせている。何かに対して怒りをぶちまけた直後みたいだ。

　デヴローはつづけた。「彼女は三十代後半。夫は有名企業の二代目社長だ。財産はあるが、誠実さはゼロ。サディアは、オークションに参加しては夫の金でいろいろと買いあさってるようだ――おそらく、浮気癖のある夫への腹いせにな」

ギョンスンが目をまるくする。「一度しゃべっただけで、それだけの情報を手に入れたの？」

デヴローはゆるみそうになる口もとを引きしめた。「相手を油断させれば、どんなことでも聞き出せる」

「要するに、その人には資金があるってことだね」わたしは言った。「正確にはどれくらい？」

「彼女の友人が口を滑らせたところによると、夫との共有口座におよそ二億」デヴローは言った。「彼女自身は、今回のオークションで全額使うつもりはないと思うけどね」

「って言っても、デヴローなら、確実に棺を落札させられるんだろ？」床に足をひろげてすわっていたマイロが尋ねた。

「お安いご用だよ」デヴローはわたしのほうを見た。「問題は、ロザリンが大英博物館の代理人を阻止できるかどうかだ」

全員の視線がわたしに注がれる。アドレナリンが胸を突き抜けた。デヴローはすでにターゲットとつながりができている。残るはわたしと博物館の代理人だ。そこが、今回の計画の鍵を握っている。すべてはわたしにかかっているのだ。

「だいじょうぶ」わたしは言った。だいじょうぶじゃなきゃいけない。失敗すれば、第二ステージでの敗退がぐっと近づく。それはなんとしても防がないと。

「警備チームのほうは、マイロとあたしでどうにかするよ」ギョンスンは、デヴローとわたしならなんの心配もいらないと言わんばかりに、平然とわたしのことばを受けとめ、自分たちの話をはじめた。

「実際に棺を奪うのは、おれたちにまかせてくれ」ギョンスンにつづいて、マイロが言った。「もうだいたいの計画は立ててあるんだ。ミズ・ファズラの警備チームが相手なら、事前に輸送用のトラックへ忍びこんでおくのがいいだろうな」スマホでまたスプレッドシートを確認する。「街の反対側のプライベート空港に倉庫があって、そこにオークションで勝ちとったものを保管してる。到着したら、おれとギョンスンで棺を別の容器に移して、倉庫から運び出す」マイロとギョンスンが視線を交わした。ことばを使わなくとも、一連のすじ書きが共有できているみたいだ。

わたしは口を開いた。「ノエリア・チームは出入り禁止になってるから、この建物にはいりこむのはむずかしいはず。ということは、ノエリアたちは棺の輸送中を狙う確率が高いよね」デヴローは顎をこすった。「あいつら全員が力を合わせれば、棺が会場から運び出されるまでに、棺の落札者と輸送方法くらいは把握できるだろうな。あいつらが動き出すとしたら、そのあとだ。それに、警備チームは最弱ときた」ため息をつく。「となると、作戦の後半をマイロとギョンスンだけにまかせるわけにはいかない」わたしへ視線をもどす。「現場には全員そろっていたほうがいい。ノエリアたちが現れたときのために」

わたしはうなずいた。「じゃあ……オークションのあと、デヴローとわたしは会場を抜け出して、マイロとギョンスンのサポートに向かおうか。自分たちでトラックを用意して、倉庫まで運転していったほうがいいかもね。マイロとギョンスンは先に倉庫へ潜入してるわけだから、中からわたしたちを招き入れられる」

マイロは指をパチンと鳴らしてから、わたしに向けた。「それだ」

「だが、すぐに向かう必要はない」デヴローは言った。「先に着替えたほうがいいだろう。黒の蝶《ちょう》ネクタイは好きだけど、トラックと倉庫には合わないからね」

わたしは思わずくすりと笑ってしまった。と同時に、好奇心が掻《か》き立てられる。スウェットとスニーカー姿のデヴロー？　早く見てみたい。

だいたいの方針が固まると、マイロはデヴローに、シャンパンの瓶をよこせと合図した。シャンパンはまだ、氷が溶けたアイスバケツにはいっていた。デヴローはにやにやしながら、後ろに手を伸ばしてシャンパンをとり、空のグラスといっしょにマイロへ渡した。

「おれのには何も入れるなよ」マイロは軽口を叩《たた》いた。

デヴローは笑ってあしらった。「マイロから盗みたいものはとくにない」

「いまのは聞かなかったことにしてやる」マイロはグラスにシャンパンを注いだ。「なんでグラス持ってるのがおれだけなんだよ？　みんなで乾杯しようぜ」

「お祝いにはまだ早いでしょ！」ギョンスンがたしなめた。

「それはちがう」マイロがグラスを渡すと、ギョンスンは受けとった。「先に乾杯しちまえば、失敗することはない。それが宇宙の真理ってやつだ」

「ふん」デヴローはカートから空のグラスをつかんで差し出した。「じゃあ、ぼくの長寿とうるおいつづける銀行口座にも、乾杯してもらおうかな」

「いいね」マイロはデヴローのグラスにシャンパンを注いだ。

「あたしも！　最高の願い事が思いつくよう、みんなに祈ってほしい」ギョンスンもグラスを掲げる。

「ロザリンはどうする？」マイロは言ってから、あたりを見渡した。「あれ、もう一個グラスは？」

「わたしはいいよ」そう言って、グラスを持ちあげるふりをする。

何に乾杯しよう。わたしの望みは何？

二週間前ははっきりしていた。自由。新しい経験。そんなくだらないものを欲していた。いま望むべきは、ママを無事に取り返すことだけ。

でも、どうしてだろう。心のどこかで、こういう時間がもっとほしいと思っている自分がいる。

「わたしは……何に乾杯したいか、すぐに思いつく自分になりたい」

デヴローの肩がわずかに落ちた。失望？　わたしがなんて言うのを、デヴローは期待していたんだろう。

マイロはにやりと笑った。「悪くないな」

三人はシャンパンをごくりと飲み、わたしは架空のグラスを傾けた。マイロは勢いよく飲み干すと、瓶に直接口をつけて飲みはじめた。

嘘《うそ》でしょ？　みんな、お酒を飲み慣れてるの？　わたしは顔が赤らむのを感じ、飲むふりをしながらごまかした。

この十七年間、屋根から飛びおりたり、敵にアームロックをかけたりする練習はしてきたけれど、こういった経験はほとんどない。突然、自分だけが取り残されているような気がしてきた。みんなは少しずつ大人になっているのに、自分はまだ、小さなテーブルの前でアニメを観ているような……。

ギョンスンはマイロの隣に寝そべり、グラスを突き出した。マイロは快くお代わりを注いだ。なるほど、ふたりはまちがいなく飲み慣れている。

「二日酔いには気をつけろよ」デヴローは注意した。

「平気だって、たいして強い酒じゃないし。ね、パ、パ、？」マイロは言い返した。

デヴローの口が引きつる。「やめろ」

「酒を飲みすぎるな、のつぎは、パパって呼ぶなって？　思ってたより、つまんねえやつだな」

マイロは鼻を鳴らして、もうひと口飲んだ。

そこでやめておけばよかったのだ。そもそもお酒なんて飲んでいなければ……。

けれど、マイロはさらにたたみかけた。「おれは二日酔いにならない体質なんでご心配なく。だがデヴロー、なんでパパって呼ばれるのがいやなんだ？　自分のパパと何かあったのか？　おれたち仲間だろ、教えてくれたっていいじゃねえか」

「ちょっと――」わたしはマイロを止めようとした。悪意がないのはわかるけれど、デリカシーがなさすぎる。

わたしのことばにかぶせるようにして、デヴローが言う。「マイロには自制心ってものがないな。この業界で名をあげたければ、そのうるさい口を閉じておく方法も学んだほうがいいぞ」

残っていたマイロの笑みがすっかり消えた。マイロはただからかうだけのつもりだったのだろう。けれど、デヴローにここまで言われたら、マイロだって引きさがれない。

「おれに自制心がない？」マイロは自分自身を指さす。「それは列車で勝手にキレていなくなっただれかさんのことだろ？　なあデヴロー、パパじゃないなら、だれに慰めてもらってたんだよ？」

デヴローの顎がこわばった。あっという間に険悪な雰囲気がひろがっていく。このままでは危険だ。

わたしは割ってはいった。「そろそろ寝る時間じゃない？」目を大きくして、ギョンスンのほうを見る。加勢して。

メッセージを受けとったギョンスンが、何か言おうとしたところで、デヴローがマイロに向かって言う。

「少なくともうちの親は、子どもがいなくなったら気づくはずだ」

それがとどめとなった。マイロは青ざめ、力なくうなだれた。それを見て、わたしの頭に、手のひらで輝いていた火花が徐々に消えていく様子が浮かんだ。

第29章　父の手紙

　その前に、デヴローはさっさと部屋を出ていった。その背中を見送ったのは、この夜で二度目だ。

「デヴロー――」わたしは止めようと手を伸ばしたけれど、ポケットをかすっただけだった。ギョンスンが走って追いかける。部屋にはわたしとマイロだけになった。

「マイロ……」わたしはそろそろと近寄った。マイロは身じろぎせず、ただカーペットをじっと見つめている。とても奇妙な感じだ。ちょっと前は楽しく乾杯をし合っていたのに。いまは……これだ。

　少し考えればわかることだった。マイロが何度もスマホを見ていた理由。連絡を待っていた相手。マイロはその人に心配して電話をかけてきてほしかったのだ。

「デヴローのやつ、ほんとに口がうまいよな」マイロはくすりとも、にやりとも笑わなかった。こんなマイロは見たことがない。「おれ、散歩してくるわ」

　マイロは部屋を出た。少し迷ったすえに、わたしはあとを追った。誘われてはいなかったけれど、ついてくるなとも言われなかったので、そのまま歩きつづけた。やがて、肩を並べる。

わたしはどうしてこんなことをしてるんだろう。自分でもわからない。だけど、マイロをひとりにしないほうがいいと直感が告げていた。やけくそになって、危険な行動に出る可能性もある。

「子守は必要ないぜ」マイロは言った。わたしたちはいくつもの階段をくだり、エレベーターをおりて、ロビーにたどり着いていた。デモの参加者はまだホテルの外にいた。張り紙をしたテントで野営をするつもりらしい。「フロントから何か盗むとか、そういうことはしないから」

わたしは肩をすくめた。「そんな心配はしてないよ。嘘《うそ》、ちょっとはしてる。けど、わたしも歩きたかったから、ついてきただけ。マイロがほんとうにひとりになりたいなら、ついてくるなって言っただろうし」

ようやく、マイロは少しだけ笑みを浮かべた。「読心術が得意なのはデヴローだけじゃないみたいだな」

わたしたちは人けのない場所で足を止めた。しばらく沈黙が流れる。

「その、わたしでよければ、話を聞くけど?」わたしはぎこちなく言った。家族以外の相手に、心配して声をかけるなんて、生まれてはじめてだ。

「いまはいい」

「わかった」唇をすぼめ、足の爪先をタイルにぐりぐりと押しつける。「じゃあ、デヴローのスマホをこっそり見るのは?」

マイロがぱっと顔をあげた。わたしはお尻のポケットからデヴローのスマホを取り出し、マイロの顔の前で振ってみせた。怒って出ていくデヴローからスマホをくすねるのは、とてもかんたんだった。

　マイロが、ハハッと笑った。「おれのために？」

「わたしのためでもあるよ。ちょっと調べたいことがあってさ。でも、アドレス帳にのってる人全員に、中指を立てた手の絵文字を送るのもいいと思う」

「いいね、完璧な復讐《ふくしゅう》だ」

　わたしはマイロといっしょに窓際の革製のソファに腰をおろし、もう片方のポケットに手を入れた。「こっちはギョンスンの持ち物から拝借してみた」フランスの政治家の携帯電話を調べるために、ギョンスンが使ったケーブルだ。デヴローのスマホでも使えるといいんだけど。

「デヴローのスマホに、ギョンスンの道具か。おれからは何をパクったんだ？」

「じつは、下見会用にアイライナーをね」

「やっぱりな！」

　笑いを噛《か》み殺しながら、ギョンスンのケーブルを使って、わたしとデヴローのスマホをつなぐ。

　わたしのホーム画面にフォルダの形をしたアイコンが現れた。その下には〝iPhone⑯2〟とある。データを転送中だ。

「うまくいった！」

「いいぞ、ロザリンの探し物は？」マイロが訊《き》いてきた。転送の進捗状況を表す円を見ると、もう二十五パーセントまで進んでいることがわかる。「こんなことをするには〝むかついたから〟以上の理由があるんだろ？」

「気になることがあってね。わかるでしょ」わたしは両肩をあげた。

七十五パーセント。マイロはソファの背に片腕をまわした。「ああ、そういうことか。ロザリンはデヴローのことが好きなんだな」

頰がかっと熱くなる。

マイロは片手をあげた。「非難はしてないぞ」そしてつづける。「あいつは男前だからな。けど、こんなふうに相手を疑ってちゃ、うまくいく恋も――」

「終わった」

わたしはファイルを開いた。デヴローのホーム画面が表示される。黒の背景に、白い文字で〝国を盗む者は諸侯《しょこう》となる〟と書かれている。

「これ知ってる！」マイロは顔を輝かせた。「荘子のことばだ。〝彼《か》の鉤《こう》を盗む者は誅《ちゅう》せられ、国を盗む者は諸侯《しょこう》となる【『荘子』より。帯留めの金具のような小さな物を盗めば罰せられるが、国のように大きなものを盗んだ者は諸侯（領主）に取り立てられる、という意味】〟」

わたしはびっくりしてマイロを見た。

「おれも第一ステージのあと、ちょっとだけ本を読んで勉強したんだ。デヴローもそうだったりしてな。ほんと、かっこつけやがって」目をぐるりとまわす。「よし、何から見る？」

「メッセージのアプリから」吹き出しのアイコンをタップする。最後のやりとりは一時間前だ。

何十もの名前、何十もの相手。クライアントと依頼に関する未読のメッセージや、ウィンクの絵文字つきの女性っぽい名前もいくつかある。

わたしたち四人のグループチャットがいちばん上にあった。けれど、その下にはプライベートなスレッドが並んでいる。なじみのない言語も多い。

「どれか読めるのある?」スクロールしながらマイロに尋ねた。標準中国語はわかるけれど、ほかは……。

「話せる言語はいろいろあるけど、読めるのは英語のアルファベットだけなんだよね」

「がっかり」わたしは低い声で言った。

しばらくスクロールをつづける。何も見つからない。だんだん不安になってくる。

わたしは何をしてるんだろう。好きかもしれない人のスマホをのぞくなんて……理由は? 美術館の外で待ってたのがあやしいから? ジャヤおばさんに信用するなって言われたから?

「これ以上は無意味」スマホを持っていたくなくて、マイロに渡す。「どうぞ、中指立てた絵文字を送るなりなんなり、好きにしていいよ」

マイロは眉根を寄せた。「母さん」スマホは受けとらずに、画面をタップしてわたしに押しもどす。「男のことを知りたければ、母親との関係を見るべし、だろ?」そう言ってトーク画面を開いた。

やりとりをあとひとつ、ふたつ盗み見したところで、罪はたいして変わらないだろう。そう腹をくくって、わたしはのぞきこんだ。

何これ？　こんなものは予想していなかった。わたしの場合、ママやおばさんとのトーク画面は、くだらない冗談や、お店であれを買ってきてだの、話したいことがあるけれど二階まであがるのは面倒だからリビングへおりてきてだの、そういう日常会話で埋まっている。合間に〝おやすみ〟とか〝愛してる〟といったことばが挿入されている感じだ。

けれどデヴローのこれは……何かおかしい。

たいていはデヴローから送られたものだ。毎晩一通、ひとことだけ。〝生きてる〟それぞれに母親の既読がついていて、たまに（一週間に何回かの頻度で）返信がある。だけど、内容は文でもなく、単語ですらない。ただの数字だ。短い数字の羅列。

「うーん、これは謎だ」マイロは言った。「これに比べると、うちの両親はただの寡黙だな」

寡黙。マイロはほんとうに本を読んで勉強しているらしい。

わたしはメッセージアプリを閉じた。「たぶん、何かの暗号だね」

「なんで暗号化してるんだ？　ただの親子の会話なのに」マイロは考えこんだ。

なるほど、これは興味深い。

少し冷静になると同時に、妙な好奇心が湧いてきて、デヴローの写真アプリを開いた。何かヒントがあるかもしれない。母親との謎に満ちた会話を解き明かす鍵が。

残念ながら、フォルダにはデータがほとんどはいっていなかった。ありえないほど少ない。あるのは、たった二枚の写真だけ。

わたしはひとつを開いてみた。古い写真をアップロードしたものだ。写っているのは、ふわふわした量の多い髪に、明るめの肌の色をした少年。かわいらしいボタンダウンのシャツと半ズボンに身を包んでいる。九歳か十歳くらいだろうか。笑顔がまばゆい。よく見ると、すでにこのころから、つややかなまつ毛が生えていて、わずかに〝世界じゅうの女を虜にする男〟の片鱗《へんりん》がある。

デヴローだ。幼いころのデヴロー。

背後の石のベンチには、天使のような気品をまとった、ひとりの女性がすわっている。デヴローより肌の色が数トーンぶん暗く、ヘアアイロンでまっすぐにした髪を背中に垂らしている。その笑みは……幼いデヴローほど大きくはない。どちらかと言うと、モナ・リザの微笑みに近い。ふつうに考えれば、あとまつ毛がそっくりなところを見れば、この人がデヴローの謎めいた母親だろう。

「なあ、これが墓地に見えるのっておれだけかな？」マイロは背景の隅をダブルタップした。古いカメラからアップロードされたものらしく、画質はあまりよくない。だけど、ふたりの背後にあるのはまちがいなく、芝生と、いくつもの大きな石だ。

身震いしそうになるのをこらえる。墓地での家族写真――ますます謎だ。

頭にこびりついたイメージを取り払いたいという気持ちで、画面をスワイプし、もう一枚の写真を表示させる。

それを見ても、効果はなかった。

二枚目は罫線《けいせん》入りの一枚の紙を写したものだった。紙は黄ばんで、もろくなっている。時を経て、インクがにじみはじめている。それでも、持ち主がこの紙を大切にしていることは伝わってきた。

ふと、あることに思いあたって、わたしは息をのんだ。心臓が波打つ。

これは、列車でデヴローが話していた手紙だ。お父さんが遺してくれた手紙。

わたしはマイロのほうを見た。やめようぜ、などと言ってくれることを期待して。

しかし、マイロの目はすでに中身を読みはじめていた。時すでに遅し。

しかたなく、わたしも読む。

息子へ
そう書くのは、なんだか変な感じがするな。息子。まさかこのぼくに、息子ができるなんて。信じられない。だが現実に、きみはこうしてママのお腹のなかにいるわけで、いまとなっては息子がいない自分も想像できない。人生というのは、そう滑稽なものだ。喜んでいないわけじゃないから、安心してくれ。自分でも、こんなに幸せになれるとは思っていなかった。皮肉だよな。いろいろ考えると。人生で得られる最高のものというのは、たいてい予想もしていなかったものだ。覚えておくといい。
きみのことを名前で呼びたいけれど、じつはまだ決まっていない。ダイアン（きみのママだ）に、何か考えてくれと言われているんだけどね。ママには内緒にしてもらいたいんだが、ぼくはプレッシャーを感じている。名前は重要だ。だれかに会う前から、第一印象を決めてしまうこともある。ぼくはそれを念頭に置いて、何かいい名前を考えるつもりだ。

服装も重要だ。着ているものを見れば、その人が自分自身をどう思っているかがわかる。相手の記憶に残るような服を選びなさい。自分は価値のある人間だということを示すんだ（ちなみに、ママの前ではぜったいに、クリップ式のネクタイをしないこと。一週間は渋い顔をされるぞ。ほんとうだ、経験者のことばは信じたほうがいい）。

ほかに重要なのは？　意地を張らないこと。意地を張るのではなく、確固たる信念を持ちなさい。それから、つねに紳士であること。人に冷たく接するより、相手を魅了するほうが、得られるものが多い。

いつか、だれかといっしょになるとしたら——もちろん、そうしなきゃいけないという意味ではないからな——きみがありのままの自分でいられる人を選んでほしい。互いに自分を偽《いつわ》りつづける関係は危険だ。ママのような人を見つけるのもいいかもしれない。自慢じゃないが、ぼくはそれで大成功したからね。

最後にママの話を。ママにはきみが必要だ。いつだってママの言うことを聞くように。

できれば、もう一度手紙を書きたい。きみに会えることを願っているよ。この人生では無理でも、またつぎの人生で。

——父より

ごくりと唾をのみこんで、スマホを裏返しにして置いた。目の奥がずきずきする。

「だいじょうぶか？」マイロが手を重ねてきて、わたしはびくりとした。

咳払《せきばら》いをして、うなずく。

「だいじょうぶ、ただ……」あまりにも心が掻《か》き乱されていた。

さっきまでは、デヴローに対する怒りが体じゅうに渦巻いていた。けれど、これを読んだあとは、すっかり消えてしまった。

デヴローは子どものころからずっと、苦しみをかかえていたんだ。

わたしと同じだ。

第30章　生まれ変わったブレスレット

翌日は、あっという間にオークションの開始時刻を迎えた。そして、わたしの大事なブレスレットが見あたらなくなっていた。

マイロは特別プロジェクトのために姿を消していた。あのあと、わたしとマイロはデモの参加者たちと長話をした。デモの主催者は大喜びで、革新的な持論を語ってくれた。外国の貴重な文化財も、複製品——たとえば、彼女たちが持っている棺の複製品など——を使えば、どの博物館や美術館でも同じものを展示できる、というものだ。

しかし、資金不足のため、計画は実現できていなかった。マイロとわたしはパンフレットをもらって、たっぷりと寄付をした。

その後、わたしはホテルのすべての出口を何度も脳裏に焼きつけた。デヴローのスマホで見た手紙の写真と、彼の人生を詮索したことへの大きな罪悪感について考えないようにするには、それしかなかったからだ。

昨夜のことを考えれば考えるほど、自分は〈非道なやり方で他人のプライバシーを侵害する方法〉を実践しただけでなく、おまけの章まで書き足したのだ、という気分になった。

そしていま、ブレスレットを探して部屋じゅうを引っ掻《か》きまわしていた。わたしの大切なお守り。

どこにもない。

ふーっと息を吐き、リュックをほうり投げる。リュックのポケットはもう三回も空にして確認した。こんなことをわたしが言うなんてものすごく皮肉だけれど、大事なものを盗まれることほど、腹が立つ体験はなかなかない。

しかもだれが盗ったかわかっているのに、何もできることがないときは、その腹立ちが二倍になる。

わたしはデヴローにメッセージを送った。デヴローのスマホは、マイロが昨夜のことをちょっとだけまじめにあやまりながら、こっそりポケットにもどした。本人はスマホがなくなっていたことすら気づいていないようだった。

――どこにいるの？　わたしのブレスレットはどこ？

返事はない。けど、既読はついた。

枕に顔をうずめて、思いっきり叫びたい。部屋にはだれもいなかったので、わたしはそうした。

居室で腕を組んで待っていると、デヴローがようやくもどってきた。ショッピングバッグを片方の肩にかけ、もう片方の手で異なる色のギフトバッグを三個はかかえている。

その姿を見たとき、わたしは写真で見た幼いデヴローのイメージを頭から追い払った。

デヴローはドアを閉めた。「ぼくを待ってたのか？　心配しなくても、ちゃんともどってきたよ」

「あんたじゃない」わたしは手首をくねらせた。「わかってるんだからね、デヴローが盗ったってことは。今夜は着けていくって言ったのに」

「あれじゃ悪目立ちするとぼくは言ったはずだ」

デヴローは脇をすり抜けて、バスルームへ向かった。

わたしはそのあとを追い、戸口に寄りかかった。デヴローは空いているフックにショッピングバッグを引っかけた。わたしはため息を漏らした。「こういうことをするのには理由があるんでしょ、たとえば――」わたしが何をしたか、知っているから？

正直に、デヴローに話すべきだ。

デヴローは鏡越しにこちらを見て、ベストのボタンをはずしはじめた。「たとえば……？」

無理だ、わたしにはできない。些《さ》細《さい》な嘘《うそ》。たいしたことではないはずだ。「なんでもない」

わたしはドアをバタンと閉めた。

デヴローが選んだ二着のうち、この日のドレスのほうがわたしは気に入っていた。昨夜のドレスはセクシーな赤だったけれど、こっちはびっくりするほどきれいなローズ・ゴールドだ。腰まわりはきゅっとしているけれど、なめらかな生地で、動きやすい。

着てみると、足が痛くなるほど高いヒールを履いても、金の炎となってひと晩じゅう踊れる気がした。脇にはファスナーがついているから、デヴローに助けを求める必要もない。

よけいなことかもしれないけれど――というか、そうだと頭ではわかっていたけれど――写真を撮ってジャヤおばさんに送った。おばさんからの返信には、目がハートの絵文字が何個も並んでいた。そのあとすぐに、惑わされちゃだめとか、気をつけなさいとかっていう忠告のメッセージも送られてきたけど。

それを見て、わたしはにやりとした。おばさんだって、わたしのドレス姿に少しは惑わされたのだ。

デヴローがタキシードに着替えて出てきたとき、ふたりのあいだに電流が走った。でも、わたしは必死で気づかないふりをした。デヴローの目には、渇望が宿っている。それはわたしも同じだった。任務を前にして興奮してるだけだと、自分に言い聞かせる。

ここはぐっとこらえて、ターゲットに集中しないと。「よし、時間だね。わたしのブレスレットはどこ?」

デヴローはほんの少ししおれた。きっと、ちがうことばを期待していたのだろう。ジャケットから、細い銀色の箱を引き抜いた。輝く金色のリボンで結ばれている。わざわざラッピングしたの? ずいぶんドラマチックな演出ですこと。

「返すって言ったろ」デヴローは言った。

わたしは箱をひったくり、リボンをほどいた。「プレゼントのつもり? もとはわたしのなんだけど」

ぱかっと箱が開く。中を見て、わたしは絶句した。面影はあるけれど、これはもう別物だ。前よりずっと美しい。

年季がはいって薄汚れた銀色が、ローズ・ゴールドに塗り替えられている。まるでティファニーの最新コレクションだ。目玉が飛び出るほど高額だけれど、数分で売り切れてしまうようなたぐいのジュエリー。

箱から少しずつチェーンを引っ張り出す。部屋の明かりを受け、きらきらと輝いている。その様子を、わたしはうっとりと見つめた。デヴローがわたしの手首をとり、ブレスレットを巻きつける。

「きのうも言ったけど、今夜着けていくなら、カモフラージュが必要だからね」さらに指輪をはめ、そこへ金属の球を収める。その指先のあたたかさに、わたしは酔いしれた。「これでどこへでも行ける。バイク野郎っぽさはなくなったよ」

胸のときめきが止まらない。ただの武器が、それ以上のものになった。わたしのただの仕事道具を、デヴローが美しいものに変えてしまった。

なんて言えばいいんだろう。ことばが見つからない。わたしが気に入るって、どうしてデヴローにわかったのか。

こんなにすてきなものをもらったのは、人生ではじめてだ。

あまりにも衝動的で、リアクションとしてはイタすぎると思ったけれど、わたしは抑えられなかった。デヴローの胸に飛びこみ、ぎゅっと抱きしめる。デヴローがわずかに体をこわばらせたので、あわてて手を離そうとした。

けどその前に、デヴローはにこっと微笑んで、抱き返した。ベルベットのジャケット越しでも、デヴローの腕はあたたかくて、たくましくて、やさしかった。スパイスとシナモンの香りがふわりと漂ってくる。わたしはそれを思いっきり吸いこんだ。

親密な時が流れる。まるで、デヴローとは昔からの付き合いで、こういうことは何百回も繰り返してきたような気分になった。

「これは貸しじゃなく、ぼくからのプレゼントなんだ」デヴローは言った。

わたしは目をまるくして、一歩後ろにさがった。デヴローは襟を整えながら、片方の口角をあげて笑った。「きのうの夜は……あんなふうに感情的になるべきじゃなかった。前に、友だちから言われたんだ。だれかにあやまりたいなら、プレゼントを贈るのがいちばんだってね。だから、お詫《わ》びの印《しるし》として、これを受けとってほしい」デヴローは息を止めているようだった。

もしかして、緊張してる？

「こんなことしなくてよかったのに」むしろ、あやまってもらうべきなのはマイロのほうだ。それに、デヴローのスマホをのぞき見してから、わたしのなかの怒りはあとかたもなく消えていた。

「そういうわけにはいかないよ」デヴローは言い張った。「あんなことを言ったのはまちがいだった。信頼は勝ちえるものだって、わかっていたのに。きみが正しい。ぼくは何かを勝ちとるための努力に、慣れていないのかもしれない。でも、あきらめないよ。きみに本気でやめろと言われるまで」

　わたしはブレスレットのチェーンに指を走らせた。完璧な贈り物だ。

　デヴローのことばは嘘《うそ》じゃない。その目を見ればわかる。わたしがここでやめてと言ったら、口説くのも、駆け引きをするのもやめるだろう。いまがチャンスだ。わたしの理性がそう告げていた。

「きのうの夜、デヴローのスマホを盗んだの」ことばが勝手に口をついて出る。「デヴローのスマホを盗んで、ギョンスンの道具でハッキングをして、メッセージアプリとか、いくつか中身をのぞいた。なんかあやしいと思っちゃって……それで。ごめんなさい」

　わたしは息を殺して待った。

　デヴローは目をぱちぱちとしばたたいた。「スマホをハッキング……それで、何か見つかった？」

　わたしは顔をそむけ、腕をごしごしとこすった。「じつは、読める言語があんまりなくて。だけど、そういう問題じゃないよね。わたしは、ちゃんとあやまりたいと思ってる。最近やっとわかりはじめてきたんだ。わたしも、自分を見つめなおす必要があるって。正直に言うと、まだデヴローのことは信じきれてない。たとえ心のなかでは、信じたいと思ってても。わたしとのことを真剣に考えるつもりなら、それを理解してほしい」

　デヴローは顎をなで、一瞬、目をそらした。

一瞬が一分になる。

「わたしのこと、きらいになったよね」やっぱり、言わなきゃよかった。わたしみたいな人間が本心を打ち明けても、うまくいくわけがない。

「ぼくは……もっとちゃんと、怒るべきなんだろうな」デヴローがようやく口を開いた。

「じゃあ……怒ってないの？」

デヴローは小さく笑って、わたしとまた向かい合った。「きみにとって、相手を疑わないようにするのは、すごくむずかしいだろうね」

「がんばってみる」

デヴローは大きく息を吐いた。「まあ、きみとゲームをするのが好きだって言ったのはぼくだしね。きみがどう反応するか、予想してなかったとは言わない。それに、大切なものを盗めたのはたしかだし」

わたしは新しく生まれ変わったブレスレットにふれた。そんなふうに言われたら、勘ちがいしてしまいそうになる。まだ、重要な一線を越えたわけではない、と。

デヴローは腕を差し出した。「引き分け？」

厳密に言うと、これはゲームではないから、引き分けではない。けれど、デヴローはわたしの謝罪を受け入れようとしてくれている。

わたしは差し出された腕をとった。「引き分け」

第31章　招かれざる客

舞踏室は人、権力、それからたくさんのお金であふれ返っていた。

中にはいってすぐに、こんなに広い部屋だったっけ、と考える。

今夜は、前方にステージが設置され、空いたスペースにいくつもの椅子やテーブルが整然と置かれているにもかかわらず、広さは昨夜の二倍もあるように感じられた。でもそれは、わたしがある人物を探しているから、かもしれない。

受付をすますと、わたしは未練がましくデヴローから手を離した。朝までデヴローとワルツを踊り明かしたら、きっと楽しいだろう――まさかこのわたしが、そんなことまで考えるようになるなんて――けれど、デヴローには口説かなければならない資産家の妻が、わたしには薬を盛らなければならない博物館の代理人がいる。

怪盗ギャンビットという名のショーの観客のためだろう、デヴローはわたしの頬にやさしくキスをした。「楽しんで、女王さま《クイーン》」

クイーン。デヴローが言うと、どうしてここまであたたかく、美しく聞こえるのか。わたしはそのことばの余韻に浸った。

頬が赤くなっていませんように、頭がくらくらしていることがばれていませんように、と願いながら、デヴローの背中を見守る。

わたしも自分の仕事をしよう。

しばらくドアのあたりをうろついてから、スマホでチームのグループチャットを開いた。マイロとギョンスンは、哀れなミズ・ファズラの警備チームから棺を横どりする予定の現場へと向かっている。

わたしはスマホをクラッチバッグへしまい、仕事をはじめた。小さな手鏡をのぞき、ブレイズを整えるふりをしながら、部屋のなかをざっと見まわす。念のため、きのうの下見会で話した人たちの顔も確認する。そのあいだずっと、耳は受付のほうを向いていた。ある単語が聞こえてくるまで待つ。

「サンベリーです」ある人物が受付係に告げた。ターゲットの到着だ。

手鏡を使い、はじめて見るターゲットの姿を視界に収めた。明らかに浮いている。全身黒ずくめの女。会場の九十九パーセントの女性が着ているドレスを、彼女は着ていなかった。ドレスの代わりに、地味な黒のパンツスーツと、歩きやすそうな低いヒールの靴というい
でたち。白いものが交じった茶色い髪を後ろでまとめ、シンプルなバンスクリップで留めている。パーティーというよりは、ビジネス向きの格好だ。

とはいえ、彼女にとってはビジネスなのだ——わたしにとってもそうであるように。片手にはブリーフケースが握られている。

女はランチミーティングにでも行くかのような、気軽な足どりで受付を通り過ぎた。わたしはそれを見て、お腹のあたりがよじれるような感覚に襲われた。あの女は、いまからやろうとしていることに対して、罪悪感すらいだいていないのだろうか。

まあ、わたしに言えたことじゃないか。

でも、こちらにはやむをえない理由がある。ママの命を救うためだ。じゅうぶん儲《もう》けている博物館を、さらに肥え太らせるためじゃない。

わたしはターゲットを目で追った。その顔には、この部屋にはいってきたときと同じ、決然とした表情が浮かんでいる。わたしはやや離れてあとを追った。どの席にすわるだろう。到着は早かったから、席は選び放題だ。

ターゲットは立ち止まってだれかに話しかけるようなこともせず、真ん中のステージの正面にあるテーブルへまっすぐ向かった。

落札する気満々、ということか。

彼女は迷うことなく、薄いブリーフケースを椅子の横に置き、スマホを取り出して短いメッセージを打った。会場へ到着したと、雇い主に知らせているのだろう。

つぎに、オークションのプログラムを読みはじめる。わたしは近づき、笑顔で声をかけた。

「こんばんは」相手が目をあげる。「ここ、いいですか？」

どうぞと手で合図しようとしたのだろうが、その前に何者かが邪魔をした。

「そこ、わたしの席なの。けど、かまわないわ。わたしはあっちにずれるから」

わたしは口をあんぐりとあけた。その声は。まさか。

呆然《ぼうぜん》と、わたしは振り返った。

ノエリアだ。きらめく白と銀のドレス。ウエストは細く、スカート部分は天使のようなお姫さまを想像させた——まあ、着ている本人は悪魔だけど。

ノエリアがテーブルへやってきた。ゆるい巻き髪のかかった顔からは、何も読みとれない。ただし、氷のような目つきだけは別だ。ノエリアの狙いどおり、わたしの背すじに冷たいものが走る。

「なんでここにいるの」わたしは反射的にそう言った。

ノエリアは反対側の、ターゲットの隣の席に腰をおろした。しかたなく、わたしは当初の席にすわった。

動悸《どうき》が激しくなる。デヴローはどこ？　デヴローもノエリアを見た？　ほかの連中もここにいる？　あわてて会場全体に目を走らせたけれど、ノエリア以外の姿は見あたらない。

「もちろん、オークションに参加するためよ」ノエリアはまるで……親友と話しているかのような口ぶりだった。それが、わたしの感情を逆なでする。「まあでも、観てるだけになりそうね。九桁も支払える気がしないし」ターゲットのほうをちらりと見る。

どういうこと？　ノエリアは博物館の代理人のことを知ってる？　でも、どうやって？　何か方法があったにちがいない……けど、いったいどんな手を使ったんだろう。

（パニックになるな、ロザリン。考えろ）

ここで大騒ぎをするわけにはいかない。わたしはゆっくりうなずいて、片手を顎に添えた。

「お友だちはどこ？　彼らも来てるの？」

ノエリアは眉間にしわを寄せた。「だれのこと？」

そう来るか。

「ボシェルト家のお嬢さん」背が高く、満面の笑みを浮かべたヨーロッパ人の男性が現れ、フランスなまりの英語で言った。十五歳は下の女性がその腕にしがみついている。

ノエリアは顔をしかめそうになったけれど、ぐっとこらえ、うれしそうな笑みを作った。「ミスター・ルスク！」椅子から跳びあがり、男性の頬にそっとキスをする。

「あなたがいるとは思わなかったわ」女性が言った。

「どうやってはいったんだね？」ルスクはいぶかしげにノエリアを見た。「今回のオークションに参加できるのは、飲酒可能年齢を超えている者だけのはずだが」

ノエリアは人差し指を唇にあてた。「内緒にしていただけますよね？」

女性はふふっと笑った。

ところが、男性は真剣な表情を崩さず、父親のようなまなざしでノエリアを見つめた。声は落としたものの、内容はじゅうぶん聞きとれる。「そういうことをしているから、出入り禁止になったんじゃないのか？　こういう場に無断で忍びこむのはよくないぞ、ノエリア」

連れ合いの女性が腕を叩《たた》いた。「あなた、いいじゃありませんか。あたしたちだって、このくらいの年齢のころは、もっと悪いことをしていたでしょう？」

「その節は手を貸してくださり、ありがとうございました」ノエリアは控えめな声で言った。「あれはほんとうに、ただの手ちがいだったんです」

ノエリアは足をもぞもぞさせた。彼らと話すのがいやなのか、それとも、わたしやターゲットの前で彼らと話すのがいやなのか。わたしが三人のやりとりをすべて頭で記録していることは、ノエリアもわかっているはずだ。

まちがいない。ノエリアはオークション会場へ乗りこむための最終手段として、プライベートの知り合いに助けを求めたのだ。

男性はしぶしぶといった様子で首を縦に振った。「いっしょにすわるかね？　後ろに席を用意してもらったんだ」

「いいえ、ここで見学したいんです。でも、ありがとうございます。いろいろと、ほんとうに」

「来月はもどってくるかい？　ハウザーの一般公開日があるんだ。ニコライがきみに会いたがっているらしい――」

「考えてみます」ノエリアはさえぎって言った。「あとで予定を確認しておきますね」こぼれんばかりの笑みを作り、会話を終わらせようとする。

その思いが通じたのか、三人はもう一度キスを交わし、ルスクと連れ合いの女性は大きくなった人混みを縫うようにして、自分たちのテーブルへ向かった。

小さくため息をついて、ノエリアは腰をおろした。いら立ちを押し隠している。

「あちこちに知り合いがいるんだね」去っていくふたりにちらりと視線を向ける。このネタは何かに使えるかもしれない。「あの人たちといっしょにすわればよかったのに。知り合ったきっかけは仕事？　それとも別の何か？」

ノエリアはことばの裏に隠された脅しに気づいた。

ここで手を引かなければ、あのふたりにばらすかもよ？　あなたたちはボシェルト家にだまされてるんです、って。

この脅しにはどれくらいの効果があるだろう。少しはあるはずだ。はじめ、あのふたりはボシェルト家のクライアントかと思っていたけれど、ノエリアのティーンエイジャーらしいふるまいを見るかぎり、それはないとわかる。

ノエリアの唇がほんのわずかに引きつった。それがなければわたしも、脅しの効果はなかったと思っていただろう。ノエリアは感情を隠すのがほんとうにうまい。「そっちこそ、お友だちはどこかしら？」ノエリアは髪を後ろへ払い、背後を見やった。

わたしはテーブルの上のクラッチバッグをつかみ、立ちあがってターゲットのほうを向いた。

「この席、とっておいてもらえますか？」

ターゲットは少し迷いを見せた。自分にはやるべき仕事がある、他人の席を守っている暇などない、と。

けれど、彼女は折れた。「いいですよ」

手を振るノエリアを尻目に、だれもいない隅へ向かう。ノエリアにスマホの画面をのぞかれないようにしながら、同時にノエリアを見張っておける場所へ。チームのグループチャットを開く。

——※ノエリアが来てる！※

デヴローはどこ？

部屋のはるか反対側で、自分のターゲットとおしゃべりをしていた。少し待つと、ようやくスマホを取り出した。

——ギョンスン：え、全員？ ノエリアだけ？

——マイロ：出入り禁止にしたのに……偽名を使ったとか？

わたしは急いで返事を打った。

——とりあえずノエリアだけ。でも、ほかの連中が来てる可能性もある
我慢できずにもう一度部屋を見渡して、タイヨウかアドラかルーカスらしき人物がいないかを確認する。ルーカスがこの場にいれば、気配を感じとって、体が反応するはずだ（背すじが寒くなるとか）。でも、何も感じない。

——デヴロー：どこだ？

——わたし：ステージ正面のテーブル、東側の壁から三つ目の席
わたしは送信ボタンを押して、すぐにつぎのメッセージを打つ。——デヴローはどうする？

デヴローの吹き出しに入力中のマークが踊る。返事が来た。

——近くにすわる。できるだけ離れないようにしよう
デヴローはターゲットを連れてわたしたちのテーブルへ向かった。ノエリアは別の客と話を

している。

ノエリア以外の三人はどこにいるんだろう。舞踏室はあっという間にいっぱいになっていた。さざ波のような笑い声、グラスのふれ合う音。そして、正体を隠すのにぴったりのドレスとタキシード。目的の人物がこういう場に溶けこむ訓練を受けた泥棒なら、なおさら見つけるのはむずかしい。

これはまずい。何が起こるかわからない。なんらかの邪魔がはいることは確実なのに。

この光景こそ、〈組織〉が見たがっていたものにちがいない。つぎに何が起こるかわからない、スリリングな展開。けどそれ以上に、そういうきびしい状況で、わたしたちがどう動くかが試されているのだろう。

つまり、〈組織〉がこのタイミングで火に油を注ぐのは当然というわけだ。

スマホがまた振動した。

デヴローではない。チームのだれからでもない。

見慣れた番号からのメッセージが、画面上で光っていた。


――ペナルティ・ゲームの時間よ！　列車でのミッションを覚えているかしら？　今回、ペナルティの内容は事前に明かされません。

二四一〇号室と三三一〇号室――そのふたつの部屋にあるデジタル・データにアクセスしたいの。制限時間は三十分。捕まらないように気をつけてね😊

まったく、こっちの気も知らないで。

おかげで、報酬なし／ペナルティありの課題に三十分もとられることになった。

急いでデヴローとターゲットのほうに目をやる。ミズ・ファズラは会話に夢中だ。デヴローはあそこを離れられないだろう。

デヴローの手は借りられない。ペナルティ・ゲームだろうとなんだろうと、ミズ・ファズラに棺を落札させられるかどうかは作戦の肝だ。それに、ノエリア・チームが現れたからには、だれかがオークション会場に残る必要がある。

デヴローがちらりとこちらを見た。やっぱり、デヴローは無理だ。

わたしが行くしかない。

ノエリアも行動をはじめていた。だれかにメッセージを送っている。第一ステージでは、ノエリアに先を越された。列車では、わたしがやり返した。一勝一敗。こんどもわたしがノエリアを出し抜く。

オークションがはじまるまで、あと三十分。ペナルティの内容はわからない。けど、この勝負に勝てば、第三ステージでも有利な立場に立てるかもしれない。

できるだけ何気ないふうを装いながら、早足で舞踏室を出る。わたしなら勝てるはずだ。たとえ、自分ひとりでやらなきゃいけないとしても。

第32章　ペナルティ・ゲーム②　二四一〇号室

──だいじょうぶか？

──うちらも、もどったほうがいい？

マイロとギョンスンから、メッセージが立てつづけに届いていた。返事をする。

──だいじょうぶ、自分たちの任務に集中して。こっちはわたしがどうにかする
クラッチバッグの角で二十三階へ向かうボタンを押し、閉まるボタンを五回以上叩《たた》く。ノエリアがあとを尾《つ》けてきているのはまちがいないけれど、その姿は見えない。

ああ、いらいらする。ノエリアとほかの三人はどこにいるんだろう。そのことが気になってしかたがない。

エレベーターは十二階で止まった。

飾り気のないドレスに毛皮のショールをまとった年配のエジプト人女性が、ゆっくりした足どりではいってくる。金ぴかのコンパクトケースについた鏡でアイラインをチェックすると、小さなハンドバッグへもどした。

この人、だれだろう。なんとなく見覚えがある。でも、どこで？

女性が十五階でおりるとき、わたしはわざと体をぶつけた。女性があまりにやさしかったので、ほかに心配事がなければ、コンパクトをくすねたことに、わたしも罪悪感を覚えたかもしれない。

エレベーターは二十階でまた停止した。

茶色い肌、焦げ茶色のカーリーヘアの少女が乗りこみ、あくびをしながら最上階のボタンを押した。耳の後ろで、おもちゃのスポンジ弾が髪に絡まっている。

わたしは少女を見て見ぬふりをした。コンパクトをあけて、横の壁に寄りかかる。ドアが二十三階で開き、鼓動が一気に速くなった。

ほんの数秒しかない。

エレベーターに乗ったまま、鏡の向きを調整して、廊下を映し出す。番号までは見えないものの、どの部屋が二三一〇号室かはわかる。ドアの両脇に、ふたりの見張り役が立っているからだ。退屈そうではあるけれど、注意は怠っていない。

怪盗ギャンビットがはじまってから、どこもかしこも警備員だらけだ。

「おりないの?」ドアが閉まりはじめて、少女が尋ねた。

「ごめんね。二十四階を押したつもりだったんだ。代わりに押してくれる?」少女は怪訝《けげん》な顔をしながらも、ボタンを押してくれた。わたしが髪にスポンジ弾が引っかかってるよと言うと、少女は真剣な表情で髪をほどきはじめた。

ふたたび鏡を使って、二十四階の廊下を確認した。

先ほどと同様、ドアには見張りがついている。わたしは大きく息を吐いて、コンパクトを閉じた。

マイロとギョンスンにもどってきてもらうべきだったかもしれない。だとしても、その先は？　マイロがトランプの手品で見張り役の気を引いているあいだに、ギョンスンとわたしで部屋に忍びこむ？　ピンク・パンサーみたいに？

二四一〇号室と二三一〇号室へ侵入するには、もっと賢いやり方があるはずだ。ほんとうに不可能なら、〈組織〉はこれを課題にしなかっただろう。

ふたつの部屋番号が、ピンボールのように頭のなかを跳ねまわった。二四一〇号室と二三一〇号室。

そうだ、二四一〇号室は二三一〇号室の真上だ。ホテルの館内図を思い返すまでもない。

なるほど。正面のドアからはいる必要はない、というわけか。

エレベーターのドアが閉まりかけたそのとき、隣のエレベーターのベルが鳴った。ノエリアがカードキーをひらひらさせながら廊下へ出る。自分のスイートルームへ帰るかのような足どりだ。けれど、いきなり立ち止まって、こちらを振り向いた。

わたしはあわてて閉まるボタンを押したけれど、ノエリアの手が差しはさまれ、ドアはふたたび開いた。

「どこへ行くの？」ばったり会った友だちに、声をかけるみたいな口調でノエリアは言った。

「あなたもここでおりるでしょ？」

わたしをからかってる？

視線を奥に向け、二四一〇号室を見やった。ノエリアはきっと、わたしに見張りの相手をさせようとしているんだろう。

「いや、ちがう」わたしは歯を食いしばって答えた。

ノエリアは小首をかしげた。「あら、残念」スポンジ弾と格闘している少女に気づく。「幸運を祈ってるわ」小声で言い、ドアから手を放した。

わたしは鼻で笑った。「幸運が必要なのはどっち？」

「さあね」ドアが閉まった。

わたしはふうと息を吐き、二十五階のボタンをクラッチバッグで叩《たた》いた。こんどは少女も何も言わなかった。

ドアがまた開いた。

この階に人けはなく、二五一〇号室の前にはだれもいない。よし。廊下をさっと見渡してから、ドアをノックする。反応はない。

クレジットカードを一枚取り出して、仕事に取りかかった。磁気式ロックの解錠は大得意というわけではないけれど、カードをスライドさせたり差したり押しこんだりして三十秒後――永遠にも感じられる時間だった――カチャリという音が響いた。

中へ滑りこみ、背後でドアを閉める。またロックがかかった。

快適そうな居室に、寝室が少なくともふたつ。目の前には小さなバーカウンターがあった。

寝室がふたつ？　わたしたちの部屋もそうだったらよかったのに。まあでも、ギャンビットで一位にならなければ、どんな願いもかなわない。

わたしはバルコニーに出た。アドレナリンと緊張感（このふたつには中毒性があるから要注意）で喉がつまりそうになりながら、下を見おろす。風が吹き、地面に落ちたらどうしようという恐怖に襲われた。

けれど、このすぐ下に二四一〇号室がある。たったの三メートルくらいだ。その下はまちがいなく、二三一〇号室。

どちらの部屋も明かりはついていないようだ。無人、ということだろうか。だといいんだけど。

心のなかで自分を奮い立たせながら、ヒールを脱いだ。

（たった三メートル飛びおりるだけ。眠ってたってできるでしょ。足を踏みはずしたら、三メートルに百五十メートル追加されるってことは、考えちゃだめ）

いったん、室内へもどった。サイドテーブルに花が飾られている。透明なガラス玉が敷きつめられ、そこに茎が挿してあった。

わたしは小さなガラス玉をひとつつまみ、二四一〇号室のバルコニーへ落としてみた。もし部屋に人がいれば、聞こえているはずだ。だれかが出てきたら、ジャンプするのはとりやめにしよう。

けれど、明かりすらつかなかった。

やるしかない。ママのために。

めずらしく手は汗でびしょびしょだ。

下のバルコニーに向かってヒールを投げ、クラッチバッグをしっかりと口にくわえる。手すりをまたぐのに、ドレスを太ももまでまくりあげないといけない。少なくとも、こっちは砂漠側だから、落ちてもだれかに見られることはない。それはいいこと……のはず。

頭の片隅で、同じことをしているママの姿を想像する。ママならきっと、ためらわない。

脳内のママのあとにつづいて、わたしはジャンプした。

バルコニーへ静かに着地する。後頭部でアップスタイルにしていたブレイズが、何本かほどけ落ちる。口からクラッチバッグを落とさないよう、なんとかこらえた。

達成感が押し寄せる。わかってたよ、わたしならできるって。

二四一〇号室の部屋は二五一〇号室とそっくりだった。寝室も、ベルベット地の家具も、小さなバーカウンターも同じ。

ただし、とても〝きれい〟と言える状態ではなかった。大量の服が椅子の背やテーブルに積み重ねられ、汚れた皿があちこちに溜《た》まっている。片方の寝室をのぞくと、使用ずみのタオルがバスルーム近くの壁で山積みになっていた。どうやら、何日もハウスキーピングを頼んでいないらしい。

部屋の主がだれかは知らないけれど、そいつはまちがいなく、他人がこの部屋にはいるのを拒んでいる。

客室のドアへ駆け寄り、のぞき穴から廊下をのぞいた。見張り役が動いた気配はない。残り時間は二十一分。

パソコンだ。パソコンを見つけないと。カウントはデジタル・データと言っていた。

居室を見まわすも、ノートパソコンやタブレットのたぐいは見あたらない。ドアの外に見張りを置き、ハウスキーピングを拒むような連中は、貴重品をその辺に置いておくような真似はしないだろう。そういった盗難を警戒する者たちのために、金庫があるのだ。

主寝室へ忍びこみ、自分たちの部屋を頭に思い描いた。金庫はたしか、バスルームのそばの、小さな鏡張りの棚のなかにあったはずだ。

やっぱり。

ひざまずき、わたしの体の半分くらいはある黒と銀色の金庫をじっと見据えた。扉の真ん中で、キーパッドの数字が緑色の光を放っている。

ギャンビットが終わったら、得意分野に〝キーパッドの解錠〟を加えてもいいかも。

数字の部分に目を凝らす。ほかと比べて、0と1がかすれているけれど、これはホテルの金庫だ。かすれているのは、よく使われる番号だからであって、今回も同じ番号が使われているとはかぎらない。

両手を後ろについて体を反らし、考えをめぐらした。そのとき、指が汚れた皿のふちをかすめる。指先にケチャップがついた。

「最悪」わたしは跳び起き、バスルームに駆けこんで、指を洗った。

べとべとの指、か。もしかすると……。

バスルームの洗面台に目を走らせた。〈ザ・ピラミッド〉のようなホテルなら、いろいろなものがアメニティとして置いてあるはず。きっとどこかに――

洗面用具入れの奥のほうから、ベビーパウダーの小さなボトルを引っ張り出し、金庫の前へもどった。

（この汚部屋の住人なら、きっと金庫をさわるときも、手を洗ったりしないよね？）

キーパッドの前で手のひらをひろげ、ふーっと息を吹いた。小さな白い雲が舞いあがり、キーパッドをなで、緑の光を覆った。手に残ったパウダーを払ってから、キーパッドに顔を近づけ、そっと息を吹きかける。

半分以上のキーはすっかりきれいになったけれど、四つのキーにはかすかな指紋が残った。

やった、うまくいった。

0、1、2、4。四つの数字の並べ方は二十四通りある。全部試してもいいけれど、まずは……。

2―4―1―0

緑の光が点滅し、掛け金のはずれる音がして、扉が開いた。

なんとまあ、強固な暗証番号だったね。

中はふたつの段に仕切られていた。エジプトの紙幣が少なくとも十束と、その下にノートパソコンがしまわれている。

ノートパソコンはマットな黒地に、凍った水銀を思わせる、まばゆい銀色のふちどりが施されていた。相当ハイスペックな機種だ。

指がうずく。ああ、わたしも新しいノートパソコンがほしい。まさに、こういうやつ。

パスワードの入力画面が現れた。黒い背景に緑の文字。こんどのパスワードは、金庫の暗証番号より長く、特定はかなりむずかしいだろう。指を噛《か》む。ギョンスンにFaceTimeで連絡するべきか。

そんなことを考えながらクラッチバッグを開くと、チェックイン時に受けとったUSBメモリが目に留まった。

心臓がどきりと鳴る。これを使うときが来たっていうこと？

パソコンに挿してみると、パスワードの入力フォームが●印で埋まり、デスクトップ画面に切り替わった。隅にポップアップ・ウィンドウが現れる。

HDDのデータを消去しますか？

はい

いいえ

消去？　もちろん、答えは〝はい〟なのだろう。ほかに考えられない。

〈組織〉は何を消したがっているんだろう？

ポップアップ・ウィンドウをどかし、適当なフォルダを開こうとすると、画面がちらついて、カーソルが×印に変わった。スタートメニューも試したけれど、結果は同じだった。どうやらこのUSBメモリは、データを消去するだけでなく、パソコン内のすべてのものをさわれないようにしてしまうらしい。まったく、腹立たしい。

〝はい〟をクリックしようとしたところで、ふと思い立った。

クラッチバッグをつかんで、手を奥まで突っこみ、ギョンスンから盗んだハッキング用のケーブルを探りあてる。デヴローのスマホに使ったあと、ギョンスンのリュックにこっそりもどしておこうと思ったところで、本人が来てしまい、あわててクラッチバッグに入れて、そのままになっていたのだ。

運がよければ、このパソコンにも……。

あった。USB-Cポートだ。ほとんど使わないのか、ほこりまみれになっている。ギョンスンのケーブルを挿しこみ、もう片方にわたしのスマホをつないだ。

データのコピーには六十秒もかからなかった。

課題の残り時間をタイマーで確認する。あと十七分。もうすぐオークションがはじまってしまう。

ケーブルを抜いて、ウィンドウの〝はい〟をクリックした。タスクの進捗状況を示すプログレス・バーが現れた。

消去しています……15%

これを待っているあいだに……

スマホに現れた新しいフォルダのアイコンをタップした。

中には、二十個以上のフォルダがアルファベット順に並んでいる。いくつかのフォルダは中身が想像できる――〝会計〟〝関係者リスト〟〝予約関連〟――けれど、妙なものもあった。〝隠れ家〟に〝ブラックボックス〟？

〝ブラックボックス〟内のファイルを開いてみる。

メールアドレスの一覧が出てきた。たいていが意味をなさない数字と文字の組み合わせだ。うちのブラックボックスのアドレスもここにあるんだろうか。

スクロールしていくと、見つかった。他人にとっては、文字と数字がランダムに並んでいるだけだろうけれど、わたしにはわかる。

このノートパソコンの持ち主はいったい何者？

〈組織〉はほかに何を消去しようとしてるの？

フォルダ名を飛ばし読みしていると、あるものが目にはいった。

怪盗ギャンビット

これは大あたりだ。

反射的にタップする。十一人の名前が出てきた。ノエリア・ボシェルト、デヴロー・ケンジー、ロザリン・クエスト、ギョンスン・シン、マイロ・マイケルソン、アドラ・ラガリ、タイヨウ・イトウ、ルーカス・テイラー、イェリエル・アントゥネス。

あとふたつ、知らない名前があったけれど、イェリエルの名前と同じく赤字になっている。

〝予選〟の敗退者だろう。

この部屋の主は〈組織〉を調べていた？　あるいは〈組織〉を裏切ろうとしている、とか？

最初にあったノエリアの名前をタップした。

新たに開いたページには、ひとりの名前と住所が記されている。

ニコライ・ボシェルト。住所はスイスだ。その下に、一枚の写真がある。

ブロンドの男の子。年齢はノエリアより少し下くらいだろうか。遠くから撮られた写真のようで、画像は粗い。男の子は歩いているが、視線はカメラのほうを向いていない。カメラマンの存在にまったく気づいていない様子だ。

突然、寒けに襲われる。ニコライ。さっき舞踏室で聞いた名前だ。この子はノエリアの弟？

なぜ〈組織〉は彼の写真を？　それに、住所まで？

わたしはもどって、自分の名前をタップした。ロザリン・クエスト。

息が止まった。クエスト家のフォルダには、さらに多くの写真がはいっている。ママ、おばあちゃん、おじいちゃん、ジャヤおばさん、サラ大おばさん、そしてわたしの写真が数枚。ママの髪型から、写真は先月撮られたばかりだとわかる。パオロの飛行機をおりたところだ。

胸がざわざわする。

ママの名前にはリンクが張られていた。たしかめないわけにはいかない。

リンクは新しいフォルダにつながっていた。

過去のギャンビット出場者（二〇〇二年）

何これ。

食い入るようにリストを見つめた。ここには七人の名前しかない。アバラ、チェン、シェーファー。けれど、その真ん中に……リアノン・クエスト：勝者とある。

嘘《うそ》でしょ。

ママは怪盗ギャンビットのことを知っていただけでなく、ギャンビットそのものに出場していた。それだけじゃない。この年の勝者にまでなっていたのだ。

どうして教えてくれなかったんだろう。ママだけでなく、ほかの家族も。みんな知らなかったんだろうか。

なんでママはひとことも言ってくれなかったの？

ママは何を願ったの？

七人の名前をもう一度見る。ボシェルトの姓もあった。ノア・ボシェルト。ノエリアのお父さんだろうか。ほかは全部知らない名前だ。

ママは前からボシェルト家を敵視していたけれど、それはただ縄張り争いをしているからだと思っていた。ひょっとすると、両家の対立はこのときからはじまっていたのかもしれない。

こんな過去があったなんて。ママは何も教えてくれなかった……。

ジャヤおばさんに電話したい。おばさんだって、何か知っていたはず。
だれか、わたしにちゃんと説明して。
プログレス・バーを見ると、タスクの完了まであと少しだった。

消去しました

なんの警告もなく、画面がいきなり真っ黒になった。
舌を鳴らしながら、USBメモリを抜いて、ノートパソコンを閉じた。
ペナルティ・ゲームの終了まで、あと十五分。
つぎの部屋へ向かおう。

第33章　ペナルティ・ゲーム②　二三一〇号室

奇妙なことに、二三一〇号室のノートパソコンへUSBメモリを挿しこむと、こんどは〝HDDのデータをコピーしますか？〟とポップアップ・ウィンドウが訊《き》いてきた。

〝はい〟をクリックしたものの、こっちのパソコンにはUSB-Cポートがなかったので、データの中身をスマホで見ることはできなかった。

USBメモリにデータをコピーしているあいだ、二四一〇号室のパソコンにあったデータをスマホでさらに調べることにした。

〝アドレス帳〟〝クライアント〟〝数値データ〟〝マスター・リスト〟といったフォルダをスクロールしていく。何も考えずに〝電話番号〟というファイルを開くと、そこには五千人ぶんものデータがはいっていた。

百行ほど見た時点で、一部の名前の後ろに（VP）や（CEO）といった肩書きがついていることに気づいた。

そこで、検索ボックスに〝クエスト〟と入れてみる。わたしの名前と電話番号が出てきた。ママとおばさんのもある。さいわい、名前の後ろに（怪盗）とは書かれていない。けれど、わたしたちの情報はわざとらしくイタリック体で強調されているから、それが怪盗の印なのかもしれない。

顎をトントンと叩《たた》き、検索ボックスに、ある数字の列を打ちこんでみた。カウントから何度かメッセージを受けとっていたので、番号はいやでも暗記していた。さて、検索の結果やいかに……。

オレリー・デュボワ

へえ、これがカウントの本名か。フランス人？　なるほどね。

スプレッドシートのデータをクエスト家のブラックボックスに転送した。カウントから、いますぐやめなさいとメッセージが来るだろうか。

来なかった。スマホから、もとのデータを削除しておく。

USBメモリへのコピーが完了すると、ノートパソコンを金庫へもどし、二二一〇号室へ飛びおりる準備をした。

ふたたびガラス玉を落としても、明かりはつかなかったので、ヒールを投げてクラッチバッグを口にくわえ（これで三度目だ）、バルコニーから飛びおりた。

しゃがんで着地し、ブレイズを払いのける。ああ、せっかくセットした髪が。

課題終了まであと十分。時間はぎりぎりだ。

ヒールを拾って履き、急いで脱出しようとしたところで、風に吹かれたように、バルコニー側のカーテンが揺れた。

　ガラスの向こうに見えるのはカーテンだけで、窓は閉まっている。だれかが部屋のなかで、明かりをつけずに待ち構えているらしい。それがだれか、直感でわかった。

　もうひとつ下の階へヒールを投げて飛びおりようと、手すりに駆け寄ったそのとき、窓がぱっと開いた。と同時に、タイヨウが稲妻のように現れた。

　武器のブレスレットをほどいたものの、ここは地上二十二階のバルコニーで、じゅうぶんな戦闘スペースがない。タイヨウの顎に一発お見舞いしたけれど、つぎの瞬間には腕をつかんでひねりあげられ、床に押し倒された。

　足をじたばたさせて逃れようとすればするほど、腕をつかむタイヨウの手に力がはいり、膝で背中を圧迫される。

　冷たいコンクリートに押しつけられた顔をどうにか持ちあげ、タイヨウを仰ぎ見た。「眼鏡の仕返し？　それならちゃんと弁償するから、これまでのことは全部なかったことにする、っていうのはどう？」

　タイヨウの顔に笑みのようなものが浮かんだけれど、一瞬で消え去った。「眼鏡のことは心配しなくていい。これでおあいこだから」

「タイヨウってじつはものすごくけちくさいの、意外よね」ノエリアの銀色のヒールが、わたしの顔の数センチ前で止まった。どうにか顔をあげると、ノエリアがわたしのクラッチバッグからＵＳＢメモリを抜きとっているところだった。

「どうしてここにいるってわかったの?」わたしは尋ねた。「ずっと尾《つ》けてたわけ?」

「その必要はなかったわ。あなたのことはなんでもお見通しなの。あなたが思っている以上にね。まったく、八年経ったいまでも、外の壁伝いに部屋へ忍びこむだなんて」

わたしは息をのんだ。覚えてたの? 九歳のわたしはノエリアに、キャンプ場の壁をよじ登ってあらゆる部屋に忍びこむ技を見せびらかしていた。あらゆる部屋と言っても、当時は二階までが限界だったけれど。こんなにかっこいい技見たことないと、あのときのノエリアは言っていた。

ほかには、どんなことを覚えてるんだろう。

いや。そんなことはどうだっていい。

日本語に切り替えてノエリアは何か言いながら、自分のクラッチバッグから手錠を取り出してタイヨウに渡した。

わたしは思わず吹き出した。ストレスのせいかもしれない。「そんなの、二十秒ではずせるって知ってるでしょ?」

「どうかしら」

タイヨウがわたしを引っ張って立たせた。その拍子に足を踏むか引っかけるかして逃げられるかもしれないと思ったけれど、タイヨウはそれを見越して、立ちあがった瞬間に腕をぐいとねじり、こちらの動きを封じた。

わたしはうめき声をのみこんだ。ふたりを満足させたくなかったからだ。タイヨウは平然とわたしを促し、手すりのほうへ歩きだした。

胸の鼓動が激しくなる。「待って――」足を踏ん張って抵抗を試みた。背中にまわされた手で、タイヨウのシャツに必死でしがみつく。わたしをここから投げ落とすつもりなら、何がなんでもタイヨウを道連れにしてやる。

すると、タイヨウはわたしを手すりへ押しつけた。それだけで、足を踏みはずしそうになる。こんどは悲鳴を我慢できなかった。

「待って、待って、待って！」やばい、こいつらは本気だ。わたしを殺そうとしてる。

気づくと、わたしの体は手すりを越えていた。かかとでコンクリートの床をとらえようともがく。けれど、うまくいかない。だめだ、このままでは落ちてしまう。

「おとなしくしてくれ」そう言うと、タイヨウは青白い両腕をまわして、わたしの体を引きもどした。心臓が喉もとまでせりあがってくる。視界にあるのは地面だけだ。これから叩《たた》きつけられる予定の地面。

そこで、冷たい金属が肌にふれた。背後で手錠をかけられ、手すりにつながれる。

身動きができなくなった。一歩まちがえれば、地面へ真っ逆さまだ。どんなに体がやわらかくても、バランスを崩さずにブレイズのなかからヘアピンを抜きとることは不可能。手首が固定された状態で落下したら、両肩を脱臼するにちがいない。おそらくは手首も。

最悪の場合、手の骨という骨が折れてしまう可能性もある。そうなったら、手錠からするりと手が抜けて、そのあとは……。

それだけはぜったいにいやだ。

ノエリアの指がわたしの手首をかすめた。ブレスレットを奪われると思ったけれど、ノエリアがはずしたのは、デヴローに借りたダイヤモンドのブレスレットのほうだった。

手首を引っこめようとして、バランスを失いかける。へたに動いちゃだめだ。手錠をかけられた手で、なんとか手すりにしがみつく。

「ちょっと、アクセサリーまで盗む必要ある？」首をひねって、後ろを見やった。

ノエリアはダイヤモンドのブレスレットをはめ、月明かりを浴びて輝くそれをうっとりと見つめた。「用があるのは、この中身のほうよ」わたしの肩を叩《たた》く。「心配しないで、博物館の代理人のことは代わりにわたしが見張っておくから、ね？」

どういうこと？　わたしたちの作戦を把握してる？　しかも、ブレスレットと薬のことまで？

精いっぱい首を伸ばして、あることに気づいた。タイヨウは黒の蝶《ちょう》ネクタイを着けていない。

それに、あのベスト。あれは、給仕係の制服？

雷に打たれたような衝撃が走った。「あんたたち……作戦を乗っとるつもり？」

ノエリアはにこっと笑った。

大変だ。どうしよう。

わたしは早口で訊《き》いた。「どんな手を使ったの？　携帯電話は金庫に入れたんだから、盗聴はできないはず」いますぐ手錠を引きはがして、ノエリアの首を絞めてやりたい。タイヨウのもだ。やつらがなんらかの手を使って盗聴を試みることはわかってた。だからちゃんと、対策もした。それなのに。

ノエリアが何か言って、タイヨウが笑い声をあげた。タイヨウが笑うのを見たのはこれがはじめてだ。「列車で携帯電話を奪われたことは、ちっとも恨んでないんだ」タイヨウは言った。「おかげで、本物の盗聴器をきみの上着に仕掛けられたからね」

わたしの上着。客室の椅子にかけてある上着。

つまり、ノエリアたちを出入り禁止にする計画から、オークションの下見会の報告、ターゲットに薬を盛って輸送中を狙う作戦まで、すべてあいつらに聞かれていた。

デヴローとわたしのあいだに起こったことも全部……。

タイヨウとノエリアがわたしとデヴローの役まわりを狙っているということは、アドラとルーカスの居場所も明らかだ。わたしたちがマイロとギョンスンに合流する予定だった場所にいる。おそらく、マイロたちが現れた瞬間に、襲いかかるつもりだろう。

携帯電話にはなんの細工もされていなかった。あれはただの……引っかけだったのだ。そしてわたしたちは、まんまとだまされた。

「デヴローがそうかんたんに獲物を譲るわけがない。わたしがもどってこなければ、すぐに気づくはず」

「そうかしら？」ノエリアはダイヤモンドのブレスレットを揺らした。デヴローが自分で考えたトリックに自分で引っかかると、本気で思ってるんだろうか。

それとも、ふたりならやってのけられる？

ノエリアのクラッチバッグから振動音が聞こえた。

「ゲーム終了だ」タイヨウは言った。「この部屋のお客さんがもどってきたら、あなたがどう言いわけするのか知らないけど、それまでは落ちないようにがんばってね」

ノエリアはこくりとうなずいた。「下へもどらないと」

ヒールの立ち去る音が聞こえて、最後にもう一度叫ばずにいられなかった。

「スキーキャンプのとき、なんでわたしを裏切ったの？　あんたのお父さまがうちのママに負けたから？　だから憎んでるわけ？　お父さまに認められようと必死だった？　それとも、友だちのふりをして近づいて、最後に裏切るのは、あんたの趣味？」

足音がゆっくりになる。「よくも――」ノエリアは立ち止まった。どういうわけか、美術館で最後にイエリエルへ向けたノエリアの表情が、わたしの頭に浮かんだ。

「わたしは親に言われたことはやるし、これまでたくさんの人をだましてきたけど、あんたをだまそうと思ったことは一度もない」

それだけ言うと、ノエリアはわたしを置いて去っていった。あのときのように。

第34章　二二一〇号室　バルコニーにて

手首をひねってみる。手錠が皮膚に食いこんで、低いうめき声が出た。タイヨウめ、どんだけきつく締めたの？　このままでは血が止まって、手が使い物にならなくなってしまう。泥棒にとっては最大の悪夢だ。

どうして素直にジャヤおばさんの言うことを聞かなかったんだろう。あのとき、親指の脱臼方法を教えてもらっておけば。

背後の手すりで鎖を何度もこすった。どこかにもろい箇所があるかもしれない、という一縷《いちる》の望みをかけて。けれど、すぐに体がぐらついて、手を止めなくてはいけなかった。

ノエリアとタイヨウがいなくなってから、どれくらいの時間が経っただろう。数分？　でもいまは、その数分が命とりになる。

わたしは目を閉じた。

（まずは手錠をどうにかしないと。地上百四十メートルの高さにいることは忘れて）

バランスをとりながらしゃがんで、手すりのほうに頭を傾ければ、手でヘアピンを抜きとれるかもしれない。

何度か深呼吸をした。二十二階のバルコニーから落下寸前の状態にあるわりに、呼吸は落ち着いている。けれど、腰を落とすにつれて膝が曲がり、重心が前に傾いてしまう。途中で、あやうく滑り落ちそうになった。

体をまっすぐにもどす。失敗だ。

デヴローはいまごろ、薬を飲まされているかもしれない。そして、マイロとギョンスンは敵の罠《わな》へ飛びこもうとしている。

二二一〇号室の客がすぐにもどってくる可能性はどれくらいあるだろう。でも、わたしにデヴローみたいなカリスマ性があったとしても、うまい言いわけがひとつも思いつかない。

そのまま時間が経過した。終わりの見えない、つらく、苦痛な時間。

風は強まり、わたしをあざけりながら、自由気ままに舞って、ドレスをはためかせていた。じっと外を見ていると、遠くにひろがる砂漠が、故郷の砂浜に思えてきた。波にさらわれる前の砂浜。ただしここでは、砂と交わるのは海ではなく、空だ。

それをながめているうちに、心が暗く沈んでいった。このゲームが終わっても、家に帰れる気がしない。少なくとも、もはやあそこを家とは思えないだろう。ママがわたしの家なのだから。そのママを、わたしは失いつつある。

こみあげてくる涙をこらえた。あとどれくらいで、ママを連れ去った連中は、わたしがお金を用意できなかったことに気づくだろう。そのうち電話にも出てくれなくなるかもしれない。それっていつ？　ママの遺体がどこかの海に沈められるまで、あとどれくらいの猶予がある？

このままでは、ママの耳に届く最後の知らせが、娘の失敗の報告になる。ママが捕まったのは、わたしがしくじったからだ。なのに、また失敗しそうになっている。ママを助け出すには、この方法しか残っていないのに。

そのうち、ジャヤおばさんにも連絡が行くだろう。家族全員に。

わたしが離れたがっていた家族。何かが欠けていると感じていた家族。ひょっとしたら、家に帰る必要はないかもしれない。わたしの顔なんて、だれも見たくないだろうから。家族を殺してしまった、わたしの顔なんて。

ここ数日は、後悔だらけだ。わたしに、本物の盗聴器のありかに気づけるほどの賢さがあれば。イエリエルを銃から守れるほどのすばやさがあれば。そもそもママから逃げようとしていなければ。

あのとき……デヴローとキスをしておけば。

目の奥が熱くなった。

「何してるの？」

突然の問いかけにぎょっとして落っこちそうになったけれど、かろうじて踏みとどまった。エレベーターでいっしょだった女の子が、隣のバルコニーから不思議そうにこちらを見ていた。水玉模様のパジャマに着替えたらしい。同じ焦げ茶色の髪をした年下の男の子が、部屋のなかから顔だけちょこんとのぞかせている。

「えっと……」わたしは口ごもり、手錠のはめられた手を振った。「意地悪な友だちがいてさ」

男の子は女の子に向かって何やらささやいた。女の子はうなずいた。「そういうことするのは、友だちじゃないと思うよ」

こんな状況だというのに、わたしはプッと吹き出してしまった。「たしかにね」

女の子が弟に何か言ったけれど、風の音がうるさくて内容は聞きとれない。こちらを向いて、部屋のなかを指さした。「警備員さんを呼んできてあげる」

「だめ！」わたしは叫んだ。ふたりはびくりとして、足を止めた。他人の部屋のバルコニーで手錠をかけられ、放置された理由を正直に説明したらどうなる？　答えは考えなくともわかる。

わたしは咳払《せきばら》いをして言った。「それだと、時間がかかりすぎちゃうから。ヘアピンをこっちへ投げてもらえる？」

ふたりはまた小声で話し合った。「そんなに遠くまで投げられないよ」女の子は言って、風に揺れる髪を耳の後ろにかけた。

「でも、スポンジ弾とおもちゃの銃があるでしょ」

ふたりは顔を輝かせて、部屋のなかへ走っていった。少しして、もどってくる。男の子は鮮やかなオレンジ色の銃を両手にかかえ、女の子はたくさんのスポンジ弾をシャツの裾で包むようにしている。

女の子はスポンジ弾を三つつかんで、ヘアピンをそれぞれに突き刺し、それを弟が銃に装填した。ふたりはまさしく兵士のようだった。

男の子が狙いを定めた。わたしは的《まと》を少しでも大きくしようと、手のひらをひろげた。パン！　男の子が撃った弾は、風のせいでそれてしまった。二発目は壁にあたって跳ね返った。さらに三発試したけれど、どれも命中しなかった。

「わたしにやらせて！」女の子は弟からおもちゃの銃を奪いとった。弟は文句を言って、腕を組んだ。

まるで本物の狙撃手のように、女の子は片膝をつき、片目を閉じて、照準を合わせた。落ち着いて風を読み、数秒待って、発砲した。

弾は手のひらのちょうど真ん中に飛びこんできた。

（よし！）

「お姉ちゃんは運がよかっただけだよ」姉と弟の言い争いを聞き流しながら、鍵穴にヘアピンを挿しこんだ。手錠がとれるやいなや、手すりをぐるりと乗り越え、バルコニーへ着地する。これでもう安全だ。固い床のありがたみをこれまで以上に実感する。

新しくできた友だちに敬礼をしてから、ヒールとクラッチバッグをつかんで室内へ駆けもどった。

すでに一通のメッセージがはいっていた。カウントからで、届いたのは二十五分前だ。

――ペナルティ・ゲーム敗退よ。これから六十分間、あなたたちのチームはあらゆるデジタル・コミュニケーションが遮断されます☺

スマホを床に叩《たた》きつけて足で踏みつぶしたい衝動を、全力でこらえた。

しかたがない。警告のメッセージをみんなに送れないなら、直接現場に向かおう。

そうしてエレベーターへ滑りこんだとき、濃紺のスーツを着た細身の男性と、すれちがいざまにぶつかった。

「すみません」わたしはアラビア語で謝罪し、男性の腕にふれた。男性は気にするふうでもなく、こちらに手を振った。ボタンを押して扉が閉まると、わたしは男性から盗んだスマホを取り出した。自分のが使えなくても、ほかの人のスマホなら……。

デヴローに電話をかける。

呼び出し音は鳴らずに、〝おかけになった番号への通話は、おつなぎできません〟というガイダンスが流れた。

スマホがブーッと鳴る。カウントからだ。

――**発想はよかったわ**🙂

エレベーターの隅でこちらを見おろしている、小さく黒い監視カメラをきっとにらんだ――あの向こうに、いったい何人の観客がいるのか。

そいつらに向かって、わたしは中指を突き立てた。

エレベーターはうんざりするほど遅かった。一秒一秒が、失われた時間の山へ加算されていく。もうオークションはかなり進んでいるだろう。しかも、棺の順番ははじめのほうだから、すでに落札されてしまっているかもしれない。

バルコニーに閉じこめられているあいだに、たくさんのことが決まってしまった。

マイロとギョンスンは、どんな災難が待ち受けているかも知らされていない。

エレベーターはようやくロビーに到着した。ちょうど身だしなみを整え終える。ドアが開いた瞬間に体を滑りこませ、舞踏室へ飛んでいった。受付のセキュリティ検査で数分無駄にし、会場へはいると、祈るように競売人の声へ耳を傾けた。

七十七番の品はまもなくステージに登場です。

七十七番……。ファラオの棺は三十九番だ。とっくに終わっている。

デヴローがすわっているはずのテーブルに視線を落とした。

一席だけ空いていて、その両脇でふたりの人物が体を揺らしている。というか、ひとりはふらついていて、もうひとりは肩を震わせて笑っている。大英博物館の代理人とデヴローのターゲットだ。ふたりとも完全に正気を失っている。

ノエリアとタイヨウは作戦の乗っとりに成功したのだ。すべて忠実に実行している……これまでのところは。

心臓がばくばくする。デヴローはどこにいるの？

探しているあいだも、刻一刻と貴重な時間が失われていく。早くマイロとギョンスンを助けに倉庫へ行かないと。現場にノエリア・チームが全員そろうなら、そこから無傷で逃げ出すのは不可能に近い。

しかたない、デヴローのことはあとまわしにしよう、と思ったそのとき、部屋の反対側で取り憑《つ》かれたようにジャケットの袖をなおしている男性が目に留まった。袖のつぎは襟。それからネクタイ。眉をひそめて、自分自身を見おろしている。ありとあらゆる折り目や縫い目の位置が気に食わないとでもいうように。

頭のねじがはずれていても、デヴローはデヴローだった。

人混みをすり抜けて、デヴローのもとへ向かう。いつの間にか、デヴローはバーカウンターに突っ伏し、バーテンダー相手に、ロビーで男からこのカフスボタンをくすねたんだと自慢話をしていた。さいわい、バーテンダーはほとんど聞いていない様子で、真剣にグラスを磨いている。

「ちょっと！」わたしは呼びかけた。

デヴローは顔をあげ、こちらを見て微笑んだ。いつもの、冷静で、相手に取り入るための、腹が立つほど完璧な笑みではない。その目はきらきらと輝いていた。たとえるなら、戦争から帰ってきて久しぶりに恋人と再会した兵士のような笑みだ。

「ロザリン！　どこにいたんだよ？」わたしが腕をとってすばやく歩きだすと、デヴローは表情を曇らせた。「任務中なんだから、さぶ、さぼっちゃだめじゃないか」

「その台詞、ぜったいにあとで思い出させてやるから」

ロビーへ出ると、デヴローは顔を近づけてブレイズのにおいを嗅いだ。「きみの髪はココナッツの香りがするね」

「すみません」わたしはエレベーターをおりたばかりのベルスタッフに声をかけた。「婚約者を部屋に連れていってもらえますか？　一五三〇号室です。ちょっと飲みすぎちゃって」返事を待たずに、デヴローをベルスタッフの手に託し、チップを渡そうとクラッチバッグのなかをのぞいた。

デヴローはだだをこねた。「そんな……じゃあ、きみは来ないのか？　いっしょに――」

「あとから行くから」エジプトの二百ポンド紙幣の小さな束を、ベルスタッフの手袋をはめた手に押しつけた。ベルスタッフはぱっと笑顔になって、熱心に首を振った。

「もちろん、おまかせください。行きましょう、お客さま」ベルスタッフはデヴローを引っ張って歩きはじめた。けれど、デヴローはわたしの手をつかんで言った。

「かならずもどってくるよな？」デヴローの唇は震えていた。本気で心配しているみたいだ。

わたしは安心させるようにうなずいた。バルコニーでここ数日間を振り返り、後悔していることを並べ立てていたとき、デヴローとキスをしなかったことも、そのなかに含まれていた。いつかはその事実と向かい合わなきゃいけないけれど、いまはそのときじゃない。

「だいじょうぶ、またあとでね。約束する」

デヴローはほっとして、しぶしぶ手を離した。

わたしはたちまち、彼の手のぬくもりが恋しくなった。心のなかで葛藤する。

デヴローを呼びもどして、いっしょに部屋まで行きたい。

でも、わたしにはやるべきことがある。

まずは盗めそうな車を探すことからだ。そうしてわたしは、首をポキッと鳴らして、両手を勢いよく振り、ホテルの外へ出た。

第35章　空港倉庫

　空港の倉庫の手前で、〝拝借〟したレクサスを乗り捨てた。オークションの落札品を運ぶ装甲トラックの一台が、前方に見える。あれがわたしの通行券だ。あれに乗れば、無事にセキュリティを通過して、倉庫へ潜入できる。

　しばらくトラックの前を走り、レクサス――とヒール――を捨てたあと、倉庫へ向かうルート上最後の信号機近くで、裏通りに身をひそめていた。息を殺して、信号をじっと見つめる。

　これが最初で最後のチャンスだ。このタイミングで赤信号にならなければ、時速五十キロメートルで走るトラックの下へこっそりもぐりこむという目論見は失敗に終わる。

　不運つづきのわたしを見かねたのか、天は少しだけ運を授けてくれることにしたらしい。信号が赤に変わって、トラックが停止した。その下に滑りこみ――このドレスではなかなか大変だ――車台にしがみつくと、タイヤがふたたび回転しはじめた。

　車台の金属はどれも火傷しそうなくらい熱くなっていた。手首は手錠の痕が残っていて痛かったけれど、トラックが揺れるたびに必死で手に力をこめた。およそ四十センチ下では、時速八十キロメートルの速さで（思っていたより速かった）道路が過ぎ去っていく。少しでも気を抜いたら、背中の皮膚がえぐられるだろう。

調べておいた倉庫までのルートを思い出しながら、トラックが角を曲がった回数を数えた。そろそろ敷地内にたどり着くころだ。

トラックは速度をゆるめ、何かにぶつかった。突起つきの減速帯だ。

残っていたアドレナリンの力を借りて、体をぐいと持ちあげる。腕が悲鳴をあげた。金属の突起が背中をかすめる。あぶない。あと少しで皮膚が引っ搔《か》かれるところだった。

ずたずたに破けたドレス、ぼさぼさのブレイズ、あざのついた手首、トラックの下に隠れていたせいで汗と泥とオイルまみれになった肌。おかしいな、今夜は超高級オークションに参加するはずだったのに。

トラックは、あいていた荷物搬入口へバックではいっていった。完全に停止する前に這《は》い出し、木や紙の箱のあいだを忍び足で進みながら、奥にある金属のドアをめざす。トラックの曲がった回数から判断すると、ここは倉庫の西側だろう。ミズ・ファズラが所有しているトランクルームもこのあたりのはずだ。そこに、ノエリア・チームがいる。

頭のなかの図面に従って、箱のあいだや仮通路をすり抜けていく。錠をこじあけ、ミズ・ファズラのトランクルームへ滑りこむころには、耳の奥がどくどくと脈打っていた。複数の声が聞こえる。マイロやギョンスンではない。ふたりは無事？　もう勝敗はついちゃった？

棚のあいだから、部屋の奥をのぞいた。タイヨウとルーカスが、トラックの荷台で大きな木箱をベルトで固定している。あのトラックは、すべてが計画どおりに進めば、マイロとギョンスンが棺を積みこむ予定だったものだ。

「いてっ」マイロの声がした。

どっと安堵《あんど》が押し寄せる。マイロとギョンスンは木箱の列の横で背中合わせにすわっていた。そろって後ろ手に縛られている。アドラが石の小さな山を見つけ、ひと粒ずつ拾っては、楽しそうにマイロとギョンスンの顔へ投げつけていた。

ギョンスンの顔は小石があたるたびにくしゃっとなった。頰を真っ赤にし、ものすごい目つきでアドラをにらみつけている。いまにも拘束を解いてアドラにつかみかかりそうだ。

「いてっ！」マイロがまた言った。アドラの投げた石が額にあたったのだ。アドラは声をあげて笑った。

「ほうっておきなさいよ」ノエリアがトラックの側面に背を預けていた。わたしとちがってノエリアには、セーターとタイツ姿に着替え、髪をポニーテールにする時間があったようだ。かかとをあげたときに、ブーツの底がちらりと見えた。赤とピンクの何かで、具体的な模様まではわからない。

「いいじゃん、べつに怪我させてるわけじゃないし」アドラはまたマイロに向かって石を投げた。「そもそも、こいつらは負け犬なの。負け犬は石を投げられて当然でしょ。こいつらの服装も見てよ。ふつう、レイヴン・ブラックに、チャコールとオニキス・ブラックを合わせる？マルセイユからずっと、こいつらのひどいセンスに、ひとこと言ってやりたかったんだよね」

アドラはオエッという顔をした。

念のため言っておくと、アドラは黒のジャンプスーツにスエードのニーハイブーツというい
でたちで、泥棒とは思えないほどたしかにおしゃれだった。
「少なくとも、だれかさんみたいに銃を向けたりはしてないし」アドラはルーカスを撃つ真似
をしたけれど、すぐに手をおろした。そのほうが賢明だと気づいたらしい。
そのとき、わたしははっとした。あいつらが積んでいる木箱――もしかして、中身はファラ
オの棺？　ほんとうにわたしたちの作戦を全部見破ったの？
どうすればいい？　四人を相手にひとりで戦う？
ブレスレットをほどこうと手を伸ばした。これは悪あがきだ。たぶん失敗するだろう。けど、
最後まであきらめたくない。ママを取りもどすために。
そのとき、マイロがこちらを見た。ぱちりとウィンクをする。
わたしはほっと息をついた。そしてうっかり、ブレスレットの存在を忘れてしまった。ブレ
スレットのチェーンが金属の棚にあたって音をたてる。
ノエリア・チームが動きを止めた。ルーカスが銃を持ってトラックから飛びおりた。両手で
銃を構える。慎重に。正確に。「よーし、クエスト、ゆっくり出てこい。ゆっくりじゃなくて
もいいぞ、こいつをぶっ放す理由ができるからな」
ぞくっ、と身の毛がよだった。ルーカスは本気だ。
両手をあげて、わたしは前に進み出た。
「思ったとおり、今夜のダサ服選手権はあんたが優勝だね」アドラはタイヨウとノエリアのほ

うを振り向く。「あいつのことは、バルコニーから落としたとか言ってなかった？」

「ようやく、相手の言うことを理解するには、一言一句に耳を傾けなきゃいけないって気づいたか」タイヨウは荷台へもどって、積み荷の最終確認をはじめた。

「おっす」マイロは背中で縛られた手を振った。

ギョンスンは顔にかかった髪をふっと吹き飛ばした。「救出部隊はなし？」

「ごめん」わたしは言った。ギョンスンはため息をついた。

ノエリアは首を傾け、わたしのほうを見た。「どうやって抜け出したの？」

最大の笑みを浮かべて答える。「それは企業秘密」

ルーカスは銃を使って、わたしをマイロとギョンスンのほうへ歩かせた。

アドラはわたしを無理やりすわらせ、ブラジャーのなかに隠しておいたらしい結束バンドを取り出して、捕虜の花束にわたしを加えた。

「さんざんだったみたいだな」マイロは言って、肩を小突いた。

「聞いたらびっくりするよ」

「三人は別の場所へ連れていったほうがいいだろう」タイヨウは腕組みをして言った。「まもなくカウントから連絡が来ると思うが、こいつらはぼくたちがいなくなったとたんに、拘束を解いて逃げ出すぞ」

「もしくは、永久に退場させるかだな」銃を出したまま、ルーカスは言った。

マイロとギョンスンが体をこわばらせるのが背中から伝わってきた。ルーカスの口調はあまりにも軽い。

「相変わらず好戦的だね……」わたしは結束バンドのなかで手首をねじった。「それって意味あるの？」

「さあ。守るだけで勝てると思うか？」ルーカスはふたたび銃を構えた。

「いい加減にしろ」タイヨウはルーカスを鋭くにらみつけた。「強盗に殺人が加わると、犯人逮捕の確率が二百パーセント以上あがるんだ。できるだけ血は流さないほうがいい。行動する前に考えろ、ルーカス」

ルーカスの目がひくつく。

「そうよ、落ち着いて、ルーカス」ノエリアが加勢した。「どうせこの人たちは、わたしたちに追いつけやしないんだから。これ以上、銃の犠牲者は出したくない」

これ以上。ノエリアはイエリエルのことを言っているのだ。

多数決で負けたルーカスは、不満げな顔で銃をしまった。

ノエリアたちは出発の準備を整えた。アドラが投げキスをすると、ルーカスはトラックの後ろの扉をバタンと閉めた。タイヨウは最後に哀れみの目でこちらを見てから、運転席に乗りこんだ。

「カウントによろしく言っといてくれよ！」マイロは叫んだ。

「事故にでも遭えばいい！」ギョンスンは付け加えた。マイロほど冗談っぽい言い方ではなかった。

トラックが走り去るのをじっと見つめる。わたしたちは沈黙のなかに残された。数分が経った。五分、十分、十五分。わたしたち三人は無言ですわっていた。やつらがもどってこないと確信できるまで、ひたすら待ちつづけた。

ギョンスンの肩が跳びあがった。マイロはくすくす笑いはじめた。わたしの胸にも笑いがこみあげてきた。

「ロザリン、何があったんだよ」マイロは言った。

「マジで高層階のバルコニーへ置き去りにされたの?」ギョンスンは尋ねた。

わたしはヘアピンを抜きとろうと、体をくねらせて頭と手を近づけた。バルコニーであんな目に遭ったからか、すぐに手が届いてほっとした。

「くわしいことはあとで話す。でもいまは――」ブレイズからヘアピンを引き抜くことに成功する。「手を縛られるのはもううんざり」ピンの先端を結束バンドのヘッドに挿し入れ、くねくね動かして隙間ができたところで、バンドを数センチ引っ張ってゆるめた。ピンを置いて、片方の手を抜く。

「どうしてここへ来るまで計画を教えてくれなかったのか、理由をちゃんと説明してくれる?」ギョンスンは迫った。

結束バンドがゆるむと、マイロは両手を前にまわしながら、ひょいとジャンプし、手首をさすってから、ギョンスンに片手を差し出した。

「裏の計画を知ってるやつは少ないほうがいいって、ロザリンが考えたんだよ。その判断は正しかったみたいだな」

ギョンスンはかぎ針編みのニット帽をなおした。いかにも泥棒って感じ。「べつにいいけど」

わたしはずらりと並ぶ箱を見渡した。「どれが……？」

「これだよ！」マイロは荷物搬入口近くの箱を蹴った。ミズ・ファズラのチームが大量の落札品をおろすときに置いていった箱のひとつだ。

お尻のポケットから、ギョンスンはピンクの飛び出しナイフを引っこ抜いた。ひょいとしゃがみ、慣れた手つきで箱の端にナイフを滑らせはじめる。切りこみを入れ終えると、ふたがぱっと開いた。

三人で中をのぞきこんだ。そこには、細長い紙の緩衝材に包まれるようにして、黄金色に輝く完璧な顔がしまわれていた。ルビーの瞳を、青緑色のラインが囲っている。

つい、ため息が漏れた。まだ頭部だけだけれど、それでも、この棺が放つ魔力みたいなものを感じた。

ギョンスンとマイロは別々の方向へ飛んでいき、残された箱のふたをあけはじめた。

「前回の溶接の痕って、見つけるの大変だった？」

ギョンスンは笑った。「ぜんっぜん！　移動中のトラックであの複製品を組み立てるほうが大変だったよ！　あれはどこで手に入れたの？」

「ホテルの外でデモをしてた人たちからもらったんだ。本物にそっくりな複製品を持ってたの、覚えてる？」

「ロザリンが寛大な寄付をしたんだ」マイロは言った。「あの複製品と引き換えに」

「頭いいね」ギョンスンはファラオの顔を箱から持ちあげた。

これを、ママにも見てもらいたかった。今回のジグソー作戦に比べれば、ケニアで花瓶を盗み出したときのジグソー作戦なんて、赤ん坊でもできるくらいかんたんだった。ママに話したら、取り乱してしまうかもしれない。もちろん、いい意味で。

ママに話せたら……だけど。

「あっちのチームから複製品を受けとったら、カウントはどんな反応するかなぁ」ギョンスンは言った。

「それこそ、カメラで撮っておいてほしいよね」喜びが全身を駆け抜ける。

「たしかに！」ギョンスンは別の箱に跳び移った。「ところで、デヴローは？　いっしょに合流する予定じゃなかったっけ？」

ああ、デヴロー。くすりと笑いが漏れる。危機を脱したばかりのわたしには、デヴローの状況がなんだか滑稽に思えた。「ちょっと……足手まといだったからね。そう言えば、デヴローのところにもどらないといけないんだった。あとはふたりでだいじょうぶ？」

マイロは溶接機能つきの特殊なペンナイフを手のなかでくるくるまわした。「これがあれば、分解も組み立てても朝めし前だぜ。心配すんな、ギョンスンとふたりでちゃちゃっと車にのせて、安全な場所に移動させておくから」

ギョンスンがこくりと同意した。

ふたりに全部まかせるのはよくないかもしれないけれど、正直に言うと、わたしは溶接なんてやったことがない。たとえ知識はあっても、アドレナリンのせいで震えの止まらないこの手では、なんの役にも立たないだろう。

世界一激しいジェットコースターからおりたばかりなのだ。まだ心臓がどきどきしているし、足もがくがく震えている。

デヴローはこの場にいない。今夜の出来事について、一から十までデヴローに話したい。デヴローも情報として知っておいたほうがいいはずだ――会いたいのは、それが理由。けっしてあの笑顔をもう一度見たいからではない。

というわけで、わたしはマイロとギョンスンを置いて、夜の闇へもどった。

第36章　無防備な心

「もどってきたんだね！」

ホテルの部屋へはいってすぐに、デヴローはわたしを引き寄せ、抱きしめた。髪に鼻をうずめ、思いきりにおいを吸いこんでいる。声はまだ震えていて――呼吸も同じくらい震えていた。

薬が抜けるまで、あとどれくらいかかるんだろう。

デヴローが転んで浴槽に頭をぶつけたりしていないか心配で、急いでもどってきた。わけだけれど、ここまで薬の効果が残っているとは思わなかった。

デヴローは鼻をすすった。まさか、泣いてる？「もどってこないかと思った。きみが……」

途中で口を閉じる。

いま、なんて言おうとしたの？

「デヴロー……」わたしはデヴローの腕をほどこうとした。デヴローはため息をついたけれど、手を離した。「飲んじゃいけないものを飲んだでしょ？　だからそんなふうになってるんだよ」

「そうなのか？」デヴローは何度もまばたきを繰り返した。そのつややかなまつ毛に目が引き寄せられる。「でも……気分はすごくいいよ」

「それはよかったね」デヴローの手をとり、ソファのほうへ導く。そんなことをしなくても、わたしのあとをついてきただろうけど。

「じゃあ、話して」ソファへすわるよう手で促すと、デヴローは素直に従った。わたしもその隣に腰をおろす。「作戦で使う予定だった薬だけど、効果はどれくらいつづくの？」

デヴローは顔をしかめた。「それは……」

「教えてくれるよね？」デヴローの目をまっすぐのぞきこんで言う。

デヴローはにっこりと笑みを浮かべた。「きみは、ほんとうにきれいだ」片手をあげて、わたしの頬にふれる。わたしはあやうく身をゆだねそうになるけれど、はっと気づいて、デヴローを押しやった。

「デヴロー、薬の持続時間は？」

「わからないよ。四……四時間だったかな？　でも、ぼくは……。キスしてもいい？」

体じゅうが一気に火照る。デヴローがこちらに迫ってきた。そのぼやけた目の奥で渇望がふくらんでいる。

「怪盗ギャンビットなんてどうでもいい。そもそも、出たくなかったんだ」デヴローは言った。

「ぼくはただ、きみとキスがしたい」

心が揺り動かされる。デヴローにもてあそばれている、というのは、わたしの勘ちがいだったのかもしれない。彼は本気でわたしにキスをしたいと思っているのだ。

わたしも、デヴローとキスがしたかった。

けれど、こんな形でするのはいやだ。

「だめ」残っていた自制心を掻《か》き集め、手のひらをデヴローの肩に置いて、体を押し返した。

デヴローは少年のように困った表情をした。あまり大きな声では言えないけれど、めちゃくちゃかわいい。「だめ?」

「いまはだめ」

「どうして?」

「あしたになったら、もう一度訊《き》いて。ね?」デヴローが覚えていれば、だけど。はたして、そんなチャンスは訪れるだろうか。

デヴローは不満げな声を漏らしたけれど、しぶしぶうなずいた。わたしは大きく息を吸った。

(深呼吸して、ロザリン)

「少し眠ったほうがいいよ」このままソファに寝かせようかと思ったけれど、ベッドのほうが安全かもしれないと考えなおして、寝室へ連れていき、やさしく上掛けでくるんだ。「数時間でも休めば、楽になるから」

「でも……気分は悪くないんだ。そうだろ?」

「そうかもしれないけど、いまは休んで。マイロとギョンスンがもどってくるまで」

デヴローは夢を見ているかのように微笑んだ。「あのふたりは好きだ」ネクタイをゆるめ、シャツのいちばん上のボタンをはずす。「きみたちが負けるのはいやだな」

上掛けに置いたわたしの手が止まる。よくも悪くも、デヴローの頭はいま、施錠されていない金庫と同じだ。手を伸ばせば、ほしい答えはなんでも得られる。

だめだ、衝動が抑えられない。

わたしが知りたいことは何？

「デヴロー」わたしは口を開いた。デヴローがこちらを見る。というか、ずっと前からこちらを見たままだったかもしれない。「本気でわたしに勝つつもり？」

わたしは息をひそめた。デヴローがしらふにもどり、怒ってまた出ていくかもしれないと思って。

「勝たなきゃいけないんだ。母さんのために」

わたしは固まった。デヴローにたしかめる。「でも……列車では、お父さんのためって言ってたよね」

デヴローは頭を掻《か》いてうめいた。「あのふたりの話はしたくない。もううんざりなんだ。母さんは父さんの話をやめないから」

心臓が喉のあたりでどくどく言っている。デヴローのスマホでお父さんからの手紙を盗み読みしたときと、同じ罪悪感が胸に押し寄せた。自分だったら……こんな状態のときに、無理やり話を聞き出されたくないはずだ。むしろ、どんなときだっていやだろう。すでに、一線は越えてしまっているけれど。

「うん、わかった。その話はやめよう」あわててデヴローをなだめようと肩をさすった。わたしはいったいどうしちゃったんだろう。他人の感情に振りまわされるなんて。

きっと、別の角度から答えを聞き出すこともできるはずだ。

でも、デヴローは意識が朦朧《もうろう》としている。まぶたも重そうだ。あまり無理はさせたくない。

「わたし……デヴローのこと、信用してもいい？」

デヴローは涙をぬぐった。「わからない。それはきみしだいだ」

わたしは息をのんだ。デヴローのことばが頭のなかで反響している。わたししだい？　そんなふうに言われたのははじめてだ。

わたしはうつむき、爪をいじった。「そんなことを言うのは、その、わたしをもてあそぼうとしてるから？」

「ロザリン」デヴローは薬を飲まされた人とは思えないほど、すばやくわたしの手をとった。先をつづけてもいいかと尋ねるように、目をのぞきこむ。「きみのことは傷つけたくない。これまで、ちゃんとしたガールフレンドはいたことがないんだ。だれとも心が通じ合えなかった。みんな、ほんとうのぼくを知らないから。でも、きみとは心が通じ合える気がするんだ」

正気を失っている男の子のことばを信じるなんて、ふつうとはちがう次元で〝愚か〟かもしれない。けれど、うれしくて泣きそうになっている自分がいるのもたしかだった。

デヴローを信じたい。なんだかんだ言って、大事なのは、デヴローに嘘《うそ》をつく理由がないということだ。

デヴローはためらいがちに言った。「そばにいてくれる？　ひとりで寝たくない」

喉がぎゅっと締めつけられる。

わたしはドアを見やり、それからデヴローに視線をもどした。すでにわたしが寝られるよう、スペースを作ってくれている。デヴローの顔は懇願していた。

「えっと、わかった、でも……ちょっとだけ待ってて。気づいてないかもしれないけど、わたしはいま、トレーラーに轢《ひ》かれた黒人のバービー人形みたいな状態だから」

デヴローはけらけらと笑った。偽《いつわ》りのない、心からの、少年のような笑い声。それが何よりもわたしの心を動かした。

早くデヴローの隣に飛びこみたい。

少し時間はかかったけれど、シャワーで体を洗い流し、パジャマのTシャツと短パンに着替えた。

ふと思い出して、上着をつかむ。隅々まで叩《たた》いて、タイヨウの盗聴器を見つけ出し――後ろ襟の裏に、うまく隠してあった――指でつぶしてから、念のため上着を部屋の入口近くへほうり投げた。

寝室へもどると、デヴローは枕に頭を預け、気持ちよさそうに横たわっていた。

そっと隣に滑りこむ。デヴローは腕枕をしようと手を持ちあげたけれど、途中で止まった。

「そうしたければ、いいよ」わたしは承諾して、デヴローの手を腰に乗せた。デヴローは満足げな鼻息を漏らした。

手のひらの下から、デヴローの鼓動が伝わってくる。そして、その吐息がわたしの唇をくすぐった。ほんとうにかわいい。でも、やっぱりかっこいい。この、わたしの腰にあてられた手の重み。こんなふうに眠ることができたら。今夜だけでなく、これからも。

「デヴロー」わたしはささやくように言った。

「ん？」

胸をさするわたしの手の動きに合わせて、デヴローはゆっくり呼吸を繰り返す。

「きのうの夜のことだけど、キスを拒んだとき、なんであんなに怒ったの？」

デヴローは目もあけずじっとしていた。「それは……きみがチャンスをくれなかったから。不公平だろ……。無理やりキスをするような、悪い男にはなりたくないし」

わたしは思った。少しだけ、このままでいよう。ほんの少しだけ。

一方で、こんな声も聞こえた。少しだけじゃなくてもいいんじゃない？　チャンスをあげるために。

そしていつの間にか、わたしの目も閉じていた。


目が覚めると、あたたかい毛布と朝日に包まれていた。すべてが心地よくて、やわらかくて、美しく輝いている。

それから、広い。ベッドにいるのはわたしだけだった。デヴローはどこに行ったんだろう。

「ロザリンが起きたぞ！」マイロが寝室のドアから顔をのぞかせていた。

居室のほうを見ると、寝ているあいだに運びこまれたにちがいない、白い布のかかったテーブルがあった。眠気を払いながら、よろよろと寝室から出る。

テーブルには四脚の椅子があり、そのひとつにギョンスンがあぐらをかいてすわっていた。デヴローの姿はない。聴いたことのないK－POPの歌が流れている。ギョンスンはそれに合わせて頭を振っていた。こちらに背を向けているので、わたしに見られていることに気づいていないのだろう。ルームサービスのテーブルから、フォークやナイフをこっそり掻《か》き集め、セーターの袖に隠していた。

思わず、くすっと笑みがこぼれる。

「あっ、おはよう！」ギョンスンは言って、口に人差し指をあてた。マイロがその隣に腰をおろす。わたしはギョンスンに向かってうなずいた。

「棺は無事？」わたしは尋ねた。「カウントから連絡はあった？」

「ちゃんと溶接しなおしたあと、二時間くらい離れた空港まで運んだよ。カウントに言われたとおり、そこで自家用機に積みこんだ」マイロは誇らしげな笑みを浮かべて言った。

ほっと胸をなでおろし、空いていた席にすわる。テーブルから、果物やシロップやパンなどの甘い香りが漂ってきた。

「メールは見た？　また飛行機に乗って、つぎの場所に行くみたいだよ」ギョンスンはいちごを口にほうりこみ、スマホを振ってみせた。画面に電子航空券が表示されている。「五時間後に出発だって」

マイロはお皿をパンケーキやワッフルで山盛りにすると――ギョンスンの果物いっぱいのお

皿とは正反対だ――テーブルを手で叩《たた》きはじめた。「おい、またかよ！　フォークとナイフ！」テーブルに頭をぶつける。「おれのことを骨の髄までしゃぶりつくすつもりだな」

「列車でさんざん、わたしたちからお金を絞りとったでしょ」わたしは言った。

マイロはテーブルに向かってうめくと、財布を取り出して、差し出されたギョンスンの手に二十ドル札を置いた。ギョンスンは、王さまが家来に何かを授けるみたいに、フォークとナイフをマイロへ手渡した。

これは楽しい朝食になりそうだ。

「それで」マイロはすぐに気を取りなおした。「デヴローとは何があったんだ？　けさ、ずいぶんげっそりした顔で部屋を出てったぞ」

やっぱり、デヴローは部屋にいなかった――ここではひとりになれないからだろう。眠るときは隣にいたのに、途中でいなくなってしまった。ふたりで寝ているところを、マイロとギョンスンに見られただろうか。

「例の薬を飲まされちゃったみたいなんだよね」

マイロとギョンスンはしばし口をあけたまま、わたしが言ったことの意味を考えていた。「ちょっと待って……」ギョンスンは笑いだした。「どういうこと？」

わたしは水差しにはいったアイスコーヒー――アイスコーヒーって水差しで頼めるの？――に手を伸ばした。それから、三人で前日の夜の出来事を語り合った。二十二階のバルコニーで手錠をかけられたことから、デヴローをオークション会場から連れ出したこと、輸送トラックの下にもぐりこんで倉庫へ侵入したことまで全部。ただし、デヴローといっしょのベッドで寝た話は飛ばした。

「だから、どっか行っちゃったんだね」ギョンスンは言った。「デヴローは恥ずかしくて耐えられなかったんだよ」

恥ずかしくて……。そうかもしれない。それとも、わたしを避けてる？　デヴローはどこまで覚えてるんだろう。もし覚えてるなら、わたしに言ったことを後悔してるだろうか。

いま思えば、デヴローへの気持ちに気づいていないふりをしていたときのほうが、ずっとずっと楽だった。

「ま、ちょっと変なデヴローが見れてよかったんじゃない？」ギョンスンはつづけた。「ってことは、愛の告白もされちゃった？　意識が朦朧《もうろう》としてるときに、隠してた気持ちを打ち明けるのって、ドラマではあるあるだよね」

マイロは椅子の背に寄りかかった。「たしかに、昔ながらの展開だな。酔っ払った勢いで告白するってやつ。そのつぎによくあるのが、相手がなんかあやしいからスマホを盗んで調べる、ってやつかな。おれのお気に入りはそっちだけど」そう言うと、わたしを見てわざとらしく眉毛を上下に動かした。

「マイロは早くパンケーキを食べな」わたしは片手をあげて言った。

ギョンスンはマイロの言っていることがわからず、眉間にしわを寄せている。それからグラスを指で叩《たた》き、はあ、と大げさに息をついた。

「じゃあ、あたしも告白するね……。じつは、第一ステージでデヴローにあることを頼まれてたんだ。報酬つきで」

マイロとわたしは目をまるくして顔を見合わせた。

「あることって?」わたしは質問した。

ギョンスンはもじもじした。「それがさ、仲介役になってほしいって言われたんだよね……ロザリンとの」

それは……意外な答えだった。「仲介って、どんな?」

「べつに変な意味じゃないよ!」ギョンスンは言った。「どっちかって言うと、その、好きな人ができたらさ、その人の親友に口添えを頼んだりするじゃん? そういう感じに近い、かな」

ギョンスンの頬がピンク色に染まる。かと思えば、いきなりテーブルの下に姿を消した。

マイロは身を乗りだした。わたしたちは眉根を寄せて、互いの顔を見た。「えっと、ギョンスン、何をしようとしてるのか知らないけど、ロザリンとおれは同意してない……」

「マイロはだまってて」ギョンスンが出てきた。銀ぶちの大きな丸箱をわたしの前に置く。

「いつの間にそんなの仕込んだんだよ」マイロはぶつぶつ言っていたけれど、わたしの目はその円筒形の箱に釘《くぎ》づけだった。ギョンスンは促すように、箱を手で示した。

わたしはこの奇妙な流れにあえて身をまかせることにして、ふたをあけた。顔にかすかな笑みがひろがる。中身は帽子だった。華やかな淡いピンクのつば広の帽子が、細長く縮れた紙の緩衝材の上に置かれている。

目を大きく見開きながら、それを持ちあげた。見たことのある帽子だ。そう、おとといホテルの前の階段で。よく見ると、ブランド名の記された小さなタグが内側に縫いつけられている。〝ヴァレンティノ・ガラヴァーニ〟

「ホテルに着いて、女の人とすれちがったとき、いいなって顔で見てたでしょ。でも、あの人から盗んだわけじゃないからね！」そう言って、ギョンスンは手書きの領収書を箱から取り出してみせた。いっしょにのぞきこんだマイロは、値段を見てヒューッと口笛を吹いた。帽子ひとつに二千ドルはたしかにいい値段だ。

「デヴローから受けとったのとだいたい同じ金額だよ。ずっともやもやしてたんだよね。せっかくロザリンと友だちになれたのに、こんな依頼を受けてたなんて。償いのない謝罪はただの言いわけ、っていうのが、師匠の口癖だったんだ。だからこれは、心からごめんねっていう、あたしからの気持ち」

ギョンスンは肩をすくめ、そっぽを向いた。べつにロザリンの反応なんて気にならないし、という顔で。言い換えると、わたしの反応がものすごく気になっているということだ。それを知って、胸がきゅんとした。

しばらく――体感ではかなり長いあいだ――帽子をなでつづけた。頭のなかでは、いろいろな考えが渦巻いていた。デヴローはギョンスンにお金を払い、わたしとの仲を取り持ってほしいと依頼した。それは策略でも、うれしい策略だ。

スマホを盗み見したことを打ち明けたとき、デヴローはこういう気持ちだったのかもしれない。ほんとうなら腹を立てるべきなんだろうけれど、なぜか腹は立たなかった。

それにこの、おかしくて、すてきな、お詫《わ》びの贈り物。それから、ギョンスンが最後に言ったこと。ギョンスンはもやもやしていた……なぜなら、わたしたちは友だちだから。

友だち……？

「他人に干渉されるのは好きじゃない」わたしは言った。「でも、この帽子はすごく気に入った」

「じゃあ、これで仲なおりね！」ギョンスンは提案した。「これからは、お互いに隠し事はなし。どう？」

〝隠し事はなし〟、か。そのことばを、信じていいんだろうか。相手は同業者だ。ほんとうに信用してだいじょうぶ？

当面は、それでいいのかもしれない。このチームが解散になるまで。試す価値はあるだろう。

わたしは笑みをこらえて言った。「わかった」

第37章　ファーストキス

――空港に着いたよ。デヴローはまだ？

ため息をつきながら、ギョンスンに返事を打つ。

――まだ

すると、白目の絵文字が返ってきた。

首のこりをほぐしながら、ガヤガヤと騒がしい空港を見渡した。搭乗時刻まであとわずか三十分。にもかかわらず、デヴローはいまだに行方不明だ。メッセージは読んでいるらしい。既読がついている。

周囲のざわめきに耳を傾けていると、竜巻の中心にいるかのような錯覚を覚えた。カイロ国際空港はとても大きな空港で、平日だというのに旅行者でごった返している。なんだか自分が小さくなったように感じられた。

デヴローはこのまま姿を見せないつもりだろうか。ミスをしたことが恥ずかしくてゲームをおりる、なんていうのは、デヴローらしくない。

リュックの肩ひもをぎゅっとつかみ、空港内の広い通路をうろうろした。

どうしてこんなにデヴローのことばかり考えてしまうんだろう。だめだ、怪盗ギャンビットに集中しないと。ママの救出が最優先だ。

ずらりと立ち並ぶ店舗のあいだから、アラビア語と英語で〝スカイ・グライダーズ・クラブ・ラウンジ〟と書かれた、銀と黒の高級感漂う看板がちらりと見えた。

幸運にも、ちょうどそこから、スーツを来た長身の男性が出てくるところだった。さりげなくぶつかり、謝罪のことばをつぶやいて立ち去る。

男性の財布をあけると、すぐにスカイ・グライダーズの銀と黒のカードが見つかった。それを読みとり機に通すと、ドアが歓迎のメロディを奏でた。

中の照明は薄暗かった。空港のざわめきが遠くなり、ゆったりと静かな音楽が聞こえてくる。目の前の休憩室には三人しかいなかった。壁の案内図によると、休憩室があといくつかと、バーや小さな仮眠室まであるらしい。

受付へ行って、財布を差し出した。「ドアのそばに落ちてました」たぶん、先ほどの男性が財布を探しにもどってくるだろう。もどってこないかもしれないけど。

昼さがりの陽光が、シャンパン色の窓越しに金色の輝きを宿し、ラウンジ内をじりじりと照らしていた。足を踏み入れた休憩室で、すわり心地のよさそうな黒革のソファの隅に身を沈め、スマホでジャヤおばさんとのトーク画面を開いた。

おばさんにはけさ、無事だという定期連絡を入れ、そのあとＦａｃｅＴｉｍｅで話をした。それからまだ二時間くらいしか経っていないのに、またおばさんの声が聞きたくなっていた。

それとも……ママに電話する？　第二ステージはまもなく終了だ。あまり頻繁に電話をかけないよう我慢しているけれど、前向きな報告をするためならいいんじゃない？　短気なあいつらだって、身代金集めは順調だと聞けば喜ぶはずだ。

発信ボタンを押そうとしたそのとき、だれかが休憩室にはいってきた。ベストとジーンズ姿のだれか。

「デヴロー」わたしは体を起こし、両手をクッションの上に置いた。「また尾《つ》けてたの？」

デヴローはことばを選んでいるようだった。いまにも逃げ出したいという表情をしている。

「少しだけだよ」反対側の肘掛けにちょこんとすわる。「だれかに電話しようとしてた？　べつに邪魔するつもりは……」

「だいじょうぶ、おばさんだから」わたしはスマホを裏返しにした。気まずい沈黙が流れる。昨夜のことについて話すべきだろうか。ギョンスンから聞いた話は？　デヴローは――

「あやまりたいんだ」デヴローがばつの悪そうな顔で言った。お尻をもじもじと動かす。「きのうの夜の……」

わたしは前のめりにならないよう自分を抑えた。

（きのうの夜の……？）

「オークションでのこと。あいつらに薬を盛られるなんて、プロとしての自覚が足りなかった。もっと用心すべきだったんだ。なのに、すっかり油断してた。それで、完全に使い物にならなくなって……でも、どんな技を使ったのか知らないけど、最終的にはきみがチームを成功に導いてくれた」そう言って髪をなでつける。

わたしの肩から力が抜けた。「デヴローって、あやまるのに慣れてないよね？」

「まあ、判断をまちがえることはあまりないからね」まったく、ひどい謝罪のしかただ。いつもの冷静さがない。要するに、ほんとうに申しわけないと思っているのだ。デヴローはそれを認めるようにつづけた。

「でも、まちがったときは、ちゃんとあやまる。どんなときも。本気で申しわけないと思ってるときにしか、謝罪はしない。それは知っておいてほしい」わたしを避けるように部屋をぐるりと見まわしてから、ようやく目を合わせる。「だから、ほかにもあやまらなきゃいけないことがあるかもしれないんだ……もし、きのうの夜、ぼくが変なことを言っていたなら」

胃がずしんと重くなる。「覚えてないの？」

「少しは？」デヴローは言った。「夢を見てたような感じなんだ。眠ってるときと、目が覚めてるときの、はざまにいるみたいな。この記憶が正しいのかどうかもわからなくて」少し間を置いてつづける。「何かまずいことを……言ったりしたりしたかな？」

さて、どこからはじめるべきか。「きのうは……デヴローのことを信用してもいいって言ってた」

デヴローの顔が青くなる。「そうなのか？」

「そのリアクションを見るかぎり、あのことばは本心じゃなかったみたいだね」

デヴローはベストをなおした。「いや、驚いただけだよ……自分がそんなことを言ってたなんてね」じつに慣れたそぶりで、さりげなく視線をそらす。

「お母さんのために、ギャンビットで勝たなきゃいけないって話もしてたよ。何か、プレッシャーをかけられたりしてるの？」

「そういうわけじゃない」こんどは袖をなおす。「母さんは、どこにいるかわからないんだ。居場所を教えてくれないから。だれかに尾行されてる気がするとか、そういう話を暗号化して送ってくるだけ。もう何か月も会ってないよ。母さんの心は浮き沈みが激しくて、最近はあまり調子がよくないみたいだから、心配なんだ。ギャンビットで優勝したら、母さんを見つけ出してほしいってお願いしようかと思ってる」弁解する子どもみたいに、赤い顔で肩をすくめた。

どうしてそれを最初に言ってくれなかったのかとつめ寄りたかったけれど、わたしだってママに命の危険が迫っていることは隠している。厳密に言うと、このふたつは事情が異なるけれど、それでも、胸の内にしまっておきたいという気持ちは理解できた。

わたしはゴホンと咳払《せきばら》いをした。「それから、わたしとは〝心が通じ合える気がする〟とも言ってた。それがどういう意味か知らないけど」

デヴローは落ち着きを失いはじめた。服をいじるのでなく、ただそわそわしているところははじめて見た。膝が小刻みに揺れている。何を迷ってるんだろう。そんな姿を見たら、もっと突っこんで訊《き》きたくなる。デヴローの本心を知りたい。

「あと」わたしはつづけた。「ちゃんとしたガールフレンドはいたことがないって話もあったね」ははっと笑う。「それは九十九パーセント嘘《うそ》だと思うけど」

デヴローの膝が止まった。何を迷っていたにせよ、心を決めたらしい。

「ぼくは、人を本気で好きになったことがない」デヴローは言った。

「へえ、なるほどね。デヴローは人を本気で好きになったことがなくて、他人との付き合いはただのゲームだけど、なぜかわたしは特別で――」

「まじめに言ってるんだ」デヴローはぴしゃりと言った。まっすぐこちらを見ている。「ほんとうなんだよ。たしかに、何人かの相手と遊んだことはあるし、友だちだっているけど……」顎をこわばらせ、それから力を抜く。「だれひとり、ほんとうのぼくを知らない。ぼくの出身地も、仕事のことも、ほんとうの気持ちも。全部ただの演技なんだ。それも仕事の一部だから。ありのままの自分をさらけ出したことはないし、向こうだってそのはずだ。偽《いつわり》の関係でつながってるやつらに、心を許せるわけがない。そうだろ？」

まなざしがふっとやわらぐ。「でもきみは……そうじゃない。本物の、生身の人間っていう感じがするんだ。きみのそういうところが、ほんとうに好きなんだよ」

わたしは息が苦しいのを我慢して、声を絞り出した。「じゃあ、理由はそれだけ？　キスがしたいって言ったのは、わたしが……生身の人間だから？」

「そういう意味じゃない。きみとキスがしたいって言ったのは、本気で、心の底から、そうしたいと思ったからだ」〝本気で〟と〝心の底から〟の言い方に、背すじがぞくぞくした。

「だれかとキスがしたいなんて、これまで一度も考えたことはなかったと思う。ほかの人ときみは何がちがうのか、ずっと考えてるんだ。おそらくそれは、きみがぼくにとって、本物の存在だから。いや、きみが本物の存在で、かつ、才能にあふれているから、かな。きみはぼくにとって本物で、しかも強さがある。本物で、信念がある」デヴローの声がベルベットのように、深く、やわらかくなる。「きみは本物で、かつ、美しい」

デヴローのことばに包まれ、安らぎと心地よさを覚えた。けど同時に、体が締めつけられるような苦しさもあった。ねばねばした蜘蛛《くも》の巣に捕らわれてしまったかのような。

デヴローは首をこすった。力を入れすぎて、ふれたところが赤くなっていく。

「じつを言うと、ギョンスンにお金を渡して、キューピッド役を頼んだんだ。まあ、この感じなら、お金は返してもらおうかなと思ってるけど」

ちょっと待って、冗談でしょ。デヴローが自分から打ち明けた？　だれかに言われたわけでも、理由があるわけでもないのに、こんなにさらっと？

わたしはがばっと立ちあがり、指を噛《か》みながらせわしなく歩きはじめた。

（そんな、デヴローはほんとうに……？）

「ロザリン？」少しあわてた様子で、デヴローも立ちあがった。「ど――どうした？　だいじょうぶか？」

涙がこみあげ、目がずきずきしはじめる。わたしは首を振った。デヴローはさっとわたしの前に来て、両手を肩に置いた。デヴローが気の毒になる。わたしはよくわからない感情のせいで泣きそうになっていた。デヴローは相当戸惑っているはずだ。

わたしは震えながら息を吐き、涙のようなものをぬぐって、顔をあげた。「デヴローは――

デヴローはほんとうに、わたしをだまそうとしてるわけじゃないの？」

デヴローは小さく笑った。「そうじゃないって、何度言わせれば気がすむんだよ」

「何度も。わたしが訊《き》くたびに、わたしが納得するまで、何度も言って」

「わかったよ。ロザリン・クエスト、ぼくはきみをだまそうなんて、これっぽっちも思ってない。信じられないかもしれないが、ほとんどの人がそうだ」そっとブレイズを耳にかけられ、体がぞくりと震えた。

デヴローの肩に額を預ける。「なんか……人生のほとんどを無駄にした気分。だれのことも信用するなって、ママに言われつづけてきたから、昔からずっと――」嗚咽《おえつ》がこみあげ、ことばが途切れる。「すごく孤独だった」デヴローに抱きつき、デヴローのにおいを嗅ぐ。デヴローはまるで海に浮かぶ救命ブイだ。溺れているわたしを、そばで支えてくれる存在。

デヴローは抱き返して、わたしの頭に顎を乗せた。あたたかい、すごくあたたかい。ぜったいに離したくない。

デヴローはささやき声で言った。「きみは運がいいよ。時間はたくさん残ってるから、いくらでもやりなおせる」

わたしは身を引いた。デヴローが頬の涙をぬぐってくれる。わたしは目をぐるりとまわしたけれど、笑みをこらえようとはしなかった。デヴローはひととおり涙を拭き終えると、指を顎の下に添えて、わたしの顔を持ちあげた。

「いまなら、キスしてもいいかな？」

わたしはデヴローの顔を両手でつかみ、ぐっと引き寄せた。

デヴローの唇は、はじめはやわらかかった。それから、むさぼるように覆いかぶさってくる。わたしは首に手を絡めてさらに引き寄せた。この、完璧な彼の味。世界一おいしいキャンディをはじめて食べたときのような。

いつまでもこうしていられる気がする。ずっとこうしていたい。キスが深まるにつれ、お腹のあたりがうずき、もっとほしいと声が漏れる。

デヴローのキスは、わたしを海へと引きずりこむ波のようだった。

そのとき、ベストのポケットがぶるっと震えた。デヴローは不満げにうめいた。わたしのリュックのポケットも震えていた。

「残念」わたしはぼそっと言った。

ギョンスンからだ。

――搭乗がはじまったよ
「同感だ」デヴローはスマホをベストにもどしてから、またわたしをぎゅっと抱き寄せた。わたしの口から、ふふっと笑いがこぼれる。

「現実にもどらないと」デヴローは言った。ふと笑みが消えていく。

「どうしたの？」わたしは尋ねた。

デヴローはかぶりを振った。目の色が変わっている。

「なんでもない」指でブレイズをなでながら言った。「なんでもないよ」

第38章　イギリス領ヴァージン諸島

カウントに指示された集合場所のなかでも、ここはとびきり遠かった。電子航空券の行き先がイギリス領ヴァージン諸島になっているのを見たときは、また秘密の部屋か、地下のワインセラーにでも閉じこめられるのかと思った。けれど、予想ははずれた。わたしたちは車で送ってくれた運転手に、プライベート・リゾートの門の前でおろされた。

パティオ――わたしたちがいますわっている――から延びる砂浜や、その向こうの海など、あたり一面に太陽の光がさんさんと降り注いでいた。このにおい、海水、白波、休みなく岸を洗う波音。すべてがアンドロス島の家を思い出させた。

とはいえ、気をゆるめてはいけない。なつかしい気分になったからと言って、ほんとうに家にいるわけじゃないんだから。

「あの人たち、来ると思う？」ギョンスンがスマホで時間を確認しながら、疑問を口にした。カウントは正午までにここへ来いと言っていた。わたしたちは一時間前から、こうしてここでくつろいでいる。ノエリア・チームらしき人影はどこにも見あたらない。まだはっきりと敗退が決まったわけではないのに。あと五分で、ノエリアたちは時間切れになる。

「もったいないな、こんなにいいところなのに」マイロは頭の後ろで腕を組み、体をのけぞらせて日差しを浴びた。

明るいピンク色のシャツを着た給仕係が、ギョンスンの飲み物を持って現れた。グラスのふちに砕いた飴《あめ》をまぶした、かわいらしい真っ赤なドリンクで、小さな傘が挿してある。テーブル越しに見ると、本物の傘みたいだ。

「またいつか、みんなでこの島に遊びにこようよ」わたしはギョンスンにもらった帽子のつばをつまんで、水面を滑走するふたりのウインドサーファーを見やった。たしかに、この華やかな帽子はちょっと場ちがいだし、いまの服装にもまったく合っていないけど、どうしてもきょうかぶりたかったのだ。

「秋がベストだね。まじめな話、十月にビーチでバケーションを楽しもうなんて考える人はふつういないから――きっと、ほぼ貸し切り状態だよ」

「ううん……それはどうかな」ギョンスンは飲み物の傘をいじった。わたしの体に緊張が走る。どうしよう、なれなれしくしすぎた？　「じつはあたし……水があまり好きじゃないんだよね」

ギョンスンは打ち明けた。

「まさか、泳げないわけじゃないよな」マイロが肘で軽くつつく。

ギョンスンは肩をすくめた。「泳げるよ。ただ、海より雪が好きってだけ。だからあたしは、五つ星のスキーリゾートに一票」

わたしはふっと鼻から吹き出した。「スキーはちょっと、わたしは……」

「デヴローはどっちがいい？　雪山か砂浜か？」マイロは訊《き》いた。

デヴローはタイピンに親指を滑らせた。視線は二キロくらい遠くを見ている。「バケーションの計画を立てるのはいいけど、ぼくはまだ怒ってるからな。ギョンスンとぼくが、例のジグソー作戦に加えてもらえなかったこと」

飛行機のなかでこの話をしてから、デヴローはずっとこの調子だ。

ギョンスンが割ってはいった。「そんなに怒らなくていいじゃん」髪をいじりながらつづける。「デヴローだってわかってるでしょ。こういうのは、知ってる人が少ないほど安全なの。それに、結局うまくいったんだし？」得意げに笑う。「あっちのチームには気の毒だけどね」

「それでも」デヴローはこめかみを揉《も》んだ。「のけ者にされるのは好きじゃない」

「つぎに秘密の作戦を立てるときは、デヴローへ真っ先に声をかけるよ」わたしは言った。

「第三ステージの会場はどこだろうな」マイロは組んだ腕をテーブルに乗せた。「最初は美術館で、つぎはオークション会場だろ。こんどはベガスの〈シーザーズ・パレス〉だったりしてな？〈オーシャンズ11《イレブン》〉【二〇〇一年のアメリカ映画。十一人の犯罪スペシャリストが、ラスベガスのカジノで金庫破りをする】みたいに、カジノの金庫破りをするとか？」

「マイロはうれしいだろうけどね」ギョンスンはどこか悲しげな笑みを浮かべて、ひと口飲んだ。

みんな口には出さないようにしているけど、頭ではわかっている。第三ステージでは、この四人でチームを組むことはまずありえない。

足音が聞こえた。給仕係が新たなゲストを連れてやってくる。ノエリア、タイヨウ、ルーカス、アドラだ。四人とも、最後に見たときと同じ服装をしている。そして驚くことに、タイヨウの完璧な髪型がぐしゃぐしゃになっていた。わたしは笑いを噛《か》み殺した。何も言うことはない。

四人は反対側のテーブルを選んだ。必死でこちらを見ないようにしている。カウントがさっそうと歩いてきた。相変わらずタブレットを赤ちゃんのように抱きかかえている。きょう着ているのは、赤ワイン色のパンツスーツだ。

「第二ステージの課題達成、おめでとう」ぱっとノエリア・チームのほうに目をやる。「それ以外の人たちも、お疲れさま。とても見ごたえのあるゲームでした。ここ数年でいちばんの盛りあがりを見せたと言ってもいいでしょう。〈組織〉も同意するはずよ。これこそ、わたしたちが求めていたもの。出場者の顔ぶれを見れば、当然ね」

わたしは椅子の背をぎゅっと握った。

（さぞ楽しいでしょうね。観客席から観ているほうは）

「当初の予定どおり」カウントはつづけた。「みなさんの半数はつぎのステージに進むことができません」

「はいはい、そういうのはいいから」マイロは自信満々にカウントのことばを退けた。「よけいな話ははぶいて、さっさとつぎに進もうぜ」

カウントはにこりと笑みを浮かべたけれど、どこか不自然な感じがした。

「そういうことであれば。ミズ・クエスト、ミズ・ボシェルト。まずおふたりが、第三ステージ進出決定です」

全員がはっと息をのんだ。心臓が握られたような痛みを感じる。

わたしは第三ステージに進める。それは、いい知らせだ……けど、ノエリアも？

ギョンスンは鋭く返した。「でも、あっちは負けたのに！」

デヴローは椅子の上で身じろぎした。反対側のテーブルでは、タイヨウが鼻を鳴らした。

「最初にはっきり言ったはずよ。重要なのは、課題をクリアしたかどうかではない」カウントは説明した。「わたしたちは個々のパフォーマンスを見て、上のステージに進む者を選ぶの。ミズ・ボシェルト、あなたのアイディアはほんとうにすばらしかったわ。チームメイトの助けを借りて、ライバルの作戦を乗っとった。それから、プライベートの知り合いをじょうずに言いくるめて、会場に潜入した。みごとだったわ。以上の理由から、あなたはつぎのステージに進めることになりました」

こんどはわたしに顔を振り向けてつづけた。「ミズ・クエスト、あなたの作戦は感嘆と称賛に値するわね。棺をすり替えて、偽物をミズ・ボシェルトのチームに持たせるなんて。したがって、あなたも第三ステージ進出です」

わたしはチームのみんなのほうを見ることができなかった。つぎのステージに進めるのは四人。ノエリアとわたしが選ばれたということは、この三人のうち、少なくともひとり――ひょっとしたら、もっとかもしれない――が退場になる。それはいったいだれか。

デヴローはテーブルの上でこぶしを握った。マイロは死人のように押しだまり、ギョンスンは爪を噛《か》んでいる。

「そして、われらが〈組織〉は寛大な決定をくだしました」カウントは言った。まちがいなく、緊張感に満ちたわたしたちの顔を見て楽しんでいる。「さて、みなさんはどんな反応を見せてくれるかしら」

空気があまりにも張りつめていて、ほとんど息ができない。

「ミズ・クエスト、ミズ・ボシェルト。あなたたちにひとりずつ、つぎのステージへの進出者を選んでもらいます」

第39章　ロザリンの選択

わたしは凍りついた。

しかし、ノエリアはそうでもなかったらしい。

「わたしはタイヨウを選ぶわ」足を組み、両手を膝に重ねて置き、チームメイトには見向きもせずに言った。

「はぁ?」アドラが立ちあがった。ルーカスはいまにもノエリアに殴りかかりそうだ。

ノエリアは首をすくめた。「悪かったわね」

タイヨウはほんの少しほっとした様子を見せた。

「あたしは——」アドラは指輪だらけの手をひねり、覚悟を決めた顔で戦闘の構えをとろうとした。そこへ、カウントがすばやく止めにはいる。

「ミズ・ラガリ、ミスター・テイラー。おふたりには退場してもらいます」カウントが言うと、ふたりの給仕係がバーの後ろから出てきた。けれど、トレイは持っていない。アロハシャツの裾がめくられ、銃を持っているのがルーカスだけではないことがわかる。「よろしいかしら?」

ルーカスは震える指でベルトに手を伸ばした。わたしは動かなかった。

これから銃撃戦でもはじまるの？

給仕係たちはルーカスをじっと見つめた。ルーカスは鼻で笑った。「相手はおまえらふたりだけだろ」

それが合図だったかのように、さらに六名の給仕係が後ろからぞろぞろと現れ、カウントの背後に並んだ。そのさまはまるで将軍と兵士だった。カウントは片眉をくいっとさせた。これでもやる気？　と問うている顔だ。

それを見て、ルーカスはあとずさった。アドラはおそるおそる、カウントの兵たちを見渡す。銃を持ったルーカスに勝ち目がないなら、アドラにだってかなうはずがない。

「なんでタイヨウなわけ？」アドラは怒りをこめて尋ねた。

ノエリアの表情は非常に落ち着いていて、人間というよりはロボットのようだった。「とくに理由はないわ。ただ、刺されたり撃たれたりする可能性は、できるだけ排除したほうがいいと思って。それにあなた、裏でわたしの靴をけなしてたでしょ」

「あんたは――」

カウントは咳払《せきばら》いをして、アドラのことばをさえぎった。

爆発寸前のルーカスが、カウントにわざとぶつかりながら通り過ぎた。「おれの前には二度と現れないほうがいいぞ、あんた自身のためにな」

つづいてアドラが、不満げな顔で出口へ向かった。

ノエリアはまばたきひとつしなかった。

ふたりがいなくなると、カウントはわたしのほうを向いて片眉をあげた。

「ミズ・クエスト？」

「わたしにはできない」

デヴローとマイロとギョンスン。ひとりを選んだら、あとのふたりはどうなるの？　わたしはきらわれる。わたしだったら、ぜったいに許さないだろう。「無理。こんなことしたくない」

「いいえ、やるのよ」

「やだ、やりたくない」

「だれかを選ばなければ、あなたが退場になるわ」

こいつら。本物のサディストだ。

手を固く握りしめる。「連中はいまごろ盛りあがってるんでしょ？　わたしがだれを選ぶかって」

カウントの口もとがゆがんだ。「それが何か問題でも？」タブレットが振動し、カウントは視線を落として、また顔をあげた。「考える時間を一分あげましょう。それでもいやだと言うなら、出ていってちょうだい」

わたしは思わず椅子から飛び出した。

カウントは一歩あとずさって、眉を動かした。

まったく、何をしてるんだろう。カウントに襲いかかるつもりなんてなかった。そんなこと、できるわけがない。

震えながら息を吐き、まわれ右をしてテーブルにもどる。すると、チームのみんながわたしを見ていた。無言で叫んでいた。三人全員が。

ギョンスンは目を伏せて言った。「やるべきことをやればいいんだよ」

マイロは引きつった顔で笑った。「そうだぜ」ゴホンと咳払《せきばら》いして、うなじをさする。「自分が選ばれなくても、ロザリンを恨んだりしない。な、デヴロー？」

マイロはぎこちなくデヴローの背中を叩《たた》いたけれど、デヴローはじっと固まっていた。

三人のうち、デヴローの目だけが、不安や悲しみをたたえていなかった。それよりも、懇願していた。爪を立て、しがみつき、懇願していた。

第三ステージはどんな内容になるだろう。わたしが選ぶのは、つぎのステージでパートナーにしたい人？　だとしても、こんなやり方にする必要はあったのか。

「三十秒」カウントは告げた。

喉がこわばる。

「二十秒」

わたしのどこに、選ぶ権利があるっていうの？

「十秒」

「ロザリン」デヴローがすがりつくような声で言った。

「五秒」

「デヴロー」わたしは小声で言った。「デヴローにする」

ギョンスンはうなだれた。マイロは悲しげに、ははっと笑った。「おれたちは運がなかったな」

「いいでしょう」カウントは言った。「ミズ・シン、ミスター・マイケルソン。ご参加どうもありがとう。退出してください」

わたしは唾をのみこんだ。その場から動けない。「ふたりとも……」何を言えばいいんだろう。かけることばが見つからない。

「気にすんな、ロザリン」マイロが肩を軽く叩《たた》いた。「心の声に従った人間を憎むのは、ダサいやつのすることだ。そうだろ、ギョンスン？」

ギョンスンは勢いよく立ちあがった。「マイロの言うとおりだよ」

わたしはことばを失った。ふたりは怒っていない。わたしにそんな価値はないのに。ふたりだって、こんな目に遭うすじ合いはない。

なのに、このあとギョンスンは、信じられない行動をとった。

わたしの体に両腕をまわして、強く抱きしめてくれたのだ。あやうくふたりで地面へ倒れそうになるくらいに。

「ロザリンのこと、応援してるから」耳もとでささやく。「何かあったら、いつでも連絡してね」そう言って腕を放し、ウィンクをしてから、デヴローを見おろす。デヴローはだれとも目を合わせようとしなかった。

「待って」ギョンスンからもらった帽子。これは、わたしにはふさわしくない。それで、あわてて脱いだ。この帽子はギョンスンに返すべきだ。

ギョンスンはわたしの手をつかんで止めた。「だめ」ギョンスンは言った。見たことがないほど真剣な顔つきをしている。「ロザリンが持ってて」

カウントが咳払《せきばら》いをして、ふたりを急かす。

「行くぞ、ギョンスン」マイロが促した。「本物の酒を飲みにいこうぜ。マイアミにいい場所があるんだ」

そうして、ふたりは退場した。怪盗ギャンビットの舞台から。


「それでは、最終ステージの話に移りましょうか」カウントは言った。

わたしは椅子に倒れこんだ。悲しみと安堵《あんど》がぐるぐると渦巻いている。なんとも複雑な組み合わせだ。デヴローのほうに顔を向ける——何を考えてるの？

デヴローは下を向いたままだった。歯を食いしばり、袖口を荒々しく引っ張っている。

「つぎは、個人戦となります」カウントが告げた。

個人戦？　わたしは血が出そうになるほど、唇を強く噛《か》んだ。

なるほど。つまり、わたしたちが選んだのはパートナーじゃなかったんだ。それを事前に言われていたら、選ぶ人が変わっていたかもしれない。だからカウントはだまっていた。

スマホが震えた。「これまでのステージとは少しちがったものが送られているはずよ」カウントは説明した。

すでに疲れきっていたけれど、リュックのポケットからスマホを引っ張り出した。

中身を見て、胃がひっくり返りそうになった。一枚の写真……ひとりの人物が写っている。

それ以上の説明や、情報はなし。カウントは口をつぐんだままだ。その沈黙が多くのことを物語っていた。

この人物が、つぎのターゲット。さらに悪いことに、わたしはこの人物を知っている。カイロのホテルでデータをハッキングしたときに見たからだ。

ニコライ・ボシェルト。

ノエリアのほうを見ないよう、全神経を集中させる。

「おい、冗談だろ」デヴローは吐き捨てるように言った。ターゲットはだれだったんだろう。

「こいつらは本気よ」ノエリアが口を開いた。今回ばかりは、声に皮肉の響きがない。そして、こちらをちらりと見る。目に不安のようなものが浮かんでいたけれど、それを一瞬で消し去り、スマホをテーブルに置いた。

タイヨウはスクリーンショットをとってから、スマホをしまった。

「ひとつ質問がある」タイヨウは落ち着いた声で尋ねた。その目はノエリアの画面を見ている。

「〈組織〉は彼らをどうするつもりなんだ？　ターゲットは複数いるんだろ」

画面のなかのもの、画面のなかの人物を隠すように、ノエリアはスマホをひっくり返した。

「わたしたちがいちばん見たいのは、あなたたちのスキルと意志の強さよ。四人とも、覚悟はできてるかしら？」

「それじゃ答えになってない」わたしは押し殺した声で言った。「わたしたちがあんたたちの言いなりになるかどうかたしかめるために、この人たちを誘拐させるなんて、そんなこと許されるわけがない」

カウントのタブレットがふたたび振動した。「一部の観客は、あなたがとても悲観的だと思っているみたいよ、ミズ・クエスト」そしてつづける。「あなたたちが心配しているようなので言っておきますが、〈組織〉に彼らを殺すつもりはありません。むしろ、ターゲットは生きたまま連れてくること。それが絶対条件よ。それからもうひとつ。わたしたちが彼らをどうしようと、あなたたちには関係ない」

視界の端が暗くなり、吐き気がこみあげてくる。

「殺しはなし」ノエリアは言った。「それ以外の、手荒な手段は？」

「認められます」カウントは答えた。「けど、半殺しはおすすめしないわ」

足が震えている。いま立てば、すぐにくずおれてしまうだろう。ターゲットは人間だ。しかも、子ども。

こんなの、まちがってる。

「わたし……」自分でもほとんど聞こえないくらい、か細い声しか出ない。「わたしは、こんなことしたくない……」

「なんですって、ミズ・クエスト？」

「なんでもない」デヴローが代わりに答えた。いつの間にか近くの席にすわって、わたしの肩をつかんでいる。なんでもない、なんでもない、なんでもない？　デヴローは平気なの？　ほかのみんなも？

ほんとうに、この一線を越えていいの？

ママを助け出すためなら、しかたがないの？

「制限時間は？」デヴローは尋ねた。

「三日間」カウントは返した。「ターゲットの確保が確認できた時点で、こちらから行き先を指定します。それでは、第三ステージ……開始」

ノエリアとタイヨウはすぐに行動をはじめた。すばやく立ちあがって、別々の方向へ歩き去る。挨拶もなく。

わたしは動くことができなかった。体からすっかり生命力が失われてしまったようだ。いますわっているこの椅子のように、自分の意思では動けない。

目だけはカウントをじっと見つめていた。その落ち着き払った表情を見て、血がふつふつと沸き立ってくるのを感じる。

「オレリー・デュボワ」

カウントの顔がさっと青ざめる。

「それが本名なんでしょ？　フランスのどこ出身？　パリか、マルセイユか？　フランスはそこまで大きな国じゃないもんね。家族はまだ地元にいるの？」

カウントはごくりと唾をのんだ。わたしは立ちあがり、近づいていく。

「ママを取り返したいの」わたしはささやくように言った。「お願い、手を貸して。死ぬまでなんでもあなたの言うことを聞くから、ミズ・デュボワ」懇願とも、脅迫ともとれる声で言う。カウントの目が揺れているところを見ると、効果はあったようだ。

ところが、タブレットからまたあの忌々《いまいま》しい振動音が響き、カウントはうつむいた。「あなたは彼らのお気に入りね」カウントは画面を見ながらつぶやくように言った。「残念だけど、力にはなれない」タブレットから、けたたましい警告音が鳴り響く。

「幸運を祈ってるわ、ロザリン」小さくうなずいてから、デヴローを見てまたうなずく。「ミスター・ケンジーも」

そして、わたしたちと課題を残して去っていった。

第40章　新しい扉

パティオには四つの出口があった。ここへ到着したときに、トイレを探すふりをしながら調べておいたのだ。出口を知っていれば、最善のルートを組み立てられる。それがわたしの特技のはずだった。つねに最善のルートを考えることが。

どんな場合でも、かならず脱出ルートはある。ひとつ目がだめでも、かならずほかの道があるものだ。けれど、人生ではじめて、わたしは出口を見失っていた。

「これからどうする?」小声でつぶやいた。デヴローにというより、自分に向けた問いだった。

「もう完全に行き止まり……。いつもなら、別のルートを考え出せるのに」手のひらを額に押しつけ、カウントのことばを思い返して、抜け道を探す。このステージで勝つための、なんらかの抜け道。美術館にあった隠し通路のような。誘拐なんてせずにすむ道を。

けれど、何も見つからなかった。課題をクリアするか、敗退か。

負けるわけにはいかない。

「やっぱり……言われたことをやるしかないと思うんだ」

すばやく振り向いてデヴローを見る。「やつらの言いなりになるの？　ほんとうにそれでいいわけ？」

「もちろん、よくはないよ。だけど、どう考えたって、ほかに方法がないだろ？」

わたしも同じことを考えていた。でも、デヴローにそう言われると、もっと気分が悪くなった。「ターゲットは人なんだよ、デヴロー」唇が震えている。「生身の人間なの。あの人たちにも人生が——」

「ぼくらだってそうだ」デヴローはわたしの肩を強くつかんだ。「きみは大事なもののために、ギャンビットで戦ってるんだろ。第一ステージで、きみの目を見てすぐにわかったよ。それが何かは教えてもらってないけど、それはべつにかまわない。でも、きみにとっては、すごく大事なことなんじゃないのか？」

わたしは肩に置かれた手の片方をぎゅっと握った。デヴローを信じると決めたものの、昔の習慣はなかなか消えない。

「わたしのママ。連れ去られたの。身代金は十億ドル。そんな額のお金を短期間で用意することはできない。世界一の怪盗だって無理」

「だから、ギャンビットに出ることにした」デヴローの顎がかすかに動いた。「やっぱりな。きみはゲームをつづけなきゃいけない」

「でも……これはもうただのゲームじゃない！　ステージとかターゲットとか、そういう次元じゃなくなってる。これは誘拐なんだよ、デヴロー」

デヴローはベストの裾を引っ張った。気づかぬうちに、わたしはデヴローの手を払っていたらしい。「ぼくだってやりたくない。けど、ぼくたちには事情がある。まず、おばさんに電話したほうがいいんじゃないかな。きみだって心配だろ?」

「なんでおばさんを心配するの?」わたしは手の指を曲げ伸ばしした。「ちょっと待って、デヴローのターゲットはだれ?」

いつもの感情が背すじを這《は》いあがってくる。疑念、不信感。

デヴローの表情が曇った。「また前のきみにもどってるよ、ロザリン」

「スマホを見せて」わたしは手を突き出した。

デヴローは顎をこわばらせつつ、スマホを渡してくれた。デヴローの顔をじっと見てから、画面を確認する。写っていたのは、日本人の若者だった。わたしたちより少し年上の。「タイヨウのお兄さんだ」デヴローは言った。

たちまち後悔の念が押し寄せた。たまらず鼻を掻《か》く。「ごめん」わたしは小声で言った。

「いいんだ。わかってる。きみも必死なんだ」全然よくないと思ったけれど、そんな話をしている場合でもなかった。すぐに人を疑ってしまうこの癖については、あとでじっくり考えよう。このあとに〝あとで〟があればの話だけど。

わたしは背を向けて、指を噛《か》んだ。手の震えが止まらない。

デヴローがわたしの肩をさすった。「だいじょうぶだ」わたしを安心させるように言う。「まあ、もしかしたら、だいじょうぶじゃないかもしれない。けど、これは非常事態だ。きみのお母さんだったら、どうすると思う?」

ママならどうするだろう。

そうか、本人に訊《き》いてみればいいんだ。

すぐさまスマホを取り出し、電話をかける。スピーカーにはしていなかったけれど、デヴローは隣にいるからじゅうぶん聞こえるだろう。

「クエスト家のお嬢ちゃん、いつもいいタイミングで電話してくるな――」

「ママに替わって。いますぐに」有無を言わせぬ声で言う。相手は不満げな声を漏らした。何か物音がして、つぎに……。

「ベイビーガール？」

「ママ！」ママの声を聞いて、少しほっとした。「わたし、どうすればいいかわからなくて」

「最終ステージには進んだのね？」

わたしはうなずいた。ママには見えていないとわかっていたけれど。デヴローは無言でスマホを見つめていた。「うん、だけど……どうしたらいいのか」

「勝つのよ」

「でも、つぎの課題は誘拐なんだよ、ママ」スマホに跡が残りそうなほど強く握りしめる。「相手は子どもなの。十四歳の。そんなことできない。だから、どうしていいかわからなくて。ごめんなさい、ママ、ほんとうにごめんなさい……」

電話の向こうに沈黙が訪れた。ママが爪で何かを叩《たた》いている音が聞こえる気がする。ママに伝わっただろうか。どんなにきびしい状況かということが。どれだけ絶望的かということが。

わたしがこれをやりとげられなければ、これが最後の通話になるかもしれない、ということも。

「人を盗むのはそんなにむずかしくないわ」

全身の血が凍りつく。わたしはかすれた声で言った。「何を言ってるの?」

「あなたならできる。必要に迫られればね、ベイビーガール。ママはあなたを信じてる」

まわりの風景がぐるぐる回転しはじめる。自分の顔がゆがんでいくのがわかった。

(ママがこんなこと言うわけがない。ママがこんなこと言うわけがない。ママがこんなこと言うわけがない。こんなに……冷たい声で)

「なんでママは平気なの?」声が震えている。「そんなことはしちゃだめだって、どうして言ってくれないの? ママは――」

二十年前の怪盗ギャンビット。ママが出場した。ママが優勝した。

その年の第三ステージも同じ課題だった?

「まさか」わたしは言った。「ママも同じことをしたんだね。怪盗ギャンビットで、人を誘拐した」

ママはまだ知らない。ママが怪盗ギャンビットの優勝者だという事実を、わたしが知っていることは。けれど、これを聞いたデヴローの目は見開かれ、いくつもの疑問をたたえていた。

「ターゲットはみんな、出場者とつながりのある人で――」

「そんなはずはない」ママは言いきった。「ターゲットは他人よ。ギャンビットには無関係の」

ということは、途中で変わったのだ。〈組織〉は新しいことを試すのが好きなんだろう。

「だけど、相手がだれかなんて関係ある？　やるしかないのよ、ロザリン」ママは言った。「やるか、わたしを失うか」

電話の向こうから、金属の扉を開く音が聞こえた。「やつらがもどってきた。正しい選択をしなさい、ロザリン。愛して――」

電話が切れた。

喉がつかえてことばが出ない。ママはわたしにギャンビットをつづけてほしいと思っている。勝ってほしいと思っている。

自分と同じ道をたどってほしいと思っている。

これまでのわたしの人生がそうだった。ママの期待どおりに行動してきた。

（もうやめよう、ママならどうするかを考えるのは。わたしが考えるべきなのは、ママならどうしないか、だ）

するといい、先ほどまでは八方ふさがりだった頭のなかに、新しい扉が現れた。小さくて、せまくて、危険がいっぱいの扉。でも、たしかにそこにあった。これがわたしの通るべき道だ。

わたしはデヴローから体を離した。デヴローは困惑した顔で、わたしを見おろしている。「ロザリン……」

わたしは走りだした。ノエリアとタイヨウがいなくなってから、まだそんなに時間は経っていない。ノエリアが姿を消したほうへ向かうと、すぐに見つかった。カーブした車寄せでSU

V車に手を振っている。タイヨウの姿は見あたらない。

必死の形相で電話をかけているノエリアのために、駐車係がドアをあけた。

ノエリアにつづいて、わたしは後部座席に滑りこんだ。ノエリアは跳びあがった。それもそうだろう。ノエリアに激突する勢いで、わたしが車に乗りこんできたから。

「ちょっと何してるの⁉」ノエリアはあまりにも動揺したのか、フランス語で言った。

わたしは運転手に険しい顔を向けた。「ふたりだけにして」

「だめよ、あんたが出ていって！」ノエリアは文字どおり、わたしを蹴り出そうとしたけれど、わたしは動じなかった。

「ニコライ」そのことばで、ノエリアは固まった。「彼に電話が通じないんでしょ」ノエリアのスマホから呼び出し音が鳴りつづけている。だれも電話に出ないのだ。「これが偶然じゃないことはわかってるよね」

ノエリアの喉からごくりという音が聞こえた。顔が真っ青になり、スマホを握った手から力が抜けていく。こんどは運転手に向かって言った。「ふたりにしてくれる？　一分で十ユーロ渡すから」

それを聞いて、運転手は急いで車からおりた。ノエリアが放心しているあいだ、わたしはスマホを奪って——ノエリアはほとんど抵抗しなかった——ほうり投げた。わたしのスマホもいっしょに、車の外へ。

「ニコライについて話すのに、どうしてスマホを奪われなきゃいけないのよ」ノエリアは言ったものの、怒る元気はないらしい。

「スマホはだめ。連中に盗聴されてる可能性があるから」

「そんなことどうだっていいでしょ！」ノエリアは声を張りあげた。「もう怪盗ギャンビットなんかどうでもいい。わたしが心配なのは――」

「ニコライ」ノエリアは昔、弟がうるさいとよく文句を言っていた。それが姉としての愛情表現だったんだろう。「あんたの弟がわたしのターゲットなんだよ」

ノエリアは体をこわばらせた。わたしを殴りたそうに指がぴくぴく動いていたけれど、そんなことをしても状況は変えられない。

「そうなると思ってた」つぶやくように言う。「わたしが懇願するところを見にきたんでしょうけど……ぜったいにそんなことはしないわよ」

「ちがう。手を貸してくれって言いにきたの」

ノエリアがいぶかしげにわたしを見る。「からかわないでくれる？」

「いまこの状況で、わざわざあんたをからかうために、わたしがここまで来ると思う？」わたしはこめかみを揉《も》んだ。「わたしはあんたの弟を誘拐するつもりはない」

ノエリアは鼻であしらった。そんなばかな話、聞いたことがないとでもいうように。「ギャンビットをあきらめるわけ？　あなたが？」

「そうじゃない。考えがあるの。でも、ノエリアの助けが必要だと思う」

ノエリアは居心地悪そうに身じろぎした。腕を組み、顎をつんと突き出す。デジャヴュだ。

一瞬、九歳のノエリアが見えた気がした。

人はそう変わらないものだ。

「お姫さまみたいに意地を張るのはやめて、リア」ノエリアがぱっと振り向いたのを見て、昔の愛称で呼んでいたことに気づいた。出会って二週間経ったころに、ノエリアが言ってくれたのだ。**〝わたしが気に入った人にだけ、リアって呼ぶ許可をあげてるの。あなたもきょうから、その仲間に入れてあげる〟**

ノエリアは、組んでいた腕をほどいた。膝は小刻みに揺れている。「だけど……あなたのことを、どうやって信じろっていうの？」

そっちがそれを言う？　相変わらず、腹が立つ女だ。

ノエリアをじっと観察する。いつもの皮肉や冷笑のようなものは、いっさい感じられなかった。その代わり、唇の端が引きつっている。緊張しているのだ……。さっきのことばは本気だった。本気で、わたしのことが信用できないと思っている。

「それは――」わたしは口ごもった。これだけいろいろなことがあった相手に、自分は信用できる人間だと、どうやって説明すればいいのか。

（まずは自分が信用してるってことを、相手に示さないと）

「あんたのターゲットはだれ？」わたしは静かに尋ねた。わたしのターゲットがノエリアの大事な人で、デヴローのターゲットがタイヨウの大事な人なら、おそらく……。

「クエスト姓のだれかよ。三十代前半と思われる女性」

ジャヤおばさんだ。わかってはいたけれど、思わず胸がどきりとする。

「いとこか何かなんでしょうね」ノエリアは言った。

「何か、のほうだよ」わたしは長い息を吐いた。

いまからしようとしていることはきっと、ママの考えとは天と地ほど大きくかけ離れているだろう。「バハマ国、アンドロス島、ラヴ・ヒル。島の北部にある地域だよ。その人はそこにいる」

ノエリアはぽかんと口をあけた。「どうしてそれをわたしに言うの？　頭がおかしくなった？」

「あんたの弟はスイスのハウザーっていう寄宿学校にいるんでしょ。わたしはあんたの弟の居場所を知ってる。これであんたも、わたしのおばさんの居場所がわかった。メモして渡してあげてもいいよ。あんたを信じてるから。だからお願い、ノエリア、今回だけでいいから、わたしを信じて」

こうしてわたしは、すべてを危険にさらした。ジャヤおばさんと、たぶんママのことも。それはなんのため？　これまでとちがったことをするため？

そうじゃない。正しいと思ったことをするためだ。わたしなりのやり方で。

ノエリアはため息をついた。

「で、どんな計画？」

第41章　残酷な真実

　ふたりで話をしたあと、ノエリアをSUV車から突き落とすのは、ほんの少し気が引けた。ノエリアは悲鳴をあげて、砂利に倒れこんだ。髪は乱れ、顔には激しい怒りが浮かんでいる。

「どっか行って！」わたしは言い放ち、戸惑った顔の運転手にもどってくるよう手で合図をした。ノエリアは運転手に、自分はだいじょうぶだから、とかなんとか言っている。

　反対側の窓から、デヴローの姿が見えた。さっきは何も言わずにデヴローを置いてきてしまった。きっと、わけがわからなくなっているはずだ。

「デヴロー！」わたしは彼を呼び寄せた。ドアがあいているあいだに、落としたスマホを拾いあげる。ノエリアは頬をふくらませてスカートの汚れをはたき落とし、もう一度ライドシェアの車を呼ぶために、リゾート内へもどっていった。デヴローはノエリアとすれちがいながら、すっかり当惑した顔で、わたしとノエリアを見比べた。

「あいつと別れのけんかをするために、わざわざ走ってったのか？」デヴローが隣に乗りこむ。

「そんなところ。すみません、運転手さん、ペンと紙ってありますか？」運転手は、角がめくれた罫線《けいせん》入りの小さなメモ帳とシャーペンを、グローブボックスから取り出した。わたしはそれを受けとり、空港に向かってほしいと告げてから、メモ帳に書きはじめる。

「わたしのおばさんがノエリアのターゲットだった」わたしは言った。「だから、ぜったいに手を出すなって言っといたの」

デヴローに書いたものを見せる。

——落ち着いて、話を合わせて。ノエリアを味方に引き入れた。〈組織〉による盗聴の可能性あり
デヴローは読みながら、顔色ひとつ変えなかった。シャーペンを受けとって、わたしの膝に置かれたメモ帳に返事を書きながら言う。「じゃあ、きみは……ギャンビットをつづけることにしたんだね？」

——何か考えが？？

「やらなきゃいけないことをするだけ」わたしは言った。「それが気に食わないことだったとしても。やれと言われたら、従うしかない」

——自分たちのゲームにやつらを招待する。デヴローはどうする？

運転手はバックミラー越しに、後ろをちらちら見ていた。ほんとうに運転手かどうかも、あやしいところだけど。

デヴローはほんの一瞬ためらってから、また書きはじめた。

——いつだって、きみのそばにいるよ

ノエリアに尾《つ》けられていることに気づかないふりをするのは、思っていたより大変だった。けれど、わたしたちが手を組んだと〈組織〉に感づかれるのはまずい。そこであえて、不注意を装うことにした。

デヴローとわたしは八千米ドル以上の大枚をはたいて、スイス行きの緊急チャーター便を手配した。盗聴されている可能性を考えて、定期便よりも早く着けるから、と嘘《うそ》をついた。けれどほんとうの理由は、プライバシーがほしかったからだ。おそらくチューリッヒ行きの定期便は盗聴器だらけだろう。怪盗ギャンビットのせいで、わたしは神経過敏な怪盗になりつつある。

第三ステージがはじまってから二時間もしないうちに、わたしたちは雲のなかにいた。八人乗りの小さな飛行機には、わたし、デヴロー、〝客室乗務員〟、パイロットの四人しかいない。

「少し休んだほうがいい」巡航高度に達すると、デヴローが言った。わたしはスマホを差し出した。客室乗務員も、自分のスマホを手渡す。

「二、三時間経ったら起こして」わたしは言った。

デヴローは、念のためわたしの上着でくるんだスマホを、飲み物のカートのなかに入れ、機内でエンジン音がいちばん大きく響く最奥部に置いた。

「カイロできみは、携帯電話に盗聴器がついてるって大騒ぎしてたけど、結局予想ははずれたね」デヴローはわたしの真横の広くて白いレザーシートに体を預けながら言った。

「予想がはずれたのは手段だけで、盗聴自体はされてたでしょ」わたしは客室乗務員の顔を見て唇をとがらせた。

乗務員はわたしの前にどさっと腰をおろし、座席を回転させて、わたしたちと向かい合った。焦げ茶色のウィッグをはずし、眼鏡を膝の上に置く。「こっちを見ないでよ。あれはタイヨウの計画だったんだから。彼、列車ではめられたことを相当悔しがってた。つまり、あなたたちがタイヨウを怒らせたの」

「タイヨウはいまどこ？」わたしは訊《き》いた。

ノエリアは思案顔でうーんとつぶやいた。「あなたとわたしのターゲットがお互いの家族、デヴローのターゲットがタイヨウのお兄さんなら、おそらく……」

わたしたちはデヴローのほうを見た。「デヴローのお母さん、だいじょうぶだと思う？」わたしは尋ねた。ノエリアのいる前で、デヴローが話してくれたたったひとりの家族についてふれるのは、気まずい感じがした。

デヴローはその質問にやや機嫌を悪くした様子で、袖を引っ張った。「たぶんだいじょうぶだ」

訊《き》きたいことがたくさんあってうずうずするけれど、いまはそれどころじゃない。

「彼もいっしょとは聞いてないんだけど」ノエリアはデヴローのほうを見ずに、手だけ動かした。

デヴローは鼻を鳴らした。「言っておくが、列車でのことを根に持ってるのは、タイヨウだけじゃないからな」

デヴローが例の件についてふれるのは、これがはじめてだった。けど、怒りが収まらないのももっともだ。

ノエリアは舌打ちか何かするだろうと思っていたのに、実際の反応は意外なものだった。長いこと、唇をぎゅっと引き結び、下を向いていた。「悪かったわ、あのやり方はよくなかった。あのときはただ……いえ、ごめんなさい。はい、わたしからは以上よ」

完璧な謝罪とは言えないけれど、それでも、びっくりだ。

わたしはエヘンとひとつ咳《せき》をして、気まずい沈黙を破った。「ノエリアの弟のことだけど」

わたしは口を開いた。「〈組織〉が彼を手に入れたがる理由は何?」

ノエリアは肩をすくめた。「さあね、わたしを怒らせたかったとか？ ライバルと殴り合いをさせたかった？ それか、どろどろの人間ドラマが観たかったとか？」

「もしくは、その全部か」デヴローは付け足した。

「それじゃあ、つじつまが合わない」わたしは断言した。「これまでのターゲットは全部、政治的か金銭的な価値があった。うちのおばさんはいま仕事を休んでるんだけど、それは前に、いろんな個人情報をばらされたから。しかも、それをやったのはひとりじゃなくて、やばい連中が何人もかかわってた。復讐《ふくしゅう》のためならいくらでも払うっていう連中だよ。だから、おばさんには金銭的価値がある」

「わたしの弟は十四歳よ」ノエリアは天井を仰いで言った。「そこまでの敵を何人も作るほど、まだ仕事はこなしてない」想像してこわくなったらしく、ぶるりと身を震わせる。

「それはたしか？」

名前はノエリアで合っているか訊《き》かれたみたいな顔で、わたしを見た。「たしかよ」

わたしは背もたれに寄りかかり、肘掛けを指でトントンと叩《たた》いた。「じゃあ、ハウザーは？」

ノエリアはそわそわしながら、足を組みなおした。訊《き》かれたくないことでもあるんだろうか。

「全寮制の男子校よ。もちろん、わたしは通ってないけど」

「そこで何してるの？」

「学んでるの」

「何を学んでるんだ？」デヴローが尋ねた。「ぼくたちみたいな人間は、大学受験のために学校へ通うなんてことはしないだろ」

ノエリアはふーっと息を吐き出した。「任務を与えられてるのよ。うちの家族に依頼が来たの。ほんとうはだれにも話しちゃいけないんだけど……」

「それで……？」わたしはノエリアが先をつづけるのを待った。この件では、どんな情報でも把握しておく必要がある。

ノエリアはあきらめた。「大統領の息子があそこに通ってるの。つまり、大統領を失脚させたがってるやつがいるってこと。ニッキは彼と親しくなって、パパを破滅させられるような情報を探れって言われてる」

わたしは目をしばたたいてノエリアを見た。「ボシェルト家ではみんなが、〝友だちのふりをして裏切る〟訓練をさせられるってわけ？」

ノエリアは答えなかった。わたしも心のどこかで、答えてほしくないと思っていた。

「きみの家族は、そんな大変な任務を十四歳の子どもにやらせてるのか?」デヴローは質問した。

「時間はたっぷり与えられてるわ。つぎの選挙までにめぼしい情報がつかめればいいことになってるから」ノエリアは説明した。「あなたたちも聞いたら驚くわよ。ああいう学校は、あらゆる情報の宝庫なの。だから、金持ちの子どもが通う寄宿学校では、いろんなドラマが起こる。秘密や家庭問題を培養するシャーレってところね」

秘密を培養するシャーレ……世界でも有数の名門校。

そういうことか。ノエリアの弟の価値、〈組織〉が彼をほしがっている理由は、そこにあるのだ。

ならそれを、こちらが利用すればいい。

わたしは身を乗りだした。「その学校って、ほかにはどんな子が通ってる?」


信じられないかもしれないけれど、巨大な地下組織を脅迫する計画を立てようと思った場合、だいたい三、四時間議論すれば、もう話すことはつきてくる。十時間のフライトのうち、四時間が経過し、いつの間にか外は夜になっていた。

デヴローはシートに背を預け、頭を横にだらりと垂らして、軽くいびきをかいていた。わたしは十分ごとに、デヴローの寝顔をながめたり、Ｇｏｏｇｌｅマップでこれから訪れる町の地図を見ながら、ありとあらゆるルートを検討したりするのを繰り返していた。スマホは休憩時間が終わったら、またもとの場所にもどすつもりだ。

ノエリアは機内誌をぱらぱらめくっていた。これでもう三周目だ。

「どうしてイケメンにかぎって、いびきをかくのかしら」三十分はだまっていたけれど、ノエリアはついに口を開いた。ややあって、デヴローのことを言っているのだと気づく。自分以外の人がデヴローをイケメンだと言うのを聞いて、ちょっと胸がどきどきした。

「さあ。前回はいびきなんてかかなかったけど」

ノエリアは雑誌をおろし、眉をあげてこちらを見た。「前回？」

顔から火が出そうになる。「ちがう、そういう意味じゃなくて、あれは……」ノエリアは笑みを隠し、わたしもなぜか、こみあげてくる笑いをこらえていた。「もう、なんだっていいでしょ」わたしは盗聴を警戒していたことも忘れ、すっかりくつろいだ気分になっていた。

ノエリアは雑誌を閉じて、引き出してあったぴかぴかのテーブルに置いた。「わたしたちの隣の部屋にいたあの子、覚えてる？　カナダから来た女の子。ドアをふたつ隔てても、いびきが聞こえてた」

なんとなく覚えている。髪が４Ｃタイプ【最もカールの強い髪質】の黒人の女の子。だけど、名前は思い出せない。あの子はたしか……。

「わたし……あの子の部屋からヘアオイルを盗んだんだよね、自分のがなくなっちゃってさ」

わたしは笑った。あんなに忘れようとしていたのに、記憶が一気によみがえってくる。

「そう、それであんたはわたしの髪をべたべたにしたの。一週間も落ちなかったんだから」

そうだ！　ノエリアの髪を編んでブレイズヘアにしてあげようとして……結局は失敗したのだった。

「白人の友だちなんていたことなかったんだよ！」わたしは言った。「白人の髪に同じヘアオイルをつけちゃいけないって、知ってるわけなくない？」

当時はさんざんだったけれど、いま思えば、笑ってしまうような話だ。めちゃくちゃになったノエリアの髪をもとにもどそうと、ふたりで必死になったっけ。思い出すだけで、お腹が痛くなるほど笑えてきた。ノエリアはまだ怒ってるんだからねという顔をしていたけれど、途中からいっしょになって笑った。

「ありがとう、この作戦にわたしを加えてくれて」笑いの発作が収まると、ノエリアは言った。「お父さまに内緒であのままギャンビットをリタイアしたら、文字どおり殺されてたと思うから」

わたしは一瞬だまった。「お父さん、そんなにきびしいの？」

ノエリアは顔をそむけ、片方の肩をすくめた。「べつに耐えられないほどじゃないから」

ほんとうにだいじょうぶ？　ノエリアのことばを聞いて、わたしは強い不安に襲われた。訊《き》きたいことはあるけれど、どう切り出せばいいのかわからない。軽く受け流すというのもちがう気がする。悩んだすえに、わたしはこう言った。

「うちのママもときどき、むちゃくちゃなことを言うんだよね。もちろん、全部わたしのためだってのはわかってるんだけどさ。けど、その、さすがに、殴ったりとかはないかな。もし、あんたが、その、そういう話がしたいなら——」

「何言ってんの、そんなわけないでしょ」ノエリアはこめかみをさすった。「お願いだから、怪盗をやめてセラピストになるとか言わないでよね」

なるほど、それもよかったかも。

ノエリアは唇を噛《か》み、座席のなかで身をよじった。「お父さまはただ……。あの人は失望したときに、どれくらいがっかりしたかとか、そういうことをためらわずに口にするの。それから、〝こうしなさい〟じゃなくて〝こうしたらいいんじゃないか〟って言い方をするときがあるんだけど、それは提案に見せかけたテストなの。お父さまのことばに従うかどうかのね」そう言って、いつかの出来事を振り返るかのように、足もとを見おろした。

わたしはその視線を追った。きょうは新しいブーツを履いている。けどよく見ると、靴底にまた模様があしらわれているのがわかる。

そこで、このあいだノエリアが言っていたことを思い出した。〝でも捨てちゃったの。お父さまに言われたから〟

それもお父さんのテストだったのだろうか。

「っていうか、お父さんのテストに合格することって、そんなに重要?」わたしは言ってみた。

「こんなことやってられるかって、みんなの前でキレちゃえばいいんじゃない?」

わたしは言って、自分のことばにぎくりとした。同じようなことを、家出の計画を立てていたときに考えていたからだ。そのせいで、ママはあいつらに捕まってしまった。でもあのときは、それが正しいと思えたのだ。結局は、わたしがまちがっていたことが証明されたわけだけど。ママにとっては、これが正しい答えだった。

ノエリアはばかにするように笑った。「〝こんなことやってられるか〟ですって？」わたしの真似をして言い、フランス語でも繰り返した。母語のほうが感情を表現しやすいのだろう。

「お父さまを納得させないと、つぎの当主にはなれないの」

「当主？」

「ボシェルト家はわたしとニッキとお父さまだけじゃないのよ。おばさん、おじさん、いとこ、祖父母がいる。だれかが彼らを導かなきゃいけない。手綱を握る人間が必要ってこと。お父さまがいまの当主だから、つぎの当主を選ぶのもお父さま。たいていはいちばん上の子が選ばれるから、家族はみんなわたしが次期当主だと思ってる。そのはず……なんだけど……」両手を握り合わせる。「最近は、よくわからなくて。わたしが何かミスをするたびに、お父さまが言うの。いとこのフレールはずば抜けた才能があるとか、近ごろはいとこのアンナの成長がめざましいとか、そういうことを」あまりにも張りつめた顔をしているので、ちょっと突いただけで、パンとはじけてしまいそうだった。

ノエリアはもう何年も前から、目の前に未来をぶらさげて、卵の殻の上を歩いているような状態なのだ。父親のせいで。

こんな状況でなければ、この皮肉さをおもしろいと思えたかもしれない。家族から逃げたくてたまらないわたしと、当主になろうと必死のノエリア。

たまにはお父さんに逆らってみたら、とか、家族がどう思うかなんて関係ないよ、とか、そういう無責任なことを、わたしは言いたくなかった。飛行機のなかで少し話しただけで、染みついた習慣や考え方を変えることはできない。わたしだってようやく、その努力をはじめたところなのだ。それに、ノエリアが本気で当主になりたいと思っているなら、ルールなんてぶちこわせ、みたいなアドバイスは最善ではないだろう。

なんと声をかければいいのかわからなかった。自分のことだってよくわかっていないのに。だから、わたしは足を伸ばして、ノエリアのブーツをそっと蹴った。驚いた顔をしているノエリアに向かって、笑いかける。

「あんたが家族のために、完璧なノエリアでいなきゃいけないことには、本気で同情する。家族はもったいないことをしてるよ。あんたのほんとうの力とか、ありのままの姿を見ようとしないなんて。けど……世界は広い。家族だけが、世界のすべてじゃないんだよ。わたしはあんたの敵だろうし、こんなこと言っても慰めにはならないかもしれないけど、わたしは、こういう変な靴を履いてるノエリアのほうがずっと好き。もしそのノエリアがおすすめのショップのリンクを送ってくれたら、たぶん、すぐに開いてチェックするだろうね」わたしは肩をすくめた。つとめて冷静に。照れを隠すように。

ノエリアは無表情でしばらくこっちを見ていた。やがて、小さくうなずいてから、肩の髪を払う。怒らせてしまっただろうかと心配になったけれど、ノエリアの顔ににやりと笑みが浮かんで、わたしは胸をなでおろした。

「ロザリン・クエストにわたしのセンスを盗ませるってこと？　いいわ、あとでコレクションの写真を送ってあげる。もちろん、自慢するためだけど」

「あとで何足か減っててても知らないからね」

「ふん、やってみれば」

わたしたちはまた笑いだした。いつの間にか、わたしは席を移動して、ほしい靴をリストアップしてあるEtsyのショッピングカートを、隣のノエリアに見せていた。とても楽しい時間だった。つぎにPinterestのアプリを開こうとして、ホーム画面にもどるまでは。

突然、ノエリアがわたしの手首をつかんだ。顔は真っ青で、目はわたしのスマホに釘《くぎ》づけになっている。さっきまでの表情とは打って変わって、真剣な顔つきだ。

「この人」

ノエリアはスマホの画面を叩《たた》いた。指はふたつのアプリのあいだに置かれている。

「App Storeのこと？」

「ちがう！　この女よ！」

わたしは画面を見て眉をひそめた。そうか。わたしは、自分とママが顔をくっつけ合っている写真をホーム画面の壁紙にしている。「ああ、これね。母親の写真を壁紙にするとか、たしかにちょっと引くよね、だけど――」

「あなたのお母さんじゃない」ノエリアは、自分がそう言うんだからまちがいないという顔で言った。

「それはどうかな……」わたしはおもむろに言った。

ノエリアは眉根を寄せてこちらを見あげた。「ロザリン……この人よ。スキーキャンプにいたの」

せっかく楽しくおしゃべりをしてたのに、このタイミングでその話を蒸し返す？

「そんなはずない。あんたに置き去りにされて、インストラクターに捕まったあとに、ママは迎えにきてくれたんだから」

「ずっとあそこにいたのよ！」ノエリアは言い張った。「キャンプの職員か何かだと思ってた。その人から、ロザリンが――あなたが書いたメモを受けとったの」

もしかして、と直感が告げていたけれど、脳がうまく働かない。理解するのを拒否している。

「わたしはメモなんて書いてない。それはあんたのほうでしょ。〝玄関広間の階段の下で待ってる〟って書いてあった。それで行ってみたら、インストラクターが待ち受けてて、わたしだけあっさり捕まったんだよ。あんたがわたしを売ったせいで」

「そんなメモ、書いた覚えないわ！」ノエリアは言った。「わたしが受けとったメモには、〝ゲストハウスで会おう〟って書いてあったの。わたしは置き去りになんてしてない。ちゃんとそこへ行って、何時間も待ってたのに、あなたは来なかったのよ」

たしかに、ママは迎えにくるのが早かった。数時間後には、いっしょにキャンプ場をあとにしていた。わたしは親友に裏切られたことで、悲しみに打ちひしがれていた。

どうしてママはあんなに早く迎えにこられたんだろう。すでにキャンプ場にいたから？

まさか、そんな。

「……ロザリン？」ノエリアの声が遠くに聞こえた。

同業者を信じるな、友だちなんて必要ない、という教えをわたしに叩《たた》きこむために、ママはこのときから策をめぐらしていたのだ。

目の奥がずきずきと痛んだ。

だまって、ノエリアの肩に頭を預ける。

ノエリアは何も言わずに、手を握ってくれた。

これからママを救出する。けれどそのあとは、ちゃんと説明してもらおう。

第42章　第三ステージ：スイス〈ハウザー寄宿学校〉

この作戦で、ほんとうにうまくいくだろうか。

折りたたまれたノエリアのメモの角を指ではじく。これをニコライの部屋に置いてくればじゅうぶんだろうと思ったのだけれど、ノエリアはわたしが直接渡しにいくべきだと主張した。

まったく、他人が偽造したメモに引っかかったことのある人が、よく言うよ。

それに、現代人が慣れ親しんだメッセージやメールではなく、お姉さんからだと言われて渡された手書きのメモのほうが、よっぽどあやしいんじゃないだろうか。

わたしならどうするだろう。もし日時と場所の書かれたメモがドアの下に差しはさまれていたら。おそらく行くだろうけれど、警戒はするはずだ。

イヤホン越しに、ノエリアのいら立った吐息が聞こえてきた。盗聴を防ぐために、わたしたちは昔ながらのアナログの通信機を使うことにした。たまたま、デヴローが近くで手に入れられる場所を知っていたのだ。どうしてそんなにたくさんのツテを持っているのか、あとでくわしく訊《き》いてみよう。

「失礼ですけど、これから会う予定なのは、だれの弟かしら？　わたしがうまくいくと言ったら、うまくいくの。ノエリア・ボシェルトは、失敗する作戦なんて立てない」そして、また引っ掻《か》くような雑音がイヤホンから響いた。なんてばかな質問をするんだと、ひとりごとを言っているノエリアの姿が思い浮かぶ。

わたしは第二ステージで作戦勝ちしたのはこっちだと言ってやりたくなったけれど、さすがにそれは意地悪だろう。

顔をしかめたい気持ちを我慢して、リュック——新しく買ったチェック柄のもので中身はほぼ空っぽ——をつかんだ。これは変装用で、ブレザーとプリーツスカートに合うものを選んだ。周囲に溶けこめるよう、徒歩で二十分行ったところにある、姉妹校の生徒のふりをすることにしたのだ。

女の子たちが、友だちやボーイフレンドと会うために、午後のハウザーへぞろぞろとはいっていく。校門の守衛たちは、わたしを見てもとくにまばたきすらしなかった。

キャンパスは笑ってしまうほど広大だった。だれかがニューヨークのセントラル・パークを切りとり、立派な建物をいくつか配置して、安全のためにまわりを鉄の門で囲った、みたいな感じだった。見取り図を見ただけでは、ここまでの広さを想像できなかった。耳のなかで導いてくれるノエリアの声がなければ、迷子になっていたかもしれない。

「目的の寮は、アーチ形の窓がある赤煉瓦《れんが》の建物よ」

すばやく目を走らせて、ノエリアの言っていた建物を見つけた。別の校舎から出てきた生徒たちが、つぎつぎとそのなかへ吸いこまれ、遊びにきた女の子たちの多くがそのあとを追っていく。

「ニコライはいつも授業が終わったら寮へもどるの？」きょうにかぎってニコライが日没まで寮にもどらないと決めたら、どうすればいいだろう。

「考えすぎちゃだめ」ノエリアは言った。「とにかく……姿が見えるまで、風景に溶けこんでて」

「やっぱり、ぼくが行くべきだったんじゃないのか？」これまでずっとだまっていたデヴローが、はじめて口を開いた。

「ロザリン、お願いがあるんだけど。まわりを見渡して、黒人の男の子が何人いるか教えてくれる？」

これに関しては、ノエリアの言っていることが正しい。すでに寮の近くまで来ていたけれど、黒人の男の子はひとりも見あたらなかった。「念のため言っておくと」わたしは小声で言った。「黒人の女の子もほとんどいないからね」見かけたのはたったの二、三人だ。

「そこは女子校じゃなくて、男子校なのよ。ハウザーには黒人の子が四人しかいないんだから、デヴローが行けば、一瞬で守衛に捕まるわ」

「人種が周囲にもたらす反応をよく知ってるんだな、ノエリアは」デヴローは返した。明らかに皮肉だ。

ノエリアはいったん口をつぐみ、また話しはじめた。「〝みずからの特権を利用しなさい、たとえそれが不相応なものであっても〟それがお父さまの口癖なの」

さいわい、デヴローやわたしが反論する間もなく、寮へたどり着いた。

中にはいると、混み合った玄関ホールの隣に広々とした空間があり、読書用の明かりや椅子を備えた自習室になっていた。教科書のはいった鞄《かばん》をどさりと机におろしてすわる生徒もいれば、大きな弧を描く階段を駆けあがっていく生徒もいる。

まったく。キャンパスといい、この寮といい、ここはほんとうに寄宿学校？　高級ホテルか私立大学みたいだ。わたしもこういう場所で潜入任務ができたら……。

「ニッキの部屋は三階よ」ノエリアは言った。その声で、わたしは妄想の世界から現実に引きもどされた。「その……正確な場所まではわからないけど」

「有益な情報をどうも」わたしはつぶやいた。階段をおりてきた赤毛の女の子が、怪訝《けげん》な顔を向けてくる。まずい、ひとりごとはあやしまれる。

わたしは主階段をのぼりはじめた。広い廊下には、ドアがぽつぽつとしか並んでいない。事前に建物の構造は調べてあったけれど、実際にこの目で見ると、ひとつひとつの部屋のばかみたいな広さに驚いてしまう。

だれかを待っているふうの顔で、ニコライを探す。直接会ったことはないけれど、カウントから送られてきた写真と、ノエリアが持っていた写真に二時間以上目を凝らして、その容姿を脳裏に焼きつけた。警察の面通しに呼ばれたら、一瞬で見分けられるはずだ。

それから、ニコライには片手をポケットに入れて歩く癖があると、ノエリアが教えてくれた。ということは、目印は、混じりけのないブロンドの髪、青い瞳、白い肌、男性、十四歳、ポケットに片手。十人くらいの生徒が廊下を出入りしたけれど、まだニコライの姿はない。

「まだなの？」十分の沈黙ののち、ノエリアはしびれを切らして言った。

「見つけたら、ロザリンが報告するはずだ」デヴローがいさめた。

「通り過ぎちゃったのかも。ちゃんと目をあけて探してる？」

ノエリアはわたしを素人か何かだと思ってるわけ？

耳のなかの通信機をぴしゃりと叩《たた》く。これでこちらの意図は伝わっただろう。

「ほんと子どもね、ロザリンは」ノエリアは言った。わたしは笑みを噛《か》み殺す。

また新たな集団が上の階段から現れた。みんな髪の色が暗かったので、わたしはすぐに注意をそらした。けれど、そのなかのひとりになぜか目を引かれた。周囲の子に半分まぎれているけれど、あれは……。アジア人、眼鏡、少しも乱れていない完璧な髪型。

わたしは跳びあがった。また別の集団が階段をあがってきて、視界がさえぎられる。

だめだ、見失ってしまう。

わたしは男の子たちをよけながら、階段へ駆け寄った。彼はあと少しで階段をくだりきるところだった。

「タイヨウ」わたしは小さな声で言った。

「タイヨウって、あのタイヨウ？」ノエリアが尋ねた。「なんでここにいるの？」

「タイヨウなわけないと思うけどな」デヴローはいぶかしげに言った。「母さんはどこにいてもおかしくないけど、ヨーロッパの寄宿学校はありえない」

「タイヨウのターゲットはデヴローのお母さんじゃないのかも」

タイヨウらしき人物はまっすぐ出口へ向かっていた。たしかめたければ、いますぐ追いかけるしかない。

けれどそのとき、目的の人物が現れた。ニコライ・ボシェルト。

ポケットに片手を入れて、階段をのぼってくる。たとえ顔と髪が隠れていても、その姿を見れば、すぐにわかっただろう。ニコライはふたりの男の子にはさまれていた。ひとりはブレザーを肩にかけてぺちゃくちゃとしゃべり、もうひとりはあくびを手で隠している。

歩き去っていくタイヨウ（またはその代役）と、近づいてくるニコライ。

「最高のタイミング」わたしはぼやいた。

「どうしたの？　タイヨウを追う気？　だめよ！　ニコライが来るのを待たなくちゃ――」

わたしはイヤホンをはずし、小さく息を吐いて階段をおり、笑顔でニコライの前に立ちふさがった。

「ニッキ、でしょ？」ブレザーを肩にかけた友だちがまだしゃべっていたけれど、かまわず声をかけた。この子がニコライの約一年前からのターゲットだろうか。

その友だちはプッと吹き出した。「ニッキ？　おまえ、最近はニ、ッ、キって呼ばれてんのか？」

ニコライの顔がほんのり赤くなる。「ぼくの名前はニコライだ」

「でも、ノエリアはニッキって呼んでたよ」ニコライはぎくりとした。姉の名前が彼の注意を引いたのだ。

「見かけたら、よろしく伝えといてって言われたんだ」ニコライのブレザーから綿ぼこりを払うふりをしながら、ノエリアからのメモをポケットに滑りこませる。ニコライの体が固くなった。わたしのしていることに気づいているのだ。メモの中身（脅迫か伝言か）まではわからないだろうけれど――最後の台詞を聞くまでは。

「マーロウも会いたがってるって」

ニコライはすっと背すじを伸ばした。マ、ー、ロ、ウ。ノエリアによると、それがふたりの合いことばらしい。

ニコライは小さくうなずいた。わたしが味方だとわかったのだ。

手を振りながら、わたしは階段をおりていった。友だちのひとりがニコライに言う。「姉ちゃんがいるなんて知らなかったよ。美人なのか？」

「ほら、こういうことになるから、内緒にしてたんだよ」ニコライは言った。あとの会話はもうほとんど聞こえなかった。

わたしはまっすぐホールを抜けて正面のドアを通り、庭へ向かった。遅かった。タイヨウはいまごろ遠くへ逃げおおせているだろう。

第43章　不協和音

「ぜったいにタイヨウだった」

　少なくとも、あのときはそう思った。けれど、デヴローから何度も質問されるうちに、わたしもだんだん意地になっていった。

　デヴローは長椅子――手織りのブランケットが敷いてあるだけの、とても固い籐《とう》の長椅子で、ボヘミアン風のレンタルハウスによく置いてある――の後ろに立ち、カーペットの上を行ったり来たりしながら考えを整理するわたしを、目で追っていた。

「タイヨウに似ただれかだったかもしれないだろ」デヴローは鼻をつまんだ。わたしはそれを見て足を止め、デヴローをにらんだ。ちょっと待って、わたしがデ、ヴ、ロ、ーをいらいらさせてるってこと?

「考えてみろよ。ほんとうにタイヨウがいたんだとしたら、その理由は?　きみを混乱させるためか?」

　わたしは口ごもった。「知らないよ!　ひょっとしたら、ターゲットを追ってるわけじゃないかもしれない。たとえば……」ため息をついて、ちくちくしてせま苦しい籐《とう》椅子に倒れこむ。

「わかんない。でも、とにかく見たの」たぶん。

　こんどはわたしがいらいらする番だった。これはマイロが好きなタイプのわくわくするようなスリルではない。かなりの危険をはらんだスリルだ。たとえるなら、〝一瞬でも気を抜けばすべてが崩壊する〟たぐいのスリル。

「お互いのことを信用しようって約束したんじゃなかった？」わたしはつぶやくように言った。

「そうだよ」

「ほんとうに？　ノエリアはおばさんの居場所を教えたらすぐに信用してくれたけど、いまのデヴローは全然そんなことないみたい」

　デヴローはふっと悲しげな笑みを浮かべたかと思うと、すぐにいつもの顔つきへもどった。寝室のほうを見やる。そこには、わたしたちのスマホや盗聴可能なあらゆる電子機器を封印してあった。

「これまでは〈組織〉のルールに従って動いてたけど、いまはちがうだろ、ロザリン。きみはヘビ穴の上で綱渡りをしてるんだ。ほかのことに気をとられたら、それだけで下へ真っ逆さまだ。ぼくはきみが落ちるところを見たくない」

　デヴローは息を凝らし、わたしの返事を待っているようだった。そんなにわたしのことを心配してくれてるの？　あたたかくこそばゆい感情が、さざ波のように押し寄せてくる。家族以外で、わたしを支えようとしてくれた人は、これまでひとりもいなかった。そう考えると、デヴローがああ言ってくれたのは……すてきなことだ。

とはいえ、それだけではわたしの直感をぬぐい去ることはできない。直感は、タイヨウの件を無視しちゃだめだと言っていた。

ノエリアが足を踏み鳴らしながら、不機嫌な顔でリビングにもどってきた。使い捨てのプリペイド式携帯電話をデヴローの胸に投げ、デヴローはそれを片手でキャッチした。「タイヨウに電話したんだけど、出てくれなかった。よく考えたら、あのタイヨウがカウント以外の知らない番号からの電話に出るわけがないのよね」

長椅子の肘掛けにちょこんとすわり、足を組む。まるで玉座に腰かける女王さまのようだ。

「わたしのスマホが使えれば……」

「きみはぼくたちの人質なんだから、スマホなんて使えるわけがないだろ」デヴローは釘《くぎ》を刺した。

短パンに裸足、髪を後ろでゆるく結んだノエリアの姿は、滑稽なほど人質らしさがなかった。設定では、客室乗務員として機内にもぐりこんでいたノエリアを捕らえ、悪さをしないようスマホを取りあげてここに監禁している、ということになっている。けどまあ、その嘘《うそ》がばれないかぎりは、ノエリアがどんな格好をしていてもかまわないだろう。

ノエリアはポニーテールの先っぽをいじった。「わたしのスマホからかけても、出ないかもしれないしね。みんなちょっと……わたしに怒ってるみたいだから。棺が偽物だってわかったときから」

ノエリアに悪いと思ったのと、いまはそういう雰囲気じゃないと感じたので、わたしは笑わなかった。

「どっちだって同じさ」デヴローは言った。「たぶん、タイヨウじゃなかったんだ」

ノエリアは冷たく笑った。「ロザリンが見たって言うなら、ほんとうに見たのよ、デヴロー・ケンジー」

わたしはびっくりした。ノエリアがわたしの肩を持つなんて、一週間前じゃ考えられなかった。デヴローは固く口を閉ざしたけれど、ノエリアが片眉をあげてデヴローをあおった。「たとえ確信が持てなくとも、ロザリンがそう言ったなら、〝タイヨウに似ただれかだったかもしれない〟なんて理由で、うちの弟を危険にさらすことはできないわ。先まわりして手を打たないと。予防こそ最良の薬よ」

「それもきみの尊敬すべき立派なお父さまの口癖か？」デヴローは訊《き》いた。

ノエリアは答えなかった。わたしはデヴローをきっとにらんだ。そんな意地悪言わなくたっていいのに。

「わたしもノエリアに賛成」口に出して言うのは、いまだに心がむずむずした。「今夜の計画を少し変えてもいいかもね。ノエリアはここにいなきゃいけないけど、デヴローがニコライの後ろを歩いて見守るようにしたらいいんじゃない？」

「ぼくにボディガード役をやれって言うのか？」

「タイヨウがニコライを狙ってるなら、襲うのは学校の外でのはず。学校と待ち合わせ場所までのあいだでいいから、こっそり見張っててよ」

この案は理にかなっているはずだ。わたしには確信があった。なのに、どうしてデヴローは百パーセント納得がいかないみたいな顔をしているのか。

デヴローは立ちあがり、ベストの裾を引っ張って、無理やり笑顔を作った。「これはきみの作戦だ。すべてはきみのおおせのままに」部屋の向こうから歩いてきて、わたしの頬にキスをする。ノエリアは白目をむいた。デヴローは、家裏のポーチへと姿を消した。

ノエリアはドアが音をたてて閉まるのを待ってから言った。

「やっかいな男ね。気をつけたほうがいいわよ、ロザリン」

「こんどはわたしにデートのアドバイス？」

ノエリアは裏口のドアに目を向けたまま、ゆっくり首を振った。「いいえ、これはプロのアドバイスよ」

そう言って、反対側の部屋へもどっていった。ノエリアを追いかけて、どういう意味だと尋ねたかったけれど、一歩足を踏み出してから考えなおした。

外を見ると、夕日が顔を出していた。これから準備をして、待ち合わせ場所に向かわなければならない。そこで、失敗できない任務が待っているのだ。

第44章　ニコライ・ボシェルト

「あの子のこと、頼んだわよ」

出かける間際にノエリアからかけられた最後のことばが、頭のなかでこだました。わたしはつぎのように返した。

「まかせて」

今週は人生でいちばんカオスな一週間だったにちがいない。月曜日はノエリアのことが憎くて憎くてたまらなかったのに、金曜日には彼女の家族を守ると約束していた。そしていま、わたしはこうして、白人の怪盗見習いであるノエリアの弟を待っている。裕福なティーンエイジャーたちが集まるパブの、二ブロック先にあるこのカフェで。

約束の九時になるまで、わたしは考え事をしていた。ノエリアとの約束について。その約束を守ることの重要性について。とくにスキーキャンプでのママの策略を知ったいま、わたしのなかでノエリアを裏切りたくないという気持ちが強くなっていた。

コーヒー豆とシロップの香りが漂うカフェは、完全な静寂に包まれていた。ジャズ音楽も、生徒たちがノートパソコンで作業をする音もなし。閉店の二時間後に侵入して警報装置を止めておいたので、店内にはわたししかいなかった。あとは、たくさんの空席と、明かりのついていない〝営業中〟の看板。

片脚を激しく揺すっていると、買ったばかりのノートパソコンが九時を告げた。時計のように——いや、よく訓練された弟子のように——規則正しく、ニコライが店に現れた。まるでふつうのカフェに来たみたいに、片手を上着のポケットに入れて、何気ないふうを装っている。

後ろを振り返りながら、ふたりがけのテーブル席の向かい側に腰をおろした。「学校を出てから、だれかに尾《つ》けられてるみたいなんだけど」

「だいじょうぶ、その人は味方だから」

「で、そっちはノエリアの味方？」ニコライは姉にそっくりの疑わしげな目をこちらへ向けた。

「驚くことにね」ニコライはにやりとした。「例のものは持ってきた？」

ニコライは店内に目を走らせ、だれもいないことを確認したうえで、ポケットから黒いUSBメモリを取り出した。「スプレッドシートへまとめるのに、まる一日かかったよ。おかげで、三角法のテスト勉強ができなかった」

「きみの将来は三角法のテストの成績じゃ決まらないから安心しな」わたしはUSBメモリをパソコンに接続した。画面下のチャットボックスに通知が届く。ほかにチャットへ参加しているのはふたり、N《ノエリア》とG《ギョンスン》だけだ。

——N：九時になったわ。進捗は？

わたしはキーボードを叩《たた》いた。

――R：無事に会えたよ。Gにスプレッドシートを送る

――G：👍

ニコライは画面をのぞきこんだ。椅子を持ってきて、キーボードを打つそぶりをする。わたしは唇をすぼめ、ニコライに見えないようパソコンの向きを変えた。「これは遊びじゃないんだよ」

「へえ、でも、ちょっとくらいはいいじゃん？」ニコライはわたしの手を払いのけ、キーボードに指を置いた。

――R：なんかトラブった、リア？？？　かわいい弟が助けてあげようか？？？

わたしは入力中のマークを見ながら、ノエリアからの返事を待った。どんなコメントが返ってくるだろう。助けてあげてるのはこっちよ、あなたがあぶない連中に捕まらないよう、いろいろと手をつくしてるんだからね、みたいな？　たしかに、ニコライは自分がどれだけ危険な状況に置かれているのかを知らない。まあそれは、わたしが説明していないからっていうのもあるんだけど。

ところが、ノエリアが送ってきたのは白目の絵文字だけだった。ノエリアらしい。

――G：スプレッドシート、受けとったよ。いまふたつのファイルを照合してるところ

息をつめて待つ。この瞬間に、すべてが決まる。作戦がうまくいくか、失敗するか。脅迫の材料として、使い物になるかどうか。

ニコライは指先でテーブルを叩《たた》きながら、退屈そうな顔をしていた。わたしの世界は崩壊寸

前だというのに。

（もしこれがうまくいかなくても、プランBがある……ニコライはすっかりわたしを信用しているから）

そんな悪魔のささやきを、できるだけ遠くへ振り払う。

「それで……」ニコライはうかがうようにこちらを見た。「これから何をしようとしてるの？　リアのメモに、この一年で掻《か》き集めた情報を全部ドキュメントファイルにまとめろって書いてあったから、待ち合わせ場所に行ったらそれを渡して終わりかな、って思ってたんだけど。でも、それだけじゃないみたいだね」

この子にわかるわけがない。

「わたしも別のスプレッドシートを持ってるんだ……とんでもない情報がつまってるやつ」わたしは言った。「だから、きみが苗字の綴《つづ》りをまちがえてさえいなければ、わたしの友だちがふたつのファイルをうまく合体してくれる」

「ってことは、ぼくのリストとそっちのリストで、かぶってる人物が多ければ多いほどいいんだね。うん、おもしろくなってきた」

ギョンスンから直接メールが届いた。ファイルがひとつ添付されている。

——G：これ、マジでやばい
添付ファイルをダブルクリックする。新たなスプレッドシートは重すぎて、読みこみに少し時間がかかった。ファイルが開くと、そこには、名前や電話番号やメールアドレスといった情報が何行にもわたって連なっていた。数行ごとに、ハイライトされた名前がある。わたしは最初に目にはいったものをクリックした。

――ディーン・プラット。ピアース・グローバル製薬の最高執行責任者。愛人との子どもがふたり。現在はバルセロナで愛人と暮らしている。住所は……

ニコライは、画面を見てうなずいた。「スイートメイト【ルームメイトとちがい、キッチンやバスルームのみを共有する】のルイのパパだ」

「どうやって住所を手に入れたの？」わたしは尋ねた。

「ルイはお父さんの愛人の子どもと文通みたいなことをしてるんだよ。それで、住所を見てメモっといた」

スクロールをつづけ、またハイライトされた名前を見つける。フェルツィア・コヴァルスキ。ポーランドの最高裁判所の裁判官。軽度のヘロイン依存症。一枚の写真が添付されている。ぼやけてはいるが、解像度はじゅうぶんだ。写真の女性は明らかに、腕を叩《たた》いて薬を打つ準備をしている。

「三連休にヘンリが家へ招待してくれたんだ。お母さんは基本やさしかったけど……それ以外は、ね」ニコライは説明した。

つづいて、なじみ深い名前を発見して手を止めた。オレリー・デュボワ。

（カウントの本名だ！）

「この人は？」わたしはカーソルで名前を囲み、ニコライを見た。

「ああ、ジェリーのお母さん！　二年前に離婚したんだって。ジェリーはもう片方のお母さんについていきたかったのに、こっちのお母さんが裁判官にお金を渡して、親権も監護権もひとり占めしたらしい。最悪だよ。この人は息子を一年のうち十か月もハウザーに閉じこめて、大好きなお母さんと会わせないようにしてるんだ」

そこには短い音声データが添付されていた。きっと、何か重要な音声が録音されているのだろう。これをまともな裁判官に聞かせれば、カウントから親権を取りあげられるかもしれない。

さらにファイルをスクロールしていくと、スキャンダルになりそうな情報がつぎつぎと見つかった。ただし、思っていたよりは多くない。四十人ぶんか、そこらだろう。けれど、目を通しているうちに、これでじゅうぶんだと確信した。

〈組織〉がニコライを排除したがっているのも納得だ。ニコライの父親はひとりの男を倒すために息子をハウザーへ送り出したけれど、息子は深入りしすぎてしまった。少なくとも十名の政治家を失脚させ、株式市場に大打撃を与えるほどの秘密を掻《か》き集めてしまったのだ。この子はまさに、足と口のついた短機関銃だ。

「知識は力なり、か」わたしは言った。

ニコライの口がきつく引き結ばれる。「知識は支配だよ」

それも、お父さまの口癖？

わたしはチャットに書きこんだ。

――R：届いたよ。ありがとう、ふたりとも
――G：♥

Nからの返信はないけれど、もたもたしている暇はない。本番はこれからなのだ。すでに開いてあったブラックボックスのアカウントで、メールの作成をはじめる。世界で最もスキャンダラスなスプレッドシートを添付して――

「ちょっと、ちょっと、ちょっと。いまからだれかを脅迫しようとしてるんだよね？」ニコライは画面を顎で示した。「なら、ファイルの一部だけを送ったほうがいい」

手の内をすべては見せずに、残りを相手に想像させる、ということか。ニコライはほんとうに賢い。人間が思い浮かべる最悪のシナリオは、たいてい現実よりもひどい。

カウントの秘密を含んだスプレッドシートの一部をコピーして、新たなファイルを作った。ほんの味見として。

それから、事前に下書きしてあった別のメールを確認した。送りたい相手が大量にいたので、それらをまとめるのにギョンスンの手を借りる必要があった。このメールの宛先には、カイロのホテルで手に入れたすべてのメールアドレス――何千個もある――がはいっている。これに、有力者たちの秘密がつまったスプレッドシートの完全版を添付した。

準備は整った。つぎはわたしが行動する番だ。

「スマホを貸して」

ニコライは眉をひそめたけれど、上着のなかからスマホを取り出した。「買ったばっかのノ

ートパソコンはあるのに、スマホはないの？」

「車に置いてきたから」

わたしはカウントの番号に電話をかけ、スマホを耳にあてた。ニコライが近づいてきて、耳をそばだてる。わたしは急に心配になった。もしこの電話でニコライの名前が出たら。誘拐の話を聞いて、ニコライが取り乱さないといいけど。

予想どおり、カウントはワンコールで出た。

わたしが先に口を開いた。「どうも、オレリー」

カウントの顔が引きつるのが目に浮かぶようだ。「この番号からかけてきたということは、ターゲットの捕獲に成功したのね？　あなたの電話はどうしたの？　しばらく前から――」

「静かだった？　まあ、忙しかったからね。じつは、あるものをメールで送りたいんだけど。アドレスを教えてくれない？」

しばし沈黙が流れた。静寂。感じられるのは、暗闇と、わたしにぴたっとくっついているニコライの肩と、コーヒー豆の香りと、胸のなかで激しく暴れる心臓の音だけ。

「どういうこと？」カウントはゆっくり言った。声には不安の色がある。動揺しているのだ。

「メールアドレスを教えて」わたしは言った。

驚いたことに、いつも冷静なあのカウントが、ふーっといら立ち混じりのため息をついた。何やら物音がして、すぐに一件の通知が届く。＠マークでつながれた、数字と文字と記号の羅列。さっそくそのアドレスに味見用のメールを送信する。

「一分あげるから、ざっと確認して」わたしは言った。カウントはその一分をまるまる使った。ほかにも何人かが同時に見ていたらしい。カウントの背後から聞こえていたざわめきが、どんどん大きくなっていく。

テーブルの下で足を揺すりながら、カウントの返事を待った。

「これはいったいなんなの！」あのカウントが怒鳴ってる？　人はみな自分のこととなると、冷静さを失ってしまうものだ。

「これはわたしを勝利に導いてくれるものだよ」わたしはテーブルに身を乗り出した。「あんたたちのルールに従うのはもう終わり。これからはわたしのルールに従ってもらう。わかるように説明してあげるね、オレリー。こっちには、世界の重要人物たちのメールアドレスを一覧にした、ものすごく貴重なリストがある。どれが〈組織〉の人間で、どれがそうじゃないかはわからない。けど、一部の人たちのだれにも言えない秘密をまとめたスプレッドシートを持ってる。わたしがこれから言うことに従わなければ、そのおいしいネタのつまったスプレッドシートを、リストの全アドレスに送信する。ここまではわかった？」

カウントはせせら笑った。「そんなに自分を過信しちゃだめよ。メールなんて、こちらの手にかかればいくらでも、消失させることができるわ。宛先のアドレスへ届く前にね」

脅し返してきた、か。動物は身に危険が迫ると、自分を大きく見せようとする。これはカウントのミスだ。

「まあ、できるとは思うけど……どれくらい時間がかかるかな？　メールの受信者が千人もいたら？　五千人は？　一万人だったら？　そんなことしてるあいだに、だれかがメールを受けとって、ファイルを開いちゃうんじゃない？」わたしは目を細めた。「あるいは、わたしが送信ボタンを押す前に、このパソコンをハッキングしてファイルを消去するか。それだって、ほんとに間に合うと思う？」

ああ、マイロがここにいれば。こういうギャンブルはマイロの大好物のはずだ。

「要求は……何？」カウントは質問した。

脅しが成功した。

「十億ドル」

ことばが勢いよく出てくる。これまでは、強がって虚勢を張らないと、うまくしゃべれなかったのに。でももう、カウントやほかの連中にどう思われようと関係ない。

「オフショア口座【租税回避のためにタックス・ヘイヴンで開設した口座】に送金して。いますぐに。くわしい指示はメールで送るから」

わたしは息を殺して待った。カウントがだれかと話をしているのが聞こえる。

「なかなかの大金ね、ミズ・クエスト。それで全部かしら？」カウントが訊《き》いた。

いいえ、それで全部？　いまのところ、連中はわたしの操り人形だ……けど、長くはもたない。あいつらがわたしのパソコンから証拠を消し去る方法を見つけるまで、そんなに長くはかからないだろう。最速で二、三時間といったところか。

だけどいまはまだ、わたしが糸を操っている。

（欲張りすぎるな、ロザリン）

「それで終わり」わたしは言った。

ほかにほしいものは、自分で手に入れられる。だいたいのものは……すでに持っているから。

「これから送金の手続きを進めるわ。どれくらい時間がかかるか――」

「急げるでしょ。十分でやって」

「わかった」カウントはややあきらめたような口調で言った。

「残念だわ、ミズ・クエスト。あなたがギャンビットでなく、こういう形での勝利を求めるなんて。できれば、あなたと一年間の専属契約を結びたいと思っていたのに」

第45章　危険なカーチェイス

「やるじゃん」パソコンを片づけているわたしの背中を、ニコライがポンと叩《たた》いた。傑作スパイ映画を鑑賞し終えたばかりの観客並みに興奮している。

正直に言うと、わたしもそれなりに興奮していた。ママが助かるということだけでなく、もう誘拐なんてしなくていい、怪盗ギャンビットとは正式にさよならできるとわかって、肩の力が抜け、心がすっかり軽くなっていた。

怪盗ギャンビットでは勝てなかったかもしれないけど、これは実質上の勝利だ。

「隠れ家に寄ってく?」カフェのドアを引きあけ、気持ちのいい夜へ足を踏み出しながら、ニコライに言った。「ノエリアと手を組んでることは、その……さっきの連中には隠してたんだけど、もうだいじょうぶ。ノエリアもきみの顔を見たら喜ぶよ。ずっと心配してたから」

それを聞いて、ニコライの青ざめた顔がピンク色になった。お姉ちゃんと仲よしであることが恥ずかしいんだろう。「やめとく。リアがこっちに来てくれるならいいけど。ぼくが急にいなくなって、友だちが探してるかもしれないから」振り返って、パブのほうを見る。

わたしは眉を吊《つ》りあげた。「友だち?」

「友だち。ターゲット。そういうのってさ、気づいたらごちゃ混ぜになってるよね？」

うん、その気持ちはよくわかるよ。

「無料《ただ》でおもしろいものを見せてくれてありがとう」ニコライは手を振った。「リアに伝えと
「リアに伝えといて、この貸しはあとでたっぷり返してもらうからって」

そう言ってポケットに片手を突っこみ、歩道を進みはじめた。わたしは自分の車――盗んだ韓国車――のほうへ歩いていった。とてもいい気分で、運転席に乗りこむ。

まず、だれに電話しようか。ノエリアに弟は無事だよって伝える？　ギョンスンにありがとうって連絡する？　それとも、デヴロー？　いや、いまはニコライのボディガード役に集中させたほうがいい。問題なく寮にもどれるまで――念のために。

ジャヤおばさんは？　なんですぐに思いつかなかったんだろう。きっと死ぬほど心配しているはずだ。

それから、ママ。ようやくママを安心させることができる。そして、ママが家に帰ってくる……じゃあ、わたしは？　もしわたしが、新しい仲間といっしょにフリーランスの怪盗になるって言ったら、家族は止めるだろうか。

いや、仲間じゃない。友だちだ。

運転席側の窓に頭をもたせかけ、子猫のような満足感に浸った。ジャヤおばさんにどうやって報告しよう。ギャンビットでどんなことがあったか、どうやってママを取り返したか。

どうして行き先も告げずに、家を出ようとしているのか。

そう、行き先は自分でもわからない。でも、すばらしい未来が待っているという予感がした。

おばさんに話す内容を整理しながら、歩道をぶらぶらと歩くニコライの姿を目で追った。頭を少し傾けている。先ほどの出来事を振り返っているんだろう。つまり、気をとられていたのだ。

だから、このあと起こることに対して、適切な反応ができなかった。

突然、脇道から人影が現れた。男は背後からニコライの首を絞めあげ、口に何かを押しつけている。

タイヨウだった。

ニコライは抵抗してもがいたけれど、あっという間に気絶してしまった。とっさのことで、わたしは身動きがとれなかった。ニコライにはボディガードがついているはず。すぐにでも、デヴローがタイヨウを追い払ってくれるだろう。それが彼の仕事なのだから。

なのに、なんでデヴローが出てこないの？

数秒後に、わたしは悟った。デヴローはここにいないのだ。

「くそっ！」エンジンをかけて車を発進させる。何も考えずにまず、ヘッドライトを点灯させた。タイヨウはわたしが近づいてくるのを見るや、路肩に止めてあった黒いセダンの後部座席へ、ふらつくニコライを押しこんだ。

タイヨウの動きはすばやかった……一瞬でニコライを奪われてしまった。

片手でハンドルを握りながら、わたしはポケットを探って通信機を取り出した。まったく反応がない。通信が切れている。

わたしは通信機を床に投げつけた。

タイヨウは北に向かっていた。頭のなかで、いちばん近くの空港や駅までの最短ルートを確認する。

タイヨウはすでにカウントから行き先を指示されている？　あるいは頭を使って、カウントにお金を渡し、自分から場所を指定した可能性もある。その場合はきっと空港だろう。駅は目撃者が多すぎる。

タイヨウが選んだのは、町から数キロ先にある航空機格納庫への最短ルートだった。けど、スピードに関しては、こっちの車のほうが上だ。

片手でハンドルを支えながら、グローブボックスをあける。タイヨウのセダンのテールランプが前方で赤く光っていた。

横断歩道の手前で止まらず、そのまま突っこむ。だれかの悲鳴が聞こえた。

グローブボックスにはペンが一本はいっていた。片手で車両の取扱説明書をめくり、超高張力鋼板を使った頑丈なボディについての説明書きの上から殴り書きをする。

――ライト二回で飛びおりて！

そのページを破りとると、未開封の水のペットボトルに巻きつけ、ポニーテールからはずしたヘアゴムで留めた。

（お願い、お願い、神さま、ニコライが意識を取りもどしていますように。それから、お姉ちゃんに負けないくらいの度胸をあの子が持っていますように！）

このままどこかへ連れ去られるよりも、走行中の車から飛びおりるほうがましだと、ニコライが思ってくれるといいんだけど。

気づけば、だいぶタイヨウの車に迫っていた。タイヨウはマリオカートのように車を左右に滑らせている。わたしを前に行かせないつもりだ。

一車線の橋が前方に現れ、タイヨウは落ち着きを取りもどしたらしい。あそこまで行ってしまえば、わたしがタイヨウを追い抜くのは不可能だ。たしかにそのとおり。でも、あきらめたくない。

エンジンの回転速度があがる。わたしは限界までスピードをあげて、タイヨウの横に並んだ。車線が徐々にせばまっていく。

橋のコンクリートでできた欄干が目前に迫ってきた。だめだ、隣の車線に合流しないと。

あと数秒で、コンクリートの欄干に真正面から衝突する。

わたしは手首のブレスレットをほどき、後ろの窓を割って、メモを巻きつけたペットボトルをタイヨウの車に投げ入れた。つづいて急ブレーキをかけ、激しく揺れるハンドルを無理やり切る。シートベルトが胸に食いこみ、ゴムの焼けるにおいが鼻を突いた。

タイヨウは全速力で橋を渡っていった。

欄干の数センチ手前で、車は停止した。バックミラーをのぞくと、数人の歩行者がこちらへ駆けつけていた。急いで車をUターンさせ、心配した歩行者に囲まれる前にすばやく逃げ出す。

タイヨウが通るルートはわかっている。そして、それよりも速いルートがある。わたしが文字どおり必死で車を走らせれば、タイヨウより先に、町境にある目的の急カーブへたどり着けるだろう。

あいている窓から風が吹きこみ、ブレイズをあおる。カーブを曲がるたびに、タイヤが悲鳴をあげた。ハンドルはぐらついている。まるでこの車も、わたしと同じように、ガソリンでなくアドレナリンで動いているみたいだ。警察に出くわさないのが奇跡だった。

建物がまばらになりはじめた。いつの間にか、畑や農場に囲まれていた。ちらりと視線をそらすと、格納庫へつづくさびれた道路が見えた。けれど、草を照らすヘッドライトやテールランプはまだ見あたらない。

わたしは自分の車のライトを消した。月明かりと記憶に頼って進んでいく。交差点の手前で、遠くにヘッドライトの明かりが見えた。

よし、先まわりに成功した。

交差点を突っ切り、車を急停止させると、砂ぼこりが巻きあがった。およそ二十メートル離れたところに急カーブがあり、その先に格納庫の輪郭がぼんやりと浮かびあがっている。

震えを抑えるようにゆっくりと呼吸を繰り返して待つ。タイヨウのヘッドライトが近づいてきた。タイミングは完璧だ。

タイヨウの車がうなりをあげて間近に迫る。そのまま交差点を通り過ぎ、急カーブに備えて速度を落とす直前、わたしはヘッドライトを二回、点滅させた。

（がんばれ、ニッキ、ためらうな！）

その瞬間、後部座席のドアがぱっと開いた。ニコライが車から飛びおり、地面へ転げ落ちる。

タイヨウの車のブレーキランプが真っ赤にともった。

わたしはヘッドライトをつけた。ニコライはよろめきながら立ちあがった。苦しそうにあえぎ、肩を押さえている。タイヨウはUターンをしようと、車を切り返していた。

わたしはニコライの横まで車を走らせ、助手席のドアをあけた。

「あの人は味方だって言ってたじゃん！」ニコライは跳び乗った。額にできたいくつもの切り傷から、血が滴っている。

「それはちがう人」

「その人はどこにいるんだよ」

それはこっちが訊《き》きたいよ。

わたしはタイヨウと反対方向に走りだした。数秒後には、タイヨウがわたしたちを追いかけていた。このまま逃げ切ろうとアクセルを踏むも、思うようにスピードがあがらない。ダッシュボードから警告音が鳴った。タイヤの空気圧がさがっている。どこかで何かを踏んで、タイヤがパンクしたにちがいない。

あとどれくらいもつだろう。

「シートベルトをして」

ニコライは血だらけの両手でどうにかシートベルトを締めた。

タイヨウはすぐそこに迫っている。

「スマホ持ってる？」わたしは尋ねた。ニコライはポケットを叩《たた》いて首を振った。

「ない、とられたんだと思う。あのとき……」

自分のスマホをニコライの膝に投げる。「暗証番号は0928。あの車の仕様をググって」

ニコライはすぐに取りかかった。「えっと、車種は……」

「テスラのモデルS60だと思う。ボディが何製かを調べて」

ニコライの親指がスマホの画面を飛びまわる。少しして、答えが出た。「これかな……〝二〇二〇年式のモデルS60は、なめらかなアルミボディを採用している〟――なんで？　これがどうかした？」

タイヨウはわたしたちの背後にぴったりと張りついていた。スピードメーターが六十を下まわる。すぐにでも追い抜かれてしまうだろう。やるならいましかない。

喉がきゅっと締めつけられる。

「なぜなら、この車は鋼《はがね》でできてるから」わたしは答えた。そして、あと先のことは考えず、思いっきりブレーキを踏んだ。

タイヨウの車がわたしの車に衝突した。

体がシートベルトに押さえつけられる。

雷が落ちたような衝撃だった。

金属がひしゃげ、ガラスの割れる音があたりに響き渡る。

わたしは最後までハンドルをつかんでいた。すべてが止まると、足をブレーキから離した。

鋼板はアルミよりも強い。

こっちのエンジンは傷ひとつついていなかった。すぐにでも発進できる。後ろのほうから金属が地面をこする音が聞こえてくるだろうけど。

バックミラーをのぞく。タイヨウの車は前面が完全にぺしゃんこになっていた。見えるのは、変形した金属の塊と、砕けたガラスだけ。

胸の鼓動が速くなる。早くここから逃げないと。

でも、タイヨウは……？

わたしはスマホをニコライから取り返した。ニコライはわたしと同じくらい頭が混乱しているようだった。

スイスの緊急通報番号へ電話をかけた。

「救急車をお願いします」

そして、現場から走り去った。

第46章 デヴローはどこ？

危機を脱してから、ニコライがわれに返るまで、まる五秒はかかった。

「すげぇ」ニコライの顔にみるみる血色がもどっていく。するとニコライは、わたしの肩をグーで殴った。

「ちょっと、なんなの！」

「それはこっちの台詞だよ！　ぼくを誘拐しようとしてるやつがいるって、ひとことも言ってなかったじゃん！」

わたしは震えながら息を吐いた。「ごめん。例の人がきみを守ってくれると思ってたから。でも、その人は……いまどこにいるのかわからない」

「なんであんなやつのために救急車を呼んだの？」ニコライの質問でわたしは現実にもどった。もう少しでパニックを起こすところだった。

ニコライの顔を見てから、バックミラー越しに、小さくなっていくタイヨウと車の残骸を見やった。「彼には必要だったから」

ニコライはふんと鼻を鳴らした。「お父さまなら、死なせておけばいいって言うだろうな」

「言っちゃ悪いけどさ、あんたたちのお父さまって、くそ野郎じゃない？」車の後ろのほうから火花が飛んでいるのが見える。タイヤがパンクしたせいで、車体はがたがた揺れていた。もう何もかもぼろぼろだ。「ノエリアに電話してみて」

ニコライはこくりとうなずき、頭を振ってガラスを落としてから、番号を打ちこんだ。姉の番号を覚えているのだ。

「出ない」

焦り。あまり認めたくないけれど、ニコライが車に押しこまれるのを見たときよりも、激しい焦りがこみあげてきた。ノエリアが電話に出ない。デヴローはいなくなった。大変なことが起こっているかもしれない。それがなんなのかは、まだわからないけれど。

「つぎはどうする？」ニコライが尋ねた。

「リアのところへ行こう」

レンタルハウスのドアを、わたしはほとんど蹴破るようにしてあけた。明かりがすべて消えている。ニコライが手探りでスイッチを入れた。

「ノエリア！　デヴロー？」わたしは呼びかけた。リビングにはだれもいない。ノエリアのノートパソコンがコーヒーテーブルの上で光を放っているだけだ。

「ほんとうにこの家であってる？」ニコライが言った。

廊下のほうからくぐもったうめき声が聞こえてきて、ニコライは口を閉じた。その声をたどっていくと、小さなバスルームのドアに行き着いた。押しても引いてもあかない。こんどはニコライがドアを蹴破った。

ノエリアは洗面台の排水管に三つの手錠でつながれていた。口をダクトテープでふさがれ、目が真っ赤に充血し、すっかり体力を消耗している。

「なんだよこれ!」ニコライはわたしを押しのけ、ノエリアのそばに膝をついた。服を叩《たた》いてピッキング道具になりそうなものを探す。わたしはすばやくブレイズからヘアピンを抜きとり、ニコライに渡した。

ニコライが手錠をはずしているあいだ、わたしはノエリアのダクトテープをはがし、口のなかのぼろ布を吐き出させた。

「何があったの? デヴローはどこ?」

「あいつは――」ノエリアが咳《せ》きこむ。

「だいじょうぶ、あわてるなって。べつに急ぐ必要はないだろ」ニコライは最後の手錠に取りかかりながら、なんの慰めにもならないことを言った。

「だまっ……てて……ニッキ……」ノエリアはむき出しになった手首をさすった。咳《せき》が止まらず、目から涙がこぼれ落ちる。

「ノエリア」わたしは言った。「デ、デヴ、ロ、ーは?」

「これをだれがやったと思うの⁉」ノエリアは噛《か》みつくように言ったけれど、少しして落ち着きを取りもどした。「あいつはすぐにもどってきたの。それで……あなたがわたしにくれた住所のメモを、奪っていった」

まさか。そんな。そんなわけない。

「嘘《うそ》を……ついてるでしょ」言いながら、それが嘘《うそ》でないことはわかっていた。

「ごめんなさい」ノエリアの声がうわずり、涙があふれ出した。さっきとはちがう涙だ。「戦って止めようとしたのよ。でもだめだった。わたしがあれを持ってるって、なんであいつが知ってたの？」

思わず、わたしの口からすすり泣きが漏れた。

なんてざまだ。目がひりひりする。「それは、わたしが話したから」鼻をすすり、まばたきをして涙を引っこめる。いまは泣き崩れてる場合じゃない。

スマホを取り出した。ほんの一瞬、デヴローの連絡先を見つめた。そうすれば、デヴローがどこで何をしているのかがわかるような気がして。

つぎに、カイロで転送したデヴローのスマホのデータを開く。それを見れば、デヴローがどの飛行機に乗るつもりなのかがわかるんじゃないかと思って。でも、そんなことはあるわけがなかった。

しゃがんで、デヴローのスマホをもう一度調べる。カイロで最初に調べたとき、何かを見落としたにちがいない。デヴローとお母さんとのトーク画面を開く。

お母さん。デヴローが怪盗ギャンビットに出場を決めた理由。

お母さんからの返信はどれも、ランダムな数字の羅列だった。これは暗号化されたメッセージだと、デヴローは言っていた。

なら、なんで全部の桁数が同じなの?

こんどは電話帳アプリを開いた。名前の登録されていない番号がたくさん保存されている。震える手で、ひとつをタップした。下のほうに、位置情報が表示されている。つぎの番号も、そのつぎの番号も同じだった。メッセージと電話帳のアプリを行き来しながら、数字を見比べる。

アドレス帳の番号と、お母さんが送ってきた番号はすべて一致していた。これは電話番号でも、暗号化されたメッセージでもない。位置情報だったのだ。デヴローはずっと、お母さんの居場所を把握していた。それはつまり、ギャンビットの願い事について、デヴローはわたしに嘘《うそ》をついていたということだ。

お母さんを見つけたいわけじゃないのなら、デヴローのほんとうの願いは?

そのとき、メッセージがわたしのスマホに届いた。デヴローからだ。

——しかたがなかったんだ
——ごめん
「わたし……おばさんのところに行かないと」よろよろとバスルームを出る。この世でいちばん残酷なメリーゴーラウンドに乗せられたばかりみたいな気分だった。

デヴローはうちの住所を知っている。つまり、ジャヤおばさんの居場所を。おばさんがデヴローのほんとうのターゲットだったんだ。なのにデヴローは、偽《いつわり》の写真をわたしに見せた。はじめから、最終ステージの内容を知ってたってこと？

外に出て、ジャヤおばさんの番号に電話をかけた。

つながらない。

家の固定電話も試したけれど、そちらもつながらなかった。

最後に、緊急用の番号にかける。

こんどは呼び出し音が鳴った。

おばさんが出る。「ロザリン？」

「いますぐそこを出て――」

「何？」声がノイズに掻《か》き消される。「どこ……いる……？」

「島を出て！」わたしは叫んだけれど、意味はなかった。おばさんにはこちらの声が聞こえていない。そこで、通話が切断された。もう一度かけたけれど、おばさんのスマホや家の電話と同じように、まったくつながらなくなっていた。

パニックになりながら、カウントに電話をする。今夜はこれで二度目だ。けど、立場は逆転している。

「あなたの声はもう聞き飽きたわ、ミズ・クエスト」

「おばさんと話をさせて！」

カウントの背後から話し声が聞こえてきて、さらにいら立ちが募る。

「こちらにそんなことをする義理はないでしょう?」ようやくカウントが答えた。

「頼みを聞いてくれないなら、例のスプレッドシートをばらまいて、あんたたちの世界をめちゃくちゃにしてやる」

「あら、そう?」カウントはあざ笑った。「それは一時間以上も前の話よね。コンピュータを開いてごらんなさい。きっと、お探しのものは見つからないはずよ」

両手に汗がにじみはじめる。体じゅうから汗が噴き出していた。わたしの人生が、指のあいだからさらさらとこぼれ落ちていく。

「ねえ、あなたはもう手持ちのカードを使いきったでしょ、ロザリン」カウントは言った。「あれはたしかにすばらしかったわ。わたしたちは有言実行を信条にしているから、頼まれた送金の手続きはちゃんと進めてる。けれど、ほかにも頼み事がしたいと言うなら、それなりの対価を支払ってもらわないと」

「わかった。何がほしいの?」

カウントはいったんことばを切った。「それはまだ決まってないわ。おとなしく待っててちょうだい」

わたしの返事を待たずに、通話は切られた。もう一度電話してみると、番号はすでにつながらなくなっていた。

ほんとにもう。この連中は。

ママ。ママの助言がほしい。どうしたらいいか、ママに相談したい。

わたしは電話をかけた。こんどはすぐママにつながった。

わたしが話す前に、ママが言う。「ロザリン、あの女だって知らなかったの。わたしはあの男が――」

そして、緊急用の番号にかけたときと同じように、ママの声がノイズに掻《か》き消され、通話が切断された。

わたしは叫んだ。何がどうなってるの？　みるみるうちに、すべてが崩れていく。理由もわからない。

わたしがしないといけないことがひとつあるとすれば、それは〝おとなしく待っている〟ことだ。飛行機に乗って家に帰らないと。でも、いますぐここを出たとしても、デヴローのほうが早い。ヨーロッパのスイスからカリブ海のバハマはあまりにも遠い。

けど……わたしの友だちはちがう。

マイアミまで飲みにいこうと、マイロはギョンスンを誘っていた。フロリダ州マイアミからバハマまでは飛行機でたったの一時間。たぶんふたりはまだマイアミにいるだろう。

知り合いはあまりいないから、目あての連絡先はすぐに見つかった。

「ロザリンじゃーん……」ギョンスンが間延びした口調で言った。「あの、まさか、例のスプレッドシートをもう一回送れとか言わないよね。じつはあれ、全部のデバイスから一瞬でぱっと消えちゃったんだ。あんなハッキング技術、見たことないよ。もうびっくりしすぎて頭が――」

「それはもうだいじょうぶだから」わたしは言った。「マイロもまだそこにいる?」

「〝そこ〟が下のカジノのことなら、うん、いるよ。スロットマシンで悪さしてる」

「よかった」わたしは息をついた。「あの、じつはね、わたしにこんなことお願いする権利はないってわかってるし、すでにいろいろと助けてもらったわけなんだけど、でも……もう一度助けてほしいんだ」

「もちろん」ギョンスンは答えた。「おもしろそうなことならなんでもするよ。マイロもやるって言うだろうし」

わたしには、ふたりの助けが必要だ。ほかに道はない。

「いますぐバハマのアンドロス島まで飛んでくれる?　デヴローからわたしのおばさんを守ってほしいの」

第47章　復讐《ふくしゅう》のとき

十時間もの苦痛なフライトを終え、バハマの首都ナッソーの空港に着陸した。あとはいったん外へ出て、別のターミナルへ移動し、アンドロス島へ行くチャーター便に乗り継ぐ。けれど、スマホが使えるうちに、ふたりがいまどこにいるか、どんな状況かを確認しておきたい。

まずマイロに電話をした。応答はなし。

人混みを押し分けて機内を進み、ボーディング・ブリッジへ向かいながら、つぎにギョンスンへかけた。ようやくつながったころには、ターミナルに駆けこんでいた。

「ギョンスン！　おばさんはどこ？　そっちの状況は？」

「残念ながら、ふたりの飛行機は途中で行き先が変更されたの。いまはフロリダキーズ諸島の滑走路にいるわ」

カウントだ。

さらにつづけた。「おとなしく待ってなさいって言わなかったかしら？」

「わたしが従うわけないってわかってたでしょ」

「そうね」ほくそ笑むような声が返ってくる。

もしここでカウントの顔を一発殴っていいと言われたら、わたしは喜んでそうするだろう。手荷物受取所を走って通り過ぎ、到着ロビーから外へ飛び出して、最初に目にはいった空車のタクシーに手を振った。

「で、なんの用？　送金完了の報告？　ずいぶん時間がかかってるみたいだけど。それとも、おばさんの身柄と引き換えに、わたしに要求したいものが決まった？」

「じつを言うと、そのどちらもよ。あなたがおとなしく待っていなかったのは、むしろ幸運だったわ。もうバハマに着いたのなら、こうしましょう。直接会って、話し合うの……この新たな状況について」

スマホが震えた。ナッソーの住所だ。その地域は知っている。そこは島の端っこで、巨大な建物が立っている——ただし、未完成のホテル。いかにもあいつらしい。「あなたに会えるのを楽しみにしているわ」

何年も前から〈バハマ・マール・ホテル〉は建設が止まっていた。子どものころ、ママといっしょに車で前を通ったことがある。あのころから、窓はプラスチックで覆われたままだ。外観はリゾートホテルという感じだったけれど、中にはいると、あらゆるところにブルーシートや足場が残っていた。空気中には、ペンキやセメントの異臭が漂っている。

カウントからメッセージが届いた。

——舞踏室へ☺

わたしは舞踏室を探して、通路を駆けだした。標識がないので、迷路のなかを歩きまわっているような感覚だ。それが、奥へ進んでいくにつれて、内装が整えられていった。足もとを見ると、チェッカー盤柄のスニーカーの下に、絨毯《じゅうたん》が現れた。それから、灰色の壁に色がつきはじめた。

最終的にたどり着いたのは、完全な装飾が施されたロビーだった。矢印つきのプレートが〝珊瑚《さんご》の舞踏室〟へといざなっている。廊下を走っていくと、突きあたりに巨大な両開きのドアがあった。片方のドアを引きあけ、中に飛びこむ。

舞踏室の真ん中でひとり、スポットライトを浴びて立っている人影があった。

デヴローだ。

たったの十数時間前、わたしは彼の腕に包まれていた。なんてばかだったんだろう。あんなやつに心を開くなんて。わたしは許されないことをした。彼を信用してしまったのだ。デヴローが生まれ変わらせてくれたローズ・ゴールドのブレスレットは、いまも手首に巻いてある。これも、わたしをたぶらかすための道具だった？

ブレスレットをはずし、戦う覚悟を決める。

「最初からずっと、だましてたんだね」

わたしがデヴローに襲いかかろうとし、わたしが聞きたくもないことをデヴローが言おうとした瞬間、会場にほのかな明かりがともり、ぼんやりと観客席が浮かびあがった。

拍手の音が聞こえて、わたしは足を止めた。二階のバルコニー席から観客がこちらを見おろしている。逆光のせいで、見えるのはシルエットだけだ。顔も輪郭しかわからない。だんだん目が慣れてくると、彼らのいでたちが確認できた。ドレス、タキシード、きらめく宝石、おしゃれな髪型。拍手をしながら、隣の人とささやき合っている。壮大なショーを鑑賞したばかりのような顔で。

わたしは怒りのあまり、全身を震わせた。

目がすっかり暗闇に慣れると、何人かの姿がはっきりと浮かびあがった。見覚えのある人たち。まず、ピンストライプ柄のスーツを着た男性。パリ行きの列車で見かけた人だ。それから、満足げに手を叩《たた》いている年配の女性と、あの大きなブローチ。美術館でぶつかった人だ。ゆっくり視線を動かすと、カイロのホテルで出会った男性が目に留まった。エレベーターですれちがったときに、あの人からスマホを盗んだ。そして、グラスでシャンパンを飲んでいる年配の紳士。あの人もパリ行きの列車で、新聞を読むふりをしていた。

パズルのピースが音をたててはまっていく。怪盗ギャンビットがはじまってからずっと、〈組織〉はカメラを通して見ていただけではなかった。現場にいたのだ。そして、操っていた。わたしたちを。

「おめでとう、ミスター・ケンジー」おなじみの声が拍手に重なって聞こえてきた。カウントが前に進み出た。きらびやかな赤いドレスを着ているけれど、お守りのようにタブレットをかかえることは忘れていない。

「あなたは今年の怪盗ギャンビットでみごと勝利を収めました。それから、ミズ・クエスト、あなたも大変高い評価を得ていたわ。今年は例年以上に楽しませてもらいました」観客席を見あげる。「しかし残念ながら、終わりの時間が近づいてまいりました。願い事はもう決まっているわね、ミスター・ケンジー。まあ、こちらの予想どおりだとは思うけど」タブレットの画面が光った。何が映っているかまではわからない。

わたしはうなるような声で言った。「デヴローの願い事はあとでいいでしょ。それより先に、おばさんの話をさせて。おばさんはどこにいるの？」

カウントは天井を仰いだけれど、またタブレットに目を落とした。こちらには振り向きもしない。「あなたが思っているよりも、いろいろと事情が……こみ入ってるのよ」タブレットを裏返し、画面をわたしに向けた。そこには……ママが映っていた。

「ママ！」わたしは駆け寄った。カウントからタブレットを奪おうとするも、すばやくよけられてしまう。観客席では、スマホやタブレットなど、おのおのの方法で全員が映像を観ているようだった。きっと、これと同じものが映っているんだろう。

ママはごくりと唾をのんだ。すわっているけれど、その後ろに、いかつい連中が立っている。彼らの顔は見えない。けれど、もうひとつ影が映りこんでいることと、ママの視線から判断するに、連中の人数はもっと多いにちがいない。

わたしは歯を食いしばって、カウントを見た。その落ち着き払った様子を見て、さらに怒りが湧いてくる。「指定した口座にお金を送る約束だったでしょ」なのに、どうしてママはまだ拘束されてるの？

「あら、送ったわよ。例の口座に十億ドルを送金したら、それが別の口座に移されて、さらにまた別の口座に移されたかと思ったら、最終的にバハマの口座に行き着いたみたい」

えっ……バハマ？

たしかにバハマもタックス・ヘイヴンのひとつだけど、カウントのその言い方は……もしかして……。

ママが口を開いた。「ロザリン、わたしは——」言いながら、画面に手を伸ばした。わたしにふれるかのように。

そこへカウントが割ってはいった。これは観客のためのショーだと言わんばかりに、声を張りあげる。「彼らはお母さまを監禁していたわけではないの。そういう演技をするのって、けっこう大変なのよ。彼らはわたしたちが用意してさしあげたチームだったの」

そのままカウントは話しつづけていたけれど、ママの手を見て、わたしの脳は凍ったように動かなくなった。ママの指、ママの爪。最後に見たときは、完璧に整えられて、きらきらと光っていた。いまはそのうち二本が傷つき、割れている。一週間以上も捕らわれていたら当然だろう。でも、ほかの三本の爪は、完璧に整えられたままで、傷ひとつついていない。あれではまるで……。

まるで、自分で爪に傷をつけていたところを、途中でだれかに止められたみたいだ。

気分が悪くなり、部屋が傾きはじめる。両手は震えていた。信じたくない。信じたくない信

じたくない信じたくない。でも、そう考えれば、すべてにすじが通る。わたしとノエリアの仲を引き裂いたのはママだったとわかったときのように、はっきりと。

ママは、わたしをだましてたんだ。

「そんな……」涙が目に染みる。怒りの涙、絶望の涙だ。「ママはあいつらに捕まったわけじゃなかったんだね」

部屋がしんと静まり返った。全員が観ていた。この衝撃的なシーンをむさぼっていた。この真実がわたしをむさぼっているように。

ママは口をぱくぱくさせていた。あんな姿ははじめて見た。ほんとうにことばにつまっているのだ。「あなたが……知るはずはなかったの」

けれど、知ってしまった。これは嘘《うそ》だという可能性、わたしがまちがっているという可能性もあったのに、いまのママのことばで、あとかたもなく消えてしまった。

「信じらんない！」わたしは叫んでいた。わたしは泣いていた。心が朽ち果てていくのを感じた。涙でうまく声が出せない。何度も頭をぶんぶんと振った。「わたしはあと少しで死ぬとこだったんだよ！　ママも死んじゃうと思ってた！　ママに嘘《うそ》をついた自分を恨んで、家出をしようとした自分をもっと恨んで――」

そこで涙がわっとあふれてきて、ことばをつづけることができなかった。袖で涙をぬぐう。

そうか、だからママはこの計画を立てたんだ。ブラックボックスに届いたギャンビットの招待状を見て、それを利用しようと考えた。そして、この悪夢を創り出した。

「あなたを傷つけるつもりはなかったのよ」ママは両手をあげて主張した。「それに、あなたが乗り越えられる程度の試練しか与えなかったわ。現にほら、あなたはこうして無事なわけだし、ね？」

無事？　これが無事だと言うのか。わたしの精神、わたしの感情。どちらも、一生消えない傷を負ってしまったというのに。

「知ってたんだね」わたしはゆっくり言った。「わたしが家を出たがってたこと、家出を計画してたこと。ママはひとりじゃ生きていけないから、それに耐えられなかったんだ」それがこ数週間の真実だった。残酷にも。

自分のせいでママが何週間も監禁されて、殺されかけたとわかれば、当然わたしは、家出を計画したことを後悔する。実際、ママを連れ去られてからずっと、朝から晩まで、ママのことが恋しくてたまらなかった。ママを取りもどすためなら、ママとまたいっしょに暮らすためなら、どんなことだってしようと思った。

こんなことがあったとなれば、ママはしばらくわたしを家に引き留めておける。もしまたわたしが、家を離れたいという考えに取り憑《つ》かれたら、ママはこう言うだけでいい。前回家を出ようとしたときは、大変なことになったでしょう？　そうやってわたしを脅して、いつまでも家に縛りつけようとしたのだ。何度もノエリアの〝裏切り〟を思い出させて、家族以外を信用してはいけないという掟《おきて》を教えこんだのと同じやり方。そして脅しの効果が切れはじめたら、また新しい方法を考えればいい。

わたしは体の横でこぶしを握りしめて言った。「あんたは悪魔だ」

「わたしはただ、あなたを正しい方向へ導こうとしただけなのよ」ママは返した。

「ジャヤおばさんは？　ママのせいで誘拐されたんだよ！　それも最初から知ってたってこと？」

ママはただ唇をすぼめた。

コホン、と咳払《せきばら》いをして、カウントが話に割りこんだ。さらなる爆弾を落とせるのが楽しみでたまらないという顔をしている。「ミズ・クエストのお母さまは、今年のギャンビットがはじまる前に連絡をくださったの。課題の内容をお知りになりたいということでね。通常、そういう質問にはお答えしないようにしているのだけれど、お母さまが熱心に考えを聞かせてくださったのと、娘さんにはぜったいに課題の内容を教えないと約束してくださったから、特別にお教えすることにしたのよ。今年は最終ステージで、例年とはちがった工夫を凝らす予定です、と」

やっぱり、ママは知ってたんだ。おばさんが今年のターゲットになるということを。

カウントはつづけた。「それからその点について、お母さまはこんな申し出をしてくれたの。妹さんを最終ステージのターゲットとして差し出す代わりに、こちらは五億ドル用意すればいい、と」

五億ドル……ママの身代金の半分だ。

「つまり、この計画がうまくいけば、ママはわたしをしばらく手もとに置いておけるだけじゃなく、五億ドルも手に入れられる予定だった」わたしの口から思わず乾いた笑いが漏れる。あまりにもばかばかしくて。「じゃあ、このことでおばさんが心に負う傷は？　どうでもいいって？　こんなひどいことをしてまでお金を手に入れようとする人に、〝家族みんなでいっしょに暮らしたい〟なんて言われても、信じられるわけないよね」

ママは目を伏せた。この人がほんとうに泣いたら、わたしはたぶん正気を失うだろう。

「わたしたちはお母さまの提案を受け入れるつもりだった。もしあなたがギャンビットで勝利を収めたら、ね。お母さまはあなたの勝利を確信していたわ。でも、途中で状況が一転してしまった。おかげで、考えなければならないことがほかにもできたの」

カウントはわたしの背後を見やった。振り返ると、そこにはデヴローがいた。顔をしかめてこちらを見ている。あまりにも状況が混乱していたので、わたしはデヴローのことをほとんど忘れていた。同時に多くのことが起こりすぎて、あまりにもつらすぎて、すべてを処理しきれなくなっている。

カウントはまたつづけた。「先ほど言ったとおり、ミスター・ケンジー、わたしたちはあなたの願いをひとつだけかなえてさしあげます。ある程度、予測はできているわ。ミズ・アバラが息子にどんな願いを託しているのか」

アバラ。その名前には見覚えがある。どこで見たんだろう。

ＵＳＢメモリだ。過去のギャンビット出場者。ママが出場した年の。たしか、アバラという名前もあった。

「デヴローのお母さんは、うちのママと戦ってたんだね」わたしは小声で言った。デヴローはベストの裾をぐいと引っ張った。つまり、答えはイエスだ。

わたしは声をあげて笑った。「自分でもびっくり。このわたしが、〝お父さんのため〟とかいうでたらめを信じたなんて。デヴローがギャンビットに参加したのは、お母さんの代わりにうちのママへ〝復讐《ふくしゅう》〟するためだったんだね？」

自分で言った最後のことばが、思ったよりも胸に深く突き刺さった。体じゅうが痛くてたまらない。

ふたりで冗談を言い合ったことも、あのキスも、いっしょにいた時間はすべて、わたしをはめるためだった。わかっていたのに。こうなることを選んだのは、わたし自身だ。

もう二度と、同じ過ちは犯さない。

デヴローの顎がこわばった。「父さんが怪盗ギャンビットに出たがってたのはほんとうだ。でも、重い病気になってしまったから、代わりに母さんが出場した。あと少しで勝てるところまで行ったんだ。それで、どんなことをしてでも父さんの命を救ってほしいと、〈組織〉にお願いするつもりだった」カウントとタブレットに視線を移す。「でも、だれかが母さんを負かして、願い事を盗んだ。母さんが何を願おうとしてたかも知っていたのに」

デヴローは前へ突き進んだ。目には深い苦しみが刻まれている。カメラ越しに、ママをにらみつけた。「あんたは何を願ったんだ？　ひとりの人間の命を救うことよりも、重要な願い事ってなんだったんだよ？」

ママは長いあいだ、画面越しにデヴローを見つめていた。

わたしも知りたかった。ママはわたしが想像しているほど悪い人ではないと、そう思いたかった。

けれど、面と向かってそんな質問をされても、ママはただ手をひらひら振って、顔をそむけただけだった。デヴローのことばなど聞くに値しない、知ったことじゃない、と言わんばかりに。

苦痛に満ちたデヴローの表情は、もう見ていられないほどだった。

「相変わらず冷酷ね、リアノン」カウントは楽しそうな声で言った。「何があっても自分を偽《いつわ》らないのはさすがだわ」

そのとき、画面の外から現れたいかつい連中のひとりがママの後ろに立ち、頭に銃を突きつけた。ママはその感触に気づき、はっと息をのんだ。わたしは悲鳴をあげようとした。けれど、自分の頭にも後ろから銃を突きつけられたのを感じて、動けなくなった。

「ジャヤ・クエストがいる奥の部屋も、手配ずみです」カウントは会場に向けて言った。「それから、本日中にはクエスト家のほかの者たちにもチームを送る用意ができています。さあ、ミスター・ケンジー、あなたはどうしたい？　リアノン・クエストを殺すか、それとも、一家全員を亡き者にするか。業界的には大きな損失だけれど、それはそれでしかたがないでしょう。あなたは願いを口にするだけでいいのよ。そうすれば、すべて望みどおりになるわ」

息が震える。ママ、ジャヤおばさん、おばあちゃん、おじいちゃん、サラ大おばさんまで。

みんな死んでしまう。

そして、わたしも。わたしの人生はあと数秒で終わる。背後で銃を突きつけているこいつを撃退できたとしても、同じような連中がさらに湧き出てくるだろう。それはまちがいない。

これは完璧な復讐《ふくしゅう》だ。

デヴローは何を待ってるんだろう。

デヴローはあとずさりした。観客はよだれを垂らし、食い入るように見つめている。連中にとって、わたしたちはおいしいごちそうなのだろう。

デヴローはその場に立ちつくしていた。体がぶるぶる震えている。でも、その震えの原因はわからない。不安か、怒りか、ほかの何かか。

デヴローは床に視線を落とした。「母さんの言うことを聞けっていうのが、父さんの遺言なんだ」

〝いつだってママの言うことを聞くように〟

たしかに、手紙にはそう書いてあった。

「お母さまもこれを見てらっしゃるはずよ」カウントがけしかける。「お母さまを失望させたいの？」

「デヴロー」わたしは訴えた。驚くことに、デヴローはこちらを振り向いた。まだ険しい顔をしているし、目だけはぜったいに合わせようとしないけれど、その瞳の奥には別の何かが浮かんでいた。「お願い」

デヴローは一瞬顔をそむけた。でもまた、わたしのほうを見る。「ぼくは……もう少しあとにさせてほしい、願い事の権利を行使するのを」

会場がささやき声と息をのむ声でざわめき立った。「本気？」カウントは念を押した。

「それがぼくの願いだ」

カウントはため息をついた。わたしの頭に押しつけられていた銃口が離れる。安堵《あんど》のあまり、わたしは口に手をあてて、床にくずおれた。カウントのタブレットを見あげると、目を閉じたママが、止めていた息を大きく吐き出すのがちらりと見えた。カウントはタブレットを裏返した。「ひとまずは、その人を解放して」

通話が終了する音が聞こえた。ママは解放された。ママのことは恨んでいたけれど、それでも、ママはもうだいじょうぶだとわかって安心した。でも、ジャヤおばさんは……。

「おばさん」わたしはよろよろと立ちあがった。ふたたび心臓の鼓動が速くなる。「おばさんを返して。なんでも言うことを聞くから」

連中にもまだ、ママの申し出を受け入れる気があるかもしれないし、このごたごたで、すべての取り決めはなかったことになっているかもしれない。でも、おばさんをこのままにはしておけない。

カウントはタブレットで何かを読んでいた。

「ええ、それについては、取り決めの内容を少し修正させてもらうことになったわ。お母さまの申し出は依然として有効よ。ただし、ひとつ条件を追加させてもらいたいの――ミズ・クエストには、わたしたちと一年間の専属契約を結んでいただきます」勝ち誇った笑みをこらえるような顔で言った。

一年間。デヴローといっしょに？

わたしは首を横に振った。「もし……デヴローが途中で願い事をしたら？」冷たい銃口の感覚がよみがえり、恐怖におののく。

「それについては、そうなったときに考えましょう。でもそれまでは、あなたとの契約を楽しませてもらうわ。ふたりとも優秀な怪盗であることが証明されたわけだし……優秀なだけでなく、大胆さを持ち合わせているということもね」

たぶん、これが最善の道なんだろう。デヴローと一年間いっしょに働く――そうすれば、デヴローをすぐそばで見張ることができる。だれかがその役割を担わないといけない。

「わかった」

「すばらしいわ」カウントは顔を輝かせた。観客は喜びの声をいっせいにあげた。ただし、伝説の怪盗一家全員の命が一瞬で奪われる場面を観たがっていた一部の連中は、いまだに納得のいかない表情をしていた。

とはいえ、わたしとその新たな因縁の敵が、核爆弾をかかえながら一年もいっしょに働かされる様子を観るだけでも、じゅうぶんなエンタメになるだろう。

おそらく、いつかはデヴローも願い事をかなえる権利を行使するはずだ。最後の審判は中止になったわけではなく――ただ延期されただけなのだから。

カウントがタブレットを叩《たた》いた。「ふたりとも、出かける準備をしてちょうだい。一年間の契約は、いまこの瞬間からはじまります」

デヴローとわたしは顔を見合わせた。何百もの感情やことばが、ふたりのあいだを無言で行き交った。

わたしはこれから一年間、因縁の相手といっしょに働くのだ。殺されないように努力をしながら。

わたしは、新たな掟《おきて》を胸に刻みこんだ。

〝だれも信用するな〞

（「怪盗ギャンビット1　若き〝天才泥棒〞たち」完）

訳者あとがき

本作の主人公、ロザリン・クエストは伝説の怪盗一家のひとり娘だ。クエスト家には代々受け継がれている特別な掟《おきて》があった。〝クエスト家の一員たる者、この世のだれをも信用してはならない――クエスト家の者を除いて〟カリブ海に浮かぶ島国、バハマで母とふたり暮らしをしている十七歳のロザリンは、幼いころからその教えを叩《たた》きこまれ、優秀な怪盗になるためのあらゆる訓練を受けてきた。けれど、そんな彼女には夢があった――同世代の子たちと同じように、ふつうの生活を送ること。そこでロザリンは、母に内緒で大学主催のサマーキャンプへ申しこみ、家出の計画を立ててることにした。

ところが、ある仕事で超大型クルーザーへ忍びこんだ際に、母が捕まってしまう。母を連れ去った連中からは、十億ドルの身代金を要求される。それも、一か月以内に用意しなければならない。そんな短期間で十億ドルを用意することは、ロザリンにも、クエスト家のほかの家族にも不可能だ。母を救う方法はひとつ。〝怪盗ギャンビット〟に参加すること。

怪盗ギャンビットとは、謎の〈組織〉が運営する、違法で極秘のゲームショーのようなもので、世界じゅうから集結した新進気鋭の怪盗たちがその技を競い合うイベントだ。と言っても、ただの〝ゲーム〟ではない。毎年かならず血を流して退場になる者がいるほど、過酷な戦いが繰りひろげられる。ただし、勝者は願いをひとつだけかなえてもらえるという。ロザリンはすでに〈組織〉からの招待状を受けとっていた。母を救い出すには、怪盗ギャンビットで勝利を収め、願いをかなえる権利を手に入れるしかない。どんな手段を使ってでも。

しかし、今年のギャンビットも、さまざまな国から期待の若手怪盗が集まっていた。イギリスからは、古風なベストにネクタイ姿の美男子、デヴロー。挑戦者のなかで黒人はロザリンと彼だけだ。スイスからは、ロザリンの因縁のライバルであり、ブロンドの髪と青い瞳の〝お嬢さま〟キャラ、ノエリア。ニカラグアからは、ダンサーのように優雅で軽やかな身のこなしが特徴のイェリエル。韓国からは、K‐POP好き（推しはDKB《ダークビー》のイチャン）のギョンスン。アメリカからは、ラスベガスの若きギャンブラー、マイロ。インドからは、まるでモデルのようにおしゃれな美女、アドラ。オーストラリアからは、危険で凶暴な雰囲気をまとうルーカス。そして、われらが日本からは、完璧に整えられた髪に眼鏡をかけた読書家の怪盗、タイヨウが参加する。みなロザリンの同世代で、手練《てだ》れの泥棒たちだ。はたしてロザリンは彼らを出し抜き、無事に母を救い出すことができるのか。

著者のケイヴィオン・ルイスは、アメリカ、ルイジアナ州出身の若い作家で、現在はニューヨークに在住。家族はロザリンと同じ、バハマ国で暮らしている。二〇二一年に*The Half-Class*という作品でデビュー。『怪盗ギャンビット1』（原題は*Thieves' Gambit*）ができあがるまで、デビュー作を含めて長編小説を九作書いているが、なかなか刊行まで至らず、地元の図書館で働きながら、プロの作家になる道を模索していたという。

そんなあるとき、泥棒たちが大会のような場で技を競い合う夢を見た。図書館で見かけた本のあらすじだったかと思い、翌朝インターネットで検索したところ、そういった本は見あたらなかった。それなら、自分で書いてみようと思った。そうしてできあがったのが本作、『怪盗ギャンビット1』である。

もうひとつ、著者が本作を執筆した理由として、自分と同じ黒人の血が流れている少女が主人公の物語が書きたかったと、インタビューで語っている（著者自身はミックスルーツ）。子どものころから本を読むのは好きだったが、残念ながら、自分自身を重ねられる作品は少なかった。黒人の少女が主人公の小説と言えば、奴隷制度とその歴史を扱ったものばかりだった。そういった作品を読むのは非常に大事なことだし、今後も書きつづけられるべきジャンルだとわかってはいるが、できれば現代を舞台にした物語ももっと読みたかった。図書館で働くようになり、近年はそういった作品が続々と刊行されていることを知って感動し、自分も同じような小説を書きたいと思った。そういう思いで誕生した本作は、黒人だけでなく、さまざまな人種のキャラクターが登場している。デビュー作の *The Half-Class* はミックスルーツの少女が主人公のダークファンタジーだ。

ちなみに著者は日本のコンテンツも好きで、『HUNTER×HUNTER』（冨樫《とがし》義博《よしひろ》作、集英社）の二〇一一年版のアニメや、漫画『文豪ストレイドッグス』（朝霧《あさぎり》カフカ原作、春河《はるかわ》35《さんご》漫画、KADOKAWA）がお気に入りとのこと。また、映画〈オーシャンズ8〉も大好きで、本作もかなり影響を受けているそうだ。それから、図書館の愛好家でもあり、図書館員を辞めたあとも、執筆をしに通っているという。図書館員時代はYA（ヤングアダルト）文学を担当していて、いつかそこに自分の本が並ぶことを夢見ながら、長いあいだ棚をじっと見つめていたそうだ。元上司に言われた〝不安だからという理由で、ほんとうにやりたいことをあきらめちゃだめ〟ということばが、執筆の支えになったと述べている。

本作はまた〈ハンガー・ゲーム〉シリーズなど数々のヒット映画を世に送り出してきたライオンズゲートによって、映画化の計画も進められている。監督は〈クリード　炎の宿敵〉や〈トランスフォーマー／ビースト覚醒〉で知られるスティーヴン・ケイプル・Jrだ。ロザリンの物語が実写化でどのように再現されるのか。続報を楽しみに待ちたい。

最後に、本作の続編の刊行も決定している。おなじみのキャラクターとともに、第1巻で明らかにされなかったいくつかの謎や、〈組織〉の秘密をさらに深くあばいていく予定とのこと。第1巻に負けないほど、世界を股にかけたスリリングな展開になりそうだ。ロザリンがだれと出会い、どのようにさらなる成長をとげるのか。いまから楽しみだ。

二〇二四年一月

廣《ひろ》瀬《せ》　麻《あさ》微《み》

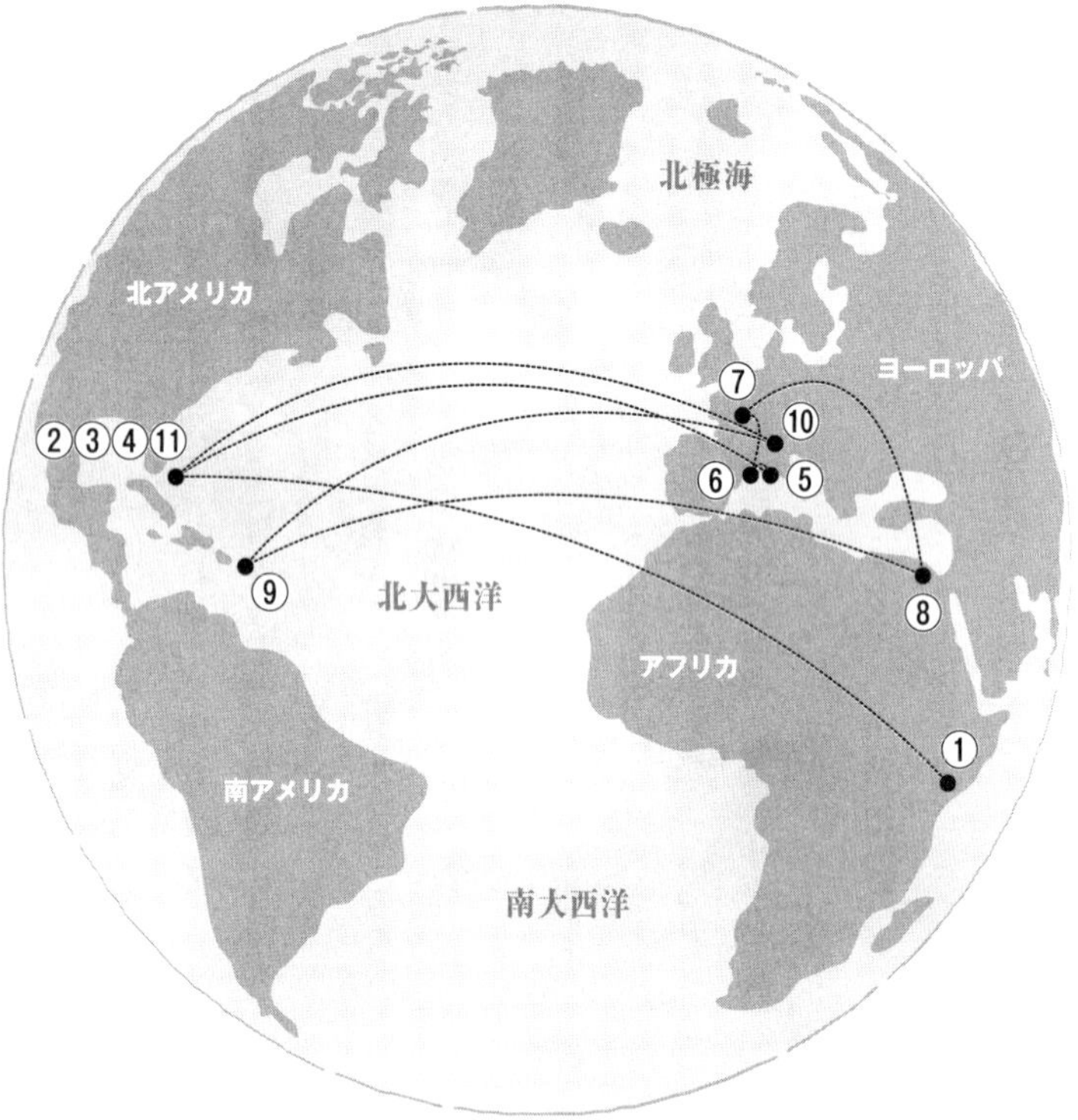

① ケニア ——————————（第1章）
② バハマ・アンドロス島 ———（第3章）
③ バハマ・パラダイス島 ———（第4章）
④ バハマ・アンドロス島 ———（第5章）
⑤ フランス・カンヌ —————（第7章）
⑥ フランス・マルセイユ ———（第15章）
⑦ フランス・パリ ——————（第21章）
⑧ エジプト・カイロ —————（第22章）
⑨ イギリス領ヴァージン諸島 –（第38章）
⑩ スイス・チューリッヒ ———（第42章）
⑪ バハマ・ナッソー —————（第47章）

ケイヴィオン・ルイス（Kayvion Lewis）

アメリカ合衆国ルイジアナ州出身でニューヨーク在住の小説家。家族はバハマで暮らす。高校生のころから図書館や書店で働き、卒業後は新人作家の育成プログラムに参加。長編小説『The Half-Class』で2021年にデビュー。つづいて本作『怪盗ギャンビット1』（Thieves' Gambit）が版権市場で大きな話題となり、アメリカをはじめ、イギリス、ドイツ、フランス、スペイン、イタリア、ブラジル、韓国など世界中で出版が決まった。超大型新人作家として今後の活躍が期待されている。

https://www.kayvionlewis.com

廣瀬麻微（ひろせ あさみ）

英日翻訳者。1987年生まれ。栃木県出身。東北大学文学部卒。訳書にポール・ハーグリーヴス『パーパス・ドリヴン型ビジネス　いま世界が求める、倫理的な企業のかたち』（Asia Pacific Publishing Hub）、共訳にフレドリック・ブラウン『死の10パーセント　フレドリック・ブラウン短編傑作選』（東京創元社）がある。

怪盗《かいとう》ギャンビット１　若《わか》き“天才《てんさい》泥棒《どろぼう》”たち

2024年3月21日　初版発行

著　者　ケイヴィオン・ルイス

訳　者　廣瀬《ひろせ》麻微《あさみ》

発行者　山下直久

発　行　株式会社KADOKAWA

〒102-8177　東京都千代田区富士見2-13-3
電話 0570-002-301（ナビダイヤル）

印刷・製本　図書印刷株式会社

●お問い合わせ
https://www.kadokawa.co.jp/（「お問い合わせ」へお進みください）
※内容によっては、お答えできない場合があります。
※サポートは日本国内のみとさせていただきます。
※Japanese text only

定価はカバーに表示してあります。

装　丁　國枝達也
ＤＴＰ　木蔭屋
編　集　豊田たみ

ISBN 978-4-04-113552-5　C0097